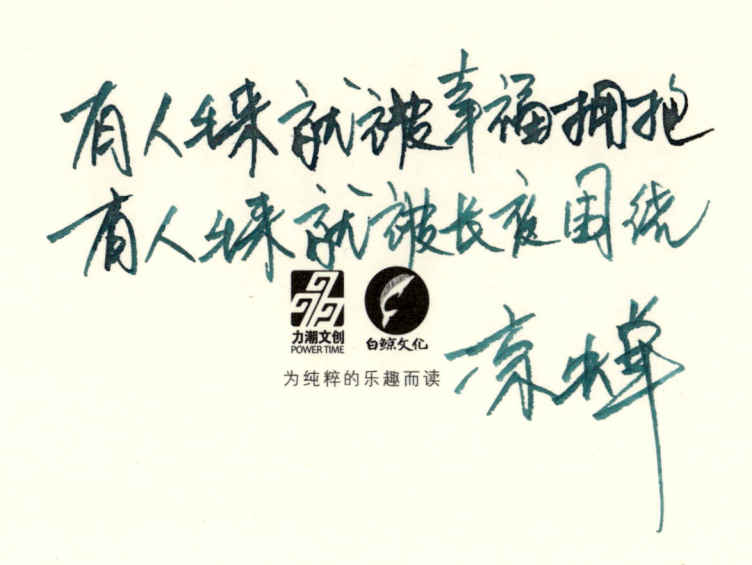

有人生来就被幸福拥抱
有人生来就被长夜围绕

凉樟

力潮文创 白鲸文化
为纯粹的乐趣而读

非正常海域
ABNORMAL INNER WORLD

凉 蝉 著

国文出版社
·北京·

非正常 海域
ABNORMAL INNER WORLD

01
02
03

目 录

Contents

审判者　　　001

房客　　　087

亲爱的仇人　　　191

6 号手术室
ABNORMAL INNER WORLD

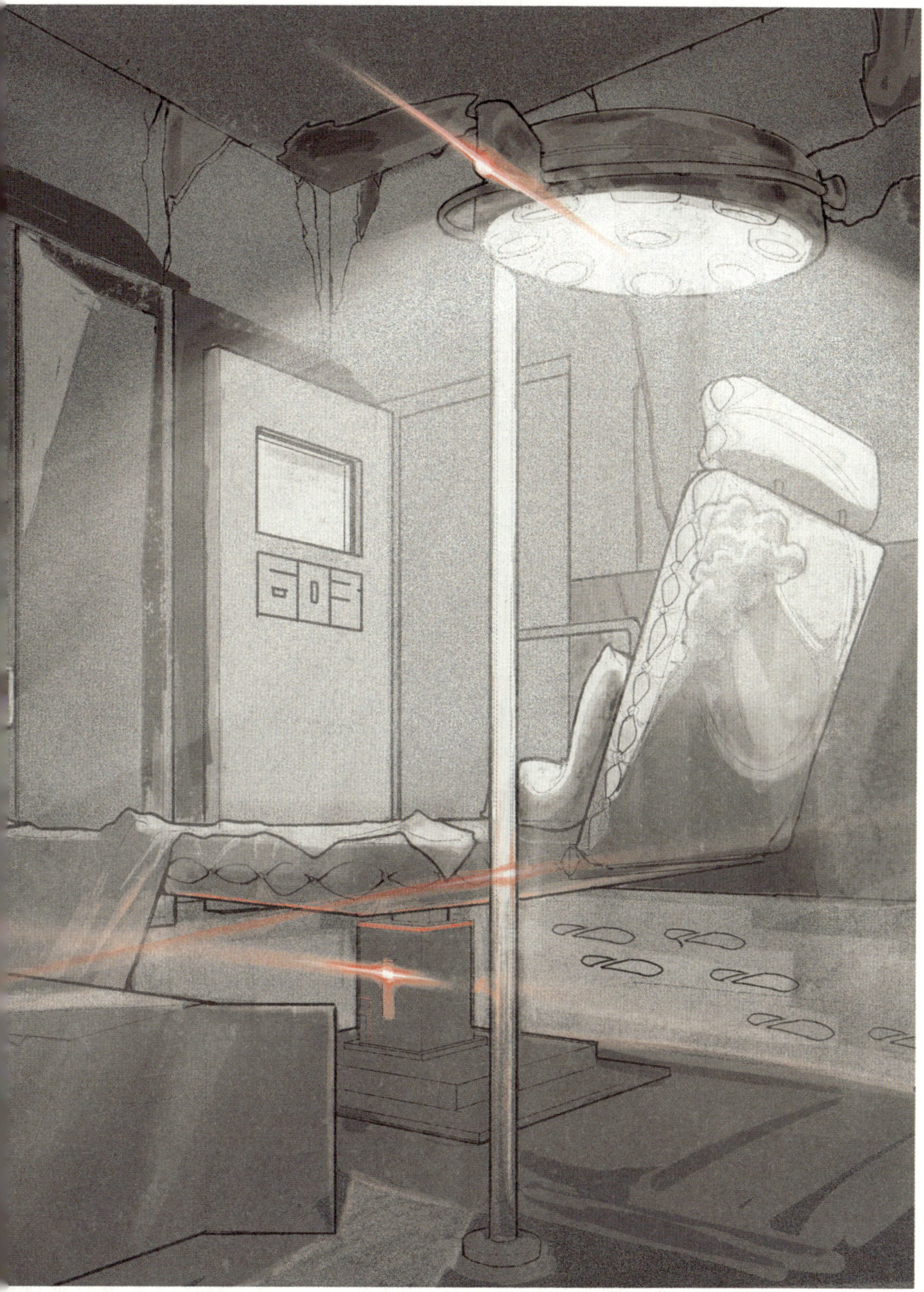

"找到了吗？"

ABNORMAL INNER WORLD

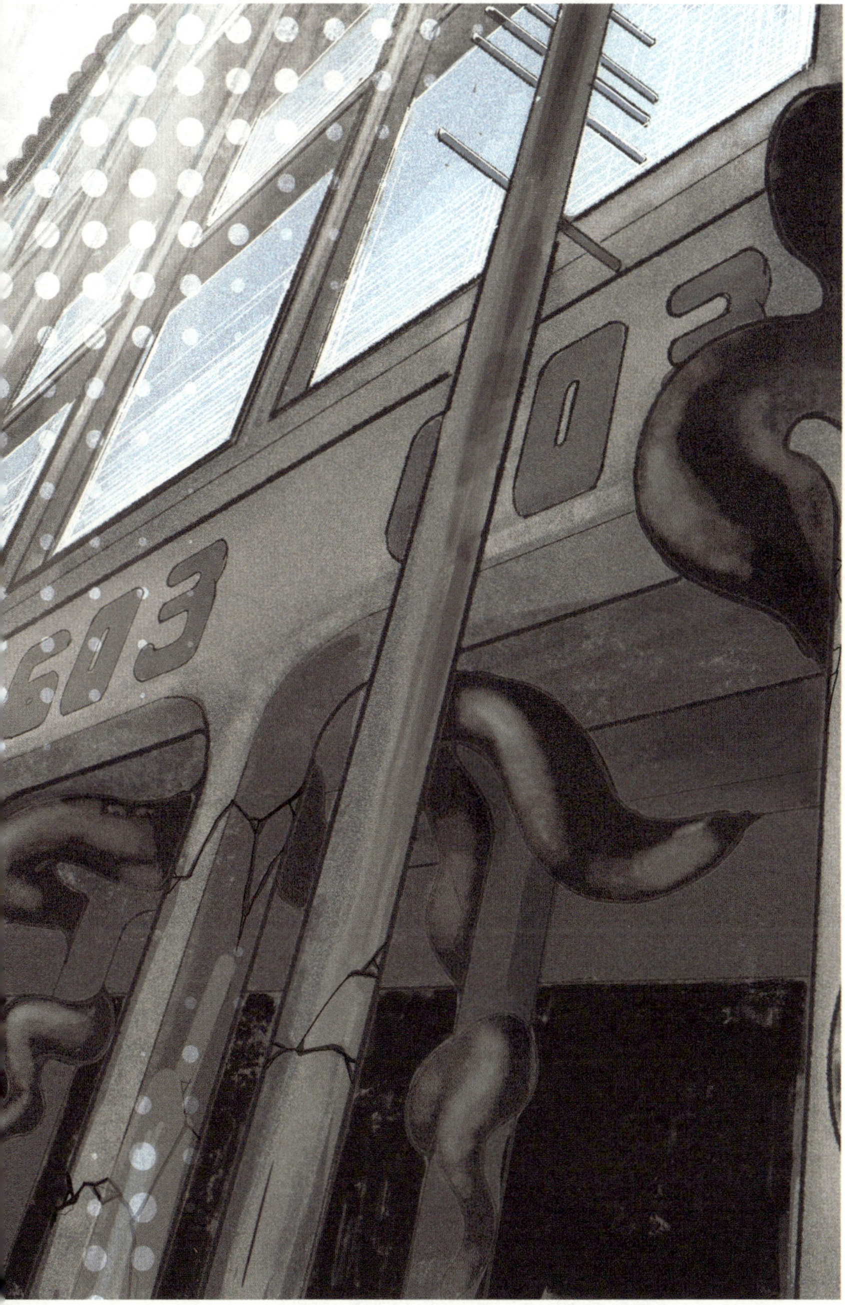
603

[> 有人生来就被幸福拥抱。
有人生来就被长夜围绕。

SOME PEOPLE ARE BORN TO BE EMBRACED BY HAPPINESS.
SOME PEOPLE ARE BORN SURROUNDED BY LONG NIGHTS.

审判者

楔子

因为缺乏绿意,二六七综合医院在初春显得尤为死气沉沉。

下午五点二十分,临近下班时,院内人并不多。院史展览馆的门忽然"砰"地一响,被人急急从内侧推开。一个穿白大褂的医生跑出来,差点撞到正在馆门前扫地的清洁工。

"彭医生?"清洁工喊了一声,但没得到回应。

初春的风还很冷,寒意一直往人骨头里钻。

医生冲进门诊楼的安全通道,一路往上跑,最后推开了副院长办公室的门。副院长正在见客。满屋子的茶香忽然被搅乱,他和来访者的笑意都凝在脸上,诧异地看着眼前的不速之客。

"明天不是有重要手术吗?"副院长脸色一沉,"你现在是怎么回事!"

谁都看出彭医生的情况不对劲:他满脸是汗,苍白的嘴唇不停颤抖,惊悸的目光在副院长和客人脸上来回移动,找不到焦点。

"……彭湖,怎么了?"副院长脸色一变,"下午那几台手术有差错?"

"不……不是……"医生忽然捂着腹部,"哇"的一声开始跪地呕吐。吐完又呛咳,狼狈不堪。"六号……六号手术室……都是血……"他的声音含糊,不知是惧怕还是不适,身体抖个不停,"墙上和地上,全都是血……"

副院长惊得一下站了起来:"你说什么?"

"很多血、很多人……"医生抬头看着副院长,不断重复这六个字。

等别的医生护士过来把彭湖带走,副院长背上已经冒出了冷汗。他尴尬地看向自己的客人,一时不知道说什么好。

"彭医生明天还能不能做手术?"一直端坐在沙发上的客人始终沉静,没有露出半分不悦或焦躁,只是语速缓慢,一字字像是砸在副院长心上的硬石头,"我们只认可他主刀,其余任何人都不行。"

点头哈腰把客人送走之后,副院长独自一人在医院门口徘徊,眉头皱得松不开。

他被彭湖的话弄糊涂了。

这个医院里,并没有六号手术室。

一

危机办大院里的山茱萸总是三月下旬开始打苞。它们是危机办的名花，开放时仿佛一条连绵的金色河流。因传说与山茱萸合影会带来财运，这些花很讨单位里贫穷的打工族喜欢。

秦戈的工位旁边是窗户，窗外是一排山茱萸。

但此时秦戈无心欣赏。他办公桌上的纸张和文具全都乱七八糟，墨水瓶被打翻了，几张来路不明的纸浸在快过期的英雄牌墨水里。秦戈想把纸拈起来，但墨水成了糨糊，把纸死死粘在桌面上。他只好一张张撕掉。

抗议不公正的婚姻制度！

秦戈面无表情，将第一张纸扔进废纸篓。

我们要结婚！

第二张被撕得七零八落，也被丢了进去。

恋爱和婚姻是基本人权！

秦戈艰难地、一点点地把纸从桌上撕下。

从一旁走过的白小园同情地看他："都是地底人[1]弄的？"

"嗯。"秦戈应她道。

"你得罪他们了？"白小园看看纸上文字，"他们的结婚申请？"

"嗯。"秦戈又应道。

"地底人是不是最不讲理的特殊人类？"白小园又说，"我看八卦公众号里是这样讲的。"

这回秦戈没应她。

普通人类和特殊人类共存的世界里，需要维持秩序的管理者——危机办。它的全称是"应急事件与危机处理办公室"，管理和特殊人类有关的一切事

---

[1] 地底人：特殊人类之一，指被5K2P型岩化病毒感染后，躯体出现各种岩化症状的人类，有先天遗传和后天感染两种途径。岩化后躯体变僵硬、易破碎，且易受外界细菌、风雨等影响，生活区域急剧缩小。人类城市会专门设立地底人聚居点，相关的机构及医疗场所也有特定的地底人事务处理区域，多分布于地下。

务,是个十分重要的部门。

它的办公楼位于治安条件较差的旧城区,陈旧且久不修缮,加上资金短缺、管理混乱,单单今年就已经发生了几起地底人或半僵化人类[1]上门捣乱的事件。此时办事大厅中央敞着一个巨大空洞,地底人就是从这里打洞钻进来的,一晚上把整个大厅弄得乱七八糟。

危机办主任高天月和保卫科科长正在吵架。

保卫科科长的声音不如高天月的高亢,干脆跳上椅子,大手一挥:"早告诉你危机办地下不对劲,你要是去年就把填补空洞的资金拨下来,现在也不至于这样!高天月,你是不是把钱都吃了,中饱私囊!"

高天月额角青筋暴起:"放你的大臭屁!"

秦戈待的这个角落十分安静,"婚姻咨询/伴侣申请"八个红字在他头顶的电子面板上滚动着。

"我没见过真的地底人。"白小园说,"地底人都很固执吧?"

"嗯。"秦戈开始用纸巾擦桌子。

白小园等了片刻,不见秦戈往下说,又问:"你手在抖?被地底人给气的?"

"不。"秦戈抬头瞥她一眼,薄唇蹦出四个字,"被你烦的。"

白小园尬笑一声,拿着扫帚跑了。

秦戈的眼珠呈浅棕色,瞳仁是黑色的,不言不语看人的时候有种冷感,虽然没脾气,但总是一副不好相处的样子。他人很闷,没什么朋友,没什么爱好,一天到晚都卜在危机办档案室的故纸堆里。

为修补地面大洞,危机办办事大厅停止服务。秦戈白得一天假期,悄悄在心里感激打洞捣乱的地底人。他非常愉快,甚至美滋滋地看着窗外满树花苞的山茱萸笑了半秒钟。今天是他在办事大厅轮岗的最后一天,明天他就能回到档案室继续原本的工作。对秦戈来说,没有比翻阅特殊人类历史资料更有趣的事情了。

在染色体变异或者受到特殊病毒感染后,普通人可能会成为俗称的"特

---

[1] 半僵化人类:特殊人类之一,指被僵化病毒感染后,躯体出现各种僵化症状的人类。半僵化症状只可通过药物手段延缓,不能治愈;病毒一旦侵入大脑,半僵化人类则成为完全态丧尸。因此半僵化人类要定期检查血液中的病毒浓度,一旦超标立刻被控制。在争取婚姻权和家庭权的战场上,半僵化与地底人是天然同盟,但两个种族之间同时也存在严重歧视,主要表现在均不认可对方的审美与外形上:"石头怪"是半僵化人类对地底人的蔑称,"腐尸"是地底人对半僵化人类的蔑称。

殊人类"：地底人、半僵化人类、诺塔、勒克斯、雪人、茶姥、海童、狼人……

而在所有的特殊人类之中，占比最大的是染色体变异形成的特殊人类：诺塔和勒克斯。

"诺塔"一词来自拉丁文的"Nauta"，意为水手；"勒克斯"一词来自拉丁文的"Lux"，意为灯火、光明。这是两类具有极强精神力的特殊人类的称呼。他们迥异于普通人乃至其他特殊人类的最大特点是，他们天生拥有把自己的精神世界具象化为某种动物的能力。这个具象化之后的动物被称作精神体。

一般情况下，诺塔或勒克斯都会深爱自己的精神体并且以它为傲，恨不得时时刻刻展示自己的精神体。

但秦戈绝对不是。他是一个勒克斯，但并不乐意随时亮出自己的精神体。

那东西胆子实在太小、太小了。

秦戈从没见过会被炸油条声音吓哭的精神体，他一度以为自己的脑袋出了问题，否则怎么会拥有这么个胆子比草履虫还小的崽子？

地底人好不容易来一趟，自然要尽情做坏事，比如在墙上乱涂乱画。秦戈用小刷子仔细清理"地底人世界第一"的涂鸦，用眼角余光瞥见告示板上新贴了几份嘉奖名单。每份名单当头都是同一个名字：谢子京。

不出所料，"谢子京"名字后面，又是一连串的荣誉：危机办西原地区办事处年度优秀标兵、先进个人、个人二等功两次、集体三等功四次，等等。

这位西原地区第一梯队的诺塔谢子京，在最近两三年的表彰通报里频频出现，十分引人注目。据说他是西原办事处最出色的成员，拥有一个强大的精神体，唯一的问题是每年受嘉奖太多，档案袋几乎被撑破。秦戈对这个诺塔很好奇。第一梯队的诺塔和勒克斯往往都执行最危险、最机密的任务，不轻易露面；谢子京自然也一样，就连档案室也没有他的照片。

扫完地的白小园拎着扫帚朝秦戈奔来："高主任找你。"她像是等待看一场好戏，"现在立刻去他办公室。"

秦戈心中一惊，眼皮开始乱跳。

高天月是危机办的主任，老成持重，只有保卫科科长才能挑起他隐藏颇深的脾气。据说保卫科科长曾是高天月情敌，高天月和妻子结婚三十余年，至今耿耿于怀。他虽总是笑眉笑眼，但危机办里的人都知道，这是个连眼镜腿儿都透着精明的人物。

秦戈才进办公室，抬头便见到高天月一脸慈悲地开口："秦戈啊，地底人那件事你不要放在心上。"

秦戈点点头："我没放在心上。"

特殊人类与普通人类结婚，需要通过危机办进行申请登记。地底人被岩化病毒感染之后会成为病毒携带体，他们不能与普通人类通婚。但爱情这玩意儿很难受明文约束，一般越是障碍重重，越是爱得热烈。秦戈在婚姻登记和伴侣申请的岗位上轮岗一个月，多次驳回地底人与普通人类的伴侣申请，因此被结结实实怨恨上了。

"我是绝对信任你的，这次的事情不是你的责任。不过以后在工作上啊，还是圆融一些，不能太硬了，人民群众耳根子还是软的嘛。你好好讲话，他们会听的。"高天月把一杯茶推到他面前，话锋一转，"秦戈，你能力强，人又稳重，危机办同年纪的人里，像你这样的人才不多。"

茶汤金黄澄澈，茶水和杯壁之间有一环金圈。

秦戈心中一沉：糟了，这是高天月一年都舍不得喝上一次的极品金骏眉。

他眼皮仿佛加装了弹簧，开始疯狂蹦迪。

"组织对有才华的年轻人，从来都是最重视的。人才嘛，就要在最合适的位置上发挥作用，不能浪费青春和年华。"高天月摸摸脑袋，把左侧的头发巧妙地拨到右侧，遮盖光亮的"地中海"部分。

秦戈一声不吭地听了十几分钟，高天月才把真正目的说出来。

"精神调剂科？"秦戈以为自己听错了，"我们单位有这个科室吗？"

"以前没有，下个月开始就有了嘛。"高天月起身回到办公桌，在一堆文件里翻来翻去，"想来想去，也只有你合适了。危机办里的勒克斯虽然多，但是像你这样有特殊能力的，一个都没有。"

从档案室的一个普通科员，升任为精神调剂科的科长，秦戈忍不住压了压自己的眼睛：他的眼皮蹦得太欢腾，令他脑壳痛。

"这科室是做什么的？"

高天月拿着一份文件坐回他面前，指了指自己的脑袋。

"解决'海域'里的问题。"高天月说，"现在虽然没战争，但是危险可不见得少。明里暗里仍然有不少反诺塔与勒克斯的组织活动。危机办是应急部门，我们自己的诺塔和勒克斯绝对不能出问题，所有人的'海域'都必须是清洁的、干净的。"

秦戈:"这就是当时你一定要我的原因？"

"那是。"高天月笑眯眯地说，"你这种资质的精神调剂师太珍贵了，我怎么可能让给别人。平时危机办也没有让你发挥才能的地方，这是个好机会。"

高天月递过来的文件并不是任命书，而是一份自述。文件的右上角上，是血一样鲜艳的"绝密"二字。

这是一个医生的自述。他描述了自己最近一个月出现的幻视和幻听症状，并反复强调：手术室墙上都是血，而且还有不少人钻进钻出。他怕得睡不着，一拿起手术刀就条件反射地开始呕吐。

秦戈放下报告，平素波澜不惊的脸上，终于露出了苦恼的神情。

"这跟'海域'有什么关系？"他低声说，"这是精神障碍吧。"

和诺塔、勒克斯相关的研究课题繁多，"海域"是其中极重要的一个。

正式提出用"海域"来指代诺塔、勒克斯精神领域的，是西方的精神病学教授路易斯·杨。十九世纪末期，路易斯发表了名为《海域研究》的论著，引起学界轰动。彼时西方的精神病学在世界范围内处于领先地位，"海域"这个命名规范便就此固定了下来。

诺塔和勒克斯本身拥有极强的精神力，前者擅长攻击与战斗，后者擅长控制与疏导。"海域"便是精神力的源头，"海域"稳定因此成为海域学研究中非常重要的部分。负责疏导"海域"问题的精神调剂师便应运而生。

秦戈说:"高主任，我做不了。有精神障碍就去找精神科医生，有心理问题就去做心理咨询。我是精神调剂师，只能做疏导和调节，没办法治病。"

"这可不是精神病。"高天月轻咳一声，示意秦戈翻开最后一页。

最后一页附着几份量表和大脑 CT 扫描图像。结果显示，这个医生没有任何可观测到的精神异常。

秦戈:"……"

他实在压抑不住好奇，再次细看自述文件。这位任职于二六七综合医院的彭湖医生是一个勒克斯，他的精神状态没有异常，但是不断出现幻觉。他凭着丰富的临床经验，判断自己的"海域"出现了严重问题。

思考之后，秦戈还是决定推托:"我没接触过这样的个案，我做不来。"

高天月挥挥手，像是要把秦戈的反对挥走。

"二六七医院是什么地方,我们都知道。医院的医生出了问题,这确实是我们危机办该解决的事情。你是不是危机办的人?你是不是危机办唯一的精神调剂师?"

秦戈:"……"

高天月:"虽然精神调剂科还没正式成立,但你,我是一直很看好的。不仅是我,上面的人也希望这事情能够得到尽快解决。小秦,你行的吧?"

"……我还能回档案室吗?"秦戈问。

高天月没有正面回答:"秦戈啊,我认识你很多年,知道你这个人性格文静,将事情全都藏在心里。现在就是一个机会,让你走出去的机会。年轻人,是吧,外面有广阔天地!你在档案室工作,是屈才了。"

谈话的节奏始终被高天月牢牢掌握,秦戈知道自己没资格反对。

"好吧。"秦戈收起了彭湖的自述,"我先联系朋友,去二六七医院了解情况。"

他起身之后才想起,自己似乎是个光杆司令。

"当然有科员,好几个呢,都特别出色。"高天月立刻说,"有诺塔有勒克斯,都是你认识的人。"

秦戈想了想:"不要白小园。"

高天月脸上的笑容神秘莫测:"你对白小园有什么意见吗?要积极团结同事嘛。我看小白就蛮好的,人又机灵又利落。"

秦戈扶额片刻,补充道:"行吧。那我不要唐错。"

高天月的笑容更加和蔼了:"小唐和你也有矛盾?秦戈,你要反省一下自己了。唐错这个人没脾气,好说话,干活认真,你们之间有什么问题,坦诚沟通就好了嘛。"

秦戈无言以对:"还有谁?高主任你一次性说完吧。"

"还有一个从别的办事处调过来的诺塔。"高天月晃着脑袋,"今天下午就来报到,到时候我介绍你俩认识。"

秦戈估计这位诺塔跟白小园、唐错都是一路货色,干巴巴笑了两声,实在没精力去期待。

他对白小园没什么意见,就是觉得她烦。一天二十四小时,除去睡觉的八小时,他怀疑白小园有十六个钟头都在说话。秦戈自己每天都有十万八千件烦心事,再搭上一个白小园,他害怕。

他跟唐错也没矛盾。唐错确实好说话又干活认真，唯一的问题是，他什么都做不好。在危机办各个科室辗转两年后进了档案室，唐错才算找准自己的定位，安安心心当起书呆子。秦戈每天都在尽力扮演一个稳重的成年人，他可不乐意再捎带上一个唐错。

秦戈来到车棚启动两轮电动车，顺便把高天月和自己说的话匆匆捋了一遍。

他肯定被高天月坑了。这精神调剂科八成是顺应上头要求而设置的鸡肋科室，高天月把麻烦的人都往科室里塞，让不好管的秦戈来管理他们。

高天月口口声声说秦戈是珍贵人才，但秦戈很少有机会运用"精神调剂师"的技能。

精神调剂师是国家认可的职业，考核难度极高，全国登记在册的仅有五人，秦戈就是其中之一。他是危机办唯一一位可以在他人"海域"中进行浮潜、深潜、巡弋甚至拷问[1]的精神调剂师。

"海域"分浅层与深层。普通勒克斯只能在浅层"海域"进行浮潜，精神调剂师则有进入深层"海域"的能力。危机办里有数位可以疏导塔拉"海域"的勒克斯，只要不是严重的精神问题，不需要出动精神调剂师。除了每年潜入新入职员工的"海域"进行巡弋外，秦戈暂时还没能发挥什么作用。

巡弋"海域"不是一件让人愉快的事。秦戈总认为，潜入他人"海域"中窥视秘密和情绪，是粗暴的冒犯。对自己的职业，他其实并没有太多荣誉感。

他此时心底最遗憾的是，档案室里的东西还没能彻底看完。

骑着电动车离开危机办时，秦戈看见一个穿黑色皮衣的高个子男人正靠在传达室的窗边，跟传达室大爷讨烟抽。秦戈只看得到他的侧脸，他是个英俊的陌生人。一头大狮子趴在传达室门边，张开血盆大口朝秦戈打哈欠。

"小秦，出去呀？"大爷忙里偷闲喊了一句。

"去办事。"秦戈说。

电动车在减速带上颠簸时，陌生男人转头瞧了他两眼，秦戈没看见。

---

1 浮潜：潜水活动术语，在海域学研究中特指浅层意识探索。
深潜：潜水活动术语，在海域学研究中特指深层意识探索。
巡弋：潜水活动术语，在海域学研究中特指调剂师巡回漫游整片或部分"海域"，寻找异常。
拷问：在海域学研究中特指调剂师强行入侵"海域"进行非许可探索。

二

二六七综合医院是一所专门为特殊人类服务的医院，管理严格，来访者必须刷身份证才可进入。来访者若是特殊人类，则要接受另外的安全检查。

秦戈的大学同学言泓是二六七医院的行政人员，正在门诊楼等着他："大忙人，今晚不许推辞，我一定要请你吃饭。"

秦戈："吃什么？食堂？"

言泓每天的朋友圈配图不是"努力加餐鸭"，就是"食堂开门了，冲鸭"，一度令秦戈误会他在食堂干活。"我们食堂闻名院内外，出了院的病人和家属都忍不住常常回来，就为了那一口每日套餐。"言泓强调，"包你吃完还想吃，来了不想走。"

"我还要回一趟单位。"秦戈甩开他的手，不想听他胡扯，"长话短说，彭湖医生到底是你院什么人物？"

"二六七胸外科最好的医生。"言泓把手立在胸前，做了一个剖开的动作，"等着上他手术台的病人排着长队，都是上新闻的大人物。现在彭湖急，医院急，病人也急。他那问题一天不解决，他就一天拿不了手术刀。"

秦戈眯起眼睛：精神调剂科还未成立，高天月却要求他开始做事，原来是等手术排期的某些病人通过种种手段，给危机办施加了压力。

"官僚主义。"秦戈说。

"对，官僚主义。"言泓做了个请的手势，"小的现在就带您参观官僚主义的手术室。"

言泓领着秦戈走向医技楼后的一栋三层小楼。小楼风格老旧，已经改造成院史展览馆，有几个病人拄着拐杖在聊天。

"彭医生今天不在，你先去手术室看看。"言泓说，"你们科室现在也没正式成立，只能让我这种小角色接待秦科长你了。"

秦戈很惊讶："手术室在这里？"

"那手术室早废弃了。"言泓一边往楼上走一边说，"以前医院小，这里就是住院楼，每层有左右两个手术室。三十多年前政府拨款盖了新楼，这里就成了院史展览馆。"

三楼走廊右侧是窗户和阳台，左侧有几个门窗紧闭的房间，窗帘没拉紧，能看到里头的会议桌。

"三楼都是会议室，平时没人来。"言泓抬手指着前方，"前面就是彭湖说的六号手术室。我们医院现在已经不用数字编号了，大的手术室都在住院楼里，按楼层的科室命名，比如妇产科手术室一二三，外科手术室一二三。所以当时他说六号手术室不对劲，副院长都吓坏了，咱们这儿可没有什么六号手术室。"

随着他手腕扬起，一只长着粉色尖喙的小鸟从他手上扑打翅膀，飞了起来。

"嚯，肥雀。"秦戈跟言泓的精神体打招呼，"好久不见。"

"它叫响蜜䴕！"言泓愤怒纠正，"都说了三万遍了，能不能记清楚！"

响蜜䴕只比麻雀稍大一点儿，它认出秦戈，张嘴冲他亲昵地叫了两声。言泓一挥手，它便扇动翅膀飞到走廊尽头，钻进了紧闭的门。秦戈一头雾水，只见小鸟很快飞回来，落在言泓手上。它亲热地贴贴言泓的手指，化作一团轻雾，没入他掌心。

"好的，我鸟说没事。走吧。"言泓推了秦戈一把。

秦戈哭笑不得。"你怕什么？"他安慰言泓，"在楼下我就探过了，这里没有异常的精神体波动。"

言泓又是钦佩，又是恼怒："那你为什么不告诉我？！"

秦戈看着他："等等……你用精神体来查探，是因为这个手术室里有古怪之物？"

他大感意外：出问题的明明是彭湖医生的"海域"，他所看到的景象根本不可能在现实中出现。既然如此，那为什么言泓要带他来看手术室，还显得这样谨慎？

"看报告的人都觉得彭湖有问题。"言泓掏出钥匙，"其实古怪的是这个手术室。"

钥匙插入了锁孔。

"我信唯物主义世界观，我是马克思的粉丝，但是这事情太怪了。"言泓压低了声音："彭医生那份自述报告是我整理的，有些内容，医院不让他往上写。"

"什么内容？"秦戈被他的神秘兮兮感染，低声问道。

"彭医生说，墙上都是血，从天花板往下流，手术室地上全都积满了。"言泓犹豫片刻，声音更小了，"而且他还看到手术室里有病人，有医生，穿的都是几十年前的制服,正在动手术。"

秦戈坐在院史展览馆前的长凳上,向跑回门诊楼的言泓远远挥手。

长凳被四五棵抽条的垂柳环绕,从这个角度看不到院史馆三楼的六号手术室。身旁小路上,有男孩抱着父亲的腿哇哇大哭,一头小小的牧羊犬趴在他脚边,无精打采地甩着尾巴。

医院草坪上满是小孩和他们小小的精神体。今天是给幼年诺塔和勒克斯检测精神体形态的日子。一般来说,三岁左右的孩子,他们的精神体形态就已经能够完全固定下来:它往往是孩子曾经接触过的、印象最深刻也最喜欢的动物。有的孩子跟精神体相处愉快,有的却还在惧怕这个陌生的但永不会与自己分离的伙伴。靠近门诊楼的草坪上躺了只懒洋洋打哈欠的大狮子。狮子长得凶悍,没有精神体敢靠近它。在一片嘈杂的笑声和哭声里,它的哈欠仿佛是逐格动画。

秦戈盯着狮子呆看。

今天彭医生不在,可以说毫无收获——但言泓特意带他去看了手术室,还跟他描述了彭湖医生幻觉中更详细的部分。那间手术室堆满杂物,用过的横幅和坏椅子堆成小山,地面一层薄灰,脚印凌乱。言泓把窗推开一条缝,春季还不甚炽烈的阳光从缝隙里照进来,细小灰尘在光柱里旋转飞舞。

没有手术台,更没有彭湖看到的血和医护人员。

彭湖说手术室的天花板淌血,顺着墙壁流下来。而墙上还有人钻进钻出,数量很多。但秦戈在手术室里,没察觉到任何异常。那就是一间普通的杂物房。

言泓强调,彭湖医生的描述里有很多具体的细节,多到所有听过的人都会认为那不是幻觉,而是在他眼前出现的真实场景——毕竟彭医生不可能见过几十年前的旧手术室,他那时候还没有到医院来。

不是幻觉,那是什么?

秦戈总觉得这件事情稀奇古怪,令他眼皮又隐隐耸动,做起了蹦迪前的热身运动。他打算回危机办翻翻资料,经过大狮子身边时发现它在看自己。即便在危机办里也很少见到以狮子作为精神体的诺塔。秦戈多瞅了两眼,忽然认出它是危机办门口趴着的那只哈欠巨兽。看来那个讨厌的诺塔也来到了医院。出于说不清楚的兴趣,他抬手对着那只狮子挥了一下。

回去的路上,秦戈偶尔会想起狮子和它的主人。危机办里还没有见过那副模样气度的诺塔,或许是哪个部门新调来的人。

精神调剂科的办公室是个二十平方米的小房间,藏在危机办办公楼的侧门走道里,原本用来存放清洁工具。秦戈站在门口,实在不想踏进去。

它很小,很破,很简陋。墙上有一扇小窗,蒙了结结实实的灰尘。屋里有四张桌子,连支笔都没有。眼前所见再一次印证了秦戈的想法:自己确实是被高天月坑了。

白小园和唐错各搬一张凳子,正坐着嗑瓜子。两人已经把办公室整理好了,这倒有点儿出乎秦戈意料。他习惯了档案室里堆叠得几乎要把人淹没的资料文件,乍一看这空荡荡的领地,实在很不适应。

"秦科。"白小园看到秦戈,迅速起身,"请检阅我们的劳动成果!"

唐错连忙把膝盖上接瓜子壳的报纸收起来。没收拢好的瓜子壳掉在地上,一只大耳朵的巴基斯坦沙猫迅速甩动尾巴,把壳往桌子下扫去。紧接着,唐错脚下的熊猫一屁股坐在剩下的瓜子壳上,掩盖了罪证。

真是配合无间。秦戈想到自己将要和白、唐二人共事,心中摇摇晃晃挂起了十号风球,一片凄风苦雨。

他左右看看后问:"还有一个诺塔呢?"

"没看见,这里只有我和唐错。"白小园说。

秦戈看了缠着白小园脚踝的那只沙猫一眼:"肉食动物,你是诺塔。"

他又看了唐错身边奋力挪动屁股的熊猫一眼:"熊猫是杂食动物,唐错你是勒克斯还是诺塔?"

唐错白皙的脸皮因为紧张和窘迫而发红,他不断把滑到鼻梁的眼镜往上推:"勒、勒克斯。"

秦戈想起高天月的叮咛,决定把办公室的气氛弄得轻松活泼一些。比如聊聊唐错的熊猫?毕竟熊猫精神体是非常稀少的;又比如试着参与到他们的话题中?

"不用叫我秦科,跟平时一样,互相喊名字就可以。你俩刚刚在聊什么?"他走到靠窗的办公桌前放下背包,问唐错。

"聊小园的男朋友。"唐错仍旧紧张,"还有我的对象。"

白小园抱着怀中小猫起身:"网恋可不算。"

唐错:"不、不是网恋。我们互相看过照片的。"

白小园："不可靠啊唐错。我是过来人，我懂的。情人节都不肯来看你，这算什么恋爱呀。"

唐错又推了推眼镜："我们都忙得很。"

白小园："可你们已经一周没联系了。超过三天不说话的网恋就是失恋。"

唐错像是遭受了巨大的打击似的，一张脸变得煞白，连那只熊猫也"啪"地消失，缩回了他的身体里。

秦戈心想，我努力过了，高主任。他对这类毫无营养的恋爱话题实在没有丝毫兴趣，接话道："……下班吧。明天早上开会，我安排你们做事。"

白小园和唐错离开后，办公室霎时安静。秦戈拿出笔记本和彭湖的自述，开始记录自己获取的信息和想法。门外走道上有一排窗户，夕阳的光辉照进来，地面反射着刺目的金色。他写了一半，地面的金色忽然被挡住了。

秦戈抬起头，看见有个人站在门外，正是之前在门卫室见过的诺塔。

那人很高，黑发就像随手抓了几下似的，造型介于乱糟糟与自由随意之间，下巴一层没刮好的青色胡茬。秦戈第一眼就感觉不舒服，对方眯眼睛看自己的时候，眼角弯弯，带着点儿不清不楚的戏谑。

那头狮子不见踪影，应该还没释放出来。

"精神调剂科？"那人眼神晃了一圈，最后落在秦戈身上，"秦戈？"

秦戈想了想，确认自己之前并不认识他："你是谁？"

男人两步走进来，拉过一张凳子跨坐在上面，冲秦戈伸出右手："科长，我是精神调剂科的科员，我叫谢子京。"

秦戈："……"

他太震惊了，脑内萦回着谢子京的种种荣誉，一时半会儿还回不过神。

"久仰久仰。"秦戈讲话都不利索了，连忙紧紧握住谢子京的手，"我、我听过……不是，久闻大名！"

被白小园和唐错的不靠谱引起的郁闷已经烟消云散。但谢子京还是不说话，光笑。

有白、唐二人和谢子京辉煌的纪录在前，秦戈觉得面前这个诺塔怎么看怎么好："不用叫我科长，都是同事，是伙伴，叫名字就行。我们是新成立的小科室，工作不多，但是同事都是年轻人，好相处……"

正当秦戈觉得自己唠叨得仿佛高天月附体时，谢子京开口了："你不记得我了？"

秦戈："……虽然有时候可能不靠谱——啊？"

谢子京："秦戈，我们是生死之交。"

短短一分钟内，这是秦戈第二次被震惊得说不出话。他反复打量着谢子京，确认自己和他是第一次打交道。秦戈从小到大朋友都不多，谢子京这样的人若跟自己有来往，他不可能忘记。

"你忘了吗？"谢子京咧嘴一笑，"歃血为盟，过命的交情。"

秦戈的笑容消失了："你武侠小说看太多了。"

谢子京是今天下午抵达的，从二六七医院体检回来后人事科已经下班，没人给他办入职手续。他紧跟秦戈，亲近又愉快，比秦戈结识的任何一个人都热情。

"给我介绍介绍这单位？"谢子京在秦戈身后问，"你为什么不高兴？看到我不高兴？你以前可不是这样的，我们……"

如果一个人的心烦程度能够用指数来表达，秦戈现在已经爆了一百个表。不需要进行测试和面谈，甚至不需要潜入谢子京的"海域"巡弋，秦戈可以肯定，这人存在非常严重的亲密幻想。

存在亲密幻想的诺塔和勒克斯很多，这足以证明他们的"海域"可能不正常。

会出现亲密幻想的人，大部分是长期生活于闭塞环境、接触不到足够数量的外界信息、缺乏同伴支撑并且内心有强烈渴望的人。幼儿时期生成回避型依恋的人，成年后如果得不到充分的肯定，最容易产生亲密幻想。他们会臆想自己拥有完美的亲人、朋友或者恋人，并且将所遇到的人毫无理由地套入自己的模板中，认定对方和自己一样重视彼此的情谊。他们会幻想出大量虚拟但真实感强的事件去说服自己，而且不断反刍中强化一个念头：我和这个人有命运的联系，绝不可能分离。

这种思考和表达，秦戈太熟悉，当年考精神调剂师的时候，笔试的第一道分析题就是亲密幻想。那道题他拿了满分。但秦戈从未进入亲密幻想者的"海域"，他其实有几分好奇。

秦戈在档案室看过谢子京的资料。谢子京的父母在他上大学之前因为事故失联，而考上危机办之后他又去了条件最艰苦、人员最少的西原办事处，长期在极端孤清的雪域里活动。想起这些，他觉得谢子京烦，又觉得这人可怜。

精神调剂师的职业道德提醒秦戈，绝不能轻易打破他人的亲密幻想。如果亲密幻想是诺塔或者勒克斯"海域"支撑的,擅自打破它可能会导致"海域"崩溃。

所以对于谢子京的话,秦戈没有否认,也没有承认。他转换了目标,开始腹诽高天月。

"所以你打算带我去哪里?"抵达停车场后,谢子京兴致勃勃,"带我去你家做客是吗?好啊,你爸妈在吗?我手上没礼物,要不我先去买点儿?我还没找到住的地方,分我个沙发睡睡……"

"住宿的地方你自己解决吧。"秦戈低头开电动车的锁,"明天早上七点五十之前到办公室。"

谢子京摸摸自己下巴:"噢,生气了?好吧,很久没联系,是我不对。"

秦戈:"……再见。"

第二天上班,秦戈第一时间奔去找高天月,但高天月出差去了,一周之后才回来。他垂头丧气地走进精神调剂科,迎面扑来一股酒气。

白小园和唐错和昨天一样嗑着瓜子,办公室里还多了个正啃煎饼馃子的谢子京。酒气是三人面前的一个陌生男人散发出来的,那人挥动着手里的红星二锅头,抽了抽鼻子,"嘀"地吼了一声:"我会怕?我要是怕血怕死人,我能当这么久的医生?"

秦戈已经没有力气再为任何人愤怒了。他看白小园:"这个又是谁?"

"医生。"白小园小声说,"他叫彭湖,一大早就在危机办门口喝酒,边喝边哭,死活要见你。"

秦戈微微一惊,彭湖竟自行出现在这里。

白小园:"他说自己'海域'有问题。听说你昨天去医院但没见到他,于是自己跑来了,让你救救他。"

唐错捏着鼻子说:"可他看到的明显是幻觉……"

彭湖猛地站起,冲唐错举起酒瓶。谢子京反应极快,立刻抬手在瞬间夺下他手里的东西。"慢慢讲,不激动。"他笑着对彭湖说,"我们说完再喝。"

"不是幻觉!我是真的看到了!我绝对不是精神病!"彭湖的脸庞被酒气和愤怒烘得发红,"墙上钻进钻出的那些,都是那么那么小的孩子!"

三

看见"孩子"那天，彭湖原本并未打算走入院史馆。

完成手术的他正在休息室喝水，门诊楼忽然来了紧急通知：附近发生一起严重的校车车祸，其中一个重伤者被送到了二六七医院。彭湖赶到急诊手术室时，病人已经因为失血而休克。那是一个七八岁年纪的小孩，羽绒服胸口完全被血浸透了。校车与小车相撞后翻到了桥下，他的肋骨折断，戳穿了肺部。

胸外科的医生忙碌了三个多小时，无力回天。急诊室外全是记者，几个成年人跪在地上号哭。从医多年，彭湖还是听不得这样的哭声。那小孩和他的孩子一样大，彭湖联系妻子时，妻子正接孩子回家。父子俩讲了几句话，澎湖才稍稍冷静。

他换了衣服在医院里散步，心中的难受仍旧无法排除，最后坐在院史馆前的长凳上发呆。

初春很冷，雪迟迟不落。彭湖看着头顶光秃秃的树杈子，忽然发现院史馆三楼的一扇窗不对劲。

那是院史馆三楼走廊尽头的杂物间，废弃之前是六号手术室。手术室里只有一扇窗户，是旧楼改建的时候凿开的。窗户上没有窗帘，总是雾蒙蒙的一片。但当时，彭湖却看到窗户上印着一张小孩的脸。

"说是小孩也不对。"彭湖低声说，"那应该是婴儿的脸，太小了。"

他是医生，他一眼就看出这张脸不寻常。

"六号手术室那扇窗不矮，离地至少有一米三的距离。"他又说，"一米三的窗户，婴儿是怎么爬上去的？我当时以为那手术室里还有其他人，他们把小孩带到了那个地方。这非常危险，窗户虽然关着，可那房间特别脏。"

此时的彭湖醉意消了大半，讲话有条有理起来。秦戈忖度着打量彭湖："继续。"

彭湖从院史馆的人手里拿到了钥匙，立刻赶到三楼。开门之后他便看到六号手术室里一片猩红的血光：手术台放在正中，病人正在挣扎号叫，身着无菌衣的医生和护士围在手术台周围，正在动手术。墙壁上不断流下浓稠的黑红色液体，无论是天花板、地面还是四面墙，全都令人作呕。

而就在这不正常的墙壁上，一个接一个的婴孩正从墙面钻出来，看向彭湖。

白小园倒吸一口凉气，扶着桌子站起，脸色很不好。唐错被酒味熏得难受，这故事却没让他有什么反应。谢子京只顾着看秦戈的反应，但秦戈比唐错还冷静。

"除了这些呢？"秦戈问，"言泓说，你描述的场景细节很多，如果还记得，也跟我们说说。"

"他们穿的不是现在的无菌衣。"彭湖十分详细地描述了自己所看到的内容，甚至包括器械的名称和样式，他最后看着秦戈，"包括那里头的手术器械，也全都是以前用的。我看到的那些医生护士，还有手术室里发生的事情，距现在至少有三十年。"

秦戈盯着他的眼睛。彭湖眼中完全没有醉意，他直视着秦戈。

"彭医生，你介意我巡弋你的'海域'吗？"秦戈问。

彭湖显得有些犹豫："我的'海域'不正常。"

"正不正常，我来判断。"秦戈平静地说，"你既然来找我，请你相信我。"

进入彭湖"海域"的瞬间，秦戈很惊奇：那居然是一条长长的、洁白的走廊。

走廊两侧安装着无障碍扶手，地板上有指示盲人行走的盲道，无数房门分列在墙上，有的门敞开着，有的门紧紧关闭。秦戈回头，看到自己身后也是一条狭长的走廊，一样的无障碍扶手，一样的门，一样的地面与天花板。

周围弥漫着消毒水的气味，秦戈还能听到呼叫铃的声音，从分不清方向的某处传来。

这是一条没有尽头的医院走廊。

秦戈推开身边的一扇门。这是心胸外科的诊室，电脑亮着，屏保闪动，室内空无一人。他连续走了几个房间，发现都是一模一样的心胸外科诊室。

诺塔和勒克斯的"海域"最忠实地反映着他们的精神状态与情绪波动。"海域"里呈现的景象因人而异，但秦戈没有在彭湖的"海域"里发现任何不妥。他在走廊上缓慢踱步，走廊往前延伸，最终消失在秦戈看不到的远处。

这个"海域"虽然很特别，但秦戈不觉得这是异常的。

真正异常的"海域"里充满了无法用逻辑来解释的东西，而且无一例外，都对进入"海域"的外来者散发出强烈的敌意。在进行精神调剂师考核的时候,他参加了连续十一场实操测试,巡弋了十一个不正常的"海域"。在长达六小时的考核中,秦戈不断被异常"海域"折磨,甚至不止一次产生自己也即将不正常的可怕想法。

当时的痛苦与恐惧,现在想起来都觉得心有余悸。

但彭湖的"海域"是正常的。

走廊虽然长得不可思议,但秦戈没有感受到丝毫的敌意。这里安静整洁,没有污渍,没有不可理解的结构。它平静且温柔地迎接着来访的秦戈。秦戈知道,这是因为彭湖本人绝对信任自己。更有趣的是,他很少在别人的"海域"里见到这么多与工作相关的内容。

"海域"是诺塔、勒克斯的精神领域,里面满是他们热爱或者恐惧的东西。所热爱的东西往往会无限展示出来,秦戈见过被无数炸鸡块包围的"海域";而恐惧的东西则会被深深闭锁在某处。恐惧不会从人的生命中消失,但它可以被压制,被封锁,好让它无法对"海域"产生消极影响。

秦戈不知道彭湖恐惧的是什么,它可能被关闭在这无数房间的其中一个里。但他看得很清楚:他知道彭湖热爱什么。

从"海域"中脱离之后,秦戈有短暂的眩晕感。他闭了闭眼睛,扶着彭湖的肩膀站稳。

彭湖坐在椅子上,他站在彭湖背后,双手放在彭湖的后脑勺上,并且低头,鼻尖靠近彭湖的头顶。这是秦戈的意识潜入他人"海域"的方式。他会释放自己精神体的力量,与彭湖的精神体进行沟通并获得许可,得到暂时的通行权。

他胆怯的精神体没有显出完整的形状,只有双手被轻柔的白色雾气包裹着。调剂科其余三个科员站在一旁,看得聚精会神。秦戈收回了手。他手上轻雾一般的白色气体消失了。

"秦戈,你的精神体是什么?"谢子京忽然问。

"你能救我吗?"彭湖几乎与谢子京同时开口。

秦戈选择性地回答问题。

"不知道。"他对彭湖说,"但我尽力。"

彭湖握住了秦戈的手,先是鞠躬,然后把额头贴在秦戈的手背上,久久不说一句话,渐渐发起抖来。

"彭湖说让我救他,不是指'海域'问题。"彭湖离开后,秦戈说,"彭湖的'海域'绝对正常。"

看着眼前三个显然满是好奇的人,他有点控制不住自己的嘴巴:"说实话,比我还正常,他非常热爱自己的工作。"

白小园先反应过来:"你的'海域'不正常?"

谢子京插嘴:"也没什么,成年人,大都不会太正常的。对吧?"他看向秦戈,想寻求认同。

秦戈:"……"

见秦戈一脸不满,谢子京忙装作正襟危坐:"科长不高兴了,开会开会。"

秦戈压下心中烦躁,决定先处理手头的事情。

手术室墙壁会流血、会有婴孩钻出来,以及几十年前的动手术场景会重现眼前,这些都是不可能发生的。而目击者彭湖的精神没有异常,"海域"也没有异常。秦戈认为,彭湖在撒谎。这个谎言的细节如此具体,如果不是他见过,那就必定是有人详细给他描述过——这不是他的"幻觉",是他从别处得到的信息。

"他还说了另一个谎言。"秦戈说,"我昨天在院史馆前面的长凳坐了一会儿。那位置绝对看不到六号手术室,更不可能看到什么窗户上婴儿的脸。"

这回连唐错也觉察到不对劲了:"有问题的是那个手术室……彭湖想让人注意到那个手术室?"

秦戈点点头:"真正看到这些不正常景象的人,也许不是彭湖。"

唐错忽然显得很兴奋,他抓抓自己耳朵,小心地说:"关于那间手术室,其实我知道不少秘密。"

秦戈:"嗯?"

"二六七医院专供特殊人类使用,所以有很多关于二六七医院的都市奇闻,其中院史馆那里就有红衣女人、无头小鬼、鬼节晚上的哭声、一只手的幼小鬼子、每月初四都能听到的小孩哭声、没有脸的姐妹……"唐错边数手指边说,话语滔滔。

谢子京和白小园听得眼睛都亮了,两人齐齐伸手抓瓜子。

秦戈有气无力:"……唐错,不要在无聊的领域渊博。"

唐错悻悻闭嘴。

问题的关键是手术室,秦戈决定再跑一趟医院。白小园去申请用车,唐错还在郁闷自己没能讲完的都市奇闻,秦戈决定先带谢子京去人事科办手续。

等电梯时秦戈翻看他的体检报告，发现上面有一栏是空着的。谢子京没有在二六七医院做任何心理和精神检测。

他正想问一问这空着的一栏是怎么回事时，谢子京问："你什么时候也帮我看看'海域'？"

秦戈心里确实有这个念头。高天月还没回来，谢子京至少还要在自己身边待一周。放个"海域"不正常的诺塔在身边，并不安全。

想到亲密幻想，他仿佛听到了大学时导师歇斯底里的声音。

"亲密幻想这个知识点的考点跟普通的臆想完全不一样！必须记住，亲密幻想的本质，是人对美好关系的向往，是人的潜意识在填补过去某种深刻的遗憾。他们想拥有最爱的家人、纯粹的朋友、不分离的爱人。无论你是勒克斯，还是当调剂师——秦戈不要看小说了，说的就是你，敲黑板——解决问题的前提是，先找出他们产生亲密幻想的根源。这个根源一般出现在童年和少年时期，缺失了什么，就会下意识去寻求弥补什么。"

自我保护，自我修复，然后用虚假的关系来填满自己的回忆。亲密幻想就像在脆弱的沙壳上搭建虚像，它不能长久，还会让诺塔和勒克斯的"海域"在不自知的时候，缓慢崩溃。

秦戈扭头看了一眼谢子京，发现他穿的居然还是昨天的衣服，甚至头发看起来更油腻一些，令人生疑。

与昨日的心烦气躁同等分量的怜悯，现在悄悄加重，往下沉了沉。

按照一般的程序，应该先建立个案，做几个测试，把谢子京的情绪和人格类型弄清楚，再跟他认真深入谈一谈……秦戈开始思考怎么让谢子京的"海域"恢复正常。

"我们分别这么久，你就不好奇我过得怎么样？"谢子京问，"太冷淡了，秦戈。"

秦戈："……你我是生死之交，可你没去过我家，甚至连我精神体是什么动物都不知道。你不觉得奇怪？"

谢子京想了想："成年人，总有一些不想说的秘密。"

产生亲密幻想的人，对自己虚构的往事和回忆并无自知力，他们会坚定地认为一切都曾发生过，都是真的。秦戈心头一跳：但谢子京似乎并非如此。

在人事科办手续时，秦戈才得知谢子京的调动手续有问题。谢子京没有收到任何组织上的调令,他的组织关系仍在西原办事处,人事科不能给谢子京办入职。谢子京对此没什么意见,只逮着一个问题纠缠:工资谁发。

趁谢子京不注意时,人事科科长把秦戈拉到一旁:"小秦,是这样的,谢子京在西原办事处闯祸停职,西原办事处原本打算开除他。多亏高主任四处游说,才找到借口把他留在总部。恰好你的精神调剂科在筹备,就安排他帮你打打下手。"

秦戈:"……高天月跟他是亲戚?"

科长耸肩表示不知:"高主任出差前让我转告你,有空记得看看谢子京的'海域'。"

秦戈想起体检报告上空白的地方。谢子京不在医院做检测,原来是等着自己巡弋。他心头一动:看来高天月知道谢子京"海域"不对劲。

回去的路上,见秦戈心情不太好,谢子京识趣地没有主动开口说任何话。"等高主任回来再说吧。"秦戈说,"你先在我们科待着。"

谢子京摸摸自己下巴上的胡茬,点点头笑道:"我还误会你很讨厌我,想把我撵到别的地方去。"

秦戈心想不,您没有误会。

工作要紧,秦戈决定把谢子京的事情先放一放。去医院的路上,他给言泓打电话问彭湖的经历,余下三人则聊得兴高采烈。

唐错确认自己的网恋无疾而终,白小园问他想不想去酒吧开开眼,认识认识热辣潮人。唐错对潮人没兴趣,半天叹一句:"我太瘦,不讨人喜欢。"

白小园:"去锻炼啊。你别看我这样,我每天都泡健身房练器械的。"

谢子京来了兴趣:"我也想去。"

白小园看着后视镜:"我们三个组团,能打折。"

谢子京:"四个吧,秦戈也一起。他老坐办公室,肌肉都松弛了。"

白小园和唐错匆匆对视,两人小心翼翼地回头看秦戈,怕他生气。

秦戈已经忍无可忍:"白小园,看路!谢子京,闭嘴!"

电话那头的言泓耳朵都快被震聋了,拿着手机直发晕。他和秦戈认识好几年,还是第一次听见他用这种分贝的声音吼人。

众人抵达二六七医院,由于没有正式函件,接待他们的还是言泓。"白小园和谢子京是谁?"把六号手术室钥匙给秦戈的时候他悄悄问道。

"话最多的那个和看起来最不正常的那个。"秦戈收下钥匙,"钥匙我就这样拿着，你放心？"

"没关系，我发完一封函就过去找你。"言泓说，"彭湖医生的'海域'现在还是不能恢复，可是有个病人不能等了。"

他左右看看，压低了声音："退休的副院长准备做心脏搭桥手术，等了彭湖一个月，现在所有指征都正常，可以做手术。她等不了了，医院也不想再等。"

秦戈听出了几分异样："彭湖以后会受影响吧？"

"肯定的，很大的影响。"言泓耸耸肩，"解决不了这个问题，他连医生都当不了。就算解决了，以后也……"

秦戈想起了彭湖说的那句"救我"。

无论看多少次，六号手术室也只是一个普通的杂物间，没用任何有用的线索。

"……这手术室以前做过什么手术？"谢子京忽然问。

唐错捂着鼻子举手："这个手术室以前由妇产科专用。"

白小园诧异道："你连这个都知道？"

"上楼的时候，我在走廊上看到一张照片，说的是六号手术室接生婴儿的事情。"唐错有些紧张，看看谢子京，又看看秦戈，"不过我、我也不敢肯定……"

院史馆二楼走廊两侧果真悬挂着不少名医的介绍，间或夹着一些明显泛黄的老照片。唐错所说的照片就在其中。

"四胞胎……"秦戈一下想起了彭湖的话：从手术室墙上钻出来的，不是成人，而是婴儿。

照片上是四个新生婴儿的合影。孩子们裹着印了医院名称的小被子，放在一个大铝盘上。铝盘边缘有一行红色小字："六号手术室专用"。

白小园服气了："唐错，你什么眼神，太厉害了。"

唐错开心到窘迫："没有没有，就是顺着看了一眼。而且院史馆的都市传闻，都跟婴儿、女人有关系，挺奇怪的。我根据传言流传的时间分析过，这些传闻大都出现在最近的三十年间，很集中。"

他说完，紧张地看了眼秦戈，声音忽然变得很小，干巴巴笑了一声："不过都是无聊的领域。"

"很有用。"秦戈一反常态，认真回应他，"唐错，做得好。"

唐错顿时兴奋得结巴了："那、那秦戈，你来看、看这张照片的说明。"

照片说明很详细，八十年代某年某日，二六七医院的妇产科顺利为一个难产的高龄产妇接生了四胞胎。母子俱平安，这是当时的一件大新闻。

"……今天听彭湖描述的时候，有一个地方我觉得很奇怪。"唐错鼓足勇气，"他描述了手术室里的用具、医生的衣着，还有婴儿的形态，全都很详细。但他没有描述病人。"

秦戈想起来了："他只说病人在……号叫。"

四人面面相觑。

现在看来，手术台上的是产妇。

白小园好奇道："产妇的生产过程彭湖肯定一眼就看得出来，他为什么遮遮掩掩，不直接告诉我们？"

谢子京摸了摸下巴："如果'幻觉'不是他自己的，那他正为别人遮掩。"

四人分散到二楼各处，继续寻找与六号手术室相关的照片，但再无收获。回到刚才那张照片面前时，言泓也刚好从楼梯走上来。秦戈问他是否知道这照片的事情，言泓看了那照片半天，忽然一拍脑袋。

"哎呀我这记性！对对对，六号手术室以前确实是妇产科专用的手术室。"他凑近了照片，仔细看了又看，指着照片上的一个人，"这人非常有名，当时妇产科的一把手。这四胞胎活下来不容易，他们每年都会回来探望恩人。我们都说，这正是当医生的意义。"

"她还在医院吗？"秦戈问。

"正住院，不见客人。"言泓说，"她就是等着彭湖做手术的退休副院长，蔡明月。"

秦戈眉头一沉："她是彭湖的病人。"

"不止。她还是彭湖的恩人。"言泓说。

来到二六七医院之前，彭湖任职于另一家综合医院。由于技术好，彭湖在病人中颇有名气，渐渐招致一些前辈的嫉妒。在有心人的"运作"下，彭湖受到了严重的排挤，同时特殊人类身份暴露，关于他医德品行的流言四起，彭湖左支右绌，甚至背上了手术失败的黑锅。

时任二六七医院副院长的蔡明月拜访彭湖，重金礼聘。这份邀请让彭湖得以摆脱泥淖般的职场。在蔡明月的举荐和保护下，围绕着彭湖的流言渐渐消失。他重新拿起了手术刀，不过几年，已经成为心胸外科的一把手。

"如果不是蔡院长，彭湖的事业早就中断了。"言泓说，"她入院半年，彭湖照顾得非常周到。蔡院长有个儿子，来的次数不多，院里都说彭湖更像她儿子。"

秦戈只觉得一直没想通的地方有了答案。彭湖得知了某些可怕的往事，他想说出真相，但真相与恩人相关。所以他说的话半真半假，遮遮掩掩。他处于矛盾中，既期待秦戈他们尽快触碰真相，又害怕真相提早暴露，让恩人受难。

"我们能见一见蔡明月吗？"他问言泓。

"现在？"

"现在。"

言泓迟疑："很难……蔡院长脑袋糊涂，整天说胡话。除了彭湖、她儿子，还有经过她儿子许可的医护人员，任何人都进不了蔡明月的病房。"

唐错下意识问了一句："胡话？"

"她儿子认为都是胡话，但彭湖倒听得认真。他常常在病房里一待就是一个小时，有时候就光听蔡明月唠叨。"言泓想了想，忽然说，"难道是蔡明月的胡话让彭湖变得不正常了？"

秦戈没有回答，径直问："如果我们需要蔡明月协助调查呢？"

言泓呆了一瞬，神情一下严肃起来。"不行。"他认真地说，"秦戈，你的部门没有行政权力。只有危机办发出申请，我们才可以受理调查要求。但你们目前无凭无据，医院一定会拒绝。"

四

二六七医院的食堂果真名不虚传，一顿饭下来，言泓迅速和同样健谈的白小园交上了朋友，连唐错也被他忽悠得点头应承：医院真好，我还要来。和言泓道别后，吃饱喝足的一行人打道回府。趁白小园去取车时，烟瘾犯了的谢子京买了包辣条，拆开叼在嘴上，一点点地嚼着。

"秦戈，你的精神体到底是什么？"他问。

秦戈正听唐错唠叨各种都市传说，闻言皱眉，决定不理。

谢子京还在孜孜不倦地问："我喜欢毛茸茸的、好摸的动物，你是吗？"

秦戈的不理睬让唐错也感觉尴尬,他主动搭腔:"谢子京,我的精神体……毛也很多。"

谢子京对他的精神体毫无兴趣,把辣条一口气全吃了才随口问:"是什么?"

唐错:"熊猫。"

瞬间,谢子京的眼神被这两个字"嚓"的一声,点亮了。他声音激动得变调,甚至过分彬彬有礼:"请问我可以看一看吗?"

唐错的熊猫是介乎幼年熊猫和成年熊猫之间的形态,体长不到一米。它团子一样坐在唐错身边时,乖巧沉默,仿佛一个绒布娃娃。谢子京蹲在熊猫面前,小心翼翼地伸出手,触碰之前还问了句"我可以摸吗"。他抚摸熊猫的背脊,熊猫呜地哼了一声。谢子京迅速缩回手,见熊猫并没有不适,于是又伸出手,这回碰碰它的耳朵。

熊猫转头看谢子京,脑袋在谢子京的抚摸下晃了又晃。

谢子京越来越激动了:"我可以抱它吗?"

唐错有些为难:"不行,它会咬人。"

谢子京遗憾地垂下眉毛,一边揉那两个半圆的小耳朵一边嘀咕:"我是好人啊。"

正是傍晚,住院楼附近有不少散步的病人。熊猫的精神体罕见,人们纷纷围观,七嘴八舌,每张脸都挂着相似的、充满爱意的笑容。

熊猫有些胆怯,捂着脸趴在草地上。谢子京揉完它耳朵又揉它的小尾巴。它习惯了围观人群后渐渐活泼,在地上扑腾打滚,盯着人群里两个皮肤枯皱的半僵化人类。

"你们在看什么?"半僵化人类正在扭头询问,声音嘶哑,"这个人在摸什么?"

旁边的人给他们解释:"诺塔和勒克斯的精神体。你们是看不到的。这是只熊猫咧。"

那两个人皱巴巴的皮肤动了动,残存的肌肉牵动了他们的脸和嘴巴,发红的眼睛睁圆了,最后齐齐从喉咙里发出惊喜又惋惜的叹声:"噢!"

秦戈想起了一些事情。

只有诺塔、勒克斯才能制造精神体,只有诺塔、勒克斯才能看到精神体。精神体的存在,曾一度让人以为,诺塔及勒克斯是更高阶层的人类。

体能更好、爆发力更强、行动更敏捷的诺塔，以及情感更敏锐、体察更深入、心思更细致的勒克斯，一直是战场上的中坚力量。他们彼此相互配合，一个负责爆发与攻击，另一个则负责安抚和压制。

在行动时，容易情绪失控的诺塔很容易出现"海域"问题。勒克斯负责为诺塔的"海域"进行疏导，抚平暴戾与狂躁，把诺塔的情绪始终压在安全线之下。他们曾经是战争年代最令人信赖，也最令人害怕的战士。

但进入和平年代之后，诺塔和勒克斯就显得不那么特殊了。

不断有地底人、半僵化人类、雪人等特殊人类的报告证实，部分染色体变异者的眼球结构发生变化后，可以顺利看到诺塔和勒克斯的精神体。诺塔、勒克斯和他们的精神体越来越不神秘，原本被严令禁止的精神体直播活动渐渐死灰复燃，不少诺塔与勒克斯都通过这个方式，成了有名气的网络红人。

秦戈心想，不神秘挺好的。他希望自己是万千人海之中的普通一员。

他抬头看熊猫，发现谢子京正朝他走来。

"不摸了？"秦戈问。

"摸够了。熊猫真好啊，又可爱，又凶猛。"谢子京说，"你的精神体到底是什么？"

秦戈以为他的兴趣已经转移到唐错和熊猫身上，没想到居然还这么难缠，忙岔开话题："对了，你现在住哪里？"

"危机办。"

秦戈一愣："危机办里有宿舍？"

"不是宿舍。"谢子京解释，"调剂科办公室。"

秦戈："……我不是锁了吗？你怎么开的门？"

谢子京："撬开的。"

秦戈："……"

谢子京："放心，我技术很好，门锁没坏。"

秦戈脑子里刮起狂烈风暴。正要发怒时，他手机忽然响了。看一眼屏幕后，秦戈立刻走到一旁接听电话。

谢子京还在为自己触怒了秦戈而笑个不停，唐错已经收好自己的熊猫走过来。"我不回危机办了。"秦戈回到两人身边说，"你们跟白小园一起走吧。"

在地铁上摇晃的时候，秦戈攥着手机，心烦意乱。

可怜的谢子京，烦人的谢子京，但……也是无家可归的谢子京。

找个住处就这么难吗？秦戈上网搜了一通，发现租房信息很多，但确实都比较贵，中介乱吹牛皮，广角镜头把十五平方米的房间拍出四十平方米的效果，实在不可信。谢子京初来乍到，不熟悉情况，租不到合心意的，似乎也情有可原。

秦戈联系白小园，叮嘱她和唐错多多留意，单位附近哪儿有交通方便价格合适的房子，尽快给谢子京找一间。"他总不能每天晚上都撬门住调剂科里。"秦戈说。

白小园一愣："撬门？住调剂科？"

秦戈："他昨晚就这样过的。也太惨了。"

白小园："没有啊，他昨晚睡传达室里呢。传达室不是有张双层床吗？他睡得可好了，早上我来的时候他特别精神，还问我附近哪儿的煎饼馃子好吃。"

秦戈："……"

白小园："所以我是帮他呢，还是帮你骂他？"

挂了电话后，秦戈一脸平静地往前走，在心里把谢子京挂在楼顶，用三十级狂风疯狂拍打。谢子京这人嘴上没真话，让人气恼。秦戈腹诽一阵，想到很快就能吃上家里的饭菜，心情顿时好了许多。

秦戈的"家"是指他的养父母，蒋乐洋与秦双双的家。

他本名杨戈，十四岁时成了孤儿，当时的危机办主任秦双双主动收养了他。他更改姓氏，在秦双双家里一住就是十年。生命中多出了一个阿姨和一个叔叔，还有一个崇拜他的弟弟，秦戈尽全力让自己的生活恢复原本的状态。

"这个家"仿佛没有过缺口。

推开家门，厨房传出的香味立刻包围了秦戈。系着围裙的蒋乐洋从厨房里探头，高兴地挥动勺子："今晚有茶树菇炖鸡。"

蒋乐洋头发比去年更白了些，但他坚决不染，因为秦双双曾说过他的白发十分帅气。夫妻俩结婚二十年，审美已经高度趋同。蒋乐洋厨艺了得，做的都是秦双双爱吃的菜，他跟秦戈炫耀新学的手艺，秦戈冲他竖起大拇指。

出差归来的秦双双正在客厅里看书，眉头皱得死紧。书上贴了不少细长的便签，看到秦戈，她开口第一句话就是批评："高天月的学术水平下降了啊，这本写的什么东西，太敷衍了。"

秦戈诺诺点头。闲聊了一会儿,秦戈收到了白小园发来的信息。

"秦戈,危机办没办法开协助调查的申请,事情有些复杂。我正在继续查过往资料,明日详说。"

"工作上的事情?"秦双双来了兴致,"保密吗?"

离开危机办后,秦双双任职于特殊人类教育与就业指导中心。对危机办的事情,她向来是好奇又急切的。而对自己的继任者高天月,她也有着许多不满。秦戈心中一动,忙问秦双双是否知道蔡明月。

秦双双笑道:"当然知道。哪个在二六七医院生孩子的女人不知道她啊?小川就是她接生的。你们查的事情跟蔡明月有关?"

秦戈:"可能。"

秦双双有些诧异。她沉思片刻,压低了声音:"秦戈,我巡弋过蔡明月的'海域'。"

和他一样,秦双双也是目前国内五个登记在册的精神调剂师之一。当初她之所以执意收养秦戈,正因为重视秦戈的能力,同时也希望将他保护在自己的羽翼之下。

秦双双拥有更丰富的巡弋经验,秦戈吃惊之余不由追问:"她的'海域'有问题吗?"

秦双双:"绝对有问题。但我没能深入。在浮潜阶段,当我发现她的深层意识里藏着某些秘密的时候,她的'海域'发生了暴动。"

"暴动?!"

秦戈惊讶极了:"暴动"是海域学研究里的专有概念,它指由于"海域"的抵抗,潜入者被迫立刻退出的极端情况。

"蔡明月是主动来找我的。她长期失眠,一旦睡着就会做噩梦,有时候从梦中醒来,发现自己站在厨房,手里拿着剪刀和水果刀,就像准备做手术一样。"秦双双说,"主动求助的人居然会强行抵抗,这实属罕见。"

"……因为你碰到了她不想暴露的秘密?"秦戈忍不住问,"是什么秘密?它的形态是怎样的?"

秦双双摇摇头:"秦戈,你忘了我们的保密原则吗?"

秦戈:"那也有保密例外。现在就是例外情况。"

秦双双:"保密例外是由调剂师来判断的,或者你可以给我多提供一些你发现的情况?"

秦戈："……"

秦双双想从他这里获知调查的具体情况，可他不能说。两人都知道对方的想法，僵持不下，直到听见蒋乐洋招呼他俩吃饭。

秦双双捏了捏秦戈的脸："你呀，长大了，不好骗了。"

秦戈不觉得疼，反而笑了起来。

弟弟蒋笑川很黏秦戈，一回到家立刻向秦戈奔去。但跑了两步，他便在秦双双刀一般的目光中，拐进厨房，乖乖洗手。

蒋乐洋忍不住对秦戈抱怨："都快中考了还天天打球，成绩再好也要认真对待，秦戈你说是不是？"

秦双双不同意："保持锻炼习惯，对考生的整体状态有好处。"

夫妻俩絮絮叨叨争执着，秦戈和蒋笑川并不插话，只用眼神交流，手脚麻利地摆好碗筷菜碟。

难得吃一次家常菜，秦戈很满足。蒋乐洋多做了一些，打包好让他带回家吃。秦戈很喜欢蒋乐洋的厨艺，第二天专门早起煮了米饭，用保温盒一起装着去上班。还没进危机办大院，马路上有个人就压着绿灯闪烁的那几秒飞奔穿路面，朝大门跑来。

今日的谢子京和前两天大不一样。秦戈看看他蓬松的头发和干净的下巴，立刻做出判断：这人昨天认真洗澡了。

"住哪里了？"他随口问。

谢子京拿了个塞着火腿肠的煎饼馃子，吃得苦大仇深。但秦戈跟他搭话，他立刻高兴起来："住唐错家里，他的房间好小。"

"有人收留你就不错了，别这么过分。"

才走进调剂科，屋子里的唐错就像屁股底下被火燎着一样跳了起来，原本趴在地上打滚的熊猫瞬间消失。

秦戈察觉到不对劲：唐错眼下挂着厚重的黑眼圈，眼白上是丝丝缕缕的红血丝，见到谢子京就像兔子见了狼。想到谢子京"海域"不正常，秦戈脸都绿了："谢子京昨晚做什么了？"

唐错揉了揉脸，把自己的脸庞弄出点儿正常的血色："他那狮子……一晚上都死盯着我的熊猫！"

诺塔和勒克斯进入深睡眠状态时，意识松懈，精神体会自动释放出来。秦戈顿时明白发生了什么：谢子京的狮子死盯着熊猫——这可能是他对多毛动物的爱——导致熊猫异常紧张,进而导致唐错异常紧张,一晚上肯定都没睡好。

"他、他不许我把熊猫收起来!"唐错结结巴巴控诉着,谢子京耸耸肩,走到走廊上继续啃早餐,"他威胁我,说他的狮子不高兴会抓墙,还会跑到小区里乱吼。那狮子一晚上都在房间里走来走去,还咬我熊猫的耳朵,这、这是、这是试吃对吧?是吧!"

秦戈只好抬手拍拍唐错肩膀宽慰他。唐错比他小两岁,这让秦戈产生了自己正在安慰蒋笑川的错觉。于是他心软了。

这一瞬间的心软,让他说出了一句立刻就后悔的话——"让他今晚住我家吧。"

白小园从门外风风火火地冲进来,正好听到了秦戈的这句话。

"好烦哪!"她不满地把怀里的笔记本电脑放在桌上,动作看起来仿佛因为生气而十分用力,但临到桌面却突变轻柔,最后无声地搁稳了,轻功了得,"住你家了是吗?那到底还要不要帮他找房子?身为领导你怎么这么善变呢,秦戈?"

"找,继续找。"秦戈连忙说,"只是暂住。"

他其实已经后悔了。

"行吧,我懂。"白小园的脸色和唐错没有什么分别,甚至那黑眼圈和红血丝比唐错的更严重。她从挎包里翻出化妆镜和口红,盖章似的把口红快速在嘴唇上连戳几下,说:"唐错,秦戈,你俩都嫌弃谢子京。"

——"为什么?"

一个问句从门边慢吞吞地冒出来。谢子京倚靠在门边,咬着豆浆的吸管,目光在三个沉默的人脸上打转。

精神调剂科墙上的小窗里透进了雾蒙蒙的晨光。谢子京的头发和脸都被晨光与室内的灯光照亮了,高挺的鼻梁在唇上落下阴影,完全是一个与昨日截然不同的英俊男人。他喝完最后一口豆浆,把纸杯攥瘪,吸管发出"咕噜咕噜"的声音。

"为什么嫌弃我?"谢子京把纸杯扔进垃圾桶里,"是我听错了吗?"

他皱眉,方才还带着几丝忖度的眼神顿时变得可怜巴巴,直直看向秦戈。

秦戈否认:"不是嫌弃你。"

"那你们在聊什么?"谢子京问,"偷偷摸摸,不让我听。"

唐错："聊你的住宿问题。"

白小园："秦戈邀请你到他家去住。"

秦戈："……暂住！"

他匆忙更正。谢子京呆了片刻，脸上慢慢显出笑容。

"暂住。"秦戈再次重复道。

谢子京憋了半天，吐出两个倨傲的字："可以。"

但任何人都能看出来，这人心里的快乐完全藏不住。

白小园在旁边打开电脑："开会了开会了，跟你们报告我昨晚上查出来的事情。"

五

昨天回到危机办之后，白小园加班加点工作，很快失望地发现，他们没有资格向蔡明月发出调查申请。

原因之一是，精神调剂科尚未正式成立，不能以科室名义拟发文件。

原因之二是，到目前为止，他们没有任何证据证明，蔡明月需要被调查。

"第一个问题好解决，等高主任回来应该就可以。"白小园把电脑转了个向，让他们看清楚屏幕，"关键是第二个问题。"

屏幕上是一份文件：《关于特殊人类犯罪适用法律和政策有关问题的意见》。唐错和秦戈都在档案室里待过，很快便想起，这是几年前下发的文件，内文极长，足有八十多页。而恰好两人都不负责整理政策文件，只对题目有印象，对内容却不清楚。

"跟我们现在的案子有关？"谢子京问。

"关系密切。"白小园跳转到第五十五页，"在没有确切证据的情况下，任何机构与个人不得对特殊人类启动调查程序。而凡是与特殊人类相关的调查程序，必须由危机办和特管委两个部门核准同意才能启动。"

谢子京直起腰："两个部门的同意？这么麻烦？这是在变相包庇犯罪的特殊人类吗？"

"我昨晚研究这个文件研究了一个通宵。"白小园说，"它其实是保护我们的。"

特殊人类的"特殊"二字，是一条不可逾越的沟壑。

在特殊人类正式进入人们视野的那段岁月里，凡是出现古怪事情，总要怀疑到他们头顶上去。

村中发生了瘟疫，一定是半僵化人类做的坏事。

暴风雨导致山体崩塌，一定是地底人挖松了地面。

台风海啸导致农田被淹，一定是海童触怒了海神。

雪暴封山，人畜冻死，必须杀几个雪人来祭祀山川，否则风雪不能停息。

城内疯狗咬伤咬死了人，肯定是狼人作祟，毕竟狼和狗看起来差不多。

"特殊"成了原罪。与生俱来的血脉和咬牙忍受的痛苦，成为被审判的根源。而让这一切得到改变的原因是诺塔和勒克斯。他们外表上与普通人类毫无区别，进入权力层之后，"特殊人类"终于成为被正式看待的部分，而不是仅仅被当作被研究的课题。

人们渐渐明白一件事："他们"和"我们"，都是同一种生物。

关键词不是"特殊"，而是"人类"。

"《特殊人类权益保护法》是上世纪八十年代颁布的，这份文件是对保护法里刑罪相关内容的一个补充。我也是翻看资料才知道，原来只要是特殊人类，就真的有可能莫名其妙地被泼污水。"白小园说，"虽然现在大家的生活状态都有很大改善，但是歧视还是存在的，不过变得更加隐蔽了，比如彭湖当时在普通医院里发生的事情。总而言之，为了避免误伤，这个规定很严格。蔡明月是一个勒克斯，如果我们想调查她，必须取得危机办和特管委的许可。"

唐错坐在一旁，慢吞吞地说："跟特管委打交道啊……"

特管委，全称为特殊人类管理委员会，是特殊人类的最高权力机关。它管理着危机办，当初秦双双调离、高天月空降，全是特管委的安排。

"另外我还查到，蔡明月的儿子蔡易现在是特管委的副秘书长。"白小园补充道。

难熬的沉默。秦戈开口："你说的第二个问题是指蔡易，还是指没有确切证据？"

见白小园没有回答，秦戈认真道："无论蔡明月的儿子是什么职位，在我这里都不是问题。我会竭尽所能推动调查，你们只需要做好自己该做的事情，别的我来解决。"

这句话就像定心丸，白小园松了一口气。"关键是证据。"她说，"我们什么都没有,彭湖所说的场景也没办法查证。"

彭湖给出的证词让他们发现蔡明月的存在,但蔡明月个人却没有跟任何可疑事件有过牵扯。他们没有调查蔡明月的理由。

"唯一可以用的就是彭湖的自述报告。"白小园看着秦戈,"彭湖自称'海域'有问题,但他不是精神调剂师,这种判断没什么效力。如果秦戈能够开出确定彭湖'海域'异常的诊断书,我们就能申请对彭湖展开调查。"

彭湖身为二六七医院的医生,不仅主动拿出自述报告,还声称自己的"海域"不正常。这种不正常会对医院和病人造成严重影响,以此为理由提出调查申请是可行的。然后就像言泓所说——是蔡明月导致了彭湖的不正常,他们可以顺理成章地把蔡明月列为调查对象。

秦戈皱起了眉:"但彭湖的'海域'没有任何问题。我不能作假害他。"

白小园咬了咬嘴唇,刚涂上的口红吃了一点进去,神态意外地焦虑。

"担任医生的诺塔或勒克斯,如果被确诊'海域'不正常,医师资格证会被吊销,永不得从事医生工作。"她低声说,"彭湖知道这是最严重的后果,但他仍然写了这样的自述。秦戈,他已经做好了迎接最坏结局的准备。"

秦戈没想到彭湖居然以放弃医生生涯的代价来举报蔡明月。

他或许从蔡明月说的"胡话"中窥见了当年的秘密,经过煎熬,最终选择了一个曲折的方式去揭露。秦戈第一次见彭湖时他正在喝酒,可眼里没有醉意。那瓶红星二锅头没办法灌醉他。他只不过借酒壮胆,说一些清醒时不敢讲的话。

"救我"——秦戈此时才明白他的痛苦和矛盾因何而生。他的自述是倒下的第一块多米诺骨牌,是彭湖自己亲手推动的。

"我不会写这种诊断书。"秦戈毫不犹豫,"这不是事实,而且违背精神调剂师的职业道德。"

他看着眼前的三个人。没有人提出异议。

"再想想是否还有别的办法。"秦戈头一回感觉到,自己是他们的主心骨,"我们不能为了让有罪之人暴露,就贸然毁掉一个无辜的人。"

秦戈整日在思考蔡明月的事情,下班后察觉到谢子京跟着自己走到车棚时,吓了一跳:"做什么?"

他说完立刻想起今早的一时口快。

谢子京背着一个他从未见过的硕大登山包，满脸是笑："我还是第一次到好兄弟家里留宿，有意思。"

"这包是从哪儿来的？"秦戈问。

"我的行李。"谢子京说，"这两天都寄放在传达室。"

来的第一天他就带着这个登山包，和传达室的大爷商定了借宿几宿。昨夜他带着行李到唐错家借宿，今天上班的时候他又带着行李回到了危机办。

"……你不累吗？"秦戈很无力，这登山包不只大，还有棱有角，虽不知里面装的什么，但显然不轻。

"唐错的熊猫怕我。"谢子京说，"我原本打算继续住传达室。"

秦戈愣愣地看他，一瞬间竟然从心底冒出几分茫然。在秦戈面前，谢子京像是摘下了先前的面具，简简单单的一句话，就让秦戈心软了一点。

"可以去住酒店啊。"秦戈说，"传达室那张床，你连腿都伸不直吧。"

"不必。"谢子京说，"说不定高主任回来之后我就走了。"

"去哪里？"

"不知道。但你不是不想让我留在调剂科吗？"

秦戈："……"

他心里已经没了三十级狂风，只剩下对谢子京的怜悯。这种怜悯像湖水一样温柔地拍上了岸，但又沉甸甸地震动了秦戈的心肠。

"不是这个意思。"他小心地说，"我并不是想撵你走。"

秦戈知道现在心软十分糟糕，但是——这人也太可怜了。

谢子京已经露出笑脸："走吧，去你家。"

"你坐地铁。"秦戈说，"我这车不搭人。"

他俩交换联系方式后道别。在前往地铁站的路上，秦戈的心软一点点消失了。眼皮轻微跳动，他忽然察觉到某种说不清楚的不祥之兆——自己好像被谢子京绕进去了。

秦戈住的是自购的单身公寓，每个月艰难地还房贷，连车都不敢买，出入依赖公共交通工具和自己的电动车。房子不大不小，楼层不高不低，位置不远不近，卡在四环和五环的交界，像一块没放好的煎蛋卡在汉堡肉和面包之间。

秦戈回到小区门口的时候，谢子京已经在保安室门外站着了。他明明背着沉重的背包，居然也不放下，斜靠在树下，死盯不远处的十字路口。

秦戈知道他是在等自己。

……可是他方向看反了。

秦戈没给谢子京配钥匙，只告诉他房门密码。谢子京大大咧咧地走了进去，朗笑着对空无一人的室内说了句"我来了"。环视一圈，他回头看门口神情复杂的秦戈："和我想象的一模一样。"

房子购于去年，入住后访客只有秦双双一家人。家是非常私人的空间，它装载着一个人最多的秘密。得到邀请并被允准进入"家"中的人，对主人而言，必定是特别的：允许某人分享生命中最隐秘的空间和秘密，这足以说明彼此之间有多么亲近。

……所以自己当时真是疯了。

秦戈越来越懊恼。他喜欢独居，已经快忘记怎么跟人在一个居住空间内共处了。

谢子京站在客厅里好奇张望。小公寓只有一室一厅，墙打通了，空间阔落。卧室与客厅以推拉门隔开，门是半闭着的，可以看到卧室里半个塞满书的书架。客厅直通阳台，夜色中已经亮起灯火万盏。阳台的门关紧了，室内是温暖的。春季乍暖还寒的风没法溜进来，这是个稳妥牢固的空间。

家里有某种柔软的气息。它属于秦戈的精神体。一种胆怯的、温顺的动物，平静的空气里似乎还留存着它活动的痕迹。谢子京伸手在身边抓了一下。他的动作扰动了空气，那些沉寂的气息忽然活动起来，亲昵地缠绕着他的手指。

"你在抓什么？"秦戈满脸狐疑。

谢子京指沙发："我可以坐吗？"

秦戈："可以。"

谢子京："包可以放地上吗？"

秦戈："……可以。你别装可怜了，可以吗？"

谢子京大笑："可以可以可以。"

但他的姿态仍然没有放松，乖乖落座时，他的手搁在膝盖上，眼神紧缀在秦戈身上，看他在开放式厨房烧水泡茶，最后在自己面前放下一罐果汁。

秦戈打算讲讲注意事项，但想想似乎也没什么需要提醒的。"每天都要洗澡，作息最好跟我一致。"他从卧室里抱出被褥、枕头，"你睡沙发吧，再放张椅子，应该能伸直腿。"

谢子京接过被褥、枕头，枕套上的图案吸引了他的注意力。

"这是什么？"谢子京好奇极了，"你的精神体？"

"蜜袋鼯。"秦戈又去给他找牙刷、毛巾，"我弟弟的精神体。这个被褥、枕头都是他的。"

谢子京："你有弟弟啊？"

秦戈拿着毛巾和牙刷走出来，终于忍不住了："好个生死之交，你连我有弟弟都不知道？"

"对啊，"谢子京笑着，"你为什么不告诉我？"

秦戈怀疑谢子京其实知道自己有亲密幻想。有亲密幻想的人里，存在极少部分自知者。人一旦知道脑中的情感完全诞生于幻想，很快能够自主清醒，不会沉溺其中。但谢子京显然不是。秦戈隐隐察觉到，谢子京对自己"海域"的问题有自知，但他为何不清醒？

"除了我，你还有别的好兄弟吗？"秦戈尽量自然地问他，"或者说，生死之交？"

谢子京回忆片刻，肯定地回答："就你一个。"

打发谢子京去洗澡后，秦戈翻开笔记，在纸上随手涂写，厘清彭湖和蔡明月这件事的思路。

只要证实蔡明月曾在六号手术室里做过违规的事情，他们就可以申请启动调查。但住院病历只保存三十年，限期已过。退一万步说，即便仍有部分保存着，医院也不可能允许他们在毫无理由的情况下调看。而当年与蔡明月一同工作的医生、护士大都年逾高龄，不是已经离世就是难以寻找。

医院无从下手，蔡明月的心脏搭桥手术数日后就要开刀。这是一个有风险的手术，依蔡明月现在的身体状况，她可能无法从手术台上平安下来。

每一种可能性都被排除了，只剩下最后一行字："强行潜入"。

秦戈把这四个字看得几乎不认识时，忽然听见笑声。热气腾腾的谢子京靠在门边，不知盯着他看了多久。

"怎么了？"秦戈问。

谢子京指着书架角落的一把尤克里里："我能玩玩这个吗？"

这是蒋笑川送的，无奈秦戈只会用它弹《那些花儿》的前面四句。虽然短，但秦戈只会这四句，所以弹起来娴熟，容易动情，也容易沉溺其中，让听者不堪其扰。

打发了谢子京,秦戈又盯着"强行潜入"四个字呆看,耳边隐隐传来轻快的乐声。谢子京弹得不错,秦戈听不出这是什么曲子,只觉得活泼伶俐,又带几分甜蜜。他决定夸他两句,走到客厅却发现这人正站在阳台上。

已经九点多了,秦戈冲到阳台,压着声音:"回来!别扰民。"

谢子京又弹了一曲。"好听吗?"他问。

"好听好听。"秦戈敷衍道。

"这是雪山上学的情歌(与'秦戈'谐音)。"谢子京笑道,"我还会唱两句,练好了再唱给你听。"

秦戈听出他在用自己名字开玩笑,立刻决定把刚刚绞尽脑汁想的两句夸赞吞回肚子里。

互道晚安之后,秦戈锁好了自己的卧室门。

谢子京在沙发上坐了一会儿,盖着被子躺下来,从背包里拿出一本书翻看。他夜间很难入睡,今天也不例外。唐错提过,"海域"有问题的人往往会惧怕睡眠。他们知道自己的潜意识里充满怪东西。谢子京失眠多年,早已习惯,听了笑笑便罢。他发现秦戈已入睡,却没有关灯。秦戈会惧怕什么?谢子京禁不住好奇。

书看了一半时,他察觉到屋子里的奇特动静,立刻坐起身。

秦戈已经睡着了,精神体的气息从卧室中流淌出来,前所未有的浓厚。它像萦绕在这个空间的暖气一样,把谢子京从头到尾包裹起来,抚平了他的焦灼,又令他产生新的焦灼。

乳白色的雾气穿过墙壁与玻璃,最后沉落在阳台上,凝聚成一个圆乎乎的小东西。两只耳朵从厚厚的白色毛发中竖起,片刻后又垂到两侧,小毛团一般的尾巴在屁股上有节奏地晃动着。

谢子京一下坐直了。

那是秦戈的精神体,一只仅有手掌大小的长毛兔。

它正在晒月光。

谢子京从沙发上慢慢溜下来。他从没见过这么小的兔类精神体,就像能托在手心的一团绒毛。

精神体感觉灵敏,他刚把阳台门推开一条缝,兔子顿时转过头,用圆眼睛看着他。谢子京忍不住笑出了声:这兔子的毛实在太厚太长了,几乎连它的五官也一起盖住，只有眼睛和鼻子露在外面，仿佛将自己乔装成了通体雪白的小长毛猿。

"嘘……"谢子京对它竖起手指，"我是好人。"

隔着一面玻璃，兔子开始往后退。它的四爪、尾巴和耳朵都在瑟瑟发抖，浑身的厚实白毛簌簌地颤着。

谢子京怀疑自己是不是脸上写着"杀兔大手"之类的词语。

这兔子不仅体形小，连胆子也小得惊人。退到阳台边的它发现已经退无可退，惊恐的圆眼睛里滚滚淌下两道泪。

谢子京："……"

兔子的长毛和耳朵开始变化，颗粒状的白色雾气从它身上升腾起来。察觉它准备逃跑，谢子京忙抓过沙发旁的尤克里里，拨起弦弹了两声。

"我是好人哪，小东西。"他用很轻的动作拨弦，用很轻的声音说，"你不怕我，我就给你唱歌。"

琴弦的声音是熟悉的，兔子抽了抽鼻子，眼睛转而盯着那把小琴。

谢子京一下想不出能唱什么歌，开始胡乱哼"小兔子乖乖"。

兔子不再发抖了，但它显然还是胆怯，悄悄把头埋在爪子的厚毛里，只露出两只圆眼睛，盯着谢子京拨弦的手指。谢子京被门缝里钻进来的冷风冻得有点儿僵。他穿的衣服太薄，午夜的风又太冷。他从没想过自己会蹲在阳台的推拉门边上，小心翼翼地给一只长毛兔弹尤克里里。

可是他太想靠近它，太想揉揉它的毛了。他喜欢一切温暖的东西，给他胸膛输送热力，厚厚的毛发像春季丰盛的草地。

从这个小东西怯懦的眼神里，他看得出它害怕自己，又对自己好奇。精神体反映着诺塔和勒克斯的深层意识。谢子京一面对它笑，一面对秦戈的"海域"好奇：秦戈的胆子也这么小？

不想把秦戈吵醒，谢子京哼了一会儿后停止拨弦。兔子像是有些不舍得似的，动了动耳朵，小脑袋仰起来，直勾勾地看着谢子京。

谢子京从门缝里伸出手，冲它招了招。

在他把手伸出去的时候，兔子又被吓了一跳。但它没有消失，反而立刻伸爪揪住自己耳朵拉下，直接遮住了眼睛。片刻后，它从耳朵的缝隙里眨眨眼，偷看谢子京。

在谢子京以为自己将成为本市第一个因为逗精神体玩儿而在午夜两点活

活冻死于阳台的诺塔时,兔子终于松开耳朵,往前挪动了一厘米。

六

家里有谢子京这个外来的异常生物,秦戈本以为自己会在紧张和焦灼中熬过一个无眠之夜。

他没有。

非但没有,他还睡得很好,做了个十分快乐的梦。

梦里有人抚摸他的头,低声对他说话。对方手势温和,力度刚好,每一次接触都很轻很柔。他给秦戈带来的感觉,仿佛从高峻山崖上卷来的烈风,吹得人摇摇晃晃,但却并不令人讨厌。

秦戈就站在自己的"海域"中央,站在一片高山的尖端,在一棵树的树根处醒来。风声像人声,像低低的琴声,把他从梦中之梦里唤醒。苍蓝色的天空中缀着亿万颗星辰,银亮的轨道在星空中列布;风穿过树叶和树梢,穿过他的衣服与肌肤,头发与指尖,奔往遥远的尽头。

他的兔子,他胆小的、忠诚的灵魂之火,卧在他的胸口上,滚烫得如同灼热的心。

秦戈甚至看见星星像雨点一样从天顶坠落。

它们精准地落在每一座山的峰巅,激起冲天火光。每一座山头都在熊熊燃烧,无数巨大的火把照亮他宽广的"海域"。风声挟带了笨拙的琴声,从炽热之处滚滚而来。

睁开眼的时候,秦戈发现一切都只是梦。但他的精神很好,心情也很好,好得令他忍不住心生困惑。他摊开手掌,手心升腾起白色雾气,最后凝成毛团一般的长毛兔。兔子从秦戈手里跳下来,扬起粗短四肢朝房门滚去。秦戈不明所以,为它开门,门才拉开一条缝,兔子箭一般蹿出去,"咚"地跳到谢子京身上。

谢子京用冰箱里的东西做了两份早餐,边看电脑边吃。兔子的突然袭击吓了他一跳。长毛兔爬到他手上,用软爪踩着谢子京的手指,双眼紧盯电脑屏幕上的一群丧尸。

谢子京不敢乱动,先跟秦戈打了个招呼:"早啊。"

秦戈洗漱完毕,兔子已经换了几个姿势,但仍然窝在谢子京怀里看丧尸电影。

"……你跟我的兔子怎么这么熟？"秦戈问，"昨晚对它做什么了？"

谢子京："给它唱歌摸毛。"

"那你完了。"秦戈和他一起坐下。电脑上正在播放一部经典的丧尸电影，兔子看得高兴，耳朵和尾巴摇个不停。

谢子京从秦戈的态度里察觉不对："完了？"

"它胆子特别小，但如果谁摸了它而它又不害怕，那就说明它喜欢那个人。"

谢子京笑得畅快："那不正好？"

他正说着，手忽然疼起来。低头一瞧，那只兔子正在咬他的手指。咬得还挺起劲，小牙齿像啃萝卜一样咔咔咔。

秦戈把蒋乐洋给的剩菜加热，洗米煮饭。兔子咬完手指后，爬到谢子京肩膀上，思忖片刻，开始咬他的耳朵。谢子京开始还忍着，想尽办法跟秦戈唠嗑："秦戈，你是不是那种会把流浪狗捡回家的人？"

秦戈："不是，我看到流浪狗绕路走。"

谢子京："但你会拍照，在微博和朋友圈里帮它们找主人。"

秦戈："……"

被他说中了的秦戈决定不理睬他。房子里只有丧尸电影发出的声音。兔子看得认真，啃菜一般把谢子京的耳垂咬得发红。谢子京忍无可忍，把兔子抓起放到桌上。兔子依恋他，四蹄攒动，顺着裤子爬到他膝盖坐下。它蹲坐时仿佛一团白色绒毛，十分柔软趣致。谢子京看着，忍不住伸手去揪它的长耳朵。兔子一下蹦起，跳到谢子京手上，立刻又抱住他手指开咬。

谢子京："……秦戈，你这兔子是不是太奇特了？"

秦戈："是吗？"

谢子京："爱看丧尸电影，还爱咬人？"

秦戈装好两个饭盒，点头："这就是它表达喜爱的方式。谢子京，谢谢你代替我承受这份痛楚。"他把一个饭盒放在谢子京面前，笑得热情，"你的午饭，不用谢。"

秦戈故意不把兔子收回去，临出门的时候谢子京终于恳求他发发慈悲，并且把自己被咬肿的手指亮给秦戈看。秦戈惊觉自己找到了一个制住谢子京的办法。

"你乖乖的。"秦戈把正咬着谢子京小拇指的兔子揪了下来,指着它对谢子京说,"不然我放它咬你。"

刚到调剂科,秦戈便接到了言泓的电话。蔡明月的儿子现在正在二六七医院,点名要见秦戈。"听他的意思,好像知道你们准备调查蔡明月了。"言泓说,"他脸色很糟糕。"

白小园还没到,秦戈匆忙去申请公务用车,却被告知申请流程要提前二十四小时。

"上次白小园申请,当天就下来了。"秦戈辩解道。

"秦科,以后这种事情让白小园来做就行了,事半功倍。"行政科的小刘笑道,"她熟悉这些环节,而且我们欠她一堆人情,要还好久的。"

秦戈半信半疑,但白小园来了之后,果然顺利将公务用车申请到手。秦戈惊奇之余越发察觉,自己对这里面的门道确实一窍不通。

"别看我啰唆,但我很有用吧?"白小园照旧坐上驾驶座,嘻嘻地笑。

一行人驱车前往二六七医院,秦戈的眼皮又开始腾腾地跳。他不知道是凶是吉。

蔡易年约三十,高大英俊,是特管委出了名的门面,又因为手里管着许多事情,人脉很广,久而久之养成了不知从何而生的倨傲之气,看人说话的时候目光悬在对方头顶,不会落到脸上。

但他认真打量了秦戈。

"精神调剂科还没有正式成立,准备的资料有一些欠缺,危机办可还没补充完整,比如你们需要签的保密协议。"蔡易淡淡道。

秦戈很快回答:"这周一定都能补足。"

蔡易轻笑了一声,说:"还在做准备,那就确实是没有成立。怎么,现在就可以行动了?特管委从来没有收到过任何调查申请,高天月就是这样教你们的?"

秦戈:"我现在身份只是危机办的精神调剂师。"

蔡易:"嗯?"

"我是危机办的精神调剂师秦戈,目前处理的是二六七医院彭湖医生的'海域'异常事件。这不是你所理解的调查。"秦戈直视蔡易,"精神调剂师自己的工作,不需要经过特管委批准。"

这是秦戈苦思一夜的说辞。调剂科尚未正式成立，为避免调查受阻，秦戈决定用自己的职业来解释目前的所有行动。

"既然委托人是彭湖，为什么要调查我的母亲？"

秦戈否认："我没有调查你的母亲，只是你母亲是彭湖的长辈，对彭湖影响很大。我要帮彭湖解决他的问题，必须对彭湖周围的人和事物有充分的了解。我只是想从你母亲这里得到关于彭湖的更详细的信息。"

蔡易付之一哂。

"好了，我们不必继续这种无聊的对话。我为什么想见你，你为什么来这里，大家心知肚明。"蔡易转头看着身边的病房门，"我只有一个要求，让我妈妈少受一些折磨。"

几人正在蔡明月的特殊病房门外。提到母亲，蔡易声音低沉："如果你能让她好过点儿，我会记住调剂科。"

"你知道蔡医生过去发生了什么事？"秦戈问。

"我不知道。"蔡易看着他，"我希望你出来之后，能告诉我。"

秦戈拒绝："精神调剂师有保密原则，即便你是蔡明月的儿子，我也不会跟你透露任何与她'海域'相关的内容。"

蔡易并未显出任何失望，点点头："好。我母亲最近这几年过得非常痛苦。她常常梦游，走到厨房或者阳台，拿着刀或者其他工具，不断地重复手术动作。我们起初以为她是退休之后不习惯，还留恋以前的工作，但后来发现……总之，她需要你的帮助。"

秦戈心中激动，脸上勉强平静："你允许我们调查蔡医生的'海域'？"

"当然。"蔡易说，"精神调剂师秦戈，我以蔡明月儿子的身份，代替我母亲对你发出委托：她的'海域'存在一些问题，她非常痛苦。请你巡弋我母亲的'海域'，帮她找出问题并解决。"

秦戈脸上一丝笑意还未来得及消失："什么？"

"委托人，我母亲。被委托人，精神调剂师秦戈。"蔡易强调，"这是一对一的委托，秦戈，请你遵守精神调剂师的保密原则，不要把委托人的任何信息，告知他人。"

秦戈目瞪口呆。

见面之后，秦戈发现，蔡易的每一句话原来都有目的，步步为营，他被蔡易的陷阱套进去了：他既然声称目前以调剂师身份独立行动，就必须遵守调剂师的保密原则；蔡明月一旦成为他的委托人，他们之间就订立了无形的约定，保密原则生效，蔡明月"海域"里的任何事情，他都必须藏在自己心里。

秦戈立刻想到，除了保密协议之外，还有保密例外。

保密例外是指作为委托人的诺塔或勒克斯存在杀人事实、谋杀自杀计划，或者其他重大犯罪行为的情况。但蔡明月的秘密距今三十多年，即便杀了人也已经超出追诉期，调剂师不能把她的旧日秘密披露给任何人或者任何机构。

蔡易要利用精神调剂师的"保密原则"，在缓解母亲痛苦时，将蔡明月的秘密永远封存在秦戈这里，并确保他不会说出去。

"如果你不想答应，可以。"蔡易低声说，"我的母亲明天动手术，之后她会离开这儿，到国外休养。你会永远失去探索我母亲'海域'的机会，你也永远不能得知真相。"

秦戈心中一时转过千万个念头。他可以拒绝，可以再等几天。等到高天月回来，等到精神调剂科正式成立，他们也许就能更顺利——但这仅仅是"也许"。

如果蔡明月在手术中出事呢？如果高天月是特管委的人，他也想帮蔡易压下这个可怕的秘密呢？变数太大了，眼前也许是唯一的踏入蔡明月"海域"的机会，秦戈不想放过。

"我接受委托。"他看着蔡易，"现在就可以开始。"

蔡易很欣赏他的决断："手术风险大，请你务必为我母亲消除'海域'的阴影，我希望她平静地进行手术，以后都不再被噩梦困扰。精神调剂科，特管委是很重视的。"他彬彬有礼地为秦戈打开了病房的门，"一对一巡弋，只有你和我母亲。"

"请等一等。"秦戈制止了他的动作，"你母亲的情况比较特殊，我得进入她的深层'海域'。深潜有风险，我需要一个诺塔与我配合，在关键时刻把我唤回来。"

蔡易皱起了眉头。

秦戈："这是精神调剂师工作守则里关于潜伴制度的规定。你可以查一查。"

蔡易以眼色示意秘书查询，片刻后得到了肯定的答复。"潜伴是精神调剂师工作时候的固定搭档，绝大部分潜伴都是诺塔，他们负责在整个巡弋过程中保护勒克斯的安全，并在合适的时候唤醒调剂师，切断调剂师和委托人的'海域'联系。"秘书看着手机说。

蔡易好奇道："诺塔不能和你一同进入'海域'，他怎么切断你和委托人的联系？"

秦戈："抱歉，这是精神调剂师的工作保密内容，你不是我的潜伴，我不能告诉你。"

秘书这时在一旁提醒："潜伴与调剂师一样，都需要遵守保密原则。"

"好吧。"蔡易上下打量秦戈，"我就是你需要的诺塔。"

"你是委托人的儿子，我需要的是帮手，不是会扰乱委托人思维的人。"秦戈强调，"而且我有固定的潜伴。"

他指着谢子京。

"危机办调剂科，谢子京。"秦戈看着蔡易，"他是我的潜伴。"

蔡易看着谢子京，眯起了眼睛。

"谢子京？"他侧了侧头，似是在回忆，"你就是高天月费尽心思，从西原办事处找回来的那个诺塔？去年西原的六三〇大案[1]，你立过功。"

"嗯。"谢子京简单回应。

蔡易："我看不出你有什么特别之处，值得高天月这样争取。"

谢子京："首先那不是我的第一个一等功。其次，我也看不出你有什么了不得，讲话这么没礼貌。"

秦戈脸上平静，心里却在揪着谢子京疯狂摇晃：现在很关键！不要惹怒蔡易！

但蔡易没有被激怒。他从病房门口离开，示意二人进入："你们只有一个小时。"

特殊病房是单人间，陈设简单整洁。接待访客的沙发和茶几上放满了水果和鲜花，全部都还很新鲜。病房被布幔围着，秦戈看不到蔡明月。房门无法反锁，他只能关紧。谢子京正要往前走去，秦戈拦住了他。

"谢子京，听好。"秦戈快速地低声说，"你并不是我的潜伴，你还没

---

[1] 六三〇大案：迄今为止影响最大的半僵化人类谋杀事件，因案发于冬季，又被西原办事处称为"冬灾"。前年八月到十一月间，危机办西原办事处接到多起报案，并在多处不同地点发现了共计六十六具半僵化人类尸体。所有尸体的心脏及大脑均遭破坏，弃尸现场多在城郊垃圾堆填场等地。该案被视为以半僵化人类为目标的连续杀人事件，群体作案，手段凶残，社会影响极其恶劣，尤其在特殊人类与普通人类之间形成了互相厌与恐惧的连锁反应。案件侦破时间长达一年，包括谢子京在内，共有三十七名办案人员受到嘉奖。

有办理入职手续,所以根本不算危机办精神调剂科的人。无论是调剂师潜伴要遵守的保密原则,还是调剂科的保密协议,全都对你不起作用。"

谢子京冷静地听着。

"在之后要开始的巡弋中,你是完完全全的局外人。"秦戈盯着他的眼睛,"你听懂了吗?"

"所以我应该怎么去保护你?"谢子京问,"我没学过怎么当一个潜伴。"

秦戈有些急了:"我不需要保护。记住,这个房间里发生的所有事情,我听到和看到的所有事情,我和蔡明月说出的每一句话,只有你这个局外人能够记录和告知其他人。"

"明白。"谢子京听懂了,"你说我是你的潜伴时我就知道,蔡易诓了你,所以你要诓他。至于怎么诓,刚刚不清楚,现在晓得了。"

秦戈稍稍松了一口气,但谢子京追问:"所以,我要怎么去保护你?深潜到底有多危险?你到底要做什么?我完全不清楚。"

"你不必保护我。"一团雾气从秦戈肩上升腾而起,长毛兔出现在他肩膀上。兔子一见到谢子京立刻就要往他身上扑,但瞬间被秦戈牢牢按住,动弹不得。"深潜有一定风险,但蔡明月年纪大了,她的'海域'困不住我,她也不可能攻击我。"

谢子京跟在他身后,走向被布幔围着的病床,小声说:"那我保护兔子。"

兔子兴奋地在秦戈肩上扑腾,秦戈压紧了它,没有回应谢子京。他小心地拉开布幔,病床上的老人睁开眼睛,静静看他。

蔡明月七十多岁了。由于疾病和不正常"海域"的长久折磨,她瘦得如同一具皮包骨头的骷髅,氧气罩下的脸色虚弱紧张。

秦戈坐在病床边,牵着蔡明月的手。

"我是精神调剂师秦戈。"他低声说,"蔡医生,我是你儿子请来,为你解决'海域'问题的。"

蔡明月忽然睁大了眼睛。她枯瘦的手颤抖着,突然生出一股大力气,死死攥住秦戈的手指,眼泪滚进鬓角干枯的白发中。

"救……我……"她张大了嘴,无声地喊着。

秦戈的兔子不再扑腾了。它从秦戈的肩上跑下,稳稳趴在蔡明月枯槁的手掌之中。成年人的手掌刚好足够它容身。秦戈抚摸它的耳朵和背部,把手放在兔子身上,闭上眼睛。

下一瞬，兔子消失了。浓郁的白色雾气从蔡明月与秦戈相合的手掌中滚滚淌出来。秦戈精神体的气息充盈了整个病房。

谢子京甚至觉得，自己似乎被温暖的海洋包围了。他能触碰到秦戈的情绪波动，并很快察觉到，秦戈很紧张。站在秦戈身后，他支撑着秦戈的背部，戒备着他从未听过的突发情况。

病房之外，蔡易和他的秘书飞快对视一眼。白小园和唐错紧张地守在门口，他们全都察觉到了从病房内隐约逸出的气息。秦戈精神体的力量温和澎湃，缓了白小园和唐错的不安。

"……他的精神体是什么？"蔡易问。

白小园和唐错都没有回答。

蔡易笑道："最年轻的调剂师，留在危机办，是屈才了。"

秦戈进入蔡明月"海域"的瞬间，立刻感到恐惧。

四壁流血的手术室，从墙上钻出来的婴孩，手术台上号叫的产妇，沉默持刀的医生。

彭湖曾跟他描述的一切，真真切切出现在眼前。

秦戈就站在六号手术室当中。这是三十多年前，是蔡明月的记忆，手术室里还没有那扇后来才被凿开的窗，无影灯竟然也似是红色的，光线在血气里浮动。浓郁的血腥味直冲他而来，病人的声音太过凄惨，秦戈不得不后退几步。

他的双足就踩在血水之中，随着移动，发出黏稠的声响。

血水足有一寸深浅，几乎淹没了他的鞋底。整个手术室仿佛被浸泡着，被侵入着，但手术台周围的医生却仍然沉默，就像什么都没有听到，也没有看到一样。

只有一个小时。秦戈不敢耽搁。他需要花极大的力气来压抑恐惧，才能勉强朝手术台迈出一步。墙上钻出的婴孩全都看着他，神情漠然。

秦戈根本不敢再多看一眼。他艰难地走向手术台，号叫的声音越来越大。

可是手术台上没有人。只有空空的、正在兀自扭动挣扎的住院病服。

病服的腹部被剪开了，医生拿着剪子与刀站在一旁，数双眼睛盯着病服中间大开的口子。

一个婴孩正试图从里面爬出来。

秦戈只感到这里的每一处地方都令人毛骨悚然。蔡明月的"海域"太诡异了，无论是多么强大的精神，数十年都要忍受着这样的场景，会发疯反而是正常的了。他转头想看医生，却发现手术台周围低着头的几个人，竟然全长着蔡明月的脸。

那是三十多年前的蔡明月。她还没有被疾病和时光折磨得干枯憔悴，只是神情呆板木然，一动不动。

秦戈退到了手术室门口，他不得不说服自己先离开。

手术室的门轻易就被推开了，秦戈一个趔趄，摔进一摊腥臭的水中。他几乎忍不住自己的颤抖，爬起来却发现自己仍旧在手术室里。

不祥的预感袭来，他立刻奔向门口，"哗啦"一声将门拉开。

门外仍然是六号手术室。

秦戈愣住了。他的前方，他的后侧，都是一模一样的手术室，一模一样的尖叫，一模一样的场景。

他继续往前奔去，拉开一扇又一扇门——进入一个又一个六号手术室。

他在"海域"之中时，肉体不会感觉疲累。但奔走一段时间之后，秦戈不得不停下来。他明白了蔡明月为什么害怕到哭着哀求自己"救"她。

蔡明月平时可以装作正常生活，但夜间入睡，她无法逃避梦境。"海域"里的东西零零碎碎地浮在意识之上，啃噬她的睡眠和情绪。年老之后，由于神经和脑部功能的退化，诺塔和勒克斯的"海域"都会出现或多或少的异样。有的人可以努力维持自己"海域"的稳定，但蔡明月显然不行——她的"海域"太可怕了。

秦戈想起言泓曾说过，蔡明月会说"胡话"，而这些"胡话"只有彭湖愿意听。彭湖听到的，应该就是蔡明月神志不清时所描述的"海域"。

但一味循环重复的手术室，并不能让秦戈窥见蔡明月的真正秘密。他正想继续往前探索，眼角余光却发现，手术台那头有些不一样了。

蔡明月手上拿着的不是刀或剪子。她抱着一个初生的婴儿，正用手紧捂婴儿的鼻子和嘴巴。墙上无数的小小幻影，因为巨大痛苦而拼命惨叫。血红的默剧中，婴儿在蔡明月手里抖动了片刻，很快没了动静。

"好了。"蔡明月转头对秦戈说，"已经死了。"

周遭忽然一静，所有声音瞬时消失。

抱着婴儿尸体的蔡明月死死盯着秦戈，突然大吼："滚出去！！！"

墙壁与地面融化，秦戈猝然坠落。穿过无数手术室的天花板与墙壁，无数次跌入血水，又继续向更深处坠落。

这是秦双双曾经历过的"海域"暴动！

蔡明月想捂住自己的秘密。但这也说明，秦戈即将接触到真正的核心。

他不得不再一次调动自己精神体的力量。蓬勃的温柔气息，像无数绒毛柔软地包围了他。没有肉体的疼痛和疲累，秦戈任由自己被兔子保护着，不停默念：我是来帮你的……我是蔡易找来的，为帮你摆脱噩梦而来。

漫长的下坠结束了。

秦戈摔在一块草坪上。

这是二六七医院院史馆前面的那片草坪，一条长凳，几棵大树，此时正枝繁叶茂。树下重重人影向他伸出手。各式各样的信封与红色纸包，各种各样的脸庞，笑着的，哀求的，紧张的，木然的。有男有女，每个人开口的第一句话总是"蔡医生"。

蔡医生，我丈夫骗我，我不知道他居然是特殊人类。

蔡医生，医院说这孩子有百分之八十六的可能性是勒克斯，可我们只想要诺塔。

蔡医生，我感染了岩化病毒……我不想要，我不能生一个地底人……我会被人笑死的。可是发现得太迟，我没法处理他，你帮帮我，好吗？

蔡医生，女儿不行的，我们不要女儿。

蔡医生，这个孩子……你帮帮我们吧，他没有手啊，养不活的。

蔡医生，我老公不要我了，我也不想要这个孩子。我照顾不了的。

蔡医生，孩子是狼人的……不，我不是自愿的……我不想生一个强奸犯的小孩，可是处理不掉，只能生下来。

蔡医生，你最心善，愿意帮我们这些可怜人解决麻烦。

蔡医生，求求你，帮帮忙。

对你来说很容易，帮帮忙吧。

……

无数的人，无数的手。他们全都朝秦戈涌来，手指抓挠在秦戈的胳膊上，湿乎乎的，像被冷雨浇透的躯体。

"你真的能帮我？"一个苍老的声音从院史馆门口传来。

围绕着秦戈的人消失了。院史馆就在他面前，佝偻的蔡明月颤颤巍巍站在楼下，没有风声也没有人声，只有她自己说话的嗓音，一颤一抖的，怕得直哆嗦。

"不要骗我。"她低低地说。

这是蔡明月的意识。她向秦戈敞开了自己的秘密，那些关于"孩子"的回忆。秦戈满腔震愕与愤怒，蔡明月手中不动弹的婴儿完整、健康、依稀哭嚷，那是刚落入人间的生命。但面对一个"海域"之中的虚像，所有的指责、唾骂，都是无用的。

像是察觉到他的情绪，蔡明月扁了扁皱巴巴的嘴，吃力地说："我是在帮人。"

秦戈不想附和她。"这些不是核心。"他决定把注意力放在当前的事情上，"你什么时候开始察觉'海域'不正常的？"

蔡明月皱巴巴的脸抽搐了一瞬，显出极其不自然的神情。

"这非常重要。"秦戈强调。

"……三十多年前，一个男人送妻子来妇产科，挂了我的号。"踟蹰片刻，蔡明月慢慢开口，"他是……我最后帮的人。"

秦戈正在等待她的下一句，眼前忽然一阵恍惚。眩晕感前所未有地强烈，他睁开眼睛，发现自己跌在地上，谢子京正弯腰把他搀起。

"一个小时。"谢子京说，"你回来得很准时。"

病房里，白色雾气已经消失，秦戈筋疲力尽。他仅能维持一个小时的巡弋，时间再长就很危险了。

病房的门被敲响，蔡易说着"我进来了"，试图开门。就在他拧动门把手的时候，病床上的蔡明月忽然拼足全身力气大吼："出去！"

门缝里，蔡易的神情复杂且狼狈："妈。"

"出去！"蔡明月又喊了一声。她摘下氧气罩，大口喘气。眼看门终于关上，蔡明月抓住秦戈。她的眼神里满是可怕的激动。

"那个男人……我最后帮的那个人……他要我帮他杀了他的孩子。"蔡明月喘着气，声音像一截一截的罡风，喑哑地从她喉咙里往外挤，"可是……我大意了……我做错了……所以是那个孩子诅咒了我……"

秦戈和谢子京心中都是一紧。秦戈握住蔡明月的手，忍着心中的厌憎，轻声问："你慢慢说。"

"差一点……就差一点点……"蔡明月的手像是钳子一样，恶狠狠地钳住秦戈的手掌，仿佛他就是那个给自己施加了诅咒的婴孩，"可他没死成！"

蔡明月手里的第一个死婴，完全是意外。

因为难产和脐带绕颈，孩子出生后不久很快死去。她那时尚年轻，看到产妇的家人冲自己奔过来，还以为会遭到唾骂或殴打。

但什么都没有发生。

年迈的老人握着她的手，不断小声致谢。那孩子是个女婴，少了两根手指。她的父亲是强奸犯，母亲年龄还小，将近临盆才被家人发现。这个世界上没有人想要她。"既然死了就算了。"他们小声说，"蔡医生，你是好人，我们一辈子都会多谢你的。"

渐渐地，越来越多人来找蔡明月。残缺的婴儿、性别不合意的婴儿、特殊人类的婴儿……他们全都不要。

蔡明月和妇产科里接生的几个护士一起，成了保密者和执行者。

"其实也没有多少个……我们并不是谁来找都会答应的……"蔡明月的声音嘶哑，正在折辱她的病痛已经消磨了她大部分的生命力，但她仍在吃力地试图为自己辩解，也仍紧紧抓住秦戈的手，不让他退开半分，"我会筛选的。"

不被家人期待的孩子，患上了先天疾病的孩子，很容易会成为被筛选下去的那一个。有时候是产妇自己哀求蔡明月：她不想要这个孩子，因为这样或者那样的苦衷，她不能让自己充满艰辛和苦痛的生命里又增多一个负累。有时候是产妇的丈夫，或者他们的家人。太贫困了，家里吃饭的人太多了，太难了，太苦了，特殊人类太可怕了……对他们来说，孩子带来的不是幸福与快乐，而是能预见的灾厄。

"他们有什么错呢？"蔡明月颤抖着问，"都是可怜人……有什么错呢……有些小孩就算生下来，也只能吃苦……我帮了他们，我也没有错啊。"

秦戈低下了头，看着蔡明月的眼睛。

他非常累，非常疲倦，巡弋了非正常"海域"之后的不良影响正在他的大脑里不断扑腾叫嚣，蠢蠢欲动。被蔡明月所说的事情引起的恶感和憎厌，又令他喉中如同有血，黏稠的腥臭的血，连开口说话都异常艰难。

但他必须振作精神，继续引导蔡明月说出更多的话。

"如果谁都没有错……"他低声说，"那么那些被你杀死的孩子呢？"

蔡明月喉中发出低沉的呜咽。

"你审判了他们。"他直视蔡明月的眼睛,"因为他们没办法做主的先置条件,你审判了这些孩子。他们之中有谁错了?选择来到这个世界的是他们自己吗?"

老人浑浊的眼珠开始发颤,眼泪又一次滚落。

秦戈的手被她握得发疼:"蔡医生,如果你真的认为自己没有错,你的'海域'不会是这样的。不想要孩子有很多方式,在合适的时候放弃完全不会有人责备……就算来不及,生了下来,难道因为'不想要',就能杀了他们吗?蔡医生,除了死,这些孩子真的没有别的选择吗?"

蔡明月想要反驳:"不……我知道的,这样的孩子即便出生了,也会很痛苦。我太清楚了……"

"是孩子痛苦,还是孩子身边的其他人会痛苦?"秦戈感觉这些话似乎不是自己说的,而是另一个人藏在自己的身体里,借用了自己的声音在愤怒地斥责她。他的头太疼了,以至于没办法好好控制情绪,"你有什么权利审判?有什么权利去执行死刑?用孩子的'痛苦'当借口,是为了让自己的行为显得正义吗?如果你真的无愧,那你在后悔什么?"

蔡明月只是流泪,一言不发。

"正是因为你知道自己错了,所以你才害怕。'海域'里的所有东西都是你制造出来的,也只有你才能让它们消失。"秦戈稍稍冷静,声音更轻柔了,"告诉我,是什么事情让你醒悟的?那个从你手里活下来的小孩吗?"

那是蔡明月最后一次被人恳求去"解决"问题。

来找她的是一位丈夫——大部分请求她帮忙的人都是丈夫,蔡明月已经见不怪。男人愤怒得面皮涨红。他是普通人类,直到今日妻子要求到二六七医院分娩,他才知道妻子是一个勒克斯。两人并没有领取结婚证,男人从来不知道自己的妻子是特殊人类。对特殊人类的厌恶和恐惧让他几乎发狂:"我的孩子生出来也是那种怪胎吗?"

DNA检测显示,他的小孩也是一个染色体变异人,勒克斯的可能性高达百分之九十二。

产妇号啕大哭,苦苦哀求丈夫千万不要抛弃自己。孩子不要就不要了,她仍然想和他生活在一起。两个人显然都不欢迎腹中那位小小的勒克斯。蔡明月在看了所有检查资料并且和两人对谈之后,决定接受这个请求。

在她的标准里,这孩子显然是一个不受到祝福,也没有谁会给予期待的,多余的人。

但意外发生了。她明明捂着孩子口鼻，一直看着那孩子停止呼吸，但在把尸体交到男人手上的时候，小孩忽然抽搐起来，再次发出虚弱的哭声。

哭声让男人惊惧，他的手一松，还在襁褓中的婴儿立刻落地。蔡明月眼疾手快，一把将孩子捞在怀中，却连自己也重重摔倒在地上。

随后便是一片混乱。蔡明月被送去检查，孩子被放进了保温箱。等蔡明月检查出已有两个月身孕的时候，妇产科的人发现，那男人已经消失得无影无踪。

"我当时怀的是我的小儿子，蔡易。"蔡明月哑声道，"胎位不稳，保胎花了很长时间，不停吃药打针。我很害怕……这世界上说不定真有报应。后来他们告诉我，那个孩子活下来了，很健康。我心想，我也停了吧，别再帮人了。"

所谓"帮人"只是借口。她心里始终无比清楚，自己在杀人。

然而最终唤醒她的并不是死而复生的婴儿，而是她自己的孩子。

蔡易出生后不久，噩梦就开始了。

起初只是偶尔会出现的梦境，她站在六号手术室里，捂着一个婴儿的口鼻，片刻后告诉身后护士孩子已经"死了"。然而随着年月推移，噩梦的内容越来越详细，越来越具体。等到她退休之后，身上的事情一下少了，她有更多的空闲时间休息和睡眠。

"海域"开始疯狂反噬。

秦戈松开了手。头疼让他站起来时摇摇晃晃，视野甚至有些不稳。

"你解脱了。"他喉咙干涩，声音喑哑，"睡吧……如果你真能睡好的话。"

他退了两步，谢子京搀扶着他。转身面对谢子京的时候，秦戈让自己打起精神。他抓住了谢子京的衣领，小声问："你都听到了吗？"

"听到了。"谢子京点点头，"我知道该怎么做。"

秦戈还不能放心。蔡明月正在哭，哭声令他头痛欲裂，眩晕的感觉越来越强烈，无法消化。"你要怎么做？"他不得不强令自己询问谢子京，好让脑子转起来。

谢子京按着他的肩膀："我要送你回家，让你好好休息。在你休息的时候我会写出这件事情的来龙去脉，等你醒了再修改，秦科长。"

病房的门打开，蔡易大步走进来，看看秦戈和谢子京，又看看病床上的蔡明月。"怎么回事?"他眉头拧得死紧。

"蔡医生可以睡个好觉了。"秦戈说,"我保证。"

转身欲离开时,蔡易拦住他:"那'海域'里的事情呢?"

"它会是调剂师的秘密。"秦戈一字字回答,"我保证。"

一行人离开住院楼时,言泓从门诊楼跑来。看到秦戈的脸色,言泓很紧张。

"你回家吗?"他拉着秦戈问,"阿姨和叔叔在不在?"

"家里没人,他们送笑川去外地参加比赛了。"秦戈脸色苍白,额上全是虚汗,"我回公寓。"

他爬上车子的后座,靠在窗边,下意识地把自己蜷缩起来。心跳很快,出汗很多,手已经没什么力气了,握不成一个拳头。这是秦戈第一次巡弋如此严重的不正常"海域",所带来的负面影响远远超出了他的想象。他可以在蔡明月的"海域"中抵抗恐惧,但"海域"本身的不正常依旧困扰了他,就像一座巨钟,就算停止敲打,嗡鸣仍在继续,声波仍在扩散。

秦戈想释放自己的兔子,但是颤抖的手心里只有一团虚白的雾气,无法成形。一只响蜜鴷从半开的车门飞了进来,亲昵地依偎在他的肩膀上,蹭了蹭他的耳朵,低低鸣叫。

言泓满脸担忧:"他刚刚是去巡弋蔡院长的'海域'吗?"

谢子京:"他深潜之后就变成了这样。精神调剂师深潜之后都会这样吗?"

"我只认识他一个调剂师,我也不清楚。"言泓提醒,"我现在走不开,你们记得留个人陪一陪他,他的负面反应一直都很严重。"

打开驾驶座车门的白小园忍不住回头:"秦戈的反应很像'海啸'。"

"海啸"是只在诺塔的"海域"里才会产生的极端不良反应,尤其在处理一些困难的、容易触碰伦理边际的任务时,诺塔会出现严重的负面情绪浪啸。但从未见过它发生在勒克斯身上。

言泓闻言,面露惊诧:"你们都不知道秦戈能当上调剂师的原因?"

调剂科的三个人面面相觑:"什么原因?"

"秦戈可以吸收不正常'海域'里的负面情绪。"隔着车窗,言泓看着秦戈,"他巡弋正常'海域'不会出现任何问题,但如果潜入不正常的'海域',他就会自动吸收里面的各种……古怪的情绪。巡弋结束后,对方的'海域'就会平静许多,但秦戈……"

谢子京这才理解秦戈为什么告诉蔡明月,她可以睡个好觉。

"这是秦戈最特殊的能力,而且他自己没办法控制自己。"言泓的眼神在三人脸上游移,"接下来的二十四小时很重要。我走不开,你们要照顾他,多跟他说话,别让他一个人待着。"

七

回家途中,秦戈在后座短暂睡了一会儿。

他不断冒汗,手紧紧交握着。唐错释放了自己的熊猫,让它待在秦戈身边。这只天真的精神体似乎也察觉到秦戈的不适,静静抱住他的大腿,像抱着一截树干。勒克斯确实可以疏导不良情绪,但无论是言泓还是唐错,他们都没办法帮他排解。

谢子京支撑着秦戈的身体,用最简短的话把秦戈的安排和蔡明月身上发生的事情告诉了白小园与唐错。

唐错呆住了:"……这太可怕了吧!这怎么可能隐瞒!蔡易疯了吗!"

白小园比他镇静得多:"秦戈脑子转得快,不然我们就真被蔡易坑了。谢子京,这种报告你会写吗?"

谢子京:"你教我。速战速决,我们不能给蔡易反应过来的时间。"

白小园从后视镜里看他:"你口述,我来写。"

把秦戈送到楼下之后,白小园和唐错打算先回危机办。"唐错回档案室找三十多年前医院的事件档案,我去问点儿别的事情。"白小园从车窗探出头来对谢子京说,"今晚再见。"

秦戈知道他们要来陪自己,连忙摆手:"不用……"

谢子京让他闭嘴,告知白、唐二人秦戈的住所后直接把他搡进了电梯。

回到熟悉的空间里,秦戈放松了片刻,随即又更虚弱地发起抖来。他不敢回到卧室里,蜷缩在沙发上,手中捧一杯热水,看着阳台外面的景象瑟缩着身体。

视野渐变狭窄,整个房间都在旋转、摇晃。反胃的感觉越来越明显,但腹中空空,胃袋绞痛。热血像是被什么抽走了,他只觉得冷,且越来越冷。

兔子还是不能凝聚成形,秦戈怀念卧在自己胸膛的那团小火。

"冷……"他喃喃地说。

室温调高,谢子京给他披上被子,擦去冷汗。"兔子呢?"他温声问,"让它陪你。"

"……不行……它出不来。"不知为什么,秦戈说出这句话的时候忽然很想哭。强烈的失落感和抑郁让他立刻蹦出了一个念头:他肯定已经失去他的兔子了……这次的"海域"太不正常,他的兔子说不定已经不存在了。

这念头令秦戈眼眶发酸,快要落下泪来。这是可能的……他茫茫然地想,人总是会遇到最糟糕的事情,在最糟糕的时候。

"那你喜欢熊猫吗?还是小沙猫?"谢子京坐在他身边,尽量靠近秦戈,让他可以依靠自己,"他俩很快就过来了,到时候就能陪你。"

秦戈忽然想到了谢子京的精神体:"你的狮子呢?"

"它太大了,很凶。"谢子京以为他糊涂到忘记了常识,"而且诺塔的精神体没办法……"

"我不怕。"秦戈看着他,"我想瞧瞧它。"

他明明说冷,可汗水却已经流到了下巴上,眼睛里泛着红,像被雨淋湿了的、没有依凭的一只兔子。谢子京粗鲁地抓抓头发:"如果你怕,立刻告诉我。"

浓厚的雾气从谢子京身上腾起,在这个不大的空间里滚荡,最后沉沉落在沙发的另一侧,秦戈的身旁。

秦戈睁大了眼睛,下意识捂住了自己的鼻子。或许是因为虚弱,或许是因为谢子京的力量太强大,他在这一瞬间居然嗅到了一种陌生的气息,干燥且粗糙,像炽烈沙漠里滚烫的风,正从此处唯一的诺塔和他的精神体身上散发出来。

雾气最终凝成了一个巨大的形体,一个比普通狮子体形更大的猫科动物出现在他面前。它有一双金色的眼睛,瞳仁外侧嵌着一圈暗红,正静静地打量着秦戈,盯视猎物的神情阴沉而凶悍。

谢子京有些尴尬:"它……不太懂礼貌。"

秦戈尝试冲狮子伸出了一只手。片刻后,狮子抖了抖颈上异常丰厚的鬃毛,抬起一只爪子,轻轻放进秦戈的手掌中。爪子带着微薄的温度,肉垫很结实,指甲收了回去,秦戈感觉仿佛握着一只巨猫的前爪。

他有些惊奇,还有些诧异:这么乖?

狮子也在端详他,金色的瞳仁像通透的黄玉,但中央处的瞳孔也是暗红色的,与秦戈平时见的狮子并不一样。它眼睛漂亮,体形漂亮,连脖子上那圈厚实丰软的鬃毛都很漂亮。

"它是巴巴里狮。"谢子京解释,"我很小的时候随父母去非洲,曾经在一个马戏团里见过。不过现在在野外已经看不到了。"

"灭绝了吗?"秦戈问。

"野外灭绝。"谢子京说,"圈养的还有一些,不多。"

"也许只是不想被人类发现而已。"秦戈看着巴巴里狮的耳朵和鬃毛,还有背部流畅的线条、搭在地上的尾巴,"这样它们还能在我们看不到的地方自由奔跑。"

说完后,他听到谢子京在身后发出笑声。

秦戈顿觉尴尬:"笑什么?"

谢子京:"有时候你的想法挺好玩的,还有点儿幼稚。"

秦戈:"……你有没有试过说话得罪人被打?"

谢子京:"没有,很少有人能打得过我。"

秦戈很喜欢让自己的精神体窝在掌中,然后双手一上一下地把兔子抱着。现在要抱住这巨狮是不可能的了,但至少他还可以用一样的手法圈握巴巴里狮的爪子。巴巴里狮垂眸看着秦戈。它神态倨傲,与秦戈第一天见到的那只不停打哈欠的巨兽判若两狮,但它没有抽开手。

"……它这么乖吗?"秦戈觉得很有趣。

谢子京见他恢复了精神,大着胆子拍拍他后脑勺:"它喜欢你。"

巴巴里狮的爪子抽走了。秦戈回头正打算抗议谢子京的动作,狮爪忽然轻轻落在他头顶,拍了两下。

秦戈:"……"

谢子京在他身后发出轻笑:"看吧,我说得没错。"

滚烫的沙漠风暴,被沙尘裹挟的日光,耳膜里甚至产生了轰隆隆的巨响——秦戈又闻到了烈日般的气味,这让他本来虚弱的四肢生出一些力气。秦戈察觉自己的身体确实在一点点地温暖起来。

"原来诺塔的精神体也可以平息你的'海域'波动。"谢子京若有所思,"一定是因为你我……"

"对,生死之交。"秦戈有气无力地接话道。他不忍心粗鲁地打破谢子京的亲密幻想,但谢子京的热情却令他生出许多心虚和愧疚。这种热络和好,秦戈没资格享受。他脱口而出："我们之前，真的不认识。"

"秦戈，你失忆了。"谢子京果断地说。

秦戈："……不，你失常了。"

谢子京被秦戈的顽固逗乐。"我们相处过的。一见到你我就记起来了。我只是'海域'有点儿不妥，你别以为我真的疯了。"

秦戈咬牙："……你果然知道自己'海域'不对劲。"

谢子京笑道："一点点而已，不妨碍我们来往。"

秦戈不想放过这个撬开谢子京之口的机会："你的'海域'到底有什么问题？"

"我是好人。"谢子京没回答秦戈的任何问题，只把这句话又拎了出来，"我不会伤害你的。秦戈，你对我意义非凡。"

对谢子京的话，秦戈不知道是此时此刻的自己过分虚弱，以至于没有把应该立起来的防护墙砌好，还是谢子京古怪的话语确实令他震动，他不觉得反感，也不觉得忧愁。

他只感到难过，为一无所知的谢子京，为确实被打动了一点点的自己。

两人没有再说什么。秦戈的注意力被谢子京的话和狮子扯走了。他暂时放下了蔡明月和医院的事情，茫茫然地回忆着自己所学的东西，想找出破除谢子京亲密幻想的办法。

狮子偶尔会温柔地拍一拍他的脑袋，又拍一拍自己主人的脑袋。它像一个大家长，正在抚慰自己的两个孩子。

白小园和唐错到的时候夜幕刚刚降临。他们在危机办各自以最快的速度拿到了想要的信息。

唐错带来了自己的电脑，他回档案室寻找三十多年前二六七医院的相关资料，由于不能带出档案室，只能先用手机拍下。

危机办里存储的医院资料并不多，唐错把所有照片都导入电脑，展示给其余三人看。他们全都挤坐在秦戈狭窄的客厅里，谢子京的狮子已经收了起来。

秦戈脸色沉静地坐在沙发上，左边是一只抱着他胳膊的熊猫，右边是一只缠着他手腕的沙猫，他仿佛左拥右抱的昏庸君王，除了噜猫摸熊，完全没了工作的心思。

"二六七医院报送给危机办的资料大部分是大事记,差不多一年就一本,有价值的不多,不过我翻到了一些挺有意思的内容。"唐错点开了一张照片,"蔡明月是在生了蔡易之后才升任副院长的。你们看这张。"

陈旧的照片上,蔡明月正与一位领导模样的人握手。

"这个人是当时二六七医院的院长。"唐错打开手机,调出一堆会议记录,"他曾经六次在院级会议上提议关闭六号手术室,并且撤去蔡明月妇产科主任医师的职务。但是这六次提议都被否决了。"

秦戈从熊猫和沙猫的簇拥中回过神来:"这个院长知道蔡明月做过的事情?"

"很有可能。"唐错抹了把额头上不存在的汗,他害怕自己查到的东西,"但医院不敢动蔡明月。当年二六七医院发生了几起医疗事故,丑闻缠身,名声糟糕。如果再曝出蔡明月的事情……"

那是全国唯一一所专门收治特殊人类的医院,特管委要保住它。

而现在二六七医院的管理层已经全部换成新的人,他们并不清楚曾经在六号手术室发生的事情,否则在彭湖声称看到异象的时候应该已经开始警惕,而不是把这件事拿到危机办求助。

事情比秦戈所想的更复杂。他揉了揉太阳穴,抬头时看到白小园和唐错一脸担忧的表情。他连忙放下手,装作若无其事地摸着沙猫三角形的大耳朵。头仍隐隐地疼,思维也不够清晰敏捷,但秦戈觉得自己还能撑住。

他看向白小园:"小园查到了什么?"

"我去找一个人,但他跟高主任一起出差去了。"白小园说,"前年发生在南方的水泥藏尸案你们有没有印象?"

谢子京和唐错同时点头。

那是一件几乎轰动全国的大案。

前年夏季,南方某地因大量降雨出现地质灾害,泥石流冲垮了几栋房子。清理房屋废墟时,人们意外地从一栋无人居住的废楼里发现了几十个水泥浇筑的立方体。水泥立方体里封着尸体,清理出来之后足有近百具。随着挖掘的深入,在废楼的地下室里,人们还发现了另外几具还未来得及封存的、全部骸骨化的尸体。

这件事本来和危机办没有任何关系,但问题出在地下室的几具尸体上。警方在DNA检测中,发现其中一具尸体出现了染色体变异。

染色体变异的特殊人类无非诺塔、勒克斯、海童、茶姥、雪人等几种。DNA样本很快送到了危机办中部地区办事处，请求援助。但是经过对比却发现，这具尸体的染色体变异类型并不属于已知的这几类特殊人类。

特管委通过国际特殊人类人口数据管理系统和DNA样本库进行对比查找。然而令人惊奇的是，特管委在全球的数据库和DNA样本库里也没有找到匹配的对象。

就在人人都以为发现了新的特殊人类时，中部地区办事处的一个刑侦员提出了一个想法：样本之所以不保存在数据库里，是因为这一类特殊人类灭绝的时候，人口管理系统还没有建立。

这个DNA样本，很可能在灭绝物种样本库中。

这个刑侦员工作经验丰富，主持侦办过不少案子。他的想法引起了重视。很快，他借到了省博物馆特殊人类分馆的存档物品：一束百林区野人的毛发。

"被害的神秘特殊人类正是百林区野人。"唐错激动地补充，"百林区野人和西原雪人是特别重要的特殊人类，全球同纬度地区，只有我们国家有这两种……"

白小园："说重点。"

唐错忙收起激动情绪："总之，他提出的这个假想被证实之后，危机办这边的学者全都震惊了。一个普通的刑侦员，居然有这样的知识储备和学术敏感，这太不可思议了！"

随后这个刑侦员作为中部地区办事处的代表，进入了专案组。他凭借自己卓越于常人的侦查能力，顺利协助专案组在一个月之内侦破水泥藏尸案。

"之后他被调到了危机办总部，也就是我们这里。"白小园表情严峻，"他可以给我们一些提示。这案子最后一个受害人的死亡时间距离现在已经超过三十年，但最后罪犯一样能伏法。"

秦戈："他是谁？"

唐错和白小园同时回答："雷迟。"

秦戈："他很有名？"

谢子京："非常有名。他是最出色的狼人之一，也是狼人权益保护协会的会长。"

接近雷迟、打听当时案件侦办审理细节的任务就交给了白小园。但雷迟并不是那么容易接近的人，白小园认为他们需要一份足够详尽且有价值的报告去打动雷迟。

按照秦戈的安排，白小园负责在谢子京的描述下撰写报告，唐错负责给报告补充各种细节。报告不仅要说明三十多年前发生在二六七医院里的事情，还要把这件事从蔡明月和几个护士的杀人行为，上升到二六七医院的整体管理上。

熟悉行政事务的白小园理解秦戈的意思："如果我们没办法在这件事上钉死蔡明月他们，至少还能够再次通过质疑医院的管理，去重启对整个事件的调查？"

秦戈点点头："记住，以谢子京的名义。"他看向谢子京，"抱歉，你可能会因为这件事招来蔡易和特管委的敌意。"

谢子京把熊猫抱在自己怀里疯狂摸头："我不在意。反正不是我写。"

白小园："……写报告很累的，你请我们吃外卖。"

"我没钱。"谢子京说。

白小园立刻戳破他的谎言："你别骗人。你是危机办里领特殊津贴的专业人才，一个月工资上万。"

唐错："……啊，是我的两倍。"

"写着上万，但西原办事处半年没出过粮了。"察觉秦戈投过来的眼神隐含担忧，谢子京忙冲他露出宽慰笑容，从登山包里掏出几本书，"不过没关系，我在自学别的技能，争取一本万利，发家致富。"

秦戈看了一眼他的书：《如何成为股神》《给新手看的制胜秘诀！十天教你学会炒股》《咸鱼成功宝典：熊市也能翻身》。

"唐错。"秦戈心神俱疲，"帮帮忙，都给他扔了。"

谢子京："挺好看的，里面提到很多白手起家的投资者，因为没看这几个作者的书，最后全都赔得一塌糊涂。"

秦戈："放弃吧。真正的股神没空写书。"

谢子京和唐错抢夺不休，白小园一把抓住谢子京胳膊："大佬，该写报告了。你口述，我来写，时间不多。"

谢子京："你先等等——唐错，再不还给我我可要放狮子了。"

唐错："那、那秦戈放兔子咬你。"

白小园："干活啦，兄弟们！你们谁能赔我美容觉！"

秦戈捧着一杯热水，披着被子坐在沙发上笑出声来。

以前在学校里，他巡弋了不正常"海域"之后出现异状，宿舍里的人也是这样闹哄哄地陪他。言泓总是迅速架起小桌，三个人拉着秦戈，以接下来一个月谁负责打饭、打水、请吃烤串为赌注，斗一个通宵的地主。

他在温暖而熟悉的地方，和保护他的人在一起。沙猫的大耳朵在他手底下颤动，偶尔会抬头看秦戈一眼，长尾巴摆来摆去，十分柔软。秦戈再一次摊开手掌，他胆怯的小兔子终于在手心凝聚出了不甚清晰的形状。

但果然——被沙猫盯了一会儿就簌簌流下泪，小爪子紧紧抠住秦戈的手指，脑袋一时看秦戈，一时看沙猫，一时朝着谢子京的方向张望。

秦戈忽然意识到，这是自己恢复得最快的一次。

八

数日后，风尘仆仆回到危机办的高天月，在办公室门外见到了等候多时的秦戈。高天月的手捏着钥匙在锁孔抖了半天，就是插不进去。

秦戈："高主任，我帮你开。"

高天月："秦戈，有事明天谈好吧？我刚回来。"

秦戈："明天谈的是别的事。"

高天月："调剂科四月份就成立，不用急嘛你，该签的文件该盖的章，我绝对不会耽误你的。"

秦戈忙解释："不是调剂科的事情。我在彭湖'海域'里发现了别的事，和几十条人命有关。"

高天月："……"

他脸色发白，死死盯着秦戈。秦戈发现高天月的眼皮居然也跟自己似的，察觉有危机就会瑟瑟地抖。长叹一声后，办公室的门终于打开。

此时此刻，在主任办公室这一层的下方，走廊上的白小园拦住了雷迟。

和高天月一起回到危机办的雷迟也同样风尘仆仆，但是精神比高天月好太多。他皱起浓眉，上下打量白小园："你是……？"

白小园先介绍了自己，见走廊前后都没有人，拉着雷迟就往旁边的会议室里钻。

她拉不动。

雷迟身材高大健壮，两只脚死死钉在地板上，白小园没办法拖动他分毫。

雷迟："做什么？"

白小园："一看就知道是要说秘密吧。"

雷迟又皱起眉："我不喜欢听秘密。"

白小园："但是这个秘密必须请你听。雷先生，你先进来，你放心，会议室有监控，我不会对你动手动脚的。"

好不容易把雷迟请进了会议室，白小园不敢耽搁时间，立刻从背包里掏出了他们几个人熬夜写好，又修改了几日的报告。雷迟起初并不十分在意，但把报告浏览了一半，又听了白小园在一旁增添的许多细节后，神情渐渐变了。

"事情就是这样。"白小园解释清楚后说，"调剂科没有权限去调查和执行，你能不能给我们一些意见，这份报告这样写已经足够完善了吗？哪些部分需要强调和补充？"

"足够了。"雷迟说，"非常详细。追诉期的问题不必担心，可以报最高检核准，还是有希望的。具体流程我会详细告诉你。这件事……太恶劣了。"

白小园长长松了一口气。报告现在正由秦戈交给高天月。如果高天月许可调查，它会转交到危机办刑侦科手里。雷迟是刑侦科的人，他说足够，那肯定是足够了。

"太谢谢你了，改天我们科长请你吃饭。"白小园笑着从口袋里摸出两颗糖，放在雷迟手中，拿回了那份厚厚的报告，"附件只有标题，我得回去准备好附件的材料，到时候完完整整交给你们。"

雷迟看看手里的糖："我刚刚以为你要跟我表白。"

白小园好奇道："为什么？"

"类似的事情发生过几次。"雷迟看着会议室，"把我拉到会议室，借着请教问题的机会说喜欢我。"

白小园："……"

雷迟："不好意思，我误会你了。"

"虽然你确实很帅，但我有男朋友啦。"白小园笑道，"而且我不考虑跨种族恋爱。我有一只小猫，它很怕狗。"

雷迟："我不是狗……我是狼人。"

白小园正想再开他一句玩笑，头顶忽然传来一声闷响：有人狠狠拍了桌子。

065

会议室的正上方是高天月的办公室。

"秦戈！你搞清楚自己的位置！"高天月的手攥成了拳头，在坚硬的办公桌桌面连续狠敲几下，"精神调剂科搞'海域'里的事情，你这是跨行去搞刑侦了！"

秦戈端坐在他面前，面色沉静，不卑不亢。

高天月拨了拨自己的头发，盖好"地中海"部分。"发现事情要报告，这个工作习惯很好。"他说，"但是你这种工作方式，我们很被动啊。你这样让我，让蔡副秘书长，让特管委和二六七医院怎么办？"

他的愤怒跟和颜悦色转换得太快。秦戈知道这两种情绪都不是高天月真正的想法。眼前的中年人看上去很疲倦。他在湿热的南方出差一周，感觉整个人似乎都瘦了一圈，想来是食物不对胃口，事情也太多。秦戈等待着高天月的下一句话。

他的沉默让高天月的愤怒与和颜悦色都没法伪装了。

"唉……"高天月换了一副牌，开始掏心掏肺，"秦戈，高叔叔是看着你长大的，我知道你这个人不言不语，但心里想法特别多，人也正直。危机办需要正直的人，不然我也不会让你去当调剂科的负责人。"

秦戈面无表情，抿了抿嘴，算是给高天月一个回应。

"可是……"高天月继续叨叨地说下去。他说了几句，意识到秦戈根本没听，脸色一沉："秦戈，认真一点。你还有什么要讲的吗？"

"有。"秦戈立刻翻开了高天月面前的报告，"这一页数字有缺漏，我们目前还不能确定，死在蔡明月手里的婴儿究竟有多少个。"

高天月盯着秦戈，秦戈确认这不是让他闭嘴的眼神。

"根据我在'海域'里看到的景象，我能分辨出十九个，但当时环境太乱，它们不断钻出来，我并不一定能认清楚每一张脸。蔡明月在妇产科当了多年医生，接生的孩子数以千计。二六七医院又是专收特殊人类的医院，死在蔡明月手里的孩子，不止这些。"

秦戈的态度坚定且明确，不会接受任何解释，就是要尽一切努力启动对蔡明月的调查。高天月从他的态度中读懂了他的心声：他们不可能让蔡明月就这样继续生活下去。

见高天月没有出声，秦戈又说："高主任，你真的认为这是一件小事吗？一个医生，可以杀死自己手里接生的婴儿。父母、亲人，因为不想要，因为错过了流产时机,就可以花钱雇凶。难道没人应接受惩戒吗?"

"这当然不是小事……"高天月低声说,"但我考虑的事情和你考虑的事情不一样。"

秦戈完全明白高天月的意思,但他不打算退步,也完全不打算理解。在其位尽其责,他与高天月的工作不同,面对问题的思维方式也不可能相同。然而千情万态之中,总有一根底线是绝对不能跨过的。

对刽子手的每一次恻隐,实际上都是对死者的凌迟。秦戈清楚,没有人可以代替死去的孩子对凶手传达宽谅和怜悯。他们已经降生了,是完整、独立的人,不是谁的私有物品,即便父母也没有权力决定他们的生或死。

每个代替孩子说出"活下去也很痛苦"的人,所说的并不是孩子的痛苦——而是他们的痛苦,是成年人,是父母,是长辈不想承担的责任与重负。孩子的"痛苦"只是一个自怜的借口,用来心安理得。

哪怕最终决定放弃与孩子的缘分,"死"也并不是唯一的选项。

得知真相之后,他和他的伙伴们没有任何一个人想过为蔡明月寻找理由——世界上本来也没有任何理由,能让人有资格亲手扼杀一个已经降生在世界上的、蒙昧的生命。

长久的沉默之后,高天月说:"除了蔡明月,父母也是凶手。"

"所以,高主任,这份报告你必须交到刑侦科手上。"秦戈说,"调剂科能力有限,做不到这么多。只要对蔡明月展开调查,要找到当年给她钱让她下手的人并不难。"

"如果我不同意启动调查,不把你们的报告拿到特管委审批,秦戈,你会怎么做?"

"我有别的办法。"秦戈看着高天月,"只不过带来的后果不太好,无论对我还是对危机办,或者对特管委的蔡副。"

高天月心想,哟呵,威胁。他不是怕这个威胁。相反,他还有点儿高兴。这高兴让他脸上的疲惫消失了一些,露出了笑意。

"好。"他示意秦戈把报告交给自己。

对他态度的转变,秦戈很摸不着头脑。在走进高天月办公室之前,他一直认为说服高天月是一件很难的事情。高天月是直接从特管委空降到危机办的。他们都以为高天月是特管委的人。

高天月:"放心吧,报告既然到了我手上,就不能白交。一周之内你一定能看到这事情的进展。不过你想的是怎么让蔡明月,或者护士和孩子的父母得到惩处,我想的是怎么才能开展调查却又不让危机办受到责备。"

这不是秦戈能干涉的了,他决定告辞。高天月忽然问:"对了,跟调剂科那几个人相处一周了,觉得他们怎么样?"

白小园回到调剂科的时候,谢子京正跟唐错的熊猫打闹,唐错则坐立不安地等待消息。

"报告没问题,咱们可以整理附件了。"白小园忽然压低了声音,"不过我和雷迟谈完的时候,听见高主任在砸桌子。秦戈当时就在他办公室。"

唐错刚放下来的心顿时又悬了起来:"秦戈还没回来。"

谢子京抱着熊猫走过来:"我们去给秦戈壮胆吧?"

"没必要。"白小园说,"高主任就算再怎么生气,也不会迁怒于秦戈。秦戈的爸妈都是在特管委机构底下工作的。"

谢子京顿时对熊猫失去兴趣,拖了凳子坐在白小园身边:"秦戈的爸妈都是干什么的?"

白小园眼珠子一转,坏笑:"你为什么对秦戈这么感兴趣?"

"秦戈没说吗?"谢子京坦然道,"我俩是非常非常好的朋友,知己,生死之交。"

这下连唐错都震惊了:"什么!"

白小园最先表示怀疑:"不对,秦戈跟你完全不熟。"

谢子京靠在椅背上笑:"久不联络,所以他对我还有怨气吧。但我见到他的第一眼,那种感觉立刻就回来了。"

白小园用笔戳了戳他的脑袋:"还是不对,既然是好朋友,你怎么连秦戈家里的情况都不清楚?"

唐错也想起来了:"你之前也不知道秦戈的精神体。"

谢子京这回没有再用"好人"之类的话糊弄过去。他在椅子上晃了几下,抬手指着自己的脑袋。"我这里有点儿问题。"他笑着说,"很多事情都忘记了。"

此时在高天月的办公室里,秦戈正在斟酌如何回答他的问题。

"唐错和白小园都不错。"他说,"唐错脑子好用,人细心。白小园在处理公务上是一把好手。"

高天月一边笑一边点头:"我安排他们给你是有考量的。那谢子京呢?"

秦戈:"……"

"谢子京在西原办事处是鼎鼎有名的第一梯队诺塔,能力非常出色。"高天月说,"人嘛,也不难相处,反正基本没人说过他的不好。"

秦戈:"你特意把他交给我,只是因为我是精神调剂师。"

高天月尴尬了。他咳嗽两声,认真道:"你巡弋过谢子京的'海域'了?"

秦戈:"……没有。"

高天月:"我承认,把他安排到你身边,我是有私心的。不能因为'海域'里出了一些问题就放弃一个人才。"

秦戈:"他的'海域'不正常,这不是件小事。"

高天月一愣:"谁说他的'海域'不正常?"

秦戈也一愣,随即想起,连谢子京也没有说过哪不正常。他只是告诉秦戈,自己的"海域"有点问题。

高天月指着脑袋:"秦戈,你务必去谢子京的'海域'看看。他的'海域'有缺损,情况很古怪,只有你能帮他。"

谢子京每日乖乖跟秦戈出门、跟秦戈回家,连秦戈家对门的大爷大妈都认识他,逮着秦戈就夸"你表哥又高又帅,人特别好"。

"你成我表哥了?"秦戈问,"不是生死之交吗?"

谢子京正抱着长毛兔坐在沙发上看电影。长毛兔聚精会神地盯着屏幕上正和人类搏斗的英俊丧尸。谢子京左手拿一本杂志,右手放在兔子背上摸个不停。他发现只要给兔子顺毛,兔子就不会咬他。杂志封面赫然是一张半僵化人类的特写,大标题就撑在那张斑驳枯萎的脸上:《在你们的电影里,我们还要被爆头几次?》

谢子京装作欣喜:"你终于肯承认我们的关系了。"

秦戈再次提醒自己不必为这个人的胡说八道动气。他走到沙发背后,把手搭在谢子京肩上。谢子京刚洗的头发还未擦干,水珠子滴在他的肩上,在灰色的薄布料上洇出几个深色小点。兔子不舍地蹭了蹭他的手掌,慢慢化作一团雾气,回到了秦戈身体里。

报告交到了高天月手里,属于调剂科的工作已经结束了,接下来就是高天月和刑侦科的事情。明天是清明假期,秦戈不需要担心自己会因为不适而耽误工作。

"谢子京,我可以巡弋你的'海域'吗?"他问。

谢子京仰着头,呆看秦戈片刻才慢慢笑起来:"为什么?"

"帮你看看。"秦戈很坦诚,"高天月说你的'海域'有点儿问题,你也提过这件事,而我恰好是精神调剂师。"

秦戈以为谢子京会很快答应,但谢子京却沉默了。秦戈心中咯噔:谢子京很清楚自己"海域"里发生了什么,他不想让别人看到。

是什么导致他闯祸以至于被一直重视他的西原办事处停职?一个拥有亲密幻想但平日生活工作完全不受影响的诺塔,他的"海域"里会充斥着什么样的景象?秦戈在忧愁之余,实在免不了好奇。

"你确定吗?"谢子京抬头问,"我的'海域'里面有很多乱七八糟的东西。"

秦戈:"没关系。"

谢子京从放在一旁的外套口袋里掏出烟,顺手抓过桌上的烟灰缸:"我抽一根烟,回来给你答复。"

烟灰缸是唐错和白小园给他的入职礼物,一个熊猫头的圆形容器,谢子京很喜欢。他拿着烟灰缸走到阳台的背风处,点燃了一支烟。

谢子京的抗拒和犹豫远超秦戈想象。他看见谢子京的登山包就放在沙发旁边,一个不会阻碍他人的角落。秦戈曾建议谢子京把登山包放进卧室,把常用的东西拿出来就行。但谢子京没有这样做。每次两人出门上班时,谢子京总会把自己的电脑、书和叠好的衣服塞进登山包里。

就像当时住在唐错家里一样,他似乎随时准备着离开。

即便口口声声说想念秦戈,想跟秦戈维持他想象中的关系,但在秦戈家中,他仍然小心谨慎地,把自己当成随时会离开的客人,而不是与秦戈同住的伙伴。

这让秦戈心里不好受。他劝自己不要心生怜悯,谢子京说的十句话里能有两个标点符号可靠就已经不错了。别信,千万别。

可他还是起身,推开了阳台门。

谢子京下意识侧过身,把拿烟的手探出烟台,一点儿烟灰在风里被吹散了。

"……你冷不冷?"秦戈问。

"不冷。"谢子京笑道。

"今晚风很大。"秦戈又说。

谢子京垂下眉毛,食指在烟上轻弹,又一小撮烟灰散入夜晚的冷风里。他的眼神一直追逐着星火般的灰烬。

小区走道上亮着照明灯,一两棵迎春和玉兰在灯光里抖擞花苞,长了新叶的树梢在夜色里是笼统的黑,但枝条不再像干巴巴的枝干了。深冬死气沉沉的城市,已经在春天里全面复活。

"我很快就进去。"谢子京说。

他的声线低沉,没有了方才的轻佻和嬉笑之意。秦戈忽然产生一丝古怪情绪,像叶子落在水面上,低缓的涟漪推开来。

再回头时谢子京已经走了进来。他盘腿坐在沙发上,庄重开口:"秦戈,我允许你探索我。"

秦戈走到他身后,谢子京仰头看他:"无论看到什么你都不要怕。我的'海域'不会因你而'暴动'。"

理智又在秦戈脑子里疯狂大吼"别心软"。他听到了,但没有听进去。他不知道谢子京是不是还在装模作样,可是眼前的青年看起来让人怜悯。谢子京担心的不是这场巡弋令自己受伤,而是秦戈的安全。

秦戈低下头,轻声说:"我不会怕的。"

人类的精神世界无边无际。它深且广,世界上不存在一模一样的思维空间——"海域"正是用来指代这一世界的无穷无尽。每一个诺塔和勒克斯在学习"海域"的时候都会认识到一个不可推翻的事实:"海域"是没有边界的。

善于深潜的精神调剂师可以深入连本人都无法觉察的潜意识之中,挖掘底层秘密。而也正因为"海域"没有边界,每一次深潜都可能产生无法预知的危险。

"海域"出现边界,表示诺塔或勒克斯的精神已经受损,"海域"开始自我保护,限制他人的探索。——《海域研究》里的这句话秦戈记得很清楚。所以在进入谢子京"海域"的瞬间,他呆住了。

他站在一个房间里。

这个方方正正的空间让秦戈想起蔡明月"海域"中的手术室,但二者截然不同:房间整洁干净,没有任何可见的异常。

窗户透进了阳光,窗帘无风也在轻轻拂动。窗户下方是一张单人床,枕头边放了一台PSV（一种游戏机），屏幕还在闪动。被子叠得整整齐齐，像规整的豆腐块。

床尾是衣柜，柜上贴着游戏海报。床边是一张颇大的书桌，桌上摆放着电脑和书籍。书桌和墙之间是书架，密密麻麻塞满了书，连隔板都被压弯了。这些家具占据了房间一半空间，一辆山地自行车挂在紧闭的门边，房顶的灯光把它的车把和链条照得锃亮。

秦戈走近书桌。电脑无法启动，屏幕也无法映出秦戈的影子。桌上堆满书和笔记本，最上面一本《被遗忘的英雄》赫然在目，封面是秦戈。他被一群天使簇拥着，神态宁静而神圣，伸出手臂往前探。封底是一个半躺的谢子京，左手搭在曲起的膝盖上，正与上帝般的秦戈食指相碰。

秦戈："……"

这分明是《创世纪》里上帝创造亚当的画面。上帝触碰了亚当的指尖，将生命的火花输送入亚当的肉身。于是亚当从此有了生命与心跳，成为人。

……这人脑子里到底都装了些什么？这本书讲的是历史上出名的特殊人类，原本的封面可不是这副样子。

书桌一角有个倒扣的相框。秦戈把相框拿起来，又一次愣住。

相框里放着的照片是自己，而且是初中时的自己。

他认得自己脖子上悬挂的金牌。十四岁时，他代表学校参加特殊人类技能大赛，获得了勒克斯组初中级别的第一名。照片上的秦戈把手里拿着的花束往拍照之人面前凑，脸上是灿烂快乐的笑容，阳光落在他头顶，眉睫缀着细碎光斑。

秦戈不记得拍过类似照片，不禁对记忆产生怀疑：难道自己和谢子京真的认识？

玻璃相框反射灯光，秦戈不由得眯起眼睛，抬头看窗户。窗外很亮，像是盛夏中午最明亮的时刻。

既然是大白天，为什么还要开灯？

秦戈拿着相框走到卧室门边，按下电灯开关。他眼前一黑：随着房间灯光熄灭，窗外的光线也一同消失！

随即他惊觉手中空了：在光线消失的瞬间，手里的相框也不见了。

在没有一丝光线的黑暗中，秦戈隐隐听见陌生而沉重的心跳——怦怦，怦怦——从听不出声源的某处响起。他连忙再次按下开关。房间里又亮了。

灯和窗户同时充盈了光线，把窄小的房间照得通透。

秦戈走到窗边去拉窗帘。在触碰的瞬间，原本轻轻拂动的窗帘忽然静止了。它像是死死焊在窗户上一样，完全扯不开。室外强烈的光线透过玻璃和窗帘照进来，秦戈只看到外头灿然的白光，分辨不出任何景象。

从他手里消失的相框又回到了桌面上，仍旧倒扣着。

"……谢子京？"秦戈突然扬声喊。

周围一片静谧，这小小的空间里没有任何回音。

"海域"里一定存在诺塔或勒碰斯的个体意识，调剂师可以和个体意识进行交流——就像他在蔡明月的"海域"之中与蔡明月交谈一样。现在只有找到谢子京才能找到问题的症结所在。

秦戈走到门边，抓住门把拧动：谢子京不在这里，那必然在房间外。他要离开这里，去寻找谢子京。

但门把纹丝不动，就像无法扯动的窗帘一样。

门开不了。

秦戈能巡弋的，居然只有这个卧室。

"谢子京，让我出去。"秦戈在房间里走了两圈，大声喊，"谢子京！我是来帮你的！你关我小黑屋？！"

没有任何回应。

秦戈回头看这个房间。这不可能是完整的"海域"，它狭窄得过分。他没办法在这个窄小的房间里探索到任何和谢子京精神状态有关的信息，无论好的坏的。

秦戈在房间里又走了一圈，他甚至拿起了枕头边上的PSV。《怪物猎人》的主角正拖着刀在洼地里找怪，游戏数据显示它已经受了一点伤。秦戈退出游戏，发现PSV的电量还剩三分之一，机器上只安装了怪物猎人一个游戏，没有照片，没有音乐，没有任何文档。

衣柜和书桌的抽屉都拉不开，它们上了锁。书柜的门也紧闭着，一层放教科书和教辅书，一层堆放漫画，一层是小说，还有几个高达和EVA手办（手工模型，类似树脂玩偶），初号机的左手臂上缠绕着一圈用于固定的透明胶带。

他的目光落到那本《被遗忘的英雄》上。这个"海域"充满了真实的细节，足以证明谢子京确实曾在这样的房间里生活过。但谢子京的存在痕迹几乎为零，除了这本书的封底，没有任何确凿的痕迹。

秦戈离开谢子京的"海域"时仍然感到眩晕，他立刻释放兔子，把它抱在怀中。

谢子京把一杯水放在秦戈面前。

"是吧？"他说，"我的'海域'太古怪了，你不会喜欢的。"

秦戈不断回忆谢子京"海域"里的一切，察觉无法打开的柜子和抽屉全都是沉默的拒绝。"……你为什么不愿意对我敞开'海域'？"

"不好看。"谢子京眼神落在秦戈手里的兔子身上，"你会失望的，还会感到恶心。"

秦戈："……"

他想起了那本书的封面和封底。

"不会的。"秦戈万分诚恳，"我对你没什么期待，谈不上失望。至于恶心就更不可能了，我连蔡明月的'海域'都不曾觉得恶心。"

"行吧。"谢子京笑笑，明显不信任，"等我修好锁，欢迎你下次再进去玩。"

他坐在秦戈身旁，时不时伸指戳一下兔子的圆屁股。他每戳一下，兔子就在秦戈手里挣扎一下，要往谢子京那边扑。

"……不要逗它了。"秦戈挡开谢子京的手，"先告诉我，为什么你的'海域'只是一个小房间。"

"我不知道。"谢子京伸出食指和中指，准确揪中兔子那撮尾巴，"它一直都是小房间。"

秦戈："不可能。"

谢子京："真的，你可以找我入职危机办时的记录。"

这简直颠覆秦戈学过的海域学知识。兔子趁他晃神，奔进谢子京怀里。

"没有人的'海域'会这么小。"见谢子京抱着兔子狂亲它耳朵，秦戈连忙把兔子抢回来，"你肯定也学过海域学，你不觉得自己的'海域'……太特别了吗？"

"我知道。"谢子京拿过电脑，顺手点开"下一部"，给兔子放《丧尸大战铁血战士》，"但我一直就这样过来的，没问题。"

兔子在秦戈手里挣扎不停，秦戈无奈松手。它立刻跳到谢子京手里，用小爪子抓住他手指，在他的抚摸下安静地看起了丧尸片。

"那为什么会闯祸？高天月为什么说你的'海域'有缺损？"

"发生过一些意外。"谢子京很温柔地给兔子顺毛。

秦戈简直要被他挤牙膏一样的说话方式烦死："什么意外？"

谢子京却不吭声了，五指成爪，不停顺毛。他正摸着兔子的耳朵，手里的长毛热水袋忽然消失了，一片朦胧白雾从手心散开。

谢子京："等等，没摸够。"

秦戈："我们先讨论你的'海域'。"

"有人闯入了我的'海域'。"谢子京只好坦白，"西原办事处有一个勒克斯，未经我同意，试图潜入我的'海域'。"

这位鲁莽的勒克斯触怒了谢子京，他被谢子京揍得生恨，转头就向办事处报告了谢子京的"海域"异常。谢子京吃完处分，又被停职。在停职之前，办事处问过谢子京，谢子京的说辞和现在一模一样："有很多事情我忘记了，想不起来。"

没想到他居然用失忆戏码来敷衍，秦戈急了："……这说明你的'海域'还是有问题啊！"

"但对生活也没任何影响。"谢子京说，"进危机办时我接受过调剂师的巡弋，他说这没关系。西原办事处因为勒克斯的话怀疑我，想再探查一次，但我拒绝任何人巡弋我的'海域'。"

谢子京的停职报告送到危机办时惊动了高天月。高天月亲自飞到西原办事处与谢子京长谈，声称危机办有一位非常厉害的精神调剂师可以帮他解决"海域"里的一切问题。谢子京就是这样被高天月诓过来的。

秦戈迅速捋了一遍谢子京说的话："等等……你进入危机办的时候是谁为你做'海域'检查的？"

"我的大学老师。"谢子京回答，"卢青来。"

卢青来，全国五个精神调剂师之一，新希望尖端人才管理学院的老师，秦戈考精神调剂师的主考官，曾在实操测试中给秦戈打出数个高分，给予秦戈极高评价。卢青来认为没有问题，那谢子京的"海域"应该就是正常的。可他为什么会失去部分记忆？这说不通。

"你为什么活得这么随便……"秦戈喃喃地说。

谢子京："秦戈，除了我的老师之外，你是第二个进入我'海域'的勒克斯。"

秦戈："所以？"

谢子京："这是我和你之间情谊的证明。"

秦戈揉了揉太阳穴："好了好了，别说废话。明天我再进去看一看。"

谢子京拒绝了："不，我不喜欢别人在我'海域'里走来走去。"

"你来这儿不就是为了解决'海域'问题的吗？"秦戈有点气急，很快又控制住自己，心平气和地说，"好吧你先睡觉，不要急。"

谢子京冲他摊手。

秦戈："干什么？"

谢子京："兔子。"

长毛兔"咚"地落在谢子京手里。一人一兔继续兴致勃勃地欣赏爆头丧尸片。

九

墓园迎来了一年一度的热闹时节，四处烟雾袅袅，人影幢幢。秦戈清扫了墓前的浮土，把鲜花摆放好，合掌拜了拜。他的父母是秦双双的下属。收养了秦戈之后，每年清明她都和秦戈一起来扫墓。秦戈闲暇时常到墓园来，此时面上也看不出太强烈的悲戚，已经遥遥过去十数年了。

"前几天高天月给我打电话，特别高兴地夸你。"下山时秦双双跟他说，"他简单跟我讲了讲蔡副院长的案子。"

秦戈回想起当日高天月变来变去的态度，好奇道："夸我什么？"

"说你变了，开始反对他的安排，有自己的想法了。"

秦戈："……原来他希望我顶撞他？早说啊，我可以顶撞得更直接一点。"

"你以前太乖了。"秦双双笑道，"'秦戈这孩子没脾气吗'，高天月常常这样问我。有自己的原则和坚持是好事，你能表达出来，我也很为你高兴。"

他跟秦双双聊起调剂科的事情。听到科里几个人的名字，秦双双态度一变："唐错和白小园？"

"你认识？"

"听过名字。"秦双双敷衍了过去，但秦戈看出她的诧异。

蒋乐洋要调到外地工作，秦双双让秦戈把车子开回去，平时上下班代步。谢子京对秦戈这辆车充满兴趣，上班时跃跃欲试："我来开吧，我当你司机。

在西原我可是办事处出了名的车王,雪山、草原、戈壁滩,任我来去。"

有人代劳,秦戈当然乐意。他把钥匙递给谢子京。

"我开车技术特别好,"谢子京伸手去接,"虽然没驾照。"

秦戈火速收手,冷冷强调:"坐好。"

一路忍受谢子京口述他的车王传奇,好不容易到了传达室,秦戈立刻把他赶下车。车子刚进停车场,言泓打来电话,开口就吓了秦戈一跳:"蔡副院长走了。"

秦戈顿时定在原地:"什么?!"

"我刚到医院,听同事说的。"言泓压低了声音,"你那天巡弋过她的'海域'之后,她情绪一直就不太对劲。原本第二天做心脏搭桥手术,但她血压不稳定,最后没能按时开刀。"

昨天晚上,去探望蔡明月的蔡易说漏了嘴,蔡明月这才得知当年的事情已经通过危机办报到了特管委。特管委在找到蔡易谈话之后,并没有选择大事化小,而是迅速开出了调查许可。蔡明月随即血压急剧升高,很快陷入深度昏迷,今天凌晨宣布不治。

秦戈久久说不出一句话。他没想到会是这样的结局。

"你们打算连当年妇产科的其他人也查是吗?"言泓又问。

秦戈回答:"我不知道,现在刑侦科在办这件事。"

他话音刚落,忽然一凛:危机办的大院里冒出一股陌生精神体的澎湃力量,隐含杀气。

几乎就在同一瞬间,另一股磅礴的精神体力量也冒了出来,狂暴而愤怒,如烈烈罡风。

——是谢子京的巴巴里狮!

秦戈立刻挂了电话,朝传达室的方向狂奔。还未等他跑到危机办大楼前,眼前忽然一暗。

一头十几米高的巨蜥攀附在危机办大楼上,头下尾上,冲地面的谢子京和刚刚落地的巴巴里狮猛地甩出了满是黏液的长舌。

一切都发生得太快了。

乳白色雾气从秦戈身上腾起,滚滚涌向前。他试图释放自己精神体的力量去安抚这只狂怒的巨蜥。他不知道这只巨蜥是谁的,但他印象里危机办里并没有可以巨大化到这种程度的精神体。

与此同时，危机办的大楼各处冒出了数股不同的精神体力量，纷纷冲那头巨蜥而去。

但那根黏腻长舌已经卷到了谢子京面前。

谢子京就地滚开，原本挡在他面前的巴巴里狮瞬间消失。

巨蜥发出怪叫，一截舌头从口中飞出，打着旋儿落在秦戈身后，很快化作白雾。

——是那头狮子！金色的猛兽发出震动耳膜的巨吼，挥动利爪，瞬间抓断了巨蜥的长舌。它的身形在巨蜥的吼叫中隐匿，下一秒已落在巨蜥的头部附近，利爪有如来势汹汹的锐刺，直接冲着巨蜥的眼睛狠狠抓下。

秦戈只有一个反应：它一定善于捕猎！

一只眼睛受创、吃痛的巨蜥从大楼上滚下来，"砰"地砸塌了自行车棚。在涌起的烟尘之中，蔡易正狼狈地站着。还未能呼唤巨蜥振作精神，谢子京已经跃到他面前，一把揪住衣领，冲他鼻子重重砸下一拳。

蔡易倒地的时候，巨蜥也随之化为浓浓白雾。

从危机办楼上跃下来的几个精神体此时才刚刚落地。长毛兔贴地奔来，直接扑进了谢子京怀里。

……太快了。

不过数秒，谢子京和他的狮子已经完全控制住局面。

蔡易慢慢站起，捂着鼻子，血从指缝中滴落。车棚一角，雷迟正推着山地自行车站在满院子灰扑扑的尘土之中，自行车前轮被砸歪了。

"到这里寻衅滋事，是不是脑子不好用？"雷迟甩出手铐，走向蔡易。

"别别别！"高天月从停车场狂奔而来，稀疏的头发在头顶飞舞，"自己人自己人！雷迟，松手！"

这是秦戈和雷迟的第一次见面。两人客客气气地跟对方介绍自己，客客气气地握手，又客客气气地看向狼狈不堪的蔡易和满脸惶惑的高天月。

"管好你的兵！"高天月指着谢子京对秦戈说，"连蔡副都不认得吗！"

谢子京："是他先攻击我的。"

蔡易用高天月递来的手帕擦干净鼻子下的血，闻言气得发抖，声音都岔了："我记得你，姓谢的！秦戈，你说这是你的潜伴，你说他会遵守保密协议，你们危机办可真会骗人！要不是因为他，我妈——"

周围已经围了一圈人，全都在等待着蔡易的下一句话。蔡易不得不闭上嘴，紧咬牙关，低头随高天月走入危机办大楼。他的秘书站在门口，看着混乱的大院手足无措。

保卫科科长此时才骑着自行车来上班。看到院子里一片狼藉，他呆愣片刻后扯开嗓子大吼："高天月！维护资金到底批不批！"

雷迟只知道危机办新设立了精神调剂科，但并不知道调剂科藏在侧门走道的小屋子里，位置隐蔽且不好找。谢子京称此地绝佳，方便摸鱼偷懒。

得知秦戈也知道了蔡明月的情况，雷迟便稍稍透露了案件的进展。

二六七医院的住院病历保存年限正是三十年，巧的是，去年医院开始了纸本病历的电子化录入工作，住院楼的地下仓库里还放着许多因为等待录入而未来得及销毁的病历。

获得调查许可后，刑侦科的人入驻二六七医院，从陈年的病历中找到了当年六十三个出生后因"脐带绕颈""肺部发育不全"等原因死去的孩子。他们的接生医生无一例外，都是蔡明月。

"当年的护士和麻醉师也在列。"雷迟说，"有的人已经不在了，我们正寻找尚在人世的那些。蔡明月走了，事情变得棘手，需要找到更多当年的当事人。难度更大的是找到孩子的父母，光靠总部的力量是不行的，全国各个办事处都会联动起来。"

他只挑了一些无关紧要的皮毛讲，但已足够让秦戈松一口气了。

"没想到高主任真的说服了特管委。"秦戈说，"我以为他会推搪。"

雷迟一脸认真："高主任很负责任，我很尊敬他。"

他声调平稳，神情凝重，仿佛不是在陈述而是在论断。静了片刻，雷迟主动打破尴尬气氛，挎着包起身："再见。"

他眼光在狭小的办公室内一扫，落在了最靠近门的桌子上。桌上堆满文件，镇纸是一只手掌大的卧式小猫。小猫旁放着一个小玻璃罐，里头是包装精美的糖。

他才走出调剂科，白小园就从侧门跑了过来。她一脸兴奋，看见雷迟忙挥手打招呼："早啊，雷组长，外面是怎么回事？"

"叫我雷迟就行。"雷迟说，"说来话长，你问你的同事吧，我先走了。"

白小园："哦好。慢走。"

雷迟从包里掏出一袋糖果。"谢谢你的糖。"他说，"这是回礼。我试了好几种，这种水蜜桃味的软糖最好吃。"

白小园怔怔接下了。

"再见。"雷迟点点头，"替我向你的小猫问好。"

他大步离去，与走过来的唐错擦身而过。

"那不是雷迟吗？"唐错好奇道，"他来我们科室做什么？"

"给你送糖。"白小园把那包软糖递给唐错。

蔡明月的案子已经转交刑侦科，调剂科手头暂时没有任何工作。

"下周一我们科室就正式成立了。"白小园说，"搞个庆祝活动吃一顿？"

这时唐错的手机响了两声，他高兴地挥动手臂："谢子京！我帮你找到房子了！"

谢子京："……什么？"

唐错："带小阁楼的单间，距离地铁站大概十五分钟，月租才两千五，划算吧。今晚去不去看房？"

谢子京："不去。"

唐错："你打算一直睡秦戈家沙发吗？"

谢子京："秦戈喜欢我睡他家沙发。"

他抱在怀里的活物换成了白小园的沙猫。谢子京揉着沙猫的大耳朵，间或与小猫圆溜溜的眼睛对视片刻，抓着小猫的爪子发呆。

"去看看吧。"秦戈说，"老睡沙发怎么行。"

谢子京一脸不快，松手把沙猫还给白小园，起身出门。但不到半分钟他又钻了回来，身后跟着彭湖医生。

彭湖是来辞行的。他已经从二六七医院辞职，打算回家乡和妻子一块儿开诊所。

"你喜欢喝酒吗？"秦戈问。

"喜欢，但是喝不醉。"彭湖笑了一声，"毕业之后就没再喝了，怕影响神经。当时借酒壮胆，才敢来找你们。我是装醉，否则根本没勇气说出那些话。"

秦戈点点头："毕竟她是你的恩人。"

彭湖久久地沉默了。

"我不知道自己是错是对。"他低声说,"但我没脸继续留下来了。"

秦戈把彭湖送到危机办门口,恰好蔡易也带着秘书走出危机办大楼。他立刻认出彭湖,气冲冲要奔过去,但被秘书拦着。彭湖匆匆离开,实在找不到人发泄怒火的蔡易反手给了自己秘书一巴掌。

回到办公室,白小园正跟谢子京和唐错解释特管委里头盘根错节的各种关系,谢子京听得连连打哈欠:"别说了,不想懂。"

唐错:"谢子京,我帮你约了下午七点看房。"

谢子京:"不去。"

或者是因为确实没事做,或者是因为想再帮谢子京一把,秦戈开口劝他:"别辜负唐错一番好意。"

谢子京回头瞪着他:"你不要我了。"

秦戈:"……"

白小园和唐错都大吃一惊,四只眼睛齐齐盯着秦戈。

谢子京:"我在这里人生地不熟,不懂看房。"

秦戈闭了闭眼睛,想起高天月把谢子京托付给自己的用意,只好服输:"你停止装可怜,我就陪你去。"

谢子京勉勉强强答应:"好吧。"

房子不远,坐地铁的通勤时间大约为四十分钟。房东看了谢子京的工作证,又惊又奇,不停打听特殊人类的八卦逸闻,谢子京一通搪塞。

秦戈溜达一遍,十分满意。房子五脏俱全,开门便是厨房客厅和全封闭的落地窗,还硬生生在这个不大的空间里隔出了一个复式小阁楼。阁楼即卧室,墙上有个能容一人跨出去的窗子,算是一个狭窄的小阳台。

谢子京翻出窗外,站在平台上眯起眼睛吹风。房东从窗户里探出脑袋:"就这个角度,看到了吧,湖!"

谢子京:"谢谢您了,您手肘向右移动七十度,湖在那边。"

房东:"这么挑剔呢?房子还要不要了?七点半还有别的客人来,我这房子很受欢迎。"

谢子京从窗户钻了回来,看了秦戈一眼。秦戈觉得这房子不错,冲他暗暗点头。

房东目光如炬:"你俩一起住也没问题,我不歧视特殊人类。"

谢子京看着他的光头:"我歧视秃头。"

房东:"哎哟,你们特殊人类真幽默。"他见谢子京点头,忙出门打印合同。

房子安静,越发显得空荡。谢子京叼起一支烟,没点,下楼来到秦戈身边,用烟戳了戳秦戈的脸。落地窗几乎占据了一整面墙,窗外是渐渐亮起的灯火。秦戈躲开他的手,谢子京问:"你会来看我吗?"

秦戈心想不会的,好不容易摆脱你这个麻烦,我自找苦吃吗?但一看见谢子京那张脸,即便知道他在装可怜,秦戈心软的毛病也再次发作:"……会的。过几天把白小园和唐错也叫来,庆祝你住进新家。"

谢子京或许是个非常害怕寂寞的人。秦戈想起他沉重的、不肯放松的大背包。害怕寂寞,但又随时准备离开人群,谢子京身上满是矛盾。秦戈好奇他"海域"里隐藏的秘密,加上高天月的叮嘱,如今对谢子京已经不那么反感。

他释放兔子,让它跟谢子京道别。斟酌好的话还没说出口,谢子京一把捞起兔子贴在脸上,亲它耳朵:"兔兔,我走啦,你会不会想我?"

房东回来的时候,谢子京正趴在地上,手忙脚乱安慰不停流泪的精神体。

"你们特殊人类这么隆重吗?"房东惶恐了,"就租个房子,不用下跪!"

顺利租到房子的谢子京对即将来临的搬家活动毫无兴致。他所有的行李只有一个登山包,真正轻装来去,无牵无挂。白小园看了秦戈手机里的房子照片,提议庆祝调剂科成立暨谢子京乔迁新居的聚餐活动,就在谢子京新家办。

谢子京抓住沙猫,慢吞吞抻它尾巴,小猫不得不伸出爪子轻轻挠他,警告他下手不要太过分。挠的时候又不敢用力,它晓得谢子京体内藏着什么东西。于是猫爪轻轻落在谢子京手臂上,叫声也怯怯的。

"……好吧。"谢子京揉揉沙猫的小脑袋,"我想吃火锅。"

翌日,谢子京是带着登山包上班的。他离开秦戈家的时候,问秦戈自己可不可以要一个礼物。

他指着那把尤克里里。

这是蒋笑川送的礼物,秦戈犹豫了一瞬,没有立刻点头。谢子京很快放弃,离开家的时候还提醒秦戈:"记得换密码,小心我偷袭。"

他和秦戈到单位上班,传达室的大爷看到谢子京又背着登山包出现,吃惊道:"你又没地儿去啦?"

谢子京笑着把烟递给他："说什么呢，有有有。"

秦戈觉得自己一定是脑子被谢子京弄得不正常了。他老想起谢子京喜欢用尤克里里给兔子弹西原的民族歌谣。在琴声中，他和兔子都摇头晃脑，非常快乐。下班后其余三人赶去谢子京家，秦戈开着车跑到乐器行，花一个多小时给谢子京挑了一把尤克里里。

秦戈常常想起谢子京的"海域"。那间狭小的，满是往事痕迹的房间。他原本没有心软这个毛病，是遇到谢子京之后才突然患上的，而且一时半刻，应该是治不好了。

把尤克里里交到谢子京手里的时候，白小园和唐错在火锅的蒸汽里吹起了意义不明的口哨。

"新居入伙的礼物。"秦戈说着，转头看了眼白小园跟唐错，"你俩没有什么表示？"

白小园指着火锅："底料，锅，电磁炉，餐具。"

唐错指着两大碟海鲜："食材。"

谢子京把尤克里里拿出来，调弦弹了两声，轻咳一声："还可以。"但他显然很珍视，拿着琴在落地窗边莫名其妙地笑了很久。

四个人闹闹腾腾吃了一顿，唐错买的食材太多了。看着剩下的东西，他不无遗憾："早知道就把雷迟也叫来。"

白小园："……和雷迟又有什么关系？"

唐错："我下班时碰到他，本来想邀请他一起吃火锅，但他说今晚还得加班。"

刑侦科里烟雾缭绕，整理完危机办所有外勤组资料的雷迟揉了揉眼睛，走向茶水间。蔡明月的案件尚未结束，要追查的医护人员、父母等人数量众多，雷迟身兼数职，已经连续加班多日。科长正在给自己的茶杯添水，用热水的蒸汽熏了熏眼睛，冲雷迟点点头："辛苦了。"

雷迟迟疑片刻，问："科长，外勤组现在最出名的支队是不是狼牙？"

"没错。狼牙专门执行危机办和特管委安排的机密任务，支队里都是精英。"科长眯起眼睛，"狼牙队长的精神体……我也说不出那是什么狼，挺吓人的。不过看起来不威猛，胖、矮，和雷迟你化形之后的样子不能比。"

"我对'狼牙'执行过的一个任务感兴趣。"雷迟回忆所看到的资料，

"那么多任务里，只有一个是无头无尾、没有详细结案报告的。十一年前的鹿泉事件是不是有什么隐情？"

科长被热茶水烫了喉咙，顿时咳个不停。雷迟连忙轻拍他的背，没有继续问下去。

"别再问任何人这件事。"科长缓过来之后提醒他，"就算没有详细报告，鹿泉事件也已经有结论了。那是一个意外，只是案卷不在危机办。"

雷迟闭上了嘴。科长见他仍旧一脸不甘心，将他拉到走道上，低声道："鹿泉事件导致外勤组鹰隼支队全体人员丧生，这正是当年前一个主任被调离危机办的原因。鹰隼支队里不少人都是高天月的同侪，他很不喜欢别人提这件事。"

科长脸色凝重，雷迟只得点点头。

危机办大院中只剩一盏大灯。他用眼角余光瞥见两个人穿过传达室门口，朝危机办大楼走来。

数分钟后，电梯停在了高天月办公室所在的这一层。高天月已经沏好茶，一边欣赏自己的著作，一边等待客人的到来。

"你这本书写得可真糟糕。"秦双双的声音在门口响起，"都是老生常谈，太浅了，完全看不出你这几年当危机办主任的心得。"

高天月不悦地放下书："我那是创新性学术论著，注重的是科普性质。"

他请秦双双和蒋乐洋坐下，为两人倒上了热茶。

"还专门让我下班别走。"高天月笑问，"如果想打听秦戈的情况，咱们电话里讲就可以了嘛。"

"电话里可说不清楚。"秦双双神情严肃，"他的新科室里还有白小园和唐错？"

高天月："这俩孩子不错，跟秦戈相处也愉快。"

"别说废话。"秦双双低沉的声音里隐含怒气，"你为什么要把鹰隼的遗孤都安排在同一个科室里？他们几个人已经生活得很平静，你没必要这样。"

高天月慢慢地把茶杯推到夫妻俩面前。

"因为我对当年的鹿泉事件有困惑，鹿泉发生的事绝对不是意外。"他脸上的笑意消失，沉下表情，严肃得判若两人，"秦双双，你不了解秦戈，甚至太小看他了。你以为他当年考危机办，执意要进档案室，是为了什么？"

一顿火锅吃完，四人又帮谢子京整理房东送来的家具，把空荡荡的屋子收拾得有模有样。谢子京一直把他们送到楼下，看着白小园和唐错钻进秦戈的车里。他衣着单薄，衬衣外头只套了一件薄外套，秦戈看着就觉得冷。

秦戈打了个喷嚏，鼻子持续发酸，就像有什么人正偷偷谈论自己。他揉揉鼻子，回头冲谢子京挥手："晚上凉，不用送了，你回去吧。""明天见。"秦戈说，"别着凉了，回去吧。"

转身时谢子京按住他肩膀。白小园和唐错一直密切关注二人动作，立刻吹起了带着醉意的口哨。谢子京从口袋里掏出一把钥匙，迅速将它塞到秦戈手里，不让他推开。

"我知道你家里的密码，你有我家里的钥匙。"谢子京说，"公平。"

他像是生怕遭到拒绝似的，将两只手飞快揣入外套的兜中，倒退走了几步，带着一脸忍不下来的傻笑，转身飞快跑了。

秦戈拿着钥匙回到车上，白小园和唐错从后座凑过来看，熊猫和沙猫也冒出了头，八只眼睛一起盯着秦戈的手。秦戈把钥匙揣进口袋，平静地启动车子。

回到家他才摸出钥匙。当时没有细看，谢子京还给钥匙上挂了个钥匙扣，扣上附带一个太阳一般的狮子头软胶挂饰。

秦戈："……"

太幼稚了。他坐在床上，呆呆看着手里的钥匙扣。谢子京对他敞开了门——可谢子京怎么能对他敞开门？谢子京一定不理解家这个私密空间的意义……他肯定是不理解的。秦戈攥着那颗只有手掌大小的狮子头：谢子京必定也不知道，这枚钥匙对秦戈的意义。

秦戈仰躺在沙发上。家里静得出奇，他不由自主哼起谢子京总是弹的那首歌，说好要唱给他听的，但谢子京忘了。

在这个偌大的城市里，谢子京把自己和世界的联系交到秦戈手上。秦戈心里却怎么都无法轻松。这个没有朋友也没有牵挂的人，正依赖着虚假的亲密幻想，展开生活。

谢子京的亲密幻想对别人没有任何影响，秦戈起初受到困扰，现在也已经渐渐习惯。若是打破……他不敢想象谢子京会变成什么样。

兔子溜了出来，窝在他怀里，和他一起盯着钥匙扣。

"这个，是狮子。"秦戈对它说，"你还没见过。很温柔的大狮子。"

他把钥匙和钥匙扣都递到兔子面前。兔子抖了抖尾巴和耳朵，慢慢凑近钥匙扣，和钥匙扣上的狮子脸贴脸。

　　秦戈戳它软乎乎的小脸："你和它倒是真成了朋友。"

房 客

楔子

家用摄像头摆在桌上，像一只巨大的异样眼球。

静夜之中，万籁俱寂。卧室里仅有平缓的呼吸，此外再无任何声响。玻璃推拉门外的阳台摆放着几盆花，全都在春季绽开了新叶。

一根细小触手从阳台边缘攀爬上来。片刻后，一个男人也从阳台边缘处翻入。

玻璃门门锁被打开的声音惊醒了梦中之人。她睁开眼睛，心跳越来越快。那个人又来了。

从门缝钻进来的触手缓缓推开玻璃门，冷风灌了进来。

"嘘。"有人低声说，"别吵醒她。"

触手缩了回去。

冷风消失，门关上了。入侵者顺利进入卧室。

他走到床边，很轻很轻地坐下，伸手抚摸女孩的头发。

女孩只能紧闭双眼，用被褥裹着自己，试图用微不足道的保护来抵御床边之人。

"又做噩梦？"男人的声音低沉温柔，"真可怜。"

在女孩的颤抖之中，他哼起了意味不明的曲调。

一

　　调剂科正式成立的这天，高天月特意带着危机办其他几个科室的领导来给秦戈道贺。
　　仪式异常简单，贴个牌，啪啪啪啪鼓一通掌，喝两口茶水，一帮子人又呼啦啦走了，给秦戈留下一份工作安排。白小园和谢子京用手机外放鞭炮声，从秦戈开始看文件直到把文件完整阅读完。
　　秦戈太阳穴很痛："吵死了。"
　　白小园："营造一点儿气氛。"
　　谢子京："这儿不能放鞭炮，不能见明火，没办法啊。"
　　秦戈："立刻关掉！"
　　唐错拎着一袋水果回来："外卖到了。"
　　一屋子人吃着水果，听秦戈安排下一步的工作。
　　二六七医院的事件他们不需要再跟进，调剂科本身也不可能像刑侦科一样每天都有大案要案十几件。秦戈给他们简单介绍了手头的这份文件。"高考即将开始。"秦戈翻看附件，"今年全国各地区参加普通高考的特殊人类一共有两千八百零九人，其中诺塔和勒克斯是一千七百二十八人。"根据安排，这一千七百二十八个年轻的诺塔和勒克斯，在参加六月份的全国统考之前，要统一进行"海域"检测。这是从今年开始的新政策，秦戈越发笃定精神调剂科的成立就是为了解决这种棘手问题。
　　"这几年大学生的精神问题日渐突出，诺塔和勒克斯一旦罹患精神障碍，危害远远超出普通人类。"他照着文件里的话念，"接下来的一个月，我们科室的工作就是给这些小孩巡弋'海域'。"
　　唐错愣了一下，举手问道："我们科室？我和你吗？"
　　"只有我。"秦戈回答，"你不是精神调剂师。"
　　三人齐齐吃惊，顿时面面相觑。
　　"一千七百多人，就你自己？"谢子京不能相信，"一个月完成？"

秦戈翻到文件最后一页："除了我之外，还会抽调教育和就业中心的秦双双主任，还有新希望学院的卢青来老师。"

全国五个在册的精神调剂师，目前只有他们三个在这儿。三个人分工合作，秦戈在心里算了一下，应该也不算难。他真正担心的，是在检测"海域"过程中遇到"海域"不正常的诺塔或者勒克斯，自己的工作效率必定严重下降。

听到其他两个调剂师的名字之后，白小园和唐错都松了一口气。秦戈没能控制住自己瞟向谢子京的眼神。谢子京呆呆坐着，摸了摸下巴，并未露出轻松神情。谢子京的恍惚状态一直持续到下午，白小园和唐错已经在着手整理和安排那一千多个考生的住宿和分组，负责安排交通的谢子京却始终没能进入状态。

秦戈趁他出门透气抽烟的时候跟出去，把他拉到一旁询问："你在想什么？"见他来了，谢子京把烟摁灭，任凭秦戈怎么问都不吭声。

"是因为卢青来吗？"秦戈问。

果不其然，一听见卢青来的名字，谢子京的神情立刻变了。他靠在墙上，咬着熄灭了的烟，长而无奈地叹了一口气。

"我很怕他。"谢子京说，"他对我特别严格。我考入危机办之后直接去了西原办事处，这也是卢老师建议和安排的。他认为我在西原会得到更多锻炼，西原的环境最适合我和狮子。他是对的，但我这次是因为停职才从西原办事处回来，我不敢去见他。"

秦戈有点儿明白了。调剂科目前只有四个人，工作时难免跟卢青来碰面。

"那我帮你安排。"他说，"你就负责案头工作，别出去了。白小园和唐错跟我到现场。"

谢子京咬着烟，龇牙说："那也不行。"

秦戈："为什么？"

谢子京："我的狮子要陪你。"

秦戈："不必，白小园和唐错的精神体也可以让我缓解不适。"

他知道谢子京在担心自己。这感觉有些奇妙——秦戈心想，有这样一个热情的朋友，感觉并不赖。

"他俩不行的。"谢子京摇摇头，断然否定，"你明明最喜欢……"

沙猫从办公室跑出来，揪住他裤腿挠了几爪子。谢子京抓起它，作势威吓。秦戈没空和他胡闹，继续回办公室工作。这次任务非常繁重，前期种种琐事令人焦头烂额。等到唐错敲响秦戈桌子提醒时,秦戈才发现已经是晚上七点。

办公室里就剩下他和唐错了。

"我走了啊秦戈。"外面下着小雨,唐错叮嘱他路上开车小心点儿。

八点左右秦戈才收拾东西离开。他很饿,又不想吃外卖,一边往外走一边思考今夜应该去哪儿解决晚餐问题。这场雨似乎不那么容易过去,他撑着伞来到停车场,发现车边蹲着一个人。

"……谢子京,你在干什么?"

谢子京蹲在地上玩手机游戏,手里拿一把童伞遮头,伞上是三个小黄人。

"你抢小孩子的伞?!"秦戈震惊了。

"这是传达室大爷孙子借我的。"谢子京说,"我在等你。"

秦戈愈加糊涂:"等我做什么?"

谢子京:"等你送我回家。"

秦戈:"……下班到现在已经两个小时了,你自己滚也能滚回去了吧!"

谢子京:"下雨了,不想走路,好辛苦。"

秦戈用看透一切的眼神盯着他。谢子京把手机揣兜里,笑嘻嘻地举着小黄人童伞站起:"那我先去还伞,在门口等你。"

数分钟之后,谢子京如愿以偿,坐上了秦戈的车。

"送你回去,没问题。"秦戈说,"我要巡弋你的'海域'。"

谢子京:"这是要挟。"

车内很温暖,秦戈和谢子京距离很近,而他感受过一次的炽热气息正迅速在车内蔓延开。秦戈气不打一处来:巴巴里狮趴在后座上,尾巴啪啪拍打着车窗。

即便知道巴巴里狮对自己没有恶意,车里突然多出这么个巨兽,也会让人放松不下来。秦戈让谢子京立刻收回去,谢子京不听。这种小孩闹别扭似的抗议方式实在令秦戈哭笑不得,他干脆打开车窗,让车内属于巴巴里狮的气息散走一部分。

谢子京很快又关紧了:"好冷啊,开什么窗。"

秦戈咬牙:"这是我的车,我想开就开。"

谢子京:"你对我越来越凶了,明明过去关系那么好。"

秦戈恨不得以最快速度开车,迅速将谢子京这个可怕的热源扔到目的地。他也不想巡弋谢子京的"海域"了,他无法再扮演情绪稳定的成年人,一张脸黑如锅底。但因为下雨，路上频频堵车，他们花半小时行进了平时十五分钟就可通过的路程。谢子京又开始聊车王传奇，秦戈只能全神贯注地盯着前方的车屁股，分散自己的注意力。

从车边经过的外卖骑手诧异而善意地提醒："大哥，你们怎么不关窗啊？雨好大。"

谢子京扯着安全带低低地笑着。

秦戈恼羞成怒："再笑滚下去！"

绿灯亮了，骑手走了，前面的车屁股也开始移动。

冷雨冷风从车窗扑进来，让秦戈的脸颊凉了一些，比方才舒适些。他的手心沁出了湿汗，方向盘的皮套令人感觉闷热不适。谢子京在副驾驶座上闷闷地笑："好了，我下车吧。"

秦戈："你不回去了？"

谢子京："我去二手书店卖股神的书。"

他的背包干瘪空荡，并没装什么重物。秦戈在路边停车，谢子京下了车，冲他挥手道别。正是春寒时候，细雨瞬间打湿了谢子京的头发和衣服。秦戈喊停他，递去一把折叠伞。

谢子京又笑了。他或许只是简单直接地咧嘴做一个表情，但秦戈总能读出许多不清爽的意义。和谢子京告别后，秦戈没有立刻回家。谢子京和巴巴里狮离开车子，秦戈渐渐冷静。他并不是一个情绪起伏大的人，但是与谢子京、白小园和唐错相处，他们总是能轻易令他生气，又轻易令他笑。秦戈不知道自己为何改变，但他并不厌恶这种相处。

如果谢子京能够更听话些……秦戈长叹。他一时想着还未理出头绪的工作，一时又想着谢子京这个麻烦人物和他更麻烦的"海域"。

是的，他的"海域"。自己之所以这样在意谢子京，全因为他那个古怪得不得了的"海域"。这个答案让秦戈轻松下来。他在路边的日料店里点了日式豆腐饭和炸猪排，慢吞吞地吃着。

春季的雨不干不脆，不小不大。天色已经全黑了，路面被车灯和路灯照成一条闪光的湍流。秦戈坐在店里，看着窗户外的车辆行人，想起谢子京"海域"里的那个小房间。

还是想再进谢子京的"海域"里看一看，但在进去之前，他必须说服谢子京把紧闭的抽屉、书柜和衣柜向自己敞开。

谢子京在怕什么？

秦戈得不到可以解释谢子京古怪行径的答案。在巡弋之前他是抗拒的，巡弋的途中他仍然不够坦率，就连结束巡弋之后，他跟秦戈说的第一句话也是"我的'海域'你不会喜欢的"。

为什么谢子京在意"喜欢"？他希望自己的"海域"是讨人喜欢的，还是曾有人进入他的"海域"，说了令他不愉快的话，让他耿耿于怀至今？

一顿饭吃到后面，颇有些食不知味。他坐在凳上对自己和谢子京的人生进行了十分钟的深刻思考。

"想跟他聊聊过去的事情，但他不肯说。"谢子京一边走出地铁站一边说。

电话那头的白小园："醒醒吧，你。"

"他口是心非。"谢子京打开了秦戈的折叠伞，看着伞内的星座涂层说，"秦戈闷骚，他这把伞外面看着是黑的，平平无奇，里面花里胡哨都是星星。"

白小园："不好意思，你拿的那把是我的伞，上次去医院的时候落在车里的。"

谢子京立刻改口："看久了也挺好看的，一伞的文艺气息。"

白小园手里是一本描写特殊人类之间错综复杂感情关系的网络小说，她恰好看到狼人擒获吸血鬼的紧张情节，于是不太想和他聊天："你给我打电话到底想说什么？"

"你占卜不准。中午你给我算的那一卦说今天适合聊心事，我聊了，没用。你得退我钱。"

白小园一下坐直了："不可能！我告诉你，我凭着这一手占卜的本事走遍整个危机办，没有人不服气。"

谢子京："我被赶下车了。"

白小园："我的塔罗牌是青眉子开过光的。青眉子你知道吗？就是那个有预知能力的特殊人类。他的网店里卖的，一套牌一万三呢。牌没问题，我的占卜也绝对没问题，一定是你自己说错话。"

谢子京对白小园的技术、牌本身和那家网店均表示怀疑。白小园对谢子京的怀疑表示愤怒。她挂了电话后连书都不看了，拿出塔罗牌，决定再占卜一次。

她这回给唐错占卜。

唐错并不知道自己又被白小园拿来试手。他在地铁上睡了一觉，快到站时被耳机里的提示音吵醒了。

白小园发来一个惊悚的表情："我刚刚给你占卜，你今天会遇上大祸。"
唐错打了个哈欠，回复她："求神婆给我化解。"
白小园："化解一次一百块。咱们两兄弟感情深，打九折再减三文。"
唐错："你掉钱眼儿里了！"

边给白小园发语音边走出地铁站，他看到通道旁贴着大幅的地产广告，随即想起白小园正攒钱准备买房结婚。唐错先是一喜：自己现在还没有买房压力；随后又是一悲：自己现在也还没有对象。雨已经停了，唐错饿得腿软，正准备就近吃点儿东西，四处张望时看到一个坐着轮椅的女孩在地铁站的站前台阶前发愣。

"无障碍电梯在Ａ口，这儿没有。"他走过去提醒，"我带你过去？"
女孩感激不已："谢谢你。我第一次到这里来，没找到指示牌。"
唐错见她左腿打着石膏和夹板，干脆提议："要不你打个车吧？下班高峰期已经过了，应该不难找车。要不我帮你叫一辆？"
"我不是想出门。"女孩紧张得脸红了，"我……我是想去买点儿东西。小区里面没有超市，附近我也不熟悉，但地铁站里总有便利店吧。"
"你可以用手机叫外卖，现在外卖什么都能送。"唐错想了想说，"不用出门，什么都能买得到。"
"我没有手机。"

唐错一愣，女孩在他的注视中低下了头。

本想问为何家人不陪她一起出门，但看她沮丧的模样，唐错顿时也不知怎么接话。生怕再问下去处处踩雷，他整了整背包带，弯腰对女孩说："你想买什么，我去买给你。你不用下去，就在这儿等我，我很快就回来。"

数分钟后，唐错拿着电池回到路面，女孩果然乖乖在原地等待自己。他此时已经饿过了头，干脆鼓起乐于助人的勇气送女孩回家。

女孩自称毕凡，是勒克斯，住在地铁站边上一个小区里。唐错掏出手机查看地图，送她回去的时候给她一一指点，哪里是小吃店，哪里又是便利店。

"这是新小区？"唐错看着电梯里尚未拆除的隔板问。
"嗯，还有好几户在装修，白天挺吵的。"毕凡回答。

她说自己搬进来之后不久腿就摔折了，出入都依赖轮椅，今天是她第一次离开小区。

唐错张了张嘴，心里在瞬间盘桓着无数疑问，比如毕凡是否有家人，她为什么没有手机，她平时怎么跟人沟通来往。话到嘴边，又想起彼此只是陌生人，他出于善意帮人一把，没必要探究别人的生活。

"进来吃点儿东西吧。"毕凡开门之后对他说，"我刚刚听见你肚子在叫。"

唐错："……"

他尴尬极了，转身想走，却看到毕凡进家门时被卡在略高的门槛上。他一直把她推进客厅才真正放心。

毕凡的家整齐干净，面积不大，布置得非常用心。唐错不好意思乱走动，站在客厅看墙上挂的照片。照片上都是毕凡，穿着学士服的毕业照，人像写真，还有戴着大帽子、大墨镜的旅行照片。一墙十二三张照片，除了两张集体照，其余全部都是毕凡的单人照。唐错环顾客厅，没有找到任何毕凡同住之人的痕迹。

她一个人住？那怎么会没有手机？唐错满头雾水。

毕凡从厨房出来，手里拿着一杯水和一杯果汁："你喝什么？"

"水就行。"唐错不好意思了，"真的不用招待我吃饭，我赶着回家。"

他一口气喝完杯中水，毕凡只好伸手接过杯子："太谢谢你了，唐先生。"

门锁忽然"咔嗒"响了一声。

毕凡浑身一颤，手竟然没有抓住那只玻璃杯，唐错眼疾手快，在杯子落地的前一瞬把它抓住了。

大门半开，一个拎着超市购物袋的男人正收起钥匙，看看毕凡，又看看唐错，笑着问："有客人？"

唐错站起身准备回答，眼角余光瞥见毕凡低下了头，手紧紧抓住衣摆，正在发抖。

"请客人坐呀。"男人换上拖鞋，直接走进厨房，爽朗的声音从厨房传出来，"这么大个人了，还不懂礼貌。"

"不用不用，我这就走了。"唐错发现毕凡一直保持着紧张的状态，不由得多了个心眼，"你是……？"

"我是她哥哥。"男人装了一碗草莓走出来，手里还拿着一盒酸奶，"我叫毕行一，是二中的老师。"

他把草莓和酸奶放在桌上，示意毕凡快吃。唐错看着他从口袋里掏出钱包与证件，同样随手放在桌上，并没有提防唐错。趁毕行一走回房间，唐错眼疾手快地翻开他的驾驶证看了一眼，确认人和名字是对得上号的。

"你怎么了？"唐错小声问毕凡。

毕凡低着头，一声不吭，只一颗颗地从玻璃碗里拿草莓吃。

毕行一换了轻便的衣服，再次劝说唐错留下来吃饭。唐错婉言推辞，简单跟毕行一说了毕凡的情况。毕行一笑道："她手机摔坏了，我今天帮她拿去修。有一个备用机，她觉得太慢，不乐意用。"

毕凡一直低着头不说话。毕行一伸手抚摸她的头发，她手里的草莓一下掉在了腿上。

"我妹妹摔了腿之后精神一直不太好，以后我会注意的，尽量别让她出门。"毕行一拿起草莓吃了，左右看看，"唐先生人真是好，我得给你些东西……"

"不用不用不用！"唐错连忙跑向房门，"都是举手之劳，不用谢不用谢。我走了。毕凡，祝你早日康复啊，再见。"他急急忙忙打开门，飞快闪了出去，关门时只看到坐在轮椅上吃草莓的女孩终于抬起头，怔怔盯着自己。

唐错一面往家的方向走，一面掏出手机给白小园回信息："我没遇上任何祸事，是你不灵了还是你的塔罗牌不灵了？"

沉迷于狼人和吸血鬼大战的白小园根本没注意手机。唐错第二天上班时才被她揪着训斥："什么叫作我不灵？塔罗牌不灵？我告诉你，就算我不灵了，这个塔罗牌也一定是灵的！"

唐错给她分了半个烧饼，堵住了她的嘴。

"那什么青眉子的网店有问题吧？"唐错小心翼翼地跟她分析，"一万三一副塔罗牌，这是赤裸裸的抢钱。"

"没有一万三。"白小园三两口吃下烧饼，"我双十一的时候买的，打折加优惠券，到手才八千。"

"'才'八千？"唐错悻悻道，"比我一个月工资还多。不就几张花牌吗，竟这么贵？你是不是碰上黑店了？"

白小园一脸愤怒："这个店是青眉子挂在他微博和微信公众号上的，怎么可能有假。他自己也做直播啊，就是青眉子本人。"

唐错揉了揉鼻子，没敢继续质疑。

在国内诸多特殊人类里，"青眉子"这个类别与其他类别迥然不同——

"青眉子"无法称之为族群，因为这一类特殊人类仅存一个人。

这种具有微弱且不确定的预知能力的特殊人类，每一个都俊美非常，仪态不凡。他们没有眉毛，取而代之的是从出生那一刻便铭刻于双眉位置的刺青纹样。随着年岁增长，刺青纹样不断蔓延，最终会在十六岁时遍布青眉子的整个额头。

根据以往留下来的画像和照片，每一个青眉子额上的纹样都全然不同。至于为什么不同，至今也没有一个确定的说法：样本太珍稀了，没人敢擅动。

青眉子的诞生具有不确定性，但与藏传佛教中活佛的转世十分相似。青眉子在濒死之时会给出具体提示：某时某刻某地将有一个青眉子诞生。他们一生中唯一的、最准确无误，且绝无偏差的预言，据说会用在此处。

现在活跃在网络上的青眉子年纪三十上下，脑袋光溜溜的，成日在鼻梁上架一副墨镜，穿着松垮垮的改良喇嘛服和匡威鞋游荡于全国各地的古镇，并热衷于举着自拍杆向自己的六百多万粉丝直播每日的心情。

去年，危机办许多女同事都把手机屏保换成了青眉子的照片。这股风潮蔓延得很快，连唐错在特管委工作的姐姐也不能幸免，斥巨资购买了青眉子的《三千块游遍世界》《虽然穷，但有梦》《每一刻都贫穷且自由》等鸡汤秘籍堆放家中。

按捺不住好奇，唐错上网搜索了青眉子的店。

标价一万三的塔罗牌月销售量为二百四十五份。

唐错倒抽一口凉气：卖塔罗牌的青眉子，月收入已经超过了危机办的每个人。

他决定劝说姐姐终止购买青眉子的所有周边产品。

二

高考考生的"海域"检测即将开始，秦戈一早赶到特管委开工作之前的碰头会。参加会议的除了他之外，还有秦双双和新希望尖端人才管理学院的卢青来。

国内高校众多，但专门招收特殊人类的只有两个高等教育机构，一是直接由特管委管理的国家人才规划局，二是隶属教育部的新希望尖端人才管理学院。新希望学院只招收诺塔和勒克斯，与所有特殊人类均可报考的人才规划局招生范围不同。

特殊人类享有与普通人类一样的教育权。完成九年义务教育和三年的高中学习之后，通过普通高考或者自主招生的特殊人类，可以自由选择是进入普通的高校就读，还是进入这两所特殊人类高等教育机构学习。

人才规划局设置的专业针对性非常强，大多数是军事、政治、经济等强应用专业；新希望的专业设置则更偏向于普通的综合性高校：生物、历史、农林、土木、教育、行政管理……由于诺塔和勒克斯人数众多，毕业之后的就业面和地底人、半僵化人类相比也更加广，因此他们之中绝大部分人都会选择新希望。

秦戈是人才规划局的毕业生。由于他具有特殊的吸收负面情绪能力，在高考之前就被人才规划局使用行政手段强行预录取，以至于他根本没有任何别的选择。他跟卢青来有过数面之缘，至今仍十分感激卢青来当日在精神调剂师考试中给出的评价和分数。

"卢教授，秦戈，明天见。"会议结束，秦双双与两人告别，"有些学校的考生资料不完整，我核查之后再发给你。"

眼看秦双双风一般走了，秦戈转头问卢青来："卢教授，你一会儿有空吗？我想请教一些事情。"

卢青来年约四十，保养得当，脸上并无疲倦憔悴的痕迹，双目精神，学者架势十足："我也有些事情想问你。"

两人在特管委餐厅外的卡座里坐下。

"我去危机办办事的时候，听他们说起你。"卢青来的左手无名指上戴着戒指，他用左手拈起小勺搅拌咖啡时，银色的指环折射了灯光，十分显眼，"你现在是精神调剂科的科长？"

秦戈颇有些不好意思："这是赶鸭子上架。我还在摸索。"

"你很优秀，没问题的。"卢青来把小勺放在杯碟上，手指交叉，靠着椅背坐稳了。

秦戈看着他的指环心想，似乎从没听过他结婚的消息。但秦戈对自己和家人之外的事情本来就漠不关心。一个大学老师的婚姻状态，即便他们都是精神调剂师，也很难传到他耳朵里来。

"谢子京在调剂科里是吗？"

秦戈一惊，注意力立刻被这句问话拉了回来。

"我想问的就是他的事情。"卢青来笑道,"他是新希望毕业的,我是他的导师。"

秦戈点点头:"他说过。"

卢青来眉毛一挑,神情颇有些玩味:"……他跟你说过我?我以为他怕到不敢见我呢。"

"提过一次。"秦戈心想,巧了,他想找卢青来问的,也是谢子京的事情,"谢子京的'海域',你真的认为没有问题吗?"

此时此刻,在调剂科办公室埋头工作的谢子京连续打了三个喷嚏。

"秦戈又想我。"他果断地说。

他正一个个地致电催促各省市还没安排好行程的学校尽快买票,在打电话的间隙里偶尔还抱怨几句"我以前在西原办事处从来不做接电话打电话的活儿""我以前在西原办事处的工作都是带狮子出门玩儿,进山挖矿或者进沙漠探险"。

烦得不行的白小园从堆得几乎把她淹没的资料夹里探出头:"可是西原办事处没有秦戈。"

谢子京顿时不说话了。

唐错插话:"说到这个,不知道秦戈还能在危机办待多久。我听我姐说,特管委想要把秦戈调上去,高主任不肯放人。"

谢子京抬头:"谁要调秦戈?"

唐错:"跟你打架的那个大蜥蜴,蔡易。"

抓起手机和手头的一沓通信录,谢子京立刻起身:"不行,不可原谅!我去特管委找秦戈,见到蔡易再揍他一次。"

他风风火火地跑了,白小园和唐错咬牙切齿:"又找借口摸鱼。"

"谢子京这个人很真。"卢青来看着秦戈说,"也许在语言上他喜欢玩儿一些花样,但是情绪绝对是真实的。他没有办法伪装自己的感情。"

因为谢子京的"海域"太小了。它并不像普通的"海域",有充分的空间去运筹情感。

情绪是一种心理和生理反应,是接受刺激的结果。有些情绪是条件反射,有些情绪是非条件反射。但无论如何,它总是大脑计算之后的答案。谢子京在情绪上无法进行更复杂的运算。他没能力伪装和矫饰,所有表达出来的感情都是绝对真实的。

"你一定巡弋过他的'海域'了。"卢青来问,"感觉如何?"

"不可思议。他的'海域'绝对不妥,我没办法走出那个小房间。"秦戈回答,"这是我第一次见到这么狭窄的'海域',可谢子京说你认为没有问题。"

卢青来又喝了口咖啡:"你很少巡弋别人的'海域'是吗?"

秦戈不好意思地承认了:"拿到调剂师的资格后,我在危机办里只就做新入职人员的'海域'检测,实操经验很少。"

"嗯。"卢青来点点头。他放下咖啡杯的动作轻柔而有韵律,秦戈总觉得他的动作也是经过严格计算的,举手投足全都文雅有礼,但却缺乏真实感。

卢青来再次开口:"我可以告诉你,谢子京的'海域'确实曾经受损,而且受损程度极其严重。至于为什么受损,这是他的隐私,我不能告诉你。但他自我修复的能力非常强,所以即便'海域'狭小到只剩一个房间,他个人的精神状态也完全不受影响。"

秦戈慢慢点头。

在海域学研究的案例里,他见过太多由于精神出现障碍而导致精神体变异的情况。精神体是精神世界的具象化。精神世界失去控制,精神体必定随之产生变化——而且是各种匪夷所思的变化。他见过谢子京的巴巴里狮。一个"海域"不正常的诺塔,他的精神体不可能一直保持那样完整且不变形的状态。

"我教了他四年,这四年里我无数次巡弋他的'海域',从来没发现过异常。"卢青来肯定地告诉秦戈,"而且'海域'受损的人比你想象的要多太多了。即便'海域'狭窄,也不意味着他的精神是异常的。你可以放心,谢子京的精神确实没有问题。"

秦戈沉吟片刻,忍不住说出心中真正的想法:"可是我想帮他。在房间之外的'海域'有什么?我想去探索,这里面一定有谢子京记忆混乱和记忆缺失的原因。"

"如果你的探索会让他痛苦,你也仍要去做吗?"

秦戈不由得一愣。

"你有没有想过,他之所以只保留一个房间,是因为房间之外的东西是他根本不能接受的?"

秦戈确实没有想过这种可能。

"别认为所有的不寻常都是坏的。"卢青来左手拈着金属小勺,在陶瓷杯沿上轻轻敲了几下,声音清脆而有节奏,"有些人的不寻常实际上是自我保护。他们没办法通过一般的手段去安慰和疏通自己,通过不寻常,他们才能维持外在的正常。……真可怜,对不对?"

秦戈的喉结轻轻动了一下。

"卢教授……"他僵硬地笑了,"为什么你要对我施加暗示?"

他看着卢青来手里的咖啡勺。有节奏的声音顿时终止。

一片白色雾气从卢青来脚下漫出,已经淹没秦戈双足。

"只是想跟你玩一个小游戏,不过既然被你识破,这暗示也没用了。"卢青来哈哈大笑,随即正色道,"我很高兴谢子京能有一个关心他的朋友,但是我不赞同你过分涉入谢子京的深层'海域'。那是连我都很少抵达过的地方。"

他敲了敲桌子,白色雾气爬上他的身体。片刻后,雾气消失了,一只金丝猴乖乖蹲在卢青来的肩膀上。

"我去上课了。"卢青来拍拍小猴的尾巴,低头看表,"我准备给特管委的勒克斯讲讲'海域',你有兴趣的话可以一起来听。"

他并没有告诉秦戈自己打算向秦戈施加什么暗示。秦戈坐在卡座里,直到将咖啡喝完才起身离开,往卢青来说的会议室走去。和卢青来的谈话让他确认了一件事:谢子京的过去确实发生过某些事情,但卢青来并不打算将它告诉秦戈,同时还警告秦戈不能擅自涉入谢子京的"海域"。

"那是连我都很少抵达过的地方",所以你不能进去——卢青来似乎是这个意思。

举行讲座的会议室里已经坐满了人。卢青来是非常有名气的精神调剂师,也是特管委里不少新希望毕业生的老师。秦戈去得迟了,只能和别人一样站在墙边听。

卢青来靠在讲桌上,姿态悠然。他没有使用投影仪,也不打算板书,双手空空,就像闲谈一样开讲了。秦戈听了一会儿,发现他讲的是勒克斯在对诺塔进行"海域"疏导的时候,怎样不着痕迹地挖掘诺塔的精神细节。

所有的勒克斯都可以疏导"海域",但他们只能进行浮潜,所接触的只有浅层"海域";只有精神调剂师才有能力进入深层"海域",不断深入,发现隐藏在最深处的秘密。

"我们以往都认为，只有精神调剂师才能在侵入深海的时候对诺塔施加暗示，调整诺塔的情绪和精神，但勒克斯其实也可以做到——是的，没错，在浅层'海域'就能做到。"卢青来笑道。

秦戈微微皱起眉头：又是施加暗示。他不知道为什么卢青来这么酷爱对别人施加暗示。

"只是暗示的内容，我们必须认真挑选。"卢青来说话字正腔圆，声调低沉有力，很容易吸引注意力，"肯定不能直接在诺塔的'海域'里嚷嚷'喜欢我吧，爱我吧，把钱给我吧'……对对对，小胡说得很好。"

他指着一个听课之人，微微点头："我们应该给诺塔的自我判断施加影响。"

秦戈浑身一凛。

"每个人的'海域'里都有一个自我意识，找到它，然后跟它交流。"卢青来的眼神扫过听课的人，短暂地在秦戈脸上停留了一瞬，"告诉它：你是优秀的；你是好看的；你是值得被爱的；你是令人喜欢的。或者……你真恶心；你令人失望；没有人会喜欢你。"

秦戈愣愣地站着，回过神才发现自己的双手攥成了拳头，鸡皮疙瘩一层接一层地从身上冒出来。恐惧和惊愕让他发冷。

卢青来所说的话同样令在座的人吃惊。这已经不是疏导了——他讲授的，是对诺塔或者勒克斯进行暗示和控制的方式。

有人举手反驳："不可能这么容易。试图对'海域'施加影响是引发暴动甚至海啸的最主要原因，任何人都会自我保护啊，尤其我们巡弋'海域'的时候，我们是入侵者。入侵者说的任何话都不会得到自我意识的信任。"

秦戈心想，不是的……如果对方对调剂师拥有非同一般的信赖，他会对调剂师完全敞开自己的"海域"，并且对调剂师说的所有话都深信不疑。

精神调剂师伦理道德的相关学习内容里，用了极大篇幅去强调，调剂师面对"海域"时如何控制好双方彼此信任的程度。这是一个危险的职业，无论对诺塔、勒克斯，还是调剂师本人。深入"海域"是高危行为，在"海域"中控制他人更是绝对不允许的。

听罢提问者的话，卢青来举起双手鼓掌："很好！非常好！"

他转身拿起马克笔，在白板上重重写下"约束"与"保护"四字。

"这其实才是我今天要说的话题,如何在进入他人'海域'的时候约束自己,如何在面对入侵者的时候保护自己。刚刚只是一些餐前小甜点……"

他抬头看最后一排。秦戈已经离开了。

谢子京和唐错抵达特管委时已接近中午。

唐错是赶着给特管委送文件和找秦戈签字,出门时看到谢子京在传达室门口拉着大爷问个不停,才知道他根本不清楚特管委怎么走,于是两人打了一辆车,一起过来了。

"我找你们蔡副秘书长。"谢子京对特管委的门卫亮出自己的危机办工作证。

门卫:"蔡副请了病假。"

谢子京悻悻地收好工作证,完全不掩饰内心的遗憾。

两人联系上秦戈后,按照秦戈的话,乖乖在门口树荫下等他。

百无聊赖之时,唐错忽然听到有人叫自己。毕行一小跑着穿过斑马线,满脸是笑地冲他奔来。原来毕行一是二中此次高考检测的带队老师,明天第一批进行检测的学校包括二中,他专程到特管委抽签。

"我们学校这次只有十八个学生,还是很轻松的。"他热情地跟唐错握手,"唐先生在特管委上班?"

一番寒暄之后,毕行一向两人告辞。他走开了几步又折回来问:"唐先生今晚有空吗?"

唐错:"有。"

"毕凡刚搬来不久,没什么朋友。昨天多亏你帮忙,我们想请你吃个饭。"毕行一笑道,"就家常便饭,行吗?"

唐错不擅长与人打交道,被突如其来的邀请吓了一跳。他支吾半天,想到毕凡如今不便出门,才最终应下。

找到他们的秦戈草草给唐错签了字,把他打发到特管委里交文件,随手将谢子京拉到一旁的巷子里。谢子京很惊奇地看着他,乖乖露出聆听秘密的期待表情。

秦戈不知他又在乱想什么,低声问:"只有卢青来和我巡弋过你的'海域',对吗?你是从什么时候开始拒绝其他勒克斯巡弋的?"

"上大学之后。"

"为什么？"

"大学时有卢老师帮我巡弋。大学之后去了西原办事处，我不喜欢那些勒克斯进入'海域'。他们会认为我的'海域'不正常。"

秦戈追问："是谁说你的'海域'恶心？卢青来吗？"

谢子京一下站直了，脸上虽然还带着笑，但神情已经开始戒备："卢老师跟你说了什么？"

"你回答我的问题，我就告诉你。"秦戈没有退让，和卢青来的交谈让他产生模糊的不安，"巡弋'海域'的时候，他是不是跟你的自我意识说过，你的'海域'恶心，没有人会喜欢，还有告诉你除了他之外不能让任何人进入？"

晌午时分的阳光猛烈，巷子的墙上，光线正逐寸逼退阴影。秦戈眼里尽是紧张，谢子京看着他的瞳仁，像看一潭深邃的、漆黑的水。

"我不喜欢这样。"谢子京低声说，"我不喜欢你和卢老师在背后分享我的秘密。无论你是关心我，还是纯粹因为猎奇。"

秦戈紧紧拽住他的衣领，不让他挣开半分："这怎么可能是猎奇？我想帮你，我想知道你到底发生了什么事！"

"那不是好事！"谢子京抬手重重在秦戈背后的墙上捶了一记，"我说过了，那很恶心。……求你别看。"

他看上去是这样陌生，与这段时间以来秦戈接触的、见到的谢子京完全不同。他强烈地厌恶和抗拒这个话题。

"是谁告诉你，你的'海域'恶心的？"秦戈放轻了声音，"谢子京，我只要这个问题的答案。"

谢子京抓住他的手腕，把自己被揉皱的衣领从秦戈手里拉开。"不需要谁告诉我。"他低头整理自己的衣服，没有看秦戈，"它本来就恶心。"

秦戈不知道要怎么和谢子京沟通才好。

恶心是很严重的否定词。即便谢子京的"海域"那样狭窄，秦戈看到的房间却仍然是整齐干净的。这无论如何都不能与"恶心"沾上一点儿关系。是被紧锁着的抽屉、书柜与衣柜里有恶心的东西？可当时秦戈并未打开它们，谢子京却仍然问他，自己的"海域"是否恶心。

如果没有人对谢子京施加影响，他可能会认为自己的"海域"不正常、不对劲——但绝对不会是"恶心"。

他更不会在意进入"海域"的人是否喜欢它。

谢子京转头要走出巷子,秦戈连忙追上他。"对不起。"他跟谢子京道歉,"我不应该未经你允许就跟卢教授打听你的事情。我错了。"

谢子京没回应,但也没有继续往前。

秦戈又问:"你说过等你把锁修好,我可以再进入'海域'。这句话还算数吗?"

"不欢迎你。"谢子京生硬地说,"我的恋人才能随便进出我的'海域',你不是。"

秦戈:"……"

谢子京回头看他,眼神充满挑衅。

秦戈很不喜欢谢子京转移话题的方式:"算了。今晚和我一起加班。"

秦戈打定主意一定要问到自己想要的答案。谢子京的"海域"如果真的被卢青来影响过,不仅谢子京有问题,卢青来也有问题。全国只有五个精神调剂师,稀有又珍贵。卢青来又是新希望学院里的老师,他一旦有问题,整个诺塔、勒克斯的新生代人群都会陷入危险。

和谢子京回危机办的路上,谢子京罕见地保持了一路的沉默。他和秦戈分站地铁车厢的两侧,中午的地铁车厢并不拥挤,越发显得两人之间的距离拉大。

秦戈联系秦双双:"秦姨,卢青来是在你之后才成为调剂师的,对吗?"

电话那头的秦双双很诧异:"是啊,我是第三个,他是第四个,你是第五个。"

秦戈咬了咬嘴唇:"你巡弋过卢青来的'海域'吗?"

秦双双笑了:"你傻了吗?精神调剂师不能互相巡弋彼此的'海域'。我们成为调剂师之后学的第一件事就是修筑海堤,免得在工作的时候被别人影响。"

"我知道。"秦戈低声说,"这么说,进入过卢青来'海域'的只有章老师?"

"应该是吧。"秦戈听见了秦双双喝水的声音,"每个精神调剂师都要经过他的检测才能拿证。卢青来既然能拿到资格证,当然也和你我一样,是由章晓亲自确认的。"

海域学研究的概念由来很久,但很长一段时间里,由于缺乏相关人才和考核机制,国内始终无法建立一套完整的、系统的精神调剂师制度。在西方获得国际精神调剂师资格认证的章晓打破了这一僵局。他创立了符合国内诺塔及勒克斯情况的海域学研究专业,并且从零开始推广"精神调剂师"这个陌生的名词。身为国内首位精神调剂师,在他之后的每一个考取资格证的人,都必须由他进行"海域"检测。

章晓的"海域"巡弋能力极强,他可以潜入他人"海域"极深层的地方,挖掘连本人都不可能意识到的内隐记忆。卢青来如果心存恶意,或者试图控制诺塔、勒克斯,他根本没法通过章晓的巡弋。

"卢青来有什么问题?"秦双双问,"需要我问问章晓当时的详细情况吗?我跟他很熟。"

"先别了。"秦戈小声说,"我的怀疑没什么切实根据,还得再确认。你千万别把这事情放在心上,如果真有可疑之处,我会告诉你的。"

挂了电话之后,秦戈忍不住看向站在远处的谢子京。怎么确认呢?他很茫然。唯一的信源已经拒绝了他,毫无妥协的余地。

回到危机办时,白小园正补妆准备离开。"又打起来了!"她一边飞快往脸上扑粉一边叨叨,"个个十七八岁,血气方刚的,一言不合就要打架!烦死了,再打我撕了他们的准考证,谁都别考了!"

谢子京:"嚯,刺激。"

白小园白他一眼:"二中有三个诺塔要在酒店住一晚上,家离得太远了,明天八点怕赶不及,谢子京你安排一下。我去劝架了!"

秦戈:"我没意见,把票据都收好就行。"

白小园冲了出去,唐错还在特管委,办公室里就剩下秦戈和谢子京。两人没再多讲话,各自坐下工作。

转眼天黑,秦戈的手机一直在桌上振动,是白小园在群里发信息。谢子京忙完手头的活儿,点开微信,看着看着就笑起来了。

"白小园说她的小猫一出来,大家都服气了。"谢子京说,"骗谁啊?那小猫能有什么作用?"

秦戈:"你别小看她,她是危机办很出名的女性诺塔。"

诺塔群体中的女性诺塔数量稀少,综合能力强大,是连男性诺塔都比不上的善战类型,在任何时代都备受重视。但谢子京完全不信,比画沙猫的体形:"别的女性诺塔精神体有豹子狼、沙猫……这么小一东西,能有什么震慑力？"

两人终于开始正常聊天。谢子京一下下地瞥着疯狂敲击键盘的秦戈，憋了半天才找出一个自认为秦戈可能感兴趣的话题："你见过白小园的'海域'吗？她这么喜欢猫，里面也都是猫？"

"她的'海域'非常有意思，居然是……"秦戈说到一半停了，顺利勾起谢子京的好奇心。他不停追问，秦戈笑笑："你允许我再进一次你的'海域'，我就让白小园告诉你。"

谢子京果断回答："不。"

答案在秦戈意料之中，秦戈只好又低头继续工作。片刻之后，他面前落下一片阴影：谢子京走过来，正看着他的屏幕。

"你在写什么？"谢子京粗粗扫了一眼电脑屏幕，低头看着秦戈，"饿不饿？我叫外卖。"

秦戈："你不是没钱吗？租房子的钱都是预支的工资。"

谢子京："那你借我。"

秦戈："那你让我巡弋……"

"算了。"谢子京立刻打断他的话，还伸手在秦戈头顶揉了揉，"能谈点儿别的吗？"

秦戈不吭声。他只隐隐感觉到，谢子京似乎在刻意讨好自己。为什么？因为今天他对自己吼了几声吗？对自己的生死之交发怒，谢子京后悔了？

"别摸我头发。"秦戈扭头躲开谢子京的手，"我没生气，你不必愧疚。"

谢子京带着笑意的声音从他头顶响起："你脾气真好。"

秦戈："你咋这么喜欢摸头发……再碰的话我放兔子咬你。"

谢子京手指缠着他的头发，慢悠悠打转："你的'海域'又是什么样子？"

秦戈还是那句话："你让我巡弋你的'海域'，我就告诉你。"

这回谢子京没有立刻否认。他还在玩秦戈的头发，好一会儿才开口："你很想了解我？"

秦戈转头看他："我是很想了解。"

谢子京笑起来，并不太相信："真的？"

"信我，谢子京。"秦戈慢慢地说，"我想打开抽屉，打开书柜，我想了解你更多的事情。"

他看出谢子京动摇了。秦戈决心顺着他的亲密幻想去说服他："我们不是生死之交?"

谢子京皱眉不应。秦戈万分紧张,期待他的回答。就在谢子京张开口的时候,电话响了,是白小园打来的。

白小园气急败坏,语速飞快:"几个诺塔在酒店门口打起来了,我压制不住。快过来,不然一会儿酒店就得报警了!"

三

唐错和毕行一是一起离开特管委的。毕行一路上说了不少工作上的事情。唐错本身木讷,唯唯诺诺中也应不上话,只留下一个模糊印象:当高中老师真不容易。虽然二中只有十八个应届生要参加"海域"检测,但其中有几个难以管理的麻烦人物,令毕行一很头疼。唐错把毕行一的牢骚当作听故事,也算有滋有味地走了一路。

毕行一家中十分安静,毕凡的卧室房门紧闭。毕行一去敲门,顺便拧了拧门把,发现毕凡把门反锁上了:"凡凡,唐先生来了,别睡了。"

唐错坐在客厅里,很是拘谨。卧室里的毕凡没有回应,好一会儿才坐着轮椅出来。

"你在家睡觉也锁房门?"唐错随口问道。

毕凡的眼神一闪,飞快朝厨房瞥了一眼。毕行一正在厨房里准备晚饭。"随手锁的。"毕凡小声说,"你怎么来了?"

"你哥哥请我来的。"唐错跟她大致讲了讲自己和毕行一碰面的事情,顺便告诉她自己是危机办精神调剂科的人。听到他的来历,毕凡双目一亮,随即又下意识看向厨房。唐错不再迟疑,掏出手机飞快地按了几下。

"你哥哥对你不好?你很怕他。"他冲毕凡举起手机。

毕凡看着手机,半响才摇了摇头。

"看什么呢?"毕行一拿出一碟子水果放在客厅,笑着问。

"我们科室里有个同事,精神体是只小猫。"唐错迅速从备忘录切换到相册,"我特别喜欢,也给毕凡看看。"

说不上为什么,他就是隐隐感觉毕行一和毕凡之间的关系古怪。毕凡对毕行一的恐惧难以掩饰,唐错不认为毕行一没发现。

"哎呀,真可爱。"毕行一看着沙猫的照片说,"凡凡的精神体也是小猫,但是现在情绪不好,总放不出来。"

唐错一愣:"猫?"

毕行一的手机响了。趁他转身去接电话的间隙,毕凡伸手悄悄揪住了唐错的衣角。唐错一时间不知道她是怕还是对自己表示好感,又尴尬又紧张。但很快,他看到女孩的指甲都因为用力而泛白了:她在发抖。

"学生那边出了点儿事,我现在要赶过去。"毕行一匆匆抓起背包,对唐错说,"不好意思,唐先生,要不……"

"我再陪毕凡说说话吧。"唐错连忙说,"是不是学生打架的事情啊?有同事在群里说了。"

"他跟别的学校的人打起来了。"毕行一打开门,"我处理完事情立刻回来,唐先生你先坐坐。凡凡别不说话,好好招待客人。"

门关上了。

毕凡不再抓唐错的衣角,转身移动轮椅,来到卧室阳台上。唐错跟着她,发现她在看小区的道路。片刻后,毕行一的身影在路上出现了。他匆匆从小路跑过,消失在小区入口。

唐错心想,这是目送吗?倒也挺兄妹情深的。

一旁的毕凡却忽然抓住他的手,力气大得异常,手指紧紧掐着唐错的手腕,止不住发抖。"唐错……帮帮我……"毕凡说出来的每一个字都需要花费极大的力气,她一边说,目光还在楼下的道路上游移,像是在提防着什么人折返,"我不认识他……"

唐错大吃一惊:"什么?"

"他不是我哥哥!"毕凡声嘶力竭,"一个月之前我甚至不认识他!"

毕凡是去年毕业于新希望学院的自由设计师,一个月前因为意外骨折,开始使用轮椅。

那时她刚刚搬到这个小区,出出入入,认识了住在楼下的毕行一。因为姓氏少见,毕凡便随口开了句玩笑,"五百年前是一家"。毕行一也似是要和她开玩笑,每次见到都喊她一声"妹妹"。只要碰见毕凡,毕行一总会搭把手帮个忙,又问她家里是否有人照顾。毕凡年轻,没有戒心,毕行一很快知道她在这座城市里没有亲戚,只有几个住得很远的朋友。

数日后,毕行一入侵了毕凡的家。

他是趁着夜色从阳台翻进来的。毕凡明明反锁了卧室阳台的玻璃门,但不知为何,毕行一仍能轻松撬开。撬门的声音惊醒了沉睡之中的毕凡。察觉有人进入卧室之后,她怕得大气不敢喘,紧紧把自己裹在被子里,闭目佯装睡觉。

来人没有翻找抽屉搜索钱财,径直走到了毕凡的床边。

他坐下来,伸手拍了拍被子。毕凡怕得直抖,死死咬紧牙关,不让自己发出一丝惧怕的声音。

——"真可怜。"

她听到毕行一低沉的声音。

——"哥哥来照顾你。"

似乎认为毕凡是因为冷而颤抖,毕行一打开她的衣柜,拿出一床厚被给她盖上。

毕凡蜷缩在床上,几乎要晕过去了:毕行一打开衣柜和取出被子的动作毫不犹豫,他早就知道自己房间的构造——在此之前他肯定已经来过了。

也许是趁毕凡外出,也许是趁毕凡在浴室或厨房忙活,这个人已经借机巡视过这个家。

毕凡竭力控制自己,闭目装睡。毕行一在她床边像兄长一样轻轻拍打被子,好一会儿才离开卧室,走向厨房。

"……他在做饭。"毕凡的眼睛睁得很大,唐错能看到她眼眶上的细小血丝,像是竭力要挣动出来的爬虫,"之后每一次进来,他都在做饭!他总是凌晨四五点从阳台爬进来,做饭,给我留下纸条,让我记得吃早餐,再从正门离开。"

唐错怔怔地听着。他脑内的某一部分不合时宜地冒出一个想法:这是什么新型的都市怪谈吗?

"后来他不知怎么有了我家钥匙。"毕凡狠狠咽了口唾沫,神经质地紧紧抠住唐错的手腕,尖长的指甲几乎要刮破唐错的皮肤,"他从正门进来,住进我家。他拿走了我的手机和电脑,不许我跟别人联系。他还绑着我,不许我出门,不许我喊。他让我喊他哥哥,可是他根本不是我哥哥……他是怪物!他的精神体……"

恐惧令她呜咽,双手瑟瑟发抖。衣袖顺着手臂滑到手肘,她的手腕上有清晰的捆绑痕迹。

唐错脑内全然混乱。好不容易等毕凡冷静,唐错问出了第一个问题:"为什么不报警?你不是有同学、朋友吗?可以跟他们求助的。"

毕凡说的话很可怕,但也很让唐错困惑。他第一次见到毕凡的时候,毕凡在地铁站外头徘徊。如果毕行一真的限制她的行动,她是怎么出去的?如果毕行一真的不让她跟人交流,自己就不可能被邀请过来,毕行一更不可能放心地让毕凡独自跟自己待在一起。

毕凡松开了手。她脸上露出怯意,像是乍然受惊的小猫。抓住自己的耳朵之后,她在轮椅上蜷缩起身体,小声嘟囔:"不行的……不可以……"

唐错蹲在她面前,温声询问:"为什么不行?"

"他控制着我的脑子!"毕凡忽然大叫一声,猛地凑近唐错,"我脑子里想什么他都知道的。我做不到……我怕……他一看我,我就什么都会告诉他了……他真的是怪物,抓他好不好?唐错,你们危机办抓他啊!关起来啊!"

她歇斯底里地喊了一会儿,又捂着脸呜呜哭出声。

毕凡的精神太不稳定了,唐错想起这也是毕行一反复提醒他的事情。他不知道谁说真话,谁说谎话,只能拉着毕凡的手轻声安慰:"那你现在不怕了吗?你告诉我这些事情,他会不会知道?"

"不会的。你是精神调剂科的人。"毕凡直愣愣地看他,"你可以隔离脑子对不对?他没办法控制你。"

唐错张口结舌,说不出一句话。

无论是毕行一还是毕凡全都很古怪。毕凡明明是勒克斯,精神体只能是草食性动物,毕行一却说她的精神体是猫,是肉食动物。眼前的毕凡显然不对劲,唐错心中隐约有一个猜测,但不知道怎么证实。他心里冒出强烈的不安,为安抚毕凡,释放了自己的精神体。

熊猫依偎着唐错,眼睛望向毕凡的梳妆台。那里有一个正亮着灯的摄像头。

四

毕行一抵达酒店门口的时候,谢子京和秦戈也正好跑上台阶。

"这是什么精神体的力量?"毕行一没有立刻打开门。酒店的大门外空

111

无一人，室内弥漫着浓郁白雾，什么都看不清楚。

一股强大的精神体气息正从缝隙涌出来，干燥又热烈，秦戈瞬间就想起了戈壁滩上的烈日与狂风。它和谢子京精神体的气息有点点相似，但是比谢子京的要温和很多。

谢子京显然也察觉到了："白小园？"

开门瞬间，谢子京从喉咙里挤出了一句不知是喟叹还是赞美的感慨："我的天。"

弥漫在整个酒店大堂里的浓郁白雾是属于勒克斯的。秦戈瞬间分辨出数种力量饱满的动物：蝴蝶、猿猴、山羊、麋鹿……而在酒店大堂中央，正坐着几个无法动弹的年轻学生，每一个都因为斗殴伤痕而狼狈不已。

困住他们的是沙猫。

无数仅有小臂高度的沙猫，拥挤地团团坐在酒店大堂里。它们尖锐的爪子戳进年轻诺塔的腿上，疼痛令他们不敢擅动；而数量惊人的沙猫军团则限制了他们精神体的活动能力：它们压住了两只看不清真容的偶蹄目动物。

秦戈抬头看大堂的天花板。两只鹰落在枝状吊灯上，一条鳞片金黄的漂亮长蛇沉沉地缠紧了吊灯，蛇芯吞吐，谨慎地看着下方的沙猫军团。

毕行一试图穿过沙猫遍布的地面接近自己的学生，但他一进入沙猫的范围，立刻被它们的爪子挠住裤子，顿时动弹不得。

白小园就在宽大的旋转楼梯上，嘴里叼着一支没点的烟，坐姿俨然黑道大姐头。

"秦戈，这至少有一百只沙猫……不是，两百只？"谢子京和秦戈往旋转楼梯走去，忍不住小声问，"这可能吗？脊椎动物的精神体可以一次性化出这么多个？白小园是什么怪物……"

"谁是怪物？"白小园呸地把烟吐在地上，一脚踩了上去。

两人接近时，谢子京才发现她满身酒气，身边还放着一瓶喝完的红酒。谢子京闭紧了嘴巴，冲白小园笑："白同志，您真厉害。"

"接下来看你了，我的小猫不懂打架。"

谢子京："我的大猫也不懂。"

他释放了巴巴里狮。

巨狮落地瞬间，被沙猫压着的那两只偶蹄目动物同时发出低哼，顿时散作一团雾气。缠着巨大枝形吊灯的黄金蟒冲它吐出蛇芯，状似威胁，但在两只鹰消失之后，最终也化作了白雾，回到诺塔身上。

"太糟糕了！"白小园也被酒气熏得难受，拉着秦戈说个没完，"这几个带队老师根本镇不住他们的学生！"

有老师带着自己的小羊走了过来："他们完全拒绝我们的介入……"

"所以你们根本没有当带队老师的资格！"白小园晃了一下，小声骂了句，又坐倒在楼梯上。

真正闹事的是二中的学生，黄金蟒的主人。谢子京走过去了解情况，那男孩表情倨傲，双手交叉于胸前，眼神很令谢子京不悦。谢子京正要开口说话，眼前忽然掠过一片金色：黄金蟒居然又出现了——它根本没有回到诺塔身上，而是混了大堂尚未消散的雾气里。

在周围人的惊呼中，巴巴里狮举起爪子，朝着飞速逼近的黄金蟒蛇口狠狠抓下！

黄金蟒蛇身尚未完全显露，只在雾气之中探出一个蛇头。巴巴里狮一爪挠下，竟把蛇口从右往左直接撕开一个豁口。

那学生身形打晃，一下跪在了地上。毕行一刚刚突出沙猫重围，立刻冲到谢子京和自己学生面前："停一停！"

他一打岔，巴巴里狮明显迟疑，但一瞬间，黄金蟒的蛇尾竟从雾气中冒出，瞬间缠上巨狮的脖子，把它扯倒在地，粗大的蛇身立刻缠上了自己的猎物。

"停下！"白小园奋力大吼。十余只沙猫从地面朝着黄金蟒跃起。

黄金蟒扭转蛇身，拖着狮子狠狠撞在酒店的玻璃大门上，躲开了沙猫的进攻。狮子昂起头，发出震耳欲聋的吼声。它举起锋锐的前爪刺入蟒蛇，顺着黄金蟒扭转的动势翻滚。

一条硕大的黄金蟒就这样被狮子从雾气中拖曳而出。它浑身鳞片闪动金光，背脊与头顶竟似有角，圆睁一双猩红大眼。完全暴露在狮子面前的黄金蟒并不畏惧，它高高扬起蛇头，豁开的蛇口张到了极限，居高临下朝着狮头一口咬下！

但它的攻击未能奏效。

狮子的两只前爪再次深入蛇身，这回不再就势移动，而是绷紧后爪猛然后退，顺着动作竟生生将蛇身拉出数道深深的伤口。

痛楚顿时令黄金蟒泄了劲，巴巴里狮趁这空隙终于顺利摆脱束缚。

它抖动脖上茂密的鬃毛，亮出能咬断一切猎物颈脖的利齿，猛地冲出去，踏着黄金蟒的尾巴几番跳跃，怒吼的同时高高跃起。锋利的爪子与牙齿全都亮了出来——它的目标是黄金蟒的七寸。

但黄金蟒忽然消失了。

巴巴里狮吃了一口的白雾，落地后咳个不停。包围它的白雾渐渐逸散了，一小股一小股地回到自己主人身上。

那学生抱着后脑勺俯卧在地。毕行一拿着背包站在他背后。是他给了自己学生的脑袋狠狠一击。

谢子京满脸震惊："你干什么？"

"都是孩子。"毕行一说，"他性格一直比较冲动，这次错了，我一定批评他。别报警，别记录，好不好？"

谢子京也并不想把事情闹大。他召回了自己的狮子，冲毕行一摆摆手，示意他去跟秦戈沟通。毕行一四处看了看，先把自己的学生拉到一边。

现场总算恢复平静。沙猫一只接一只地消失了，白小园呆坐在楼梯上，渐渐有了精神。普通情况下她没办法让沙猫化出这么多分身，而利用酒精造成的眩晕感，她可以无限地制造和复制沙猫，并且每一只沙猫都可以独立活动。

"极限是多少只？"秦戈问。

"我也不知道。"白小园说，"最多的一次是参加技能大赛的时候制造的，两千九百八十七只，还想继续制作的时候，我醉晕过去了。"

秦戈："……不要酗酒。"

白小园趴在楼梯的栏杆上，打了个长长的酒嗝，斜眼看向秦戈："刚刚谢子京闹得这么大，你怎么不去制止？"

"他有分寸。"秦戈看着手机，"跑现场的经验，他比你我都多得多。"

"你们之间什么时候有了这种奇怪的信任？"白小园摇头晃脑片刻，头晕得更厉害了，"你夸过唐错，你信任谢子京……我呢？"

"你很棒。"秦戈拨开她额前汗湿的头发，"你懂许多我们都理不清楚的事情，你手里还掌握着危机办很多人的八卦，在我心里你就是危机办一顶一的诺塔。"

白小园嘴巴扁了扁，挥手说："那接下来你处理吧，一顶一的诺塔已经晕了。"

在醉眼蒙眬中，白小园看到有个人走进了酒店。

秦戈和谢子京十分吃惊："雷迟？"

"我在隔壁吃喜酒。"雷迟扫了一眼现场，"出什么事了？需要帮忙吗？"

雷迟的出现让秦戈很有危机感。他连忙催促几位带队老师把学生领回去，又告知毕行一他的学生暂时不能参加检测。那学生虽然能走路、说话，但脸色十分苍白。精神体受到伤害之后，诺塔和勒克斯虽然肉体无恙，但是这种直抵精神世界的伤害，会令他们头晕目眩，不适的症状有时候可能会持续好几天。那学生呆坐一旁，偶尔用复杂的目光看一眼谢子京和白小园。

谢子京悄悄对秦戈说："我手下留情了，估计他就头疼一周，比蔡易当时的情况严重一点点而已。"他的食指和拇指无限靠近，只余留不到一毫米的空隙，"真的，就一点点。"

等人群渐渐散去，酒店的工作人员仿佛从角落突然现身的忍者，第一时间冲到大门检查状况。秦戈不得不跟经理连连道歉和解释方才的棘手情况，谢子京靠在前台，闷不吭声地盯着正厉声训斥学生的毕行一。雷迟还没走，也顺着谢子京的视线看着毕行一。

"这老师有什么不对劲吗？"雷迟问。

谢子京正要回答，白小园拿着酒瓶走了过来。她草草冲着雷迟打了个招呼，转头问谢子京："现在打算怎么办？"

"我们已经处理好了，不过是一个小风波，不需要惊动警察或者你们。"谢子京转头对雷迟笑，"是吧，雷组长。"

雷迟也毫不迟疑："那当然最好。我就是感觉这儿不对劲，所以来瞧瞧。没事就行。你工作时候还喝酒？"最后一句，他是对着白小园说的。

白小园眯起醉眼："说来话长……所以不说了。"她实在站立不稳，不得不把头靠在谢子京肩上，谢子京伸出五指，作钉耙状，抓了抓她的头发。

雷迟点点头："你喜欢朗姆酒还是樱桃酱？"

白小园满头雾水，但她现在闻到酒味就想吐，所以毫不犹豫给出答案："不喜欢酒。"

雷迟从口袋里掏出两个包装精致的小东西，仔细看了标签之后，把其中一个深红色的放在白小园手中。"樱桃酱心。"另一个他递给了谢子京，"这个是你的，朗姆酒心。"

白小园和谢子京愣愣地接下了，雷迟摆摆手："婚宴的喜糖，挺好吃。我走了，再见。"

他转身穿过大堂，走向酒店门口，途中忽然停下，看了看脚边。很奇怪，他敏锐地察觉到有某种小动物悄无声息地经过，毛茸茸的，蹭过他脚面时似乎还拖着条软乎乎的尾巴——但他什么都没看到。

仅剩的一只沙猫拖着尾巴走回白小园身边，坐在了地板上。它低头嗅闻尾巴，上面还留着一个陌生人的气味。那气味属于某种猛兽，是它不熟悉也没见过的大家伙。小猫有点儿好奇又有点儿害怕，嗅了半天后用尾巴缠着白小园的脚，低低"喵"了一声。

"别怕别怕。"白小园正在拆手里的巧克力，"那不是狗，是狼。"樱桃酱心的巧克力甜得很爽快，白小园三两口就吃完了，转头对谢子京说："怎么办，他明明知道我有男朋友的。"

谢子京举起手里用蓝色彩纸裹着的朗姆酒心巧克力："我也有，白同志。你收一收春心。"

白小园："他怎么不问你喜欢啥味道？"

谢子京："女士优先。"

白小园抱起蹿到肩上的猫，忽然认真表态："我真的有男朋友。我不会变心的！"

谢子京已经走开了。他慢吞吞挪到秦戈身边。秦戈好不容易平息了酒店经理的怒气，回头便察觉谢子京把什么东西放进了自己的衣兜。

"你喜欢朗姆酒还是樱桃酱？"谢子京学着雷迟的口吻问。他很喜欢雷迟的性子，雷迟问这句话的腔调和神情在谢子京看来就是标准的搭讪范本。

"不喜欢甜食。"秦戈掏出巧克力看了一眼，扔给谢子京道。

谢子京悻悻地接住了，问："我记得二中带队老师毕行一是勒克斯对吧？你觉不觉得他很奇怪？"

秦戈："哪儿奇怪？"

谢子京回忆制服学生的瞬间："我还是第一次见到这种事，一个勒克斯在制止两个诺塔的对峙时，直接上手打人，而不是释放自己的精神体。"

秦戈一开始没听明白。

"这是习惯啊。"谢子京低声说，"遇到危险，遇到不确定的任何事态，第一反应绝对是释放精神体。这是每一个诺塔和勒克斯的条件反射。"

"可能他不想让别人看到自己的精神体。很正常，我以前也不喜欢释放自己的兔子。"秦戈没在意，"你上楼看看那些学生都安顿好没有，最好骂几句。"

他不提还好,谢子京忽然想起,自从搬离秦戈家,他就再也没摸过长毛热水袋。"我今晚要摸兔子。"他冲口而出,"你给我摸兔子,我就让你看我的'海域'。"

秦戈:"……成交。"

谢子京呆了,还没反应过来时已经接上下一句:"在我家。"

秦戈:"可以可以可以,你能先放手吗?"

谢子京放开了按着他肩膀的手,半响才慢慢笑起来:在自己家里,抱着长毛热水袋跟秦戈聊天,四舍五入,就是……他最后也没想出是什么,总之令人轻飘飘,很兴奋。

由于太高兴,谢子京在电梯里站了两分钟才发现自己没有按楼层。他快速检查了学生们的住宿,佯装凶恶地训了那几个一起闹事的诺塔,十分钟后就出了电梯,揣着一颗激动的心等待秦戈。

秦戈说了一晚上的话,嘴巴都干了,看着毕行一拎自己的学生上楼去给别人道歉,他才真正松了一口气。

"走吧。"谢子京挽着白小园对秦戈说,"咱们先送小园回家,然后四舍五入。"

秦戈:"……"

五

让毕凡平静不是一件容易的事情。她在激动的时候很容易因为一句两句话,甚至是一些外界的声音而突然紧张起来。

唐错在学校没几个朋友,在危机办的工作也比较闷,进了调剂科被白小园和谢子京带着,才渐渐学会讲两三个笑话——虽然白小园多次表示它们实际名为"尴尬"。把毕凡劝到停止哭泣和大吼,停止所有歇斯底里的动作,唐错认为这桩工程太大了,足以让自己在科室里大肆炫耀。

但群里除了谢子京和白小园在交流学生打架的事情外,并没有新的信息。唐错犹豫片刻,又摁灭了屏幕。

"你救我吗?"毕凡问。

"救,一定救。"唐错抓住熊猫的耳朵,"……可是我怎么救啊?"

最后一句他说得极小声，生怕被毕凡听到。

毕凡的不正常表现比他所想的更严重。唐错决定套她的话。他用寻常普通的语气问她药还剩多少，毕凡果然拿出了一堆药丸。包装都丢了，一小袋一小袋地按天分装好，全放在药盒里。

她说自己每天都要吃这些药。但在唐错翻看药丸的时候，毕凡悄悄凑近了："但是我很久没吃了。"

唐错："为什么？"

"我骨折了，所以不能吃。这些药会让我的腿一直长不好。"她举起手掩在自己嘴巴边上，神神秘秘，"那个人让我吃，他是来害我的，我不会听他的话。"

唐错："……"

毕凡的声音越来越小，不知是因兴奋还是紧张而细细颤抖："他派了很多东西来监视我。我的脑子里都是他的眼睛。他连我的精神体都控制了，所以我不会让它出来的。"

"你的精神体真的是猫吗？"

"不是猫。"毕凡比画着，"是这么大的小松鼠……很可怜。它也被那个人监视了。其实我知道的，对面的邻居和小区物业都是他派来的人。"

唐错只能轻拍她的手。

典型的被害妄想症。因为不肯吃药，所以症状越发严重。可惜他对"海域"里的异常情况了解不多，但秦戈一定懂得。如果毕凡确实是精神障碍，那只能等待她的监护人毕行一回来，唐错才能放心离开。

他现在完全理解为什么毕行一会收起毕凡的手机，也不让她使用电脑。太容易造成各种问题了。想到毕行一的工作本身也很忙碌，他甚至有些同情。

他在群里发信息询问事情是否已经结束，谢子京回复称刚刚送白小园回家。

"你一个人留在别人家里不害怕吗？"谢子京给他发语音，"唐错，走吧。我觉得毕行一也怪怪的。平时他妹妹也是自个儿待在家里，你怕什么。"

"她精神不稳定，我很担心。还是等她哥回来吧。"唐错回复道。

谢子京直接给他发了个发抖的表情："滥好人。"

眼看已经接近九点，唐错实在饿了。他留下熊猫陪伴毕凡，决定自己先整点儿东西吃。

饭煮得半生不熟，粉蒸排骨刚刚出锅，家门便响了。唐错端着粉蒸排骨走出厨房，便看到毕行一从门外走进来。

"不好意思，我自己弄了点儿东西。"尴尬的唐错忙解释，"还有两个菜，我来做就行。你陪一陪毕凡吧。"毕凡又紧张地缩在桌边，唐错不认为现在是跟毕行一交流毕凡情况的好时机。

毕行一走进来的时候脸上还带着充满歉意的笑容："不好意思，我太忙了……"

他的声音戛然而止。毕凡把唐错的熊猫抱在怀中，根本不敢看毕行一。

"这是谁的？"毕行一连声音都变了，"你的精神体？"

他看向唐错。

唐错正把粉蒸排骨放到桌上："是我的。"

他话音刚落，一根足有柱子般粗壮的触手忽然从后方狠狠击中了他的背脊。

唐错的熊猫在他受袭的瞬间从毕凡怀中扑到他的背上，替他挡了一挡这力道十足的袭击。唐错滚到沙发上，还没稳住自己，脚上忽然一紧，整个人立刻从沙发上跌了下来。

有东西紧紧缠住他的脚踝，把他拖往餐桌。

粉蒸排骨连同碟子都在地上摔得粉碎，碎片划破了唐错的脸，他不得不立刻抓住桌子腿，避免被倒吊着拎起来。他的熊猫在短暂消失之后再次出现在他的身边，亮出爪子和牙齿，朝缠着唐错脚踝的触手恶狠狠地咬下去。

唐错在惊愕和疼痛中清醒过来，意识到是毕行一袭击了自己。

"你要对我妹妹做什么！"毕行一在他身后大吼，伴随着毕凡歇斯底里的尖叫，"她有病！"

唐错抓起掉落的眼镜，有生以来第一次大吼："你才有病吧！我什么都没做！"

"凡凡……"毕行一去抱毕凡。

毕凡发出更加尖厉的叫声，仿佛一只被死亡威胁的雏鸟："滚开！！！"

"我真的什么都没做！"唐错此时终于开始后悔，他应该听谢子京的话尽早离开，或者应该听白小园的建议去操练身体。虽然时间太短练不出什么成绩，但至少他可以自保，不至于被人这么狠狠地控制在这里。

毕凡一边哭一边低声说着什么话，半响之后，缠在唐错脚踝上的触手忽

119

然松了。

唐错立刻翻转身体，一个鲤鱼打挺跳起来。刹那间，他看到了一根奇长奇粗的触手飞快缩回毕行一的身体里，只在空气中留下一丝混杂着怪异腥臭的精神体气息。触手上满是吸盘。唐错认出来了：那是章鱼的腕足。

他的心怦怦直跳：正常精神体的气息不可能这么恶心，那东西明显异化了。

毕行一从毕凡身边站起，仍旧用古怪的眼神看着唐错。唐错假装抱着自己的熊猫，一只手藏在衣兜里拼命乱按手机屏幕。方才是否已经关闭了群聊的界面，他记不清楚了。

"毕凡说你只是让熊猫陪她。"毕行一看了看唐错，又看了看地上粉蒸排骨的残骸，慢慢笑起来，"抱歉，我特别担心我妹妹。她精神状态不好，接触了别人的精神体很容易受惊吓。"

在此时唐错的眼中，毕行一笑容之恐怖，胜过世间一切狰狞表情。

电饭煲终于发出工作完毕的提示音，比毕凡低泣的声音更刺耳。

"唐先生……"毕行一朝着唐错靠近。

唐错飞快瞥了一眼门口。太不妙了，毕行一正好处在他和门的直线上，他不可能绕过毕行一冲出门去。手机没有回应。唐错不敢再做任何可能会让毕行一变得狂躁的事情。他现在认为不仅毕凡有被害妄想症，毕行一脑子里的病显然也不轻。

为了转移毕行一的注意力，显示自己的友善，唐错压抑着恐惧，佯装镇定："毕凡是有被害妄想症吗？"

毕行一的笑容消失了，又露出方才不悦的神情，像领地被冒犯的困兽："你看到了什么？"

"聊天的时候察觉的。"唐错艰难地抽了抽嘴角，强装内行，"我是精神调剂科的人，我懂一些精神障碍的症状。病程多久了？吃的什么药？"

"对……你是专业的。"毕行一如梦初醒，脸上又扬起笑容，"病很久了。我是外地人，今年才到二中工作，想带我妹去二六七医院看病，可是太忙了，顾不上。唐先生，你别生气，我只是太紧张，你大人有大量……"

唐错瞥了一眼毕凡。毕凡把刚才拿出来的小药盒放在背后，那是毕行一看不到的位置。

"毕老师，你别激动，我不生气。"唐错特意扬了扬眉。他年纪不大，长相爽朗,看着就亲切。毕行一见他放松神情,于是也慢慢松懈下来,干笑两声。

"我接触过很多精神障碍的病人和家属,你知道的,我们这种科室……是啊,这就是我的工作。我也算半个专业人士,要不你拿毕凡的病历给我看看?"唐错紧张坏了,他一边神情自若地撒谎,一边不自觉地抓紧了抱着自己胳膊的熊猫,"二六七医院我有熟人,毕凡要是有需要,我可以帮忙介绍的。还有药,我先看看他现在都吃的什么吧。"

毕行一完全没有怀疑:"好的好的!病历,药……我去找。"

他开始在客厅的柜子里翻找。

唐错艰难地咽了口唾沫。毕行一情绪的转变太快、太没有规律了,他不能再继续待在这里。毕凡从背后拿出药盒子,递给唐错。唐错连忙对她竖起手指,示意她继续藏好。

才把药盒塞回背后,毕行一已经站起来。他看一眼唐错,笑笑,很快钻进毕凡的房间。

唐错的熊猫瞬间消失。他迅速从椅子上抓起自己背包,俯身在毕凡耳边说了几句话。"我是坏人,我教你说谎,我现在要跑了。"他语速很快,"就这样跟你哥哥讲,把责任推到我身上。"

他拍拍毕凡的肩膀,转头蹑手蹑脚走向大门。很幸运,毕行一回家时没有反锁。唐错尽量悄无声息地打开房门,钻出去之后,再悄悄回身关上。

毕行一还在毕凡房间里寻找药物。毕凡坐在轮椅上,直勾勾地看着即将离开的唐错。

门关上了。唐错根本不敢坐电梯,他找到安全通道之后立刻飞奔下楼。在阳台上能看到离开小区的道路,唐错顾不得周围人诧异的眼神,猫腰从茂密的绿化带中穿过,最后冲出小区门口的时候,一身都是木茱萸花金色的花瓣。

他瘫在路边,一颗心怦怦跳个不停,连太阳穴里的血管也在一蹦一蹦地干扰他的心神。

毕凡最后一瞬的眼神,唐错忘不了。那是清醒且绝望的哀求。

他不能确定毕凡当时是否神智正常,但既然知道两个人都不对劲,就不能坐视不理,尤其毕行一还是中学教师,随时有可能危及他的学生。唐错草草抹干额头的汗,掏出手机打算联系秦戈。

手机屏幕上是蛛网状的裂纹。它摔坏了,已经无法开机。

"唐错怎么了?"谢子京看着手机说。

他询问唐错是否已经安全离开,但一直到他和秦戈回到自己家中,群里并未收到任何回应。秦戈站在门口等他开门,谢子京本想给唐错打电话,想想又觉得唐错这么大个人肯定不会出问题,还是自己这边的事儿比较重要。

"我不是给你钥匙了吗?"谢子京说,"缀了个狮子头的那把。"

"谁会整天把那种傻乎乎的玩意儿带在身上。"

谢子京掏出了钥匙。一模一样的钥匙环,环上是一个手掌大小的软胶兔子头。

秦戈:"……"

谢子京:"买一送一,两个包邮。"

软胶兔子头随着他开锁的动作一晃一晃。秦戈盯着看了一会儿,心想你根本不喜欢我的兔子吧,完全不像好吗。

他平日一天蹦不出十句话,心里倒是时时刻刻在举行辩论大会,叽叽喳喳说个不停。此时此刻的想法自然也没有说出口,但谢子京却仿佛能听到似的,转身冲他举起了兔子:"乍看不像,但看久了越来越像,都很可爱。"

秦戈:"……好吧,你买的,你说什么就是什么。"

谢子京冲他一笑,待他进入之后关了门。

隔绝了室外的气流,室内的空气顿时变得沉重起来。秦戈在玄关低头换鞋,只觉得自己的脖子都酸了:谢子京精神体的气息鲜明地充斥在这个空间里,无处不在,无孔不入,它就是空气本身,一切物质本身。压迫感很强,秦戈皱了皱眉,这说明谢子京非常紧张。即便是他主动提议巡弋"海域",仍免不了充满戒备。

"你发什么呆?"谢子京给他拿来一杯水,顺着秦戈视线看向白墙。这房子的陈设极其简单,谢子京租用时是什么样,现在仍然是什么样,客厅除了沙发与茶几再无他物,只有吃火锅那天白小园给他带来的厨具让厨房沾了一丝人气。

"兔子。"谢子京把水杯放好,冲秦戈摊开手掌,"快。"

秦戈把手悬在他手掌上方:"谢子京,我一会儿就要巡弋你的'海域'。你能不能客气点儿?"

谢子京乖乖闭嘴,看着自己手掌上慢慢成形的长毛兔。

为什么秦戈的兔子这么小?为什么它不仅体形小,连胆子也小得过分?谢子京心里有不少问题,但在长毛兔的爪子钩住他手指的瞬间,这些问题全都不重要了。谢子京用两只手抱着它,贴着脸蹭个不停。

秦戈:"你洗脸没!"

谢子京:"早上洗了。天气这么干,没必要一天洗两次。"

兔子立刻消失了。白雾散去,秦戈一脸冷冰冰。谢子京连忙去擦了个脸,飞奔回沙发。

"妈妈好严厉。"他再一次如愿以偿抱上了兔子,"哦,爪爪。"

兔子迫不及待地跳进谢子京手掌,眯着眼睛,耳朵晃动,小尾巴也摆来摆去,显然心情极好。精神体的情绪状态受诺塔和勒克斯影响,而同样的,它们也可以反过来影响诺塔和勒克斯的心情。秦戈要一直绷紧面部肌肉,才不至于让自己看着谢子京和长毛兔蹭成一团时露出笑容。

"不许亲它,也不能用它擦脸。"他竭力让自己的警告显得严厉,但于事无补。

谢子京知道他现在心情很好,便举着兔子的小爪子说:"看,我们的小爪爪。我最喜欢的果然是你的长毛兔。虽然最近在危机办里也发现几个精神体是兔子的勒克斯,但没有一只兔子像你的这么可爱。"

秦戈:"你可真闲,我们都忙成这样了你还有空去找别的兔子玩儿?"

谢子京:"什么兔子都没有你的好。"他盯着长毛兔圆溜溜的黑眼睛,满脸都是秦戈难以形容的慈爱。房子里的紧张与沉重消散许多,谢子京已经松弛了下来。

长毛兔抖抖耳朵,主动凑过去在谢子京脸上亲了一下。

秦戈:"……"

谢子京:"它主动亲我又怎么说?"

秦戈恼羞成怒:"它是看你没洗干净脸!"

谢子京趴在沙发上大笑,秦戈越发恼怒:"你应该履行你的承诺了。"

"有个条件,我得一直摸着兔子,才允许你进入我的'海域'。"谢子京想了想,打了个响指,"为了避免意外,我还要把我的大猫叫出来。"

"什么意外?"

"万一你在我'海域'里看到什么不好的东西……"谢子京回忆道,"总要做点儿准备。"

123

雾气已经从谢子京身上冒出，一团团堆叠在地上，巴巴里狮从雾中走出，抖擞鬃毛。它仍旧一脸倨傲，与黄金蟒的一番搏斗似乎令它疲倦了，站了没一会儿就趴在沙发下，脑袋紧贴秦戈的小腿，打了个哈欠。

……明明谢子京精神得不得了，为什么他的精神体却显得这么困倦？秦戈之前对谢子京的狮子并没那么在意，现在仔细观察，心里有很多疑团。

察觉他分神，谢子京说："我还有一个要求。"

秦戈："……我劝你最好一次性说完所有废话。"

谢子京："你要像上次在医院里巡弋蔡明月'海域'的时候一样，巡弋时一直牵着我的手。"

秦戈："当时蔡明月情况不一样，我……"

谢子京装作没听见，把掌中的兔子放到巴巴里狮面前，把手臂交叉在胸前，无声地表示拒绝。

秦戈："好吧……"

话音未落，他忽然背后一凉，强烈的寒意从脊椎攀爬上来，顿时让他紧张得心跳加速。他的兔子在地上趴成了一个极圆的毛团。毛团一动不动，黑眼睛淌下两条泪。

巴巴里狮正用自己粗壮的爪子按着兔子，像按着一个白面团。

"它们第一次见面吧？"谢子京饶有兴味，"大猫收爪子，用肉垫。"

巴巴里狮"嗷呜"一声，表示自己知道。它像揉面一样搓了一会儿兔子，突然收手，脑袋也趴到地上，和兔子几乎处于同一水平面。它金色的眼珠里，映照出面前一团瑟瑟发抖的白色绒毛。

秦戈没有收回兔子。他感觉到的紧张和以往的恐惧不一样：兔子不是怕狮子，而是头一回看到与自己截然不同的庞然大物，它的惧意里另有好奇和探究，这让它即便淌泪，也没有主动选择消失。

谢子京此时很放松，秦戈直接道："好了，我们开始吧。你这次不能再锁上那些地方。"

在片刻的眩晕之后，秦戈站在了谢子京的房间里。

大体上没有多少变化，蓝色的窗帘仍在轻轻晃动，窗外的光线朦胧不清，照亮了书桌。书桌上多了一些东西。拳头大小的沙猫和熊猫摆件，就放在《被遗忘的英雄》封面上。

秦戈尝试打开抽屉。这次异常顺利，谢子京没有锁上它们。

第一个抽屉里摆满了旧磁带和旧CD，有早已经过气的歌手，有刚刚解散的乐队。秦戈还看到了几盒英语单元磁带。

第二个抽屉是几张奖状和荣誉证书。每一份证书都是谢子京的：五年级三班的谢子京获得了校运会五百米跑冠军，初一八班的谢子京获得了学习标兵称号，高二十四班的谢子京拿到了奥赛金牌，高三十四班的谢子京获得全国特殊人类技能大赛高中组的第一名……

技能大赛的荣誉证书里夹着一张照片，是谢子京戴着金牌在体育场里拍的单人照。他颈上挂着金牌，双手背在身后，大大咧咧站着，背景就是铺满草皮的赛场。他没有看镜头，就像是在按下快门的前一瞬间有什么吸引了他的注意力。穿着运动服的少年微微侧头看着镜头之外的某处，脸上还带着没来得及收回去的笑容。

……真年轻。秦戈心想，没有现在这么痞，但那股又皮又讨打的劲儿已经隐隐有了冒头的征兆。看得久了，他总觉得照片上的谢子京似乎下一秒就会转过头直视自己。秦戈放下照片，再继续找的时候竟发现，第二个抽屉里再没有其他的东西了。最后一份荣誉证书就是谢子京高三时获得的这份，连同他的照片。

秦戈满头雾水，拉开了第三个抽屉。

里面是一束花。

枝叶新鲜，花瓣幼嫩，用金色缎带捆着的花梗是翠绿的，像是刚刚才剪下来的一样。

秦戈觉得这束花有点儿眼熟，立刻看向桌上的照片。照片中十四岁的秦戈笑容灿烂，这束花正握在他手中。花束灿烂，中心一朵是向日葵，几朵黄玫瑰、绿康乃馨环绕着它，充满活力。

这更莫名其妙了。秦戈不明白这束花的意义，更不明白这东西竟值得谢子京在"海域"里专门辟出一个抽屉来存放。秦戈困惑叹气，把花放回原处。

书柜的门也打开了，教科书和漫画全都排列得很整齐。秦戈扫了一眼书脊，心想谢子京的品位还真老旧。这些都是十几年前流行的作品，有的作者直到休刊也没画完，有的作者不断炒自己冷饭鲜有新作。

所有书本全都无法翻阅，像是被胶水死死封紧了。这倒十分正常：如果"海域"里出现的每一份可以阅读的东西都能翻开，那就意味着诺塔和勒克斯需要清晰地记忆这些资料的一切细节，比如扉页的寄语是什么字体，最后一页有几行。唯有如此才能百分百还原——但这是不可能的。所以在"海域"中，大部分书籍都是虚像。

秦戈关注的是柜子里的手办。

所有的手办看起来都不新了，但是被主人保存得很好，连最难擦拭的边角处也没有一丝灰尘。看到初号机身上那块透明胶带，秦戈确定这些细节不是谢子京脑海中的自动美化和补足，而是曾经真实存在的。

就像这个房间一样。

他走到衣柜前尝试打开，却发现唯有衣柜仍旧和上一次一样紧闭着。

"又骗我……"秦戈怒道，"谢子京！"

房间小到无法产生回声，他的怒气被这处小小的空间吞没了。秦戈完全不想细看墙上的海报，走到床上坐了下来。

这是谢子京的床，但是它似乎有些小了。秦戈尝试躺下，发现虽然能伸直双腿，但是床铺显然太窄。他盯着顶上的天花板看了一会儿，找到了答案。

书柜里的书籍和手办，抽屉里陈旧的磁带和CD，还有他止于高三的荣誉证书——这是谢子京中学时代居住的房间。谢子京曾在这个地方居住过，所以他在"海域"里近乎完美地还原了一切细节。他留恋这个年纪的自己。之后，"海域"的发育就此停止。

"海域"发育是海域学研究被推广之后，渐渐成形的一个概念。

从幼年到成年，一个人的人格在不断修正、发展、完善，他的精神世界会日趋复杂丰满，于是同样的，他的"海域"也会呈现出越来越多的细节。这些细节必定与他们所经历的事件有关。细节虽然不是绝对真实的，但能在"海域"中产生某种强烈的存在感，比如彭湖的"海域"中无穷无尽的诊室，蔡明月"海域"里黑暗的手术室，还有秦戈"海域"中那些高耸的山峦与时刻不停地从高天坠落人世的星辰。

"海域"会随着人格和精神世界的发展而不断发展。它会有一个大体的、稳定的框架，但其中的细节一定是不断更新的。

可谢子京的"海域"又一次刷新了秦戈所学的知识。如果秦戈所见到的就是谢子京完整的"海域"，那么谢子京的人格和精神状态就相当于一直停留在他的中学时代。

之后再无任何改变。

——不对。秦戈很快否定了这个想法。

书桌上，手掌大小的沙猫和熊猫相互依偎着。书籍封面是秦戈，封底是谢子京。秦·耶和华对谢·亚当递出一根手指，点亮了蒙昧的生命。小书桌上放的似乎都是对谢子京极为重要的东西。他的"海域"并不是一成不变的，至少现在多了秦戈，还多了白小园和唐错。

秦戈忽然意识到，这个小小的、封闭的空间正在发生变化。

而这种变化，似乎是从他上一次进入之后开始的。

"好玩吗？"谢子京问。

脱离"海域"的秦戈捂着发晕的脑袋，半晌都说不出一句话。他头痛欲裂。他不明白为什么谢子京的"海域"看上去很正常，自己也会感觉这样难受。强烈的眩晕和隐隐要发作的神经性头痛令他难以开口。

他的兔子抛开紧张和莫名其妙的眼泪，钻进巴巴里狮的鬃毛里打滚。眯缝眼睛的狮子趴卧在地面上，兔子窝在它前爪搭筑的空间里，几乎完全被浓密厚实的鬃毛埋住，只从金色的粗硬毛发里露出眼睛、嘴巴和鼻子，看着秦戈。

秦戈竭力绷紧自己的表情，跨过巴巴里狮，走到落地窗边。夜太黑了，楼群的灯光悬浮在黑夜里。秦戈把额头贴近玻璃，片刻之后才感觉凉意沁入自己发烫的大脑，终于冷静下来。

他依靠着冰凉的窗户扭头问谢子京："你还是没有向我打开衣柜。"

谢子京装作满脸诧异："那一定是我们的感情还不够深。"

秦戈想起第三个抽屉里的花。他忽然想问谢子京一些别的问题，和他古怪的"海域"无关但和他这个人有关的。

"你平时回来都做些什么？"

谢子京伸手抓住狮子的尾巴，捏着末端的毛团玩："看书，玩游戏，睡觉。"

"周围的邻居都认识吗？"

"不认识。"谢子京想了想，笑道，"不过跟楼下的大爷大妈都挺熟了。"

秦戈："……大爷大妈？"

"大爷大妈很健谈，也不嫌我问题古怪。"谢子京拨了拨头发，"而且我帅，他们都喜欢跟我唠嗑。"

秦戈觉得他真奇怪："你喜欢跟大爷大妈聊天？在危机办里好像也跟传达室大爷很熟悉。"

"谁都可以，我喜欢跟人聊天。"谢子京放开了狮子尾巴的毛团，看着黑夜里的灯火说，"搬到这里之后，我就不喜欢回家了。回家没有人，也没有说话声。"

他说自己在西原办事处的那几年过得太静，太漫长了。办事处的人不多，他又优秀得过分，常常会被安排去执行艰难的任务，一个人在山谷里一待就是几个月。

"好冷啊。"谢子京抖了抖，"所以我喜欢长毛的动物，山里的每一只兔子和它们的小孩我都认得，没有一个能逃出我的手心。"

"……所以才去跟大爷大妈唠嗑？"秦戈问，"大爷大妈也不能一直陪你闲聊啊。"

谢子京嘿嘿一笑："没人陪我聊，我就自己跟狮子聊。"

他用手指戳了戳玻璃窗。

找不到说话对象的夜里，他就和自己的狮子坐在窗前，看着对面楼群的灯光，一个个地给灯光里走动的人影想故事。骂哭了孩子的父亲举着糖葫芦敲小孩卧室门；疲惫的白领回到家中先揉十八回猫狗再起身加班；喜欢在阳台吊嗓子的老太太恰好有位耳背的老伴，绝配。

秦戈听得很认真。心里那场辩论大会已经偃旗息鼓，所有的小人儿都在台上齐声念诵，仿佛一句广告词：噢，小秦心里软。

他太容易对谢子京心软了。这很致命。秦戈有朋友，但没遇过谢子京这样的人。他知道谢子京现在需要什么。一点儿安慰，一点似真还假的感情，一些冷夜里可以取暖的温度。谢子京孤独了太久，从来没有过这些。因此他对一切温暖的东西，比如兔子的皮毛，比如热腾腾的火锅，全都充满了渴望。

哪怕隐隐地察觉到情谊是不存在的，但秦戈不说破，他便把这暧昧态度当作许可。什么"生死之交"，什么"挚友"，谢子京不觉得古怪，别人却不会当真——秦戈没有笑过他。

秦戈默默地听谢子京说话，他忽然间有了一种全新的感受：自己的职业，甚至自己的存在价值，原来这样重要。因为如此特殊的谢子京居然只信任他，只允许他，只接受他。人总需要被他人定义，被他人注解，然后才从他人身上获得自己的立足点。秦戈在这一瞬间，对谢子京充满了新鲜的感激。

谢子京今晚的话太多了。他还是觉得自己的"海域"不讨喜又恶心，觉得秦戈会憎厌。他此时是伤心的，但不好意思讲，只好胡天漫地瞎扯，一点点缀和秦戈的不适。他还希望秦戈像当日一样直截了当地告诉他：不，不恶心。

"对不起，"谢子京小声说，"我提醒过你，你不会喜欢……"

秦戈张开手，给了谢子京一个拥抱。

谢子京满腔的解释，一句话都无法说出了。秦戈这个拥抱，像他想象很久的那种，毫无芥蒂的、亲人般的拥抱。谢子京想不起自己已经多久没有被人如此温柔地安慰过。他闭目靠在秦戈肩膀上，第一次如此切实地感受到，自己和人世间的某个谁有了关联。

兔子从狮子鬃毛里滚下，短蹄挪动，跳上谢子京脚背，抱住他的小腿。

"兔子跑回来了。"秦戈松开怀抱，瞥着正在默默舔爪的巴巴里狮，"你的狮子为什么咬它耳朵？"

谢子京："……"他举起拳头，冲巴巴里狮虚挥一拳。

巴巴里狮岿然不动，梳理完爪子开始洗脸。

"你这又不是真的毛，有必要洗吗？"谢子京抓住他的金色毛发，"懂不懂礼貌？怎么能咬别人的精神体？！"

"它不听你的话？"秦戈收好兔子，挺好笑地看谢子京和狮子打闹。

谢子京："不太好管。"

秦戈眉头一动，若有所思。他急于回家查找资料，便匆匆跟谢子京告别。

谢子京观察秦戈表情，发现他并没有生气。"你还会巡弋我的'海域'吗？"他问。

"你如果继续关闭衣柜的门，我不会再进去，没意义。"秦戈说完，低头穿鞋。谢子京会主动询问，秦戈相信，他一定还会继续对自己敞开"海域"。他不能过分心急。上一次所有锁头都紧闭，这次书桌和书柜打开了，下一次，房间里仅剩的闭锁之处也一定能打开。他必须谨慎、小心，在不令谢子京反感的前提下，找出亲密幻想的源头。

果然，他开门时，谢子京枕在巴巴里狮的肚子上，看着秦戈大声说："我会修好衣柜的锁。"

秦戈："好，我等你。"

在他就要关上门的时候，谢子京嚷了一句："秦戈！"

"嗯？"秦戈又探头进来。

谢子京摊开手脚躺着，巴巴里狮柔软的肚皮承托着他的颈椎和脑袋："没什么，就想喊一声。"

秦戈心里滚过无数腹诽言辞，嘴上却礼貌又规矩："好，再见。"

门关上了，谢子京的家又恢复了寂静。他能听见电梯门打开又合上的声音。秦戈离开了，但兔子的气息还有残留。谢子京头一回接触到这样温柔的气息，清冽而冰冷，不会让人反感。

它仿佛来自遥远的山峦，从星夜的另一端，潮水一样涌向谢子京。

"……他真有意思，对不对？"他征求狮子的意见，"我是他看到了就没办法不管的流浪狮。"

巴巴里狮甩动尾巴打在谢子京小腿上。

谢子京又大喊了一次秦戈的名字。

"他小时候一定被人夸过很可爱。"他开始喃喃自语，"当然现在也很有趣……哎，我的天爷爷。"

他拍了拍左胸，扭身时在落地窗里看到了自己此时的表情。谢子京忽然不想给对面灯火里的人们编排任何故事了。他用手指敲打玻璃窗，每敲打一次，就在心里默念一次秦戈的名字。

对谢子京来说，秦戈的名字就是咒语，是温暖的水。它持续不断地滴落，击穿了冰层，并在他的"海域"里扬起了爽朗如星夜的风。

始终无法联系上谢子京和秦戈的唐错，悻悻地离开了便利店。他可以跟店员借手机，但他记不住谢子京和秦戈的电话号码。

可他不想再等了。

报警不是最好的办法。毕凡的异常举止让唐错有点儿相信毕行一的话。毕行一是毕凡的监护人，毕凡又是精神障碍患者，所以毕行一有责任去保护她，让她远离一切可能对她造成刺激的人和事物——比如唐错。如果能探索毕凡和毕行一的"海域"就好了。唐错穿过小路，决定到附近路口打车，直接去找秦戈。他头一次燃起了精神调剂科科员的熊熊热血。

小路走到一半，身后的灯忽然"啪"地灭了。唐错吓了一跳，连忙转头。

有人正快速接近。巷中灯光摇晃不停，湿漉漉的腕足从地面攀爬而来，眼看就要抓到唐错的脚踝。

唐错转身狂奔。

毕行一速度也很快。他一边追赶一边大喊，唐错只能在风声里隐隐捕捉到"骗我妹妹"之类的话。唐错没想到自己为了帮毕凡开脱而想出来的谎言，反而彻底激怒了毕行一。

背包在身后乱晃，撞得他背脊疼痛不已。本想释放熊猫帮忙阻挡，但它的体形太小了，最后竟然趴在唐错的背包上，令唐错的负担瞬间翻了几倍。

他正要收回熊猫，背上忽然一轻。

熊猫被章鱼的腕足抓住了。水生生物精神体表面特有的一层水性保护膜糊在唐错后脑勺上，唐错差点被熏得呕吐：连水性保护膜都这样了，毕行一的精神体必定已经形态大变。

被擒住的熊猫化作烟雾立刻潜回唐错体内。巷子从未这么长，唐错不断踢到黑暗之中的障碍物，跌跌撞撞地往光明处奔跑。

巷中原本是有灯和监控摄像头的，但一个接一个地被毕行一击碎。唐错跑得几乎喘不过气的时候，肩膀忽然一紧——他的背包被抓住了。

他根本还未来得及做出任何自卫动作，章鱼的巨大腕足便已经捆着背包举起，连带唐错一并摔到墙上。

唐错的五脏六腑几乎移位。他甫一落地，立刻抓住身边的各种杂物往身后扔，头也不敢回，继续往前爬。但没爬几步，几根细小的腕足从路上潜行而来，迅速地缠上了唐错的脚踝。

令人作呕的恶意毫不掩饰地从后方滚滚涌来。

唐错放声大喊救命，立刻就被腕足束缚了脖子。

不是恶意——这是杀意。

腕足越收越紧，唐错的呼吸渐渐困难。直至此时，毕行一仍然隐藏在他视线无法看清楚的暗处，只有他的章鱼不断伸出腕足，一根根缠卷上唐错的身体。

就在唐错窒息的前一瞬，腕足忽然脱力了。

所有腕足同时消失。唐错仰面摔在地上。气味污浊的精神体雾气包围着它，但很快缩回暗处。他的耳朵嗡嗡作响，好一会儿才能听到外界的声音。

空气从未如此新鲜，像刀一样切割唐错的鼻腔和咽喉。他躺在地上大口喘气，好不容易缓过神，发现巷中一片寂静。和杀意、章鱼的腕足一起消失的，还有追赶自己的毕行一。

发生了什么事？毕凡出问题了？唐错想起身，但身体太疼了。他毫无来由地开始揣测自己的脊椎是否已经在方才的撞击中碎成了几截，自己下半生可能要依靠轮椅度日，然后像毕凡一样被坑洼不平的路面与没有无障碍通道的楼阶困扰。

……还有，活着真好。唐错甚至有点儿想哭。

但没哭成。

准确地说，在他劫后余生的第一滴眼泪即将淌出眼角的时候，天空中忽然冒出的一个东西吸引了他的全部注意力。

那是一条巨大的、面目丑陋的鲨鱼。

它从巷子上空摆着尾巴游过，城市的霓虹灯光照亮它身上覆盖的水性保护膜，令它披挂上一层闪闪发光的水色外衣。

唐错目瞪口呆。

鲨鱼用与自己可怕面容完全不相称的优雅姿势，在楼群上空缓慢游弋。

唐错忍着浑身酸痛，飞快爬起来。他知道为什么章鱼会忽然退避，毕行一干脆藏匿离开了。这鲨鱼光看体形就知道，它是绝大部分海洋生物的天敌。他跌跌撞撞地走出暗巷。

这是一个古怪的瞬间，唐错站在明亮的街道上，仰望一头巡游城市的巨鲨。

他随着巨鲨前进的方向走去，经过天桥、斑马线，直到被一个长达两分钟的红灯拦在了路的这一边。

巨鲨继续拖动尾巴巡游，每一个动作都仿佛搅动了深夜被灯光染红的空气。

在绿灯亮起之前，它消失了。

唐错暗暗叹气。看到巨鲨、追逐巨鲨的人似乎只有自己。夜已经很深了，路上没有谁注意到，头顶有庞然大物悠然经过。

随着人流走过红绿灯，唐错忽然发现不远处就是危机办。他跟着巨鲨，竟然回到了单位。

带着无言的感激和怅然，唐错冲进了办公大楼，直奔今天也仍旧通宵加班的刑侦科。

六

第二天，毕行一没有出现在检测现场。

学生的报名表和号码牌都在毕行一手里，二中的学生和老师茫然四顾，不知如何是好。白小园一面紧急联系学校，一面重新安排检测时间。

"唐错呢？"秦戈问，"他手机怎么一直没打通？"

话音刚落，一瘸一拐的唐错出现了。秦戈大吃一惊："怎么回事！"

唐错扫了一眼现场的人，对秦戈和白小园挤眼睛："一会儿再说。"

因为唐错受伤，又不肯请假休息，秦戈只能让他先做些不需要力气的工作，并且立刻把留守调剂科的谢子京叫了过来。谢子京根本不想跟卢青来碰面，秦戈动用自己的兔子做威胁，总算请动这尊大佛。

谢子京到的时候，"海域"检测已经开始了。白小园作为诺塔，负责在内场维持秩序，谢子京和唐错则在外面工作。秦戈尽力避免让卢青来和谢子京碰面。谢子京在外面坐了一会儿之后，反而定不住："我去看看情况。"

候场室在宽大的会议中心里，检测场地则是重新布置过的一间小会议室。小会议室分隔出三个空间，分属秦戈、卢青来和秦双双。

谢子京在小会议室外寻找秦戈，很快便看到秦戈拿着几张报名表走出来，交给一位带队老师。他正想跟秦戈打招呼，卢青来紧接着也钻了出来。

谢子京吓了一跳，忙低头转入角落，确保自己不会被卢青来看到。他实在不想跟曾对自己寄予厚望的导师打招呼，并告知他自己如今多么落魄无用。

"二中的学生呢？"卢青来翻着手里的学生名册问秦戈，"第一批次就是他们，怎么现在还不见？"

秦戈把情况告诉了卢青来，卢青来眉毛跳了跳："毕行一？"

"卢教授认识？"

"不算，但我曾经给他做过入职的'海域'检测。"卢青来笑道，"二中有七八个新老师，都是到新希望找我做的检测，但我对他印象最为深刻。"

秦戈好奇了："为什么？"

"他的精神体是章鱼。"卢青来伸手模拟章鱼的腕足伸缩了几下，"以水生生物为精神体的诺塔和勒克斯都罕见，至少在我所有的学生里，能数得出来的不足五个。毕行一的精神体成熟程度非常高，可惜连他自己都不知道自己拥有的是什么类别的章鱼。"

谈及毕行一，卢青来显得很兴奋。

"而且你知道，章鱼拥有折叠型脑叶，跟人类非常相似。它们绝对是地球上最聪明的动物之一，感知危险和自保的能力也非常强。我第一次见到以章鱼为精神体的勒克斯，所以对他很关注。但他似乎对我所说的事情不感兴趣，一心只扑在工作上，令我很……"

我对你所说的事情也不感兴趣……秦戈不停示意他回到自己的工作空间。卢青来却意犹未尽,约秦戈共进午餐,一起细细讨论章鱼的神奇之处。

"……你被一只大章鱼追杀?"午餐时,白小园和谢子京都被唐错说的话震惊,"又大又臭的章鱼?"

唐错的脸上也有细细的伤痕,勉强咧咧嘴,含糊不清地应了:"嗯。"

白小园抓着筷子,半晌才说出一句话:"这个老师今天没来,是因为精神不正常了吗?那他妹妹怎么办?"

"妹妹没事,已经被保护起来了。"唐错压低声音,桌上的三个脑袋凑到一起,"昨天我去刑侦科报案,值班的正好是雷迟。雷迟说危机办不能报警,让我直接打报警电话。"

白小园和谢子京听得聚精会神。

"我跟雷迟说,你帮我这一次,我给你白小园的微信号。他说好的,然后给他一个在派出所工作的朋友打了电话。"

谢子京:"喔唷。"

白小园:"唐错你是不是嫌命长?老娘先喝一口酒,再放沙猫挠死你。"

唐错辩解:"我给的是你之前做微商的那个小号。"

白小园:"哦,可以。继续。"

雷迟了解情况后才联系朋友。两人嘀嘀咕咕商量了一阵,雷迟把电话递给唐错,让他自己说。唐错先说了毕行一和毕凡兄妹俩的不正常现象,又说毕行一袭击自己。对面的警察告诉他,首先,两兄妹的相处模式,他们很难管,而毕凡如果真是精神障碍患者,那么调查起来就更不容易;其次,毕行一驱使精神体在公开场所袭击唐错,这个行为大概违反了三到五条特殊人类的法律法规,如果要立案调查,负责接警的派出所还得把案卷转移到危机办刑侦科,刑侦科则需要获得危机办和特管委的调查许可,一来一回,至少要三天。

时间的拖延,意味着时刻可能加重的危险。

就在唐错沮丧的时候,雷迟提醒:"你不是看到毕行一恶意破坏公共财产吗?"

他话音刚落,对面立刻大笑:"雷迟,还是你有办法。"

唐错的报案立刻被受理了。毕行一蓄意破坏包括路灯和监控摄像头在内的社会公共财物。于是不需要顾及精神障碍患者的特殊性,也不用走危机办这边的程序,接警后民警便赶到了毕凡的家。

谢子京敲桌子:"雷迟可以啊,不愧是我的偶像,白同志的……"

白小园赠他白眼一个。

"警察抵达的时候,她家里没有其他人。所以他们顺理成章地转移了毕凡,让她住进了医院。"唐错抹了抹鼻子,"其他的事情暂时还不能告诉我。"

白小园在包里掏了一会儿,找出一张卡片。

"唐错,你体能太糟糕了,去练练吧。"把卡片递给唐错后,白小园苦口婆心,"我没去过这个健身房,但是月卡是健身房老板给我的,你去看看吧。就在单位附近,不远,下班就去跑步、举铁呗。"

卡片是深蓝色的底色,图案很像深海。唐错扫了眼健身房的名字,目光落在卡片一角的LOGO上。那是一条大鱼的剪影。

"……可是好烦啊,下班我只想回家打游戏。"唐错说。

"这个健身房的教练和学员都很不错。"白小园仿佛鼓动手握巨额退休金的老人加入无牌按摩仪事业的销售小妹,"而且它是咱们市里唯一一个只接待特殊人类的健身房,百分之八十的教练和学员都是单身。"

唐错迅速收下健身卡。

秦戈走进酒店的自助餐厅,远远便看见谢子京和白小园、唐错凑在一起聊天。他立刻转身拦住卢青来,指着另一个方向:"卢教授,我们去那边坐吧。"

秦戈挑了个隐蔽且距离谢子京比较远的地方。卢青来取餐坐下后,他准备曲里拐弯地再套点儿卢青来的话,不料卢青来饭都顾不上吃,开始大谈章鱼过去、未来与现在的动人之态。

好不容易等卢青来抒发完自己对毕行一精神体的热爱,秦戈见缝插针地问:"卢教授,您还记得上次讲座的内容吗?真能在潜入'海域'的时候对诺塔和勒克斯顺利施加暗示?"

卢青来咽下面条,用餐纸按了按嘴角,眼角弯出皱纹:"秦戈,我以为你会问我谢子京的事情。"

秦戈顿时一愣:"我不会问。"

"你不是很担心他'海域'的状况吗?"卢青来笑道,"我很信赖你,你是个可靠的人。如果你问我,也许我真会告诉你更具体的事情。"

"不必。"秦戈说,"谢子京不喜欢这样。"

卢青来:"他不喜欢是一回事,但你总要了解不是吗?万一他的'海域'崩溃,他变成一个狂躁的疯子呢?"

秦戈注视着卢青来:"如果我想深入他的'海域',我会征询他的意见。卢教授,谢子京是我非常重要的伙伴,我们有很多相处和了解彼此的机会。即便我确实想知道他的过去,我也不能在背后跟您打听。他很反感。"

卢青来已经吃完了。他拿起杯子小口喝水,最后扭头对秦戈说:"我认为他个人反感不反感,是最不重要的一件事。"

秦戈奋起十二万分精力应对,卢青来比笑眉笑脸的高天月更难应对。"所以您认为在潜入诺塔和勒克斯'海域'时可以施加暗示、影响他们的想法,也是因为他们个人是否愿意接受暗示,是最不重要的一件事?"

卢青来一下笑出了声。

"危险发言。"他指指秦戈,"你这样等于批评我。"

"探讨探讨。"秦戈尽量让自己的口吻谦逊又诚恳,"您怎么去施加暗示,我真的对此很感兴趣。"

"下午再说吧。"卢青来起身了,"或者你现在立刻答应让我巡弋你的'海域',我就告诉你。"

见秦戈没应答,他笑着摆摆手,离开了。

秦戈不知道他是不是真的忘记了调剂师互相之间不能巡弋的规定,或者说这是卢青来诱惑别人敞开"海域"的一个方式,就像自己会用兔子来跟谢子京交换进入"海域"的许可一样。他抬头看谢子京他们吃饭的桌子,那三人不知何时已经走了。

下午的"海域"检测顺利开始,但毕行一仍然不见踪影。二中派了新的老师过来,十八个学生都在等候,个个脸上都是焦急之色——除了当日被谢子京的狮子挠过好几爪子的黄金蟒诺塔。

他完全没精神,众人围着老师叽叽喳喳说话时,他一个人坐在旁边发呆。谢子京和白小园走过来跟二中老师沟通,那学生看到谢子京,一下从椅子上摔下来,一张脸煞白如纸。

谢子京:"你好哇,小朋友。"

小诺塔根本不敢应话,头也不回冲了出去。

谢子京:"怎么这么害羞?昨天你可不是这样的!"

白小园认为今天的谢子京明显带有一种让人完全不想细究的快乐,整个人像抖擞着斑斓羽毛的孔雀，分分钟要亮出屁股开个屏。她撇下了谢子京，低声问二中的老师："你们真不知道毕行一出了什么事？"

二中老师满脸茫然："不知道啊，他怎么了？"

白小园随口搪塞过去。

一下午的工作终于结束。候场的大会议室里有诺塔释放自己的精神体出来炫耀，那只大秃鹫还没站稳就被白小园的沙猫们一爪子拍到地上。她晃荡着酒瓶，神情又冷又酷："还有谁？"

由于她的出色工作，谢子京和唐错除了叫号，基本无事可做。谢子京见唐错身上都是磕伤，被严密包扎起来的脚踝肿得如同网球，脸上又糊着创可贴和纱布，便建议他干脆回家休息。但唐错不肯。他一直等到秦戈离开检测会场，一瘸一拐地奔过去，把昨天发生的事情全都告诉秦戈。从派出所那边得到的消息不多，他只知道毕凡现在住在二六七医院的精神科病房里，而毕行一始终下落不明。

"总会查到的。"秦戈在震惊之余忙安慰他，"现在到处都是监控摄像头，他跑不了。"

说出这句话的时候，他的感受非常怪异。毕行一与他有过几面之缘，秦戈对他的印象很好，怎么也没有想到他会以这种方式与唐错牵扯上关系。

"秦戈，你能帮个忙吗？"唐错说，"毕凡的'海域'是不是真有问题，只要进去巡弋就知道了。"

"……你担心她是被毕行一控制才变成这样的？"秦戈沉吟片刻，"真正异常的是毕行一？"

"我不知道，也不确定。"唐错说，"如果你能进去看一看，应该可以找到蛛丝马迹吧？"

秦戈其实有些心动。和卢青来的每一次交谈，都让他强烈地感受到自己经验的不足。他巡弋过的"海域"实在太少了。虽然在调剂师的实操考试中曾巡弋过精神障碍患者的"海域"，但那绝对不能算是正常的巡弋：一切都是被规定好的，所有他看到和触碰到的内容，全都是考试的题目，而不是一次真正的探索。

工作实在太忙，他只能谨慎回答："我尽量。你可以联系上毕凡吗？"

唐错："联系不到。"

秦戈："等你联系到了再说吧，我对你的提议是有兴趣的。现阶段的工作重点仍然是高考检测,不要耽误了。"

得到秦戈的应允,唐错心中稍定。打听到雷迟今晚仍负责值班,唐错回到危机办找雷迟,想拜托他多拿一点儿消息。

"这个办不到。"雷迟一口拒绝,"案子是他们负责的,我不能横插一手,希望你能理解。"

唐错:"我理解,但是……"

雷迟摆摆手,没让他继续往下说。

唐错心想,难道又要搬出白小园?可是除了做微商的微信号,剩下的只有她的大号了。

"白小园来也不管用。"雷迟像是知道他心里的打算,很快又说道。

唐错:"……你不是在追白小园吗?"

雷迟很讶然:"没有。"

唐错:"那些糖……?"

雷迟:"白小园很有趣,我挺喜欢她。但她已经有男朋友。送糖是我跟她学的社交技巧,所以我在你们科室的评价是不是已经很高?"

唐错:"……你真可怕。"

雷迟从桌上拿了两颗牛奶糖,递给唐错。唐错头一次见到雷迟的笑,有点儿狡猾,还有点儿可爱。他没见过白小园男朋友,但已经擅自论断对方绝对比不上雷迟。

唐错慢慢走到路边等公车。他剥了糖纸,把两颗牛奶糖一并吃下。霓虹照亮了夜空,空气中的小水滴折射着各色灯光,他却觉得天空过分空荡。

他不知道自己是否还有机会再见一次那条不好看的巨鲨。

走过红绿灯,他从口袋掏出糖纸扔进垃圾桶,摸到了裤兜里的一张卡。

健身卡的一角,一条大鱼的影子正在游动。唐错呆看了片刻,慢慢把卡片转过来。反面印着健身房的地址,还有一个手写的手机号码。

"健身对我来说不是一件快乐的事情。非常非常痛苦……我本来是有肌肉的,但是在医院做的都是办公室的工作,成日不是坐办公室里就是以车代步。"言泓一边跑步一边说话,声音有点儿喘,"虽然痛苦,我总得为自己考虑考虑,对吧?"

"……你谈恋爱了?"秦戈一针见血,"别人说为了强身健体去锻炼,我信。你？我不信。能让你产生驱动力的只有一件事情，就是恋爱。"

言泓嘿了一声，没有否认："没到恋爱的程度，不知道她喜不喜欢我。"

"小姑娘？"

"实习护士。"言泓小声说，"她就在这个健身房里练瑜伽。"

秦戈："……所以你给我打电话，就是为了跟我炫耀这件事？"

"我是这么无聊的人？"言泓停止运动，语气忽转严肃，"有件正经事情想问问你怎么处理。"

二六七医院昨天夜里收治了一位患有精神障碍的年轻勒克斯。她患有精神分裂症，思维奔逸、木僵、被害妄想等症状均出现过，病程虽然较短，但病情严重，不断声称自己已经被脑控。察看病历之后，他们发现因为没有按时吃药，她的病情发展比一般的病人更迅速，已经有自伤、伤人的倾向，需要立刻住院治疗。

收治入二六七医院的诺塔或者勒克斯，在入院之前都要对"海域"进行一次简单的浮潜，并进行记录。

但是她拒绝任何人进入自己的"海域"。她以近乎严防死守的方式，竭力抵抗任何勒克斯的接近。就连注射了镇静剂之后，她的"海域"也完全呈闭锁状态，医院的勒克斯根本无计可施。

如果没有入院的"海域"检测，二六七医院会拒绝收治。数年前曾发生过类似的事件，在没有经过"海域"检测的情况下，医院收治了一位"海域"异常的阑尾炎患者；手术之后，他驱动自己形态古怪的精神体袭击了数名医生护士，最后挟持着两位来探望病人的家属从十七楼跳了下去。

"我们非常为难。"言泓说，"她是被警察送过来的，二六七必须收治，没有任何商量的余地。但是现在又这样……我们特别怕会出事。"

秦戈明白了：所以医院想找一位信得过的精神调剂师，进入病人的"海域"探查。

"这姑娘是叫毕凡吗？"得到肯定的答复后，秦戈长舒了一口气，"我的同事唐错也认识她，巡弋没有问题，我自己也可以积累个案经验。但你确定你们医院真的还信任我吗？"

言泓大笑："医院当然不信任你，但是我信任，而且我的顶头上司也信任。"他压低了声音，"那个顶头上司是蔡明月的死对头。"

秦戈扶额："我没兴趣参与你们医院内部的派系斗争。"

"我知道。"言泓回答，"只要你答应，我可以立刻秘密安排。你把巡弋的结果整理给我，最后这份检测会写上别人的名字。"

秦戈想了一会儿，最终还是没能敌过对精神障碍患者"海域"的好奇心。秦戈过去十分反感巡弋精神障碍者的"海域"，那总是会给他带来难以消解的痛苦。但在探索过谢子京"海域"之后，他察觉自己对"海域"的了解还是太少且太傲慢了。他业余时间大量翻找资料、阅读文献，渐渐地，强烈的研究者心态压过了反感和恐惧。

"什么时候？"他问。

"今晚。"言泓一边走向更衣室一边说，"警方要求医院二十四小时内提供毕凡入院之后的检查结果，现在就差'海域'没巡弋了。"

秦戈没有告诉言泓自己刚刚经历了一整天的高强度工作。他在家里翻箱倒柜，找出两包不知是否过期的咖啡，一起冲了喝下。精神虽然始终不见萎靡，但是他担心自己进入毕凡"海域"之后能否顺利离开。

他可以吸收异常"海域"里的负面情绪。对自己能否抵抗精神障碍患者的影响，他心里完全没底。……去试试吧，秦戈对自己说。他总感觉，如果不尽快成为一个具备更丰富经验的调剂师，他就没办法解读谢子京的"海域"，也没办法应对卢青来这样的人。

出门之前，秦戈给唐错发了个信息。

唐错的手机在裤兜里无声地亮了一下，他没有注意。

他正站在健身房前台，与梳马尾辫的前台接待大眼瞪小眼。

"先生您是……来健身吗？"前台看着他挽起的裤脚、包扎着的脚踝、脸上的纱布、创可贴，还有细细的伤口，询问的口吻充满了不确定性，"您身体还好吗？"

"不太好。"唐错嘀咕着说，"所以才来健身。"

他个人坚决不接受跨种族恋爱，又跟白小园一样是忠实的外貌协会元老，加之宅且懒，恋爱进程一直停滞在之前无疾而终的"第十六次网恋"中。白小园极力撺掇，唐错渐渐也认为自己需要提升改善，才会讨人喜欢。但一进这里，唐错便感到了格格不入。

一面嘲笑自己想太多，一面又忍不住因为白小园这位推销小妹的广告词而找到这里，唐错矛盾又不安，左顾右盼，连月卡都没掏出来。

前台接待叫来了一个健身顾问跟他讲解。顾问看到唐错也吓了一跳，但出于职业素养，他忍着没问。

唐错在他的带领下，一瘸一拐地浏览了几个大区，最后停留在器械区。

器械区的一角站着六七位身着统一服饰的健身教练，唐错端详着，渐渐觉得推销小妹也不全然是骗自己。几个教练有男有女，无一例外全都挺拔健美，肌肉线条漂亮流畅，每个人都精精神神，看着就让人心里高兴。人一进入健身房，被氛围感染，免不了会生出妄想：我好好练、天天练，就能变成他们那样。唐错也不能免俗。

被健身教练围着的是一个小腿装着假肢的中年男人。

"……因为下肢力量不足，锻炼的时候我们可以对他的下肢施加压力，保持下盘稳定……在做一些站立动作时，教练尤其要注意保护……"

说话的人示意中年男人按照自己的指示驱动肌肉发力。他蹲在男人面前，按着他的膝盖，回头跟教练们继续解释。那人模样端正可靠，粗浓的眉毛下是一双循循善诱的眼睛。

"唐先生，我们可以先去休息区，我再跟你详细介绍一下教练们的情况。"顾问喊了唐错一声，"唐先生？"

"所有的教练都可以选吗？"唐错问。

顾问："当然可以，不过唐先生你现在的情况……"

唐错："那我选他。"

这句几乎耗尽他今日所有勇气的话，他不由得说得很大声。器械区里的所有人都齐齐转过头，包括正蹲在地上的男人。唐错发现自己正笔直指着他，惊觉这样不礼貌，连忙把手缩了回来。

"……唐先生，呃，这位……不带学员。"顾问没笑，神情却十分尴尬，"我可以再给你介绍别的教练。"

好了，勇气耗尽了。唐错感觉自己现在就是个气球，内里空荡荡的，脸上烧得滚烫："对不起对不起……"

——"我带。"

男人叮嘱教练们按照自己所说的方法指导训练，起身走向唐错。这人比唐错高出一个头，看他的时候会略略低头。唐错觉得男人的模样有点儿熟悉，但是丝毫没有亲近感，反而让人心里犯怵。他已经后悔了，现在就想转身逃离健身房。

"你好。"男人冲唐错伸出手，"我是高术。"

唐错紧张地和他握手："……不好意思？你叫什么？"

"高术。"

唐错顿时回忆起大学时被补考支配的可怕过去。他的心冷成一团冰坨，但高术还没有放开他的手，反而抓住手指，摊开他的掌心，在唐错手心里写了一个"术"字："我是这个术。"

冰坨融化了。唐错心想这个人也太棒了吧，好看又温柔，还这么有礼貌。虽然知道那只是营业笑容，但他完全就是自己心目中的理想模板。唐错心里的荒原钻出了几朵颤巍巍的小花儿，恨不得现在就开始锻炼，三日速成这教练的身材与气质。

唐错顺便问了一句："你为什么不收学员？太忙了吗？"

"是啊，我工作很多。"高术上下打量唐错，"不过腾出时间带带你还是可以的。"

唐错："为、为什么？"

他心里有点儿小鹿乱撞。

高术："你看起来体能和体质都很差，如果带得好，我的成就感会很高。"

小鹿撞死在高术粗壮结实的小腿上了。

唐错挠挠脸上发痒的结痂伤口，贫瘠的应对技巧此时此刻也不打算发挥任何作用。见他无法接话，高术忽然一笑。"开玩笑，我有点儿自来熟，请你不要介意。"他认真道，"基础还行，好好练，进步一定很明显。"他拍拍唐错的肩膀，比画了一下唐错的腰背。

唐错飘飘然："你贵不贵？"

话一出口他就想揍自己一拳：他是在饭店点单还是在超市购物？！

"很贵的。"高术看了眼唐错递过来的月卡，笑道，"不过很凑巧，这张卡是我给出去的。既然是熟人介绍，我给你打折吧。"

三十节私教课，唐错晕头转向地划出去一万三。他完全没有比对过这个收费贵不贵，闷头填资料的时候，发现连精神体也要登记上去。

"教练，你的精神体是什么？"他边写边问。

"一条小鱼。"高术笑眯眯地看着唐错写字，"唐先生手好看，字也好看，一看就是文化人。"

唐错抬头对他笑笑，心想健身房教练讲话都这么好听吗？他真想跟高术交朋友。掏出手机准备付款时，他忽然看到秦戈的信息。顾不上回应高术笑眯眯的眼神,唐错立刻回拨秦戈的电话,但没有接通。他手忙脚乱,转而联系了谢子京。

"毕凡现在在二六七医院,秦戈应该已经过去了。"唐错说,"他给我的信息上说今晚巡弋,我现在联系不上他。"

在落地窗边枕着狮子玩游戏的谢子京清晰地骂了一句话,抓起外套和手机奔出门。

唐错挂了电话,心里一点儿也安定不下来。他顾不上付款了,转头对高术道歉:"教练,我明天再来找你。"

高术愣了一下:"明天?"

唐错:"我一定会来的,放心。"

高术又挂起了笑眯眯的表情,亲自把他送到健身房门外,末了还低声叮嘱:"一定要来啊。"

毕凡的病房在住院楼旁一栋单独辟开的院子里。这里是专供精神科使用的独立园区。如果不是因为这一次的事情,秦戈可能永远都不会知道这儿住着近百位精神障碍患者。

特殊人类之中,罹患精神障碍的不在少数,可惜除了二六七医院之外,全国没有任何正规的医院愿意收治患病的特殊人类。大量病人不能接受正规的治疗,很多人的病情在拖延中日益加重,后果很严重。

"特殊人类一直都是重点关注对象,如果是由警察送过来,不管实际情况怎么样,一定都要收治。"言泓带秦戈进入院子,毕凡的主治医生已经等着了。数人点头致意后,没再耽搁,立刻带着秦戈往楼上去了。

除了普通病房之外,楼里的顶层还设置了二十四小时闭锁病房,住的都是情况最为严重的患者,尤其是有自伤和伤人倾向的病人。

毕凡就在这里。

"打了镇静剂,已经睡着了。"主治医生带秦戈穿过病房的走廊,进入深处,"即便在深睡眠状态,我们都没办法进入毕凡的'海域',希望你能做到。她的患病时间很短,病程到现在还不足一年。第一次来二六七医院是去年的十月份,刚毕业几个月而已。病历的记录说明,她那个时候大部分时间还是清醒能自控的。说实话,不到一年发展成这样,我们都很吃惊。"

秦戈走过走廊,一边听着主治医生的介绍,目光不由得落在病房面前的标牌上。住在顶层病房的除了诺塔或勒克斯之外,还有为数不少的半僵化人类和地底人。一只体态优雅的黑豹正在巡查走廊,看到陌生人,它警觉地站定,打量着秦戈。

"这是值班护士的精神体。"主治医生介绍,"在精神科工作的都是比较厉害的诺塔和勒克斯,他们的精神体可以加强我们的保卫工作。"

他打开了一扇门。

这是一间不大的单人病房,毕凡就躺在狭窄的病床上。她的手腕上戴着抑制环,身上套着束缚衣,在镇静剂的作用下已经沉沉闭眼睡去。

"深睡眠阶段。"主治医生看着连接毕凡身体的仪器,"现在可以开始……等等,秦戈,你的潜伴呢?"

"我没有登记过的潜伴。"秦戈坦白说,"言泓很熟悉我的情况,有什么不妥他会帮我解决。"

主治医生立刻拒绝了:"这不可以。你要进入毕凡的'海域'进行深潜,必须有诺塔作为潜伴和你一起待着。你如果不介意,我可以找一个诺塔来帮忙。"

主治医生叫来了黑豹的主人,让她和秦戈一块儿待在病房里。黑豹静静站在病房门口,警觉地盯着秦戈,同时戒备着外面的情况。秦戈释放长毛兔,兔子察觉到陌生人和陌生的精神体,在秦戈手里瑟瑟发抖。

"乖。"秦戈低声说,"开始吧。"

他把兔子放在毕凡的手心里,覆上手掌。

进入毕凡的"海域"确实费了一些工夫。秦戈置身在一个广阔无边界的白色世界里,除了自己之外,连影子都看不见。这是最明显的拒绝状态:"海域"的主人抗拒任何外来访客。

秦戈思考着与毕凡相关的所有信息,往前慢慢走去。由于没有任何参照物,他仿佛原地踏步,在一片茫茫的虚空中行走。

"我是唐错的朋友。"他口中默念,"我知道,你也是唐错的朋友。他受伤了,被毕行一袭击,幸好不太严重。他叮嘱我来帮你,来救你。你想再见他一面吗?"

脚下的平面渐渐浮现了颜色。

秦戈抬起头,刹那中仿佛天地间所有颜色全冲自己倾来,光怪陆离,无可名状。不过一个呼吸的时间，眼前的世界立刻变了。

他站在一个狭长的回廊中，两侧都是深深的水渊。回廊与水渊藏在山腹里，极目抬头，能看到头顶有一个巨大的洞口，光线正从洞口灌进来，连同阴冷的雨水。

回廊上湿漉漉的，雨水从两侧落入水渊之中。秦戈只能听到水声，看不到任何水潭波动的迹象。他伸手触碰回廊的栏杆，发现栏杆是软的。

——不是栏杆，这是某种软体动物的腕足。

腕足仿佛已经死了，手指戳下去戳出一个洞口，其中涌出滚滚黑水。无数粗细不等的腕足纠缠在一起，构成了这座看不到尽头与起点的回廊。

秦戈在回廊上走了很久。他仍旧感觉自己在原地踏步，头顶与身边的景色全无任何变化。他知道自己被"海域"里的蜃像困住了。这是只会在精神障碍患者"海域"中出现的虚像，没有任何实际意义，处理时间却极长。快速打破蜃像的唯一办法，是强行突破。

秦戈没有一刻犹豫，他手撑在栏杆上，翻身跃下了回廊。

片刻后，他落入了水中——但没有水声。

他掉落在一片沙滩上，听到了海浪翻涌的声音。这里没有回廊与黑暗的山腹，眼前竟然是一片辽阔的海洋。海洋之上是宝蓝色的星空，星空里的所有星辰都是不停眨动的眼珠，一颗巨大的陨石在眼珠与眼珠之间移动。陨石在空中兜圈，每一次经过都仿佛搅动了星空中的气流，带动溜圆的眼珠在空气中互相碰撞。

它靠得近了，秦戈清晰地看到，那其实不是陨石，而是一只巨大的、缩成一团的章鱼。他下意识地后退了几步。这个动作引起了章鱼的注意。章鱼扭转身体，向他冲过来。

章鱼从天而降，秦戈却无法移动。他低下头，看到自己正站在一只眼睛的中央，突起的晶体承托着他的双脚，他就站在黑色的瞳孔中央。密密麻麻的黑色小触手从瞳孔中伸出，缠住了秦戈的双足。巨大的声音如同飓风一般从他身边经过，那是一个男人低语的嗡嗡声——秦戈被这声音穿过，浑身战栗。

紧接着，那只巨大的章鱼也降落了。它穿过秦戈的身体，砸穿了他脚下的眼珠，秦戈随着沙子落下空洞，掉进了一只章鱼的口中。他被章鱼体内的脏器挤压碾磨，又被不知从何处冒出的腕足生生拉扯走，落入黑色的黏液里。

145

很快，黏液也被腕足穿透了。腕足钻入秦戈的胸口，搅动了他的五脏六腑，最后缠着他的脊椎，将他从黏液中拉扯而起。

秦戈不会感觉到疼痛，但眼见之景实在太令他惊诧，他甚至来不及做出任何反应，立刻就被巨大的章鱼扔了下来。

恐惧让秦戈有片刻回不过神。他爬起，发现自己落在一座高山之上。山是被人垒起来的，他能触摸到人类柔软的肌肤。

每一个人都是双目圆睁的毕凡，一个接一个地堆叠起来，成为一座肉身筑造的山丘。

巨大的章鱼舞动腕足，再次从空中飘浮而来。数以万计的眼珠悬浮在秦戈上空，无声地盯视他。章鱼就像是一只风筝，或者一团垃圾，携带着惊人的臭气与怪异的形态，无数只粗细不同的腕足在虚空中比画游动，最后一把抓起了秦戈。

秦戈头晕目眩。毕凡的"海域"出现的所有东西全都没有逻辑。但所有东西似乎都是她恐惧的根源，无论是眼珠、章鱼还是男人的声音，所有的一切都与章鱼——也就是毕行一有关。

根据唐错和卢青来分别告诉秦戈的信息，毕行一今年才进入二中就职，毕凡则是去年毕业的新希望学生。她毕业之后才发病，又是独生子女，并不存在什么哥哥。毕行一的出现极有可能是诱发毕凡发病的重要原因。

他要得到更确切的信息。

他要进入毕凡更深层的意识里，挖掘毕凡的记忆。

这种行为对自己是否存在危险，秦戈已经无暇顾及了。让毕凡恐惧的东西占据了她的整个"海域"。她随时可能崩溃。他既然进来了，就不可能毫无作为地离开。

章鱼挟带着秦戈在夜空中游动，秦戈奋力挣扎，抓住它腕足上的吸盘，顺着它的腕足爬到了它的脑袋上。章鱼的巨大脑袋被一层水性保护膜覆盖着，秦戈直接用手撕开了它，并伸手抓住章鱼表面滑腻的皮肤，试图在皮肤上抠出一个伤口。

他成功了，伤口越撕越大，直到能容纳秦戈钻进去。

里面是漆黑的，有什么把光彻底吞没了。秦戈什么都看不到，但他知道，最恐惧的地方也是能最快找到突破口的地方。他撕开那道伤口，钻进了章鱼的脑袋里——随即跌落在一张床上。

这是一个方方正正的房间，柔软的床铺上，隆起的被褥下藏着一个人。

"嘘……"有声音从被中传出，"别出声，他来了。"

是女孩的声音，怯怯的，带着畏惧的。秦戈躺在她身边，四肢僵直，一动不动。房间里有一个阳台，玻璃门已经关紧了。

他转头看时，发现阳台上站着一个人。

毕行一的衣袖里伸出了细长的触手，顺着玻璃门的缝隙钻进室内，轻轻打开了门锁。

声音在静夜中是刺耳的。

玻璃门无声地滑开。床上的毕凡在发抖。

"别怕……"秦戈忍不住轻声说。

"嘘！"毕凡紧紧抓着被褥，把自己裹在里面，只露出一双惊慌的眼睛，"他会听到的……别让他发现我在这里……"

但毕行一已经走到了床边。他坐在床边，抚摸隆起的被褥，嘴里很轻地说着话："可怜……别怕……哥哥照顾你……"

毕凡在颤抖，连同床铺也在抖。秦戈睁大了眼睛，他看到毕行一打开卧室门离开房间，身后拖着长长的章鱼腕足，在地面上留下一道深深的水痕。

"毕凡，"秦戈低声开口，他知道毕凡"海域"中的自我意识，正在展示她最恐惧的事情，"他不能控制你。"

"他可以的。"毕凡忽然说。

秦戈一愣，发现毕凡的另一侧不知何时躺了一个人。

毕行一和衣躺在毕凡身边，伸手触碰毕凡的头发。毕凡的颤抖越来越厉害，毕行一的声音也越来越温柔："做噩梦了？哥哥在这里。"

章鱼像一个巨大的梦魇，悬吊在卧室的天花板上。秦戈、毕凡与毕行一三人都躺在床上，他看到章鱼的腕足在墙上爬行舞动，渐渐占据了整个卧室的空间。秦戈没想到毕凡对毕行一的恐惧居然这么深：在本该最安全稳妥的自我意识周围，毕行一带来的惧意已经深深渗入。

他在被下握住毕凡的手。女孩的手指冰冷微湿，在他掌中瑟瑟发抖，但仍然缠住了秦戈的手指。这小小的依赖的动作，让秦戈知道自己是被信任着的，这或许是唐错这个名字带来的安全感。

"唐错很担心你。"他对毕凡说，"我可以帮你的，你能信任我吗？"

毕凡点点头。

章鱼的触手垂落，缠着秦戈的头发，滑腻的腕足触碰着他的颈脖。

秦戈正想问毕凡，毕行一到底是如何影响她的。毕凡忽然手上用力，把他拽到了自己身边，一双神经质的眼睛里闪动着光芒："我还有一个秘密。"

秦戈被她拉入了一片黑暗之中。无数记忆冲他袭来，令他头晕目眩。雨夜的街道，湿漉漉的地面，濡湿的校服与沾满污泥的白色帆布鞋。恐惧、屈辱和躯体的疼痛在瞬间占据了秦戈的大脑，他听见自己用毕凡的声音呼救、哀求和哭泣。

雨从黑天之中落下来。雨从黑色的地面流走。

秦戈离开毕凡"海域"之后的瞬间，立刻跪在地面，捂着自己的嘴巴。有人搀扶着他，体温和气息都是熟悉的。他无暇顾及，一把将身后的人推开，冲进了病房的卫生间。

喉间如同有无穷污泥淤塞，秦戈狠狠吐了一阵，直到腹中空空，胃袋不停抽搐扭动，疼痛的信号终于渐渐压下了毕凡的记忆带来的不适。

有人抚摸他的背部并递上一瓶水："漱漱口。"

秦戈发红的眼睛盯着镜子，站在他身后的是谢子京。

"你怎么在这里？"秦戈的声音嘶哑，鼻音很重。

谢子京在接到唐错电话之后立刻离家，直奔二六七医院而来。因为联系不上言泓，他在医院的入口被阻拦了一会儿，抵达病房的时候巡弋已经开始了。他自称秦戈的"潜伴"，言泓认识他，知道他和秦戈是同事，准许他进入。

秦戈的情况比上一次巡弋蔡明月更严重。毕凡混乱不堪的"海域"让他产生了生理性不适，把胃里所有东西都吐个精光。

主治医生检查了毕凡的情况，一切平稳。"什么结论？"他问秦戈。

"典型精神分裂症患者的'海域'，信息混杂，无规律、无逻辑、无事实根据，细节错乱，几乎没有现实事件，全都是她的感受。其中以恐惧最为明显。"秦戈接过主治医生手里的白纸，"我先写下来，给我一点儿时间。"

谢子京陪着秦戈进入主治医生的办公室。秦戈没有跟谢子京说话，他拿着笔，盯着眼前的白纸，强迫自己在不适中回忆自己所看到的一切。

毕凡所说的"秘密"，应该就是诱发她精神分裂症的真正原因。

高中生毕凡在结束晚自习回家的途中，被几个陌生男人袭击了。他们将毕凡拖到路边的空屋之中进行侵犯，雨声和毕凡的哭声此时还在秦戈脑子里回荡，他非常难受。这不是自己的恐惧，但比自己的恐惧更让他颤抖：那是他不可能经历的罪恶，而因为面对着这种不可能，他才更深入地理解毕凡的痛苦。

毕凡从此恐惧男性，但病症并不特别明显。直到毕行一出现在她的身边，并且侵入她的家。恐惧因为安全区域被陌生人强行侵入而急剧爆发，毕凡的病情是在毕行一出现之后才迅速恶化的。

在毕凡看来，毕行一就是曾侵犯自己的男人的化身。她不敢反抗，不敢质疑，不敢对话，也不敢呼救：因为毕行一进入她的家，就等于控制了她的全部。

原本就已经在崩溃边缘摇摇欲坠的毕凡用四年的大学生活和药物维持着自己的生活，然而这种生活被一位入侵者彻底打破了。他击穿的是毕凡脚底的土壳，毕凡再也没有了依凭，就连自己的家也不能给她安全感，她开始缩进意识深处，一面质疑，一面又不得不遵从毕行一的话——只要能回避威胁，她什么都可以做。

因为"安全"是所有具有被害妄想的精神分裂症患者最强烈的愿望。

秦戈喝了一口水，开始书写。

言泓和医生正在等待，他不能耽搁。及时把巡弋内容记录下来也是调剂师的基础技能，随着时间的流逝，他可能会忘记其中的某些关键细节。

但是汗太多了。秦戈的手在发抖，冷汗从鬓角淌到了脖子上，他的长毛兔没办法凝聚成形。

谢子京给他擦汗，巴巴里狮携带着雾气落地，趴在秦戈的脚边，把大脑袋搁在他的腿上。这让他得到了一些微薄的温暖。

"我可以通过审核登记，成为你真正的潜伴吗？"谢子京问。

秦戈："不行。"

他晃动水杯，发现已经空了，起身再去接水。谢子京跟在他身后追问："为什么？"

"你会离开的。"秦戈说，"你会出现在这里，是因为我可以帮你找出'海域'里的问题并解决。一旦解决，你就会走。或者被调到其他地区，或者回到西原办事处，以你的能力，在总部待着发挥不出最大的作用。"

他分明头晕目眩，但仍然勉强支撑着说了这些话。谢子京没有反驳，也没有说"我不会离开"。在正儿八经的问题上，两个人都很谨慎。

"那在我离开之前，我想暂时当你的潜伴。"谢子京说，"我是最合适的人选。"

秦戈当然知道谢子京很好,可是好也不能说明什么。接水杯的时候他的手一直在微微发颤,谢子京托着他的手肘与杯底,维持住杯子的平衡。秦戈感激他以这种方式来关心自己,不过分参与,但总会在适当的时候给予一点儿支持。

谢子京也没有问他到底在毕凡"海域"里看到了什么,那是毕凡的隐私,不能告诉他这样的外人。他拨开秦戈额前被汗湿透的头发,小声说:"你多信任我一点吧。"

秦戈靠在柜子上,背后的冷汗干了,这让他很不舒服。他在浑浑噩噩之中想了又想,意识到自己之所以没办法顺利在谢子京"海域"里发掘信息,可能是因为彼此之间的信任是很微薄的。

如果秦戈很清醒,他不会做出之后的决定——但他当时已经下意识脱口而出了:"你知道鹿泉吗?"

谢子京目光一闪:"我知道,在极物寺附近。"

"对……你知道。你是西原办事处的人,不可能不知道极物寺和鹿泉这个地方……"秦戈的喉头发紧,他要跟谢子京分享一个秘密,"那你知道鹰隼支队吗?"

谢子京没有吭声,静静看着他。

秦戈从没有跟任何人说过这个秘密,但他现在无法控制倾诉的欲望。

"危机办刑侦科的外勤组里有一支小队名为鹰隼,是外勤组最出色的队伍。"他看着谢子京,"我的父母都是鹰隼的成员。十几年前,他们在鹿泉和极物寺附近执行任务的时候,遭遇意外,没有一个人活着回来。"

七

极物寺是西原最高峰下的一座寺庙,矗立在著名淡水湖旁的一座小山上,是俯瞰这座"圣湖"的绝佳位置。

除了"圣湖"之外,这里还有另一处名为"鹿泉"的古怪泉眼,位于极物寺东南方的一处宽阔凹地上。

相传在雪原上涤荡各路妖魔的神子格伦用自己的神杖击碎地面,泉水才开始在此地涌现。它滋润了干涸的大地,甚至吸引了天上的神鹿。神鹿落地饮水，并带走了被困于此处的格伦和妻子玛姆，离地之时泉眼中迸溅万丈彩光，直通天穹，巨鹿的影子覆盖天地，人间妖魔纷纷避走——泉眼就此得名。泉水充沛之时，凹地便成为一处宽阔平静的湖泊，水面倒映着高原的雪山和蓝天。

传说动人，但泉水涌出泉眼的时间实际上并不固定，而鹿泉最后一次有水涌出的记录，是一七八六年的九月。

所有的地质勘探结果都表明，鹿泉之下已经没有了流通的水脉。地壳运动带来了山川与大地的改变，频繁的人类活动让大气圈与地下水储量都发生了变化，鹿泉已经是一个干涸的泉眼，留下的也只有遥远的传说。

正因如此，当年鹰隼支队在附近执行任务时，选择驻扎在鹿泉周围。

在雪原人看来，即便鹿泉已经干涸，周围的凹地仍然不可随意靠近。这一大片光滑的凹地就像巨大的神手持勺子，从大地上硬生生挖走了一块，留下不深不浅的凹痕。

鹰隼支队去执行的是绝密任务。他们离开任务地点之时，夜已经很深了。由于任务地点无法回头，夜间气温又太低，连夜赶路十分危险，鹰隼支队的队长白繁决定，全组人在避风的鹿泉凹地扎营，第二天再继续赶路。

白繁是一个经验丰富的诺塔，他带着队员巡查了鹿泉凹地，确认没有任何异常后安排了守夜工作，催促众人休息。白繁是第一批守夜的人。他和副队长唐毅然、杨川在当日的队长手记上留下了这一夜的记录。

……鹿泉的夜空非常美，我们约定，等孩子长大了一起带他们回到这儿看一看最坦荡辽阔的星空。

记录者是杨川。或者是因为第二天就可以启程回家，这则手记写得轻松快乐，没有任何异样。

白繁还另外添了一句话："唐毅然儿子的精神体居然是熊猫！"

这句被一笔画掉的话，是鹰隼支队留下的最后一个记录。

三天之后，一直没有收到鹰隼支队信息的西原办事处派出队伍去寻找他们的踪迹。当天下午三点零六分，寻人队伍在鹿泉凹地里发现了六顶帐篷和鹰隼支队所有人的尸体。

父亲杨川和母亲温弦罹难的消息抵达秦戈耳边时，他正在蛋糕店里取蛋糕。那天是他的十五岁生日，按照原先的约定，父母搭乘的飞机会在下午三点整抵达机场。

虽然暂时联系不上父母，但秦戈知道父母的工作性质特殊，他并没有在意这个异常，只以为是寻常的因公失联。那时候的秦戈还使用着自己的本名"杨戈"。跑出蛋糕店的时候，他忘了拿走自己的生日礼物。那个蛋糕最后是如何处置的，秦戈一点儿都想不起来。他只记得一整条路面都被刺目的阳光铺满，所有的汽车顶部都闪闪发光，整个城市干燥炎热。

那只是八月一个极寻常、极寻常的午后。他经过的所有人都不知道这个十五岁少年刚刚失去了他的整个世界。

在秦戈陷入巨大的悲恸时，另一件与他有关的事情正被摆在台面讨论。这是秦戈后来才从秦双双口中知道的。

按照诺塔与勒克斯的监护人制度，每一个诺塔、勒克斯都必须拥有一个监护人，要么家人，要么伴侣，在极为特殊的情况下，监护人也可以登记为所在部门的直接上司。这是为了保证每一个诺塔和勒克斯的行踪都有迹可循，不至于因为脱离监管而成为一颗隐形炸弹。

秦戈父母双亡。按照惯例，他的监护权会被转移到亲属这边。但这期间发生了一件奇特的事情：秦戈的爷爷奶奶与外公外婆均不在世，他的舅舅与小姨同时表示拒绝接收秦戈。

与亲属拒绝监护同时出现的，是来自特管委三号仓的一份特殊申请：三号仓提出，由于秦戈本人的能力极为特殊，他应该由三号仓负责监管和教育，目的是让秦戈成人之后的能力得到最合适的应用。

当时还担任危机办主任的秦双双直接在会议上回绝了三号仓的要求。

特管委的三号仓是一个极为特殊的地方，它更像一个专门关押重要人物的监仓。秦双双推测，三号仓虽然以"监管"为名，实际上是打算研究秦戈的能力，并将它扩大和普及。

这一次会议不欢而散。特管委的负责人指着秦双双鼻子大骂，危机办外勤组一下失去了最精锐的支队，秦双双面临的最严重处罚可能是引咎辞职。可即便如此，秦双双还是没有在秦戈的问题上让步。她言辞激烈地讥讽特管委对秦戈的亲属施加压力，以至于他们全都不敢接收一个孤儿。

让事情出现转机的是会议之后的一场私下谈话。国内首位海域调剂师章晓也一同参加了会议。他是三号仓的重要技术人员。会后，章晓悄悄找到秦双双，给她提了一个建议：为了不让秦戈落在三号仓手里，成为一个可能永远失去自由的研究样本，他认为最好的办法是由秦双双和蒋乐洋出面，直接收养秦戈。

在第二次会议上，秦双双提出了这个提议。在提议之前，她已经私底下先行接触秦戈。秦戈小时候见过秦双双几次。她总是风风火火地来，风风火火地走，那次长长的谈话是他第一回跟秦双双面对面坐着说话。秦双双拉着他的手，并没有把他当作一个十五岁的孩子，而是直接将所有的利弊剖开了告诉他。

秦戈答应了秦双双的要求，这成为秦双双最终获得秦戈监护权的最重要原因。

之后便是搬家、改名，秦戈转入了新的学校，开始尝试去交新的朋友。秦双双和蒋乐洋对他非常好。他还拥有了一个极度崇拜自己的弟弟蒋笑川，而在秦双双的保护下，他巡弋"海域"的特殊能力不断完善，最终成为全国第五个精神调剂师。

一切都很好。就像报纸和杂志上的后续报道一样：某某某通过自己的努力，过上了平静幸福的生活。

但秦戈知道，这不是事实。

他感激秦双双，也知道蒋笑川对自己的崇拜里其实永远隐含着小心翼翼的担忧。他们一直不敢给他过生日，秦戈也没有提起过哪怕一次过生日的需求。他在家里是威严优秀的哥哥、沉稳可靠的儿子，没有任何让人担心的地方。

所有人都认可他的优秀。他竭力让自己符合所有人的期望，做他们让自己去做的事情：这是感激，也是报偿。哪怕秦双双从不要求他报答，但秦戈会不断提醒自己。

可秦戈心里永远存在着空洞。他常常在噩梦中见到无数燃烧的星辰从高空之中落下。它们落在山顶，燃起熊熊大火，更多时候则直接落在他的脚下，砸穿岩层，让秦戈落入深深的长渊。

他会在长渊之中听见自己的哭声。许多年过去了，在午后街道上狂奔的少年仍然没有停止自己的哭泣。太阳永远强烈，车顶永远闪动灼伤眼膜的光，除了永远拼命奔跑，他无计可施。

这也是秦戈考入危机办之后执意要进入档案室的原因。

但很遗憾，入职之后的几年里，他几乎翻遍了当年西原办事处所有呈交上来的文件资料，和鹿泉事件相关的内容更是倒背如流。在档案记录里，鹿泉事件完全是一场意外：深夜鹿泉泉眼中忽然涌出大量地下水，迅速淹没了在凹地扎营的鹰隼支队帐篷。虽然队长和副队长等人奋力抢救，但最终敌不过飞速上涨的水位，所有人不幸罹难。

没有人失职，这是一次客观上无法避免的意外。也没有人需要负责任，除了必须背锅的秦双双。

秦戈曾经拿着鹿泉事件的档案问过高天月："既然水位迅速上涨，所有人不幸罹难，为什么当时的纸质手记仍然保存完好，甚至连一点儿被水浸染的痕迹都没有？"

他指着档案里的照片。照片里是一本完好无损的笔记本，虽然只拍了封面，但封面上并没有任何水痕。

"为什么只有封面，没有内页的照片？他们去执行了什么任务？"秦戈心里有千百个问题，鹿泉事件的所有记录在他眼里全都充满了漏洞。

然而高天月只是耸耸肩，摊开手："绝密任务，我也不清楚。"

秦戈对档案室里被严密封存的绝密架深感兴趣。但有资格打开绝密架查询资料的人极少极少。就在秦戈还在绞尽脑汁想办法的时候，高天月让他升了个莫名其妙的职，成了精神调剂科的科长，离开了档案室。

空洞越来越大了。他仍然害怕黑暗，黑暗会让他想起噩梦之中的长渊与哭声，于是他从不敢关灯睡觉。他还害怕始终没有找出答案的自己，因为过于懦弱而无法为逝去的父母查出真相。

一番话说完，秦戈出了一身的汗。

他靠着柜子坐在地上，谢子京则蹲在他面前，认认真真地听他说完了这些颠来倒去的话。

"……不好意思。"秦戈捂着脸，长长叹了一口气，"这些事情太烦了。"

谢子京仍旧沉默，伸手摸他的头发。秦戈忽然鼻头一酸：他熟悉这样的手势，这是谢子京摸长毛兔的姿态。巴巴里狮蹲坐在他身边，挺直了腰，好让秦戈可以靠着自己。秦戈忍不住伸手抱住了它，把头埋在它浓密的金色鬃毛里。热烈的气息充沛地涌进他的鼻腔和每一个毛孔。它们让秦戈感觉温暖和平静。

"写完了我送你回家。"谢子京说。

秦戈恢复了很多，情绪的宣泄让他平静下来，至少手不会抖了。谢子京听完他的这些故事，并不发表任何同情和议论，只是撑着脸坐在秦戈对面，看他一行行地写字。

秦戈足足写了一个小时，详细描述了毕凡"海域"里自己看到的所有景象，毕凡藏于深处的秘密他则一笔带过。

"写完了？"谢子京问。

秦戈点头。谢子京收走了他的笔和纸，去找言泓。巴巴里狮陪在秦戈身边，打了个哈欠。秦戈此时才后知后觉，他跟谢子京分享了心底的秘密，这实在太过鲁莽。但慌乱渐渐消失，他注视狮子的双眼，只感到一种前所未有的平静。狮子温和地注视秦戈。秦戈弯腰抱它，鼻尖埋在它蓬松干爽的鬃毛里。

分享秘密，得到宽慰，秦戈认为这是必然的过程。但谢子京什么都没有说。他陪秦戈回家，为他做冰凉的柠檬水，把言泓给的两颗安眠药交给秦戈。秦戈吃完药，只是看着谢子京，等待他对那个秘密的评断。或者说，对秦戈的评断。

"我会在这里，直到你睡着。"谢子京搬来书桌的凳子，坐在床边，"不用担心，我会陪你。"

秦戈在难受中感到困惑，谢子京的反应太奇怪了。因为亲密幻想，谢子京平时对秦戈的各种事情总是充满兴趣，反应很大。但秦戈说出这个秘密，就像一颗大石头落进了海里。海洋太平静，谢子京太平静。

可那也并非冷漠。鹰隼支队的意外明显地令谢子京产生动摇。回来的车上，以及现在，谢子京甚至不能如往常一样，坦率地注视秦戈。他回避、思考，秦戈的秘密诱发了他的秘密。

秦戈想问，但安眠药已经生效，他头脑沉重，慢慢躺下。巴巴里狮卧在床边，下巴搁在枕边，静静注视秦戈。熟睡前的最后一眼，他看见谢子京起身走近书架。

书架上放着几个相框，其中一张是小学入学时，秦戈和父母的合影。

翌日早晨，抵达酒店准备开始新一天检测工作的白小园先等到的人是唐错。

"你昨晚的电话是怎么回事？"白小园问，"我回拨过去你又不接，把我吓坏了。"

"手机自动关机了。"唐错掏出自己已经碎屏的手机，按了好几下开机键，屏幕才勉勉强强亮起来，"那天晚上摔过之后一直不大好。"

白小园:"买个新的啊。"

唐错小声说:"我也想啊,可是交了私人教练课程的钱,我没预算了。"

白小园:"多少钱?"

唐错:"一万三。"

白小园失声:"什么?!"她一把揪住唐错,"唐错,你是不是被人骗了啊!那个健身房很便宜的,只要你是危机办的员工,出示工作证,一节私人教练的课才两百呀!一个月四节,咱们工资能承受的。"

唐错呆了:"啊?"

他的手机忽然响了,一条新短信:"**唐先生,早上好,今天打算什么时候来健身房呢?我会安排好时间等你的,很期待和你一起努力。**"(笑脸)

白小园气得眼睛都瞪圆了:"谁这么坑啊!你把教练名字告诉我!我认识健身房的老……"

看到短信落款的"高术"二字,白小园顿时噤声了。

此时眼前没有英俊教练,唐错清醒很多,他拉着白小园:"小园,那你今天陪我去一起说说?"

白小园:"唐错,算了,别去了好吧?……我也别去。我怕被打。"

唐错:"……你是这么善变的女人吗?"

白小园眼神闪烁,以干笑敷衍。下班时唐错找不到白小园,干脆自告奋勇,自己去健身房讨说法。

"你去哪儿?"谢子京被他一瘸一拐也要上战场的气势震惊,"打仗吗?"

等唐错走了白小园才溜出来。"他的健身教练是高术。"白小园扶额低叹,愧疚万分,"可怜的唐错同志……"

正走近两人的秦戈脚步忽然一顿:"高术?"

谢子京满头雾水:"你也认识?什么人?"

"你是新人,唐错职级低,不晓得是正常的。"秦戈看着白小园,"当然,八卦女王白小园必定知道。"

"高术是那健身房老板,"白小园说,"高天月的儿子。"

沉默片刻之后,谢子京发出惨叫:"那他以后是不是也会秃顶?!"

白小园:"……这是重点吗?"

但这个论题实在太过吸引人,她忍不住和谢子京快乐地讨论起高术头发未来的发展趋势。秦戈无心参与,言泓正巧打来电话:警方发现了毕行一的踪迹，提醒医院注意保护毕凡。

警方本打算以破坏公共财物为名，先把毕行一带回来，暂时将他和毕凡分开。但毕行一失踪了。毕凡称对方一直假装自己亲属，强行住进自己家中，案件的性质顿时改变。

毕行一和毕凡住在同一栋公寓楼里，比毕凡低几层。无论是小区物业还是邻居，最近确实都听毕行一以"妹妹"来称呼毕凡，加之二人姓氏一样，便以为毕凡是毕行一新搬过来住的妹妹，没有人起过疑。

和毕凡的房子相比，毕行一的屋内陈设显得异常简单。房东提供了最基础的家具，除此之外毕行一并没有增加其余的东西。

警方开始调查不久后，毕行一被发现在某个地铁站附近的取款机取过款。这里已经远离中心城区，是去二六七医院的必经之路。

言泓在电话里犹豫片刻，告诉了秦戈另外一件事。

这是他听毕凡的主治医生说的。警方经过查询，发现毕行一早在高中阶段就有过精神异常的记录。当时的他产生了严重的非血统妄想。

秦戈心中一动，古怪的困惑感浮上心头，但他没能立刻捕捉住，沉吟片刻后问："他的家庭有问题？"

"毕行一父母在他很小的时候就离异了，他一直跟奶奶生活。奶奶去世之后，他母亲把他接了过去，所以跟前夫又多了一些联系。"言泓说，"毕行一高中的时候，父母复婚了。"

家中亲朋都觉得这是好事，但这件好事落在毕行一身上，却不见得让他高兴。

先是他的同学、朋友常常听他说"爸妈已经不在了"，随后是老师发现他在家庭情况登记表的"父母"一栏上，齐齐写上了"死亡"。

渐渐地，毕行一回到家中也不敢进门。父母即便出来拉他进去，他也会拼命挣扎，放声大喊，称眼前的夫妇并不是自己的父母，自己真正的父母不是死了，就是失踪了，被这两个陌生人取而代之。

父母疲惫不堪，刚刚恢复不久的婚姻再次出现裂痕，没有多久就分开了。

奇怪的是，父母分开之后，毕行一的非血统妄想便渐渐消失。他在精神病院进行复查的时候，所有量表一切正常，也能清晰正常地回答问题和描述自己与父母的关系。他似乎痊愈了。

"非血统妄想是指他认为自己和父母没有生物上的血缘关系，那现在他以为自己跟毕凡是兄妹又是怎么回事？"言泓万分不解，"这叫啥？血统妄想？"

秦戈心想，这确实罕见。

毕行一自小过着没有父母陪伴的生活。对他来说，这才是真正的平衡。父母的复婚打破了平衡，他没办法适应，最后在矛盾和困惑中选择了一个让自己得到安慰的办法：把父母当作外人，强行让自己的生活回到他所习惯的平衡之中。

可他为什么会认为毕凡是自己的妹妹？

"毕行一有妹妹或者弟弟吗？"

"户籍记录上是没有的。"言泓说，"主治医生也说不出个所以然，所以我想请教你。"

"你这是猎奇心态吧。"秦戈应他，"主治医生是毕凡的主治医生，他没有毕行一的病历，又没跟毕行一面谈诊治，怎么可能凭空给你个结论？我也没法回答你。"

言泓失望了："我以为调剂师神通广大。"

秦戈："我们又没有读心术，你以为跟我讲一两件小时候的惨事，我就能推测出他出了什么问题？人的心理和精神发展并不是这么一一对应的选择题，即便同样的事情在你我身上发生，也不代表我们的应对会跟别人一样。"

"啊，又跟我灌鸡汤。"言泓笑道，"总之这个消息我通报给你了啊。"

秦戈挂上电话之后，简单跟谢子京和白小园提了提这件事。毕行一很有可能去找毕凡，而毕凡现在在警察和医院的保护中，精神调剂科不是查案抓人的，他们只能得到一些简单的情况通报。

谢子京执意要送他回家，满脸都是生怕他还没恢复的担忧。早上秦戈醒来时，谢子京不知何时已经走了。秦戈还没好好跟他道谢，此时便顺便邀他一起吃饭。两人走向停车场，恰见秦双双和卢青来从酒店后门走出来。看着卢青来的背影，秦戈心头忽然一亮：方才古怪的困惑感突然清晰了——毕行一早在高中时代就有过精神异常，为什么给毕行一做入职"海域"检测的卢青来没有发现？

"'海域'跟木板很像。只要出现过创伤，特别是精神异常这种深刻的创伤，'海域'里一定会有痕迹。所以精神异常可以说是永远无法治愈的，就像用刀子、斧子砍木头，伤口一旦留下来，就不可能闭合，不过可以用很多方式控制住，人依旧可以正常生活。"唐错拿着自己的工作证，正跟几个顾问和前台小姑娘解释自己的工作，"当然大部分人的问题不至于这么严重，只要稍微调节就没事儿了。我们就是调节'海域'的人。"

……好吧，不是"我们"，只有秦戈一个。他在心中默默补充。

他按照白小园所说的，进门先掏出自己的危机办工作证。工作证果真有用，顾问原本端来的是温开水，看到证件立刻换成了咖啡。

证件上写着"精神调剂科"。从未听过这个科室的人纷纷询问他是干什么的。一旦涉及唐错擅长的领域，他就一点儿也不紧张害羞，话一套套地往外蹦，清晰又有条理，俨然是一位常常要给人讲课的小老师。

高术来的时候，唐错已经禁不住周围人的撺掇，释放了自己的精神体。

熊猫精神体是罕见的。

诺塔和勒克斯的精神体并非想成为什么动物就能成为什么动物。精神体是精神世界的具象化，它们总是依赖着诺塔或者勒克斯的喜爱而生成的。

但部分极罕有的动物是例外，比如大型水生生物，比如熊猫、金丝猴等珍稀动物。

熊猫一出现，瞬间俘虏了健身房里所有工作人员的心。它的体形比正常的熊猫要小，性格又随唐错，胆怯温顺，甫一见眼前的陌生脑袋全冲自己咧嘴笑，立刻转头紧紧抱住唐错的腿，默默低头。

唐错揉着它耳朵安抚，有人从桌上拿走工作证。高术一字字念："精神调剂科……我听过。危机办的新科室。"

哦，原来他知道。唐错高兴起来："虽然是新科室，但高主任很重视。"

高术似笑非笑地点点头，坐在唐错对面："原来你是危机办的人。"

原本围着唐错和熊猫的人都走光了，顾问快步接近，把两份协议交给高术，又快步闪退。唐错微妙地感觉到，这里的人似乎有点儿怕高术。

"你是不是这里最好的教练？"唐错想到他那昂贵的私教收费，忍不住比画着一个三角形问，"应该是顶层最贵的吧？"

高术："……对，我是这里最好的。唐先生觉得贵吗？"

唐错："有点儿。"

高术："那你就再考虑考虑。"

唐错愣了。高术今天的态度不太好，似乎窝着许多不满和怨气。唐错忘了自己来这里的目的,高术的态度太有压迫感,他非常紧张。健身房的氛围十分热烈,每个锻炼的人看起来都精神饱满,和唐错截然不同。他呆看周围身材健美的人,向往终于压倒了对钱的不舍。察觉高术的眼神有时候会落在自己的工作证上时,他连忙把工作证抓在手里放好,干巴巴地笑了两声:"我考虑好了,我要上课。"

他抓过协议,随即发现眼前没有笔。笔被抓在高术手上。

"我这边现在已经没有危机办员工的优惠价了。"高术说,"你考虑清楚。"

唐错以为他曾接收过太多危机办员工,觉得亏了,连忙解释:"我真的考虑清楚了,我要变强!"

高术:"……"

唐错尴尬地抓抓熊猫头:"笔……"

高术把笔给了他。唐错一边往协议上填信息,眼神又落在了私教协议书的边角。健身房的LOGO也印在这儿,一条正在游动的鱼。

"教练,你晚上常常在这边待着吧?"唐错指着天花板问,"你见过一条鲨鱼吗?"

"……怎么了?"高术正在看手机,闻言抬起头,"你见过?"

唐错怔了片刻。他没有跟任何人说过自己曾在夜里见到那条巨鲨,已经开始怀疑那只是自己的幻觉。但不知道为什么,他看着纸张上的鱼的影子,总感觉高术应该也喜欢水生生物。

"我见过一条,非常非常大。"唐错竭力要跟高术描述当夜的场景,他如何站在暗巷之中,如何刚刚从一个纠缠着自己的浑蛋手中脱离,如何跟着那条巨鲨穿过街巷,直到注视着它彻底消失。

霓虹灯与夜灯照亮了巨鲨的皮肤与水性保护膜。它在空中游移,如同在大洋中游弋;它的姿态优雅漂亮,如同自在的王。

高术顿了好一会儿才出声问:"你觉得它好看?"

"特别好看!"唐错大声回答,"太漂亮了……它是我的救命恩人!是我这辈子见过的最漂亮的精神体。"

谈及这条巨鲨,唐错连眼睛都在发亮。他兴奋极了,恨不得抓住高术穿过时间与空间的隔阂,让他亲眼看一看当日几乎统辖了整个区域的巨大游鱼。高术脸上慢慢浮起了笑容。他看唐错,像看一个新鲜的、有趣的东西,带着浓烈的好奇和几分难以置信。

"协议签好了吗?"他问,"我给你再加几节课吧。"

唐错点点头,心想教练也跟白小园一样善变,态度一会儿差一会儿好。也许好看的人性格本来就难以捉摸,他很快说服自己。高术大笔一挥,直接在自己的签名旁加了个括号,写上"加五十"字样。

"加五十块钱?"唐错问。

"加五十节课。"高术说,"加量不加价,我亲自上。"

唐错呆了。这一共就八十节课,比危机动员工价还便宜。

"为、为什么?"笃信天上不会掉馅饼的唐错被这坨大饼砸得晕头转向,连忙追问,"里面是不是有什么陷阱?"

"……当然没有。"高术把协议交给顾问去盖章,"好了,我先给你做个体测。"

见唐错不动,他思考片刻,给了唐错一个理由:"我是顶级教练,有加课不加价的权力。唐先生人很有意思,就当交个朋友。"

高术笑眯眯地看着唐错,唐错昏头昏脑,心想自己也没啥可被骗的,这人又认识白小园——白小园的朋友虽然可能不靠谱,但绝对不可能骗他。

"唐错真是坚决啊,说了去健身,连信息都不回了。"谢子京坐在副驾驶座上一面看手机一面说话,半晌没听见秦戈回复,扭头一看,秦戈正在打电话。

秦戈正在联系雷迟,问的是毕行一当日入职检测的事情。雷迟十分为难。他虽然是刑侦科的人,这个案子最终也确实转到刑侦科来了,但却不是他经手的。

"雷组长,帮个忙吧?"秦戈笑着说,"说好的请你吃饭还没践行呢,就约明天吧?我们整个科室一块儿请你吃饭。"

秦戈挂了电话,摸着方向盘陷入沉思。"唐错说雷迟没有追白小园?"秦戈问谢子京,"不会吧?我一说整个科室请他吃饭,他立刻答应帮我问。"

"吃饭是大事。"谢子京分析,"和吃饭相比,白小园不算什么。"

秦戈半信半疑。

谢子京:"你信我。我眼睛很毒,最能看出这种感情上的蛛丝马迹。"

秦戈一哂。谢子京被他的表情刺激:"你小看我?"

雷迟果真雷厉风行，很快回了电话。

特殊人类的档案是人口档案管理的重点，调出毕行一从小到大的各类医学检测和就诊记录并不是难事。但雷迟仔细询问了案子的负责小组，他们并没有在入职检测里发现异样。给毕行一提供入职检测的确实是卢青来，但他的结论是：毕行一精神状态良好，可从事教育工作。

秦戈："……"

雷迟："他们也发现不对劲了。"

根据规定，特殊人类入职单位时，必须到二六七医院进行综合体检，其中就包括"海域"检测。但根据二六七医院在报告里附着的说明，毕行一并没有在二六七医院进行"海域"检测，因为他当时直接拿出了卢青来的鉴定报告。

在"海域"问题上，二六七医院的精神科远没有精神调剂师专业，普通勒克斯只能进行浮潜，无法深入潜意识。身为可以深潜的精神调剂师，卢青来的鉴定报告是可信的，医院采纳了他的意见。毕行一依靠这份"良好"的鉴定报告，绕过了二六七医院的检测，顺利进入二中就职。

挂断电话后，秦戈心烦意乱。原本似乎只是一件与精神调剂科关系不大的案件，但卢青来这个人物的出现，让秦戈头一回产生了严重的不安。

他想问谢子京一些事情，转头才发现谢子京不在车上。车子就停在农贸市场旁，秦戈看见谢子京在水果摊前挑柠檬。

"泡水好喝。"见秦戈走过来，他拿着两个柠檬说，"再等等我，我去买点儿菜。"

"西原办事处第一梯队的精英，带着狮子在雪地上打猎的诺塔，居然来买菜。"秦戈说，"而且你根本不会做饭吧？你家不在这儿，你买什么菜？"

"给你买的。"

"……我自己不做饭。"

"我给你做。"

秦戈呆了。他满是惊愕，又带着几分好笑："你？"

面对秦戈的怀疑，谢子京冷笑两声："够了啊，不要小看我，我是西原办事处出了名的野外生存大师。"

谢子京在市场里溜达一大圈，最后拎了满手的菜和肉走出来。路灯照亮谢子京的头发和眼睛，街上小吃店里飘出了模糊香气，路上人来人往，就他俩呆站着。秦戈看到谢子京笑了。他笑得真心诚意,眼角微微皱起,神情是温柔的。

"我再陪陪你。"谢子京说,"昨晚你很累,今天又巡弋了一天小屁孩们的'海域'。"

"……走吧。"秦戈点头。

秦戈只晓得自己又心软了。他不乐意别人进自己家门。本该气恼的,但是当回到家中,谢子京熟门熟路地打开冰箱、开了燃气,像模像样地切菜洗锅时,秦戈确实有几分高兴。

除了秦双双一家,没多少人进过他的家门。但是白小园和唐错都来过了,谢子京还在这儿逗留了一段时间。秦戈此时才察觉,他喜欢独处,其实也喜欢和人待在一起。前几天白小园还大惊小怪地跟他说:"你挺好相处的。"

秦戈常想,自己过去给别人留下的是什么印象:冷漠?疏离?

现在呢?他因为身边人,而改变了什么?

巴巴里狮在阳台上打哈欠,尾巴一摇一摆的。长毛兔蹲坐在它的背上,团成一个球,但没有睡着。一大一小两兽都看着夜色里的灯火万家,秦戈坐在沙发上写报告,心里头很平静,开始对谢子京的厨艺产生了一点点期待。

这份平静和期待被谢子京端出来的饭菜打破了。

"……不就是把方便面煮了再加青菜和蛋?"秦戈不敢相信,"野外生存大师?"

"这儿不是野外。"谢子京在饭桌边坐下,把两碗面分别推到自己和秦戈面前,"不需要生存技巧。"

话都被你讲完了,秦戈腹诽。他悻悻地坐下,恨不得穿越回二十分钟前,狠狠打醒满怀期待的自己。

兔子从狮子身上滚下来,趴在玻璃门边看正在吃饭的两个人。巴巴里狮张开嘴,用牙齿的尖端碰了碰长毛兔的小耳朵。随即它想起了谢子京的叮咛,犹豫片刻,伸爪碰碰兔子的小圆尾巴,慢慢伸出了舌头。

秦戈又是一个冷战,立刻看向阳台。

谢子京:"……它没咬你兔子的耳朵。"

秦戈:"它在舔!"

谢子京:"舔一下没关系,又不会掉毛。"

秦戈咬牙:"狮子舌头都是倒刺!"

谢子京忍了一忍，最后还是笑了："是的，我教的。"

秦戈："……"

兔子浑身的毛被舔得乱翘，成了个奓毛的白团子。但狮子的动作中没有敌意。它像第一次接触到敢于靠近自己，且不会被自己吓跑的小东西，舔了一会儿之后又伸爪为兔子顺毛。兔子扭头看它，在狮子的眼瞳里看见两个小小的自己。

夜间的二六七医院十分安静，言泓靠在急诊科不远处的导医台边上，一边跟喜欢的小护士聊天，一边打哈欠。正想着该用什么话题继续套近乎，他的手机忽然一振。下一刻，导医台的电脑上蹦出了一条红色警告。

各单位戒备，E号门附近出现入侵者。

警告跳出来的瞬间，门诊楼的大门开始缓慢关闭。各个医生和护士全动了起来，言泓下意识地看导医台的电脑。

和警告一同出现的还有监控摄像头的画面：一团粗大的腕足正缓慢攀过围墙，最终重重落在二六七医院地界之内。腕足散开后，一个高瘦的男人从中站起。

二六七医院的警报响起的时候，雷迟正在医院的办公室里等候几份文件。

毕凡和毕行一的案子没有落到他这个组手上，他们组负责的是蔡明月弑婴事件。经过这一段时间的调查，他们终于把当年所有参与过弑婴事件的医护人员地址搜集完成，只等待医院方面提供这些人当年的详细工作资料。

警报来得很急。当时雷迟嘴里吃着一颗糖，站在窗边俯瞰二六七医院的庭院。庭院里有池塘和小桥，还有一天一个样的垂柳与杨树。杨絮很快就要飘起来了，他忍不住揉了揉鼻子。就在这时，他忽然看到医院的围墙某处忽然闪动了一簇电光。光线照亮了一团正在翻越围墙的东西。

瞬间，尖锐的警报声响彻整栋门诊办公楼。

雷迟下意识绷紧身体，扭头看向办公室。原本正在办公室里加班的人纷纷开始收拾重要资料，将其转移到保险柜里。

"需要帮忙吗？"雷迟问。

"不需要。"正在给文件盖章的年轻医生没有停下手头的工作，"我们医院收治特殊人类，这种入侵事件每个月往往都有两三起。整栋大楼都有防卫装置和待命的安保人员，办公室里的人待在原地即可。"

雷迟点点头。他看得出这儿的人全都训练有素。他还知道刑侦科外勤组有一个支队正潜伏在二六七医院里，等待可能会到来的毕行一。

那团翻越围墙的东西落地了。雷迟眼皮微皱：他的夜视能力很强，借着庭院里不甚强烈的灯光，已经能清晰看出那是什么玩意儿。毕行一身材高瘦，无论神情还是姿态，都与雷迟当日在混乱酒店中所见的不一样。闯入医院的毕行一憔悴又焦虑，拖着脚步，朝距离E号门最近的住院楼走去。

"逃不了的。"一个年轻医生凑过来看，小声说，"住院楼外面的小广场全是人。"

如果毕行一还有基本的警惕性，他应该能够发现在周围默默潜伏的精神体。但他仍然一步步往前走，偶尔抬头看一眼住院楼，前进的方向始终没有变化。

踏入小广场的瞬间，他像是踩在了一张柔软的网上。

毕行一心中一凛，立刻抽身离开——但太迟了，网粘住了他的脚，无数细小的蜘蛛随着他的动作忽然从地面跃起，巨大的半透明蛛网如一个罩子，猛地盖向毕行一。

这里有一个能够控制蜘蛛的勒克斯。毕行一不擅长应对数量多的东西，他就地一滚，离开小广场。但蛛网已经牢牢罩住了他精神体的一部分，几条腕足被蛛网紧紧缠着，无法挣脱。

毕行一毫不犹豫地切断了腕足。

这对他的章鱼毫无影响。章鱼像是附着在他身上的怪物，断去几根腕足后立刻疯狂舞动剩余的腕足，竟然又飞快地长出几根新的。

毕行一开始奔跑，他试图绕过小广场抵达住院楼。但才跑出两步，面前忽然扇来一阵怪风，风里掺杂着古怪的气味。一只足有人脸那么大的黎明闪蝶正悬浮于半空。它鳞翅上的图案犹如卷皱的湛蓝海面，此时正在夜晚的光线中晃动着明亮的金属光泽。随着振翅，无数鳞粉从它翅膀中纷纷下落，朝着毕行一而来。

毕行一瞬间感觉到鼻腔中令人难以忍受的烧灼感。他似乎连呼吸道都被灼伤了，窒息的感觉渐渐强烈。

就像方才翻越围墙时一样，他的腕足再次将他包裹保护起来。巨大的肉团在地面翻滚，具有腐蚀性的鳞粉溶解了章鱼身上的水性保护膜，疼痛令章鱼的腕足开始抽搐，但仍然将自己的主人牢牢守护在内。

"哇!"雷迟身边的年轻医生忽然发出惊叫,"他的精神体!"

在鳞粉和蛛网的夹击中,章鱼裹挟着毕行一,不得不在逃避中渐渐远离住院楼,接近门诊楼。门诊楼前方有一片开阔的广场,正是外勤支队准备抓捕的场合。

章鱼的全貌终于暴露在广场的夺目灯光下。那是一只显然已经发生变异的章鱼。它有一大一小两个脑袋,而每一个脑袋上都长满了大大小小的腕足。

雷迟皱起了眉头。他虽然处理过不少精神体作乱的案子,但还是第一次这么真切地看见因为精神异常而产生变异的精神体。

章鱼放开了毕行一,毕行一喘着气,跪倒在广场上,再次回头看身后的住院楼。就在此时,浓雾从灌木丛中漫溢而出,瞬间布满了整片广场。一头威风凛凛的老虎从凝聚的浓雾中走出,立在毕行一前面,低低怒吼着。

毕行一顿了一顿,忽然就地一滚。他的章鱼瞬间跃起,扑向面前的虎。老虎显然临敌经验不足,竟然一时间不知道应该选择攻击哪一个。

雷迟接过医生交给他的文件将其塞进背包,一把推开窗户,跳到了窗外的平台上。

"抓人!不要管精神体!"从住院楼小广场方向传来一声大吼。

老虎应声回头,但章鱼的腕足已经缠上了它的两足,将它直接拉倒在地。它奋起前爪抓挠,无奈章鱼根本不惧,越来越多的腕足缠上了老虎的身体。毕行一已经跑出广场,冲门诊楼而来。这里有一条路可以迅速抵达住院楼。

就在他接近门诊楼的时候,头顶忽然传来重物落地的呼啸之声。

毕行一还未做出任何反应,一阵烈风已经自上而下将他卷入,狠狠掼倒在地。他的鼻子摔破了,双手被什么紧紧抓住,拖行了两步。等他在惊惧中回神时,他才看到抓住自己双手的竟然是一只颇大的兽爪。

那是人和野兽的混合体,虽有五指,但手背长满了黑色的粗硬毛发,指甲尖长,力量奇大。

但再往上看,兽爪的主人却只是一个面目与普通人无异的青年。他似乎只有这只手发生了变化。

"雷迟?"一个中年人从住院楼的小广场方向走了过来,他收起了自己的蜘蛛,几丝蛛网还缠在指尖,"你怎么在这里?"

"原组长。"雷迟跟来人打招呼,顺手又拖了一把倒地的毕行一,"看着好玩,顺便抓了个人。你在训练新人吗?"

两个外勤组新人紧盯雷迟,显然被他方才的身姿震慑,目光中都是钦佩。老虎与黎明闪蝶紧随两人身后。雷迟笑笑:"多出现场,再多练练吧。"两人鸡啄米般点头。

"把人带回危机办。"组长掏出特制的手铐与拘束具,套在毕行一的手和脖子上。拘束具里有抑制诺塔和勒克斯力量的工具,毕行一暂时无法释放自己精神体。但他忽然迸发出奇大的力量,拼了命地在雷迟手里挣扎。

"凡凡!!!"毕行一声嘶力竭,冲着住院楼放声大喊,"哥哥来了!!!不要怕!!!哥哥救你!!!"

睡得并不安稳的毕凡忽然被噩梦惊醒。她躺在病床上,心跳加速,脑中嗡嗡地响。

有人正在不远处大吼,所喊的正是她最恐惧的内容。

她尝试起身,发现自己并没有被束缚着。头脑里许多乱七八糟的念头都没有了,似乎有人进入"海域"清理过。病房里弥漫着令她安心的气息。毕凡低头,看到自己怀中趴着一只拳头大的天竺鼠,正睁着小小的黑眼睛看自己。一头姿态优雅的黑豹正在病房里巡视。两个护士靠在窗边,正看着楼下的什么光景。察觉到她起身,两人都回过头来了。

"好点儿了吗?"护士笑道,"有调剂师来帮你看过了。"

毕凡点点头,抓住了手中的天竺鼠。动物柔软的身体让她平静下来。外头确实有声音,隐隐约约的,是在叫喊自己的名字。毕凡顿时悚然。

黑豹跃上窗台,伶俐地站着,用沉静的目光注视着毕凡。

"别怕,在这儿谁都不会伤害你。"护士说,"你是安全的。"

这句话顿时让毕凡崩溃了。她开始放声大哭。

这一日,白小园刚回到危机办立刻被小姐妹们拽走,一个个七嘴八舌:"你知不知道刑侦科的雷迟是狼人?"

白小园:"知道啊。"

小姐妹:"他好帅啊!他是那种罕见的,可以控制身体某部分变形的罕见狼人!"

白小园:"哦?这样吗?"

小姐妹绘声绘色地将当日发生在二六七医院里的事情跟白小园描绘了一遍,并强调这是当天晚上在现场的两个新人说的,绝对没有任何出入。在这个故事里,雷迟纵身从二六七医院门诊楼的三十八层的办公室跳下,一脚踏平了那个邪恶勒克斯的章鱼,并且用化形的狼爪攻击勒克斯,在瞬息间将人擒获。他擒获勒克斯的时候,从顶楼落下的背包才刚刚落地。

小姐妹:"是不是特别像武侠片!好帅啊!他就是大侠吧!"

白小园:"这个故事真的没有夸张成分?"

小姐妹:"没有!绝对真实!小园你想想看!三十八层啊!怎么跳的!"

白小园:"门诊楼只有六层,而且办公室在四楼。"

小姐妹:"……哦?这样吗?"

白小园在调剂科里翻资料的时候,门被敲响了。雷迟在门外扔过来一个东西。她连忙接住,是一小盒巧克力。

"呃……"白小园想回绝,但雷迟示意她收着。

"你们科室分一分。我同事说这个很好吃,他去日本玩儿带回来的。"雷迟四处看了看,神情姿态都很自然,"你们科长呢?"

"在酒店,做'海域'检测。"白小园说。

"刑侦科找他有点儿事情。"雷迟告诉白小园,"跟你们科室唐错那个朋友有关系。"

白小园顿时想到方才听到的"章鱼"和勒克斯。

"毕行一被抓住了?"

雷迟眉毛一动,随后笑了:"可别把这消息漏出去。"

危机办的人极少见到雷迟笑,包括白小园在内。她心里只茫茫地盘旋着小姐妹的那句话——他好帅啊。

刑侦科顺利抓捕毕行一,但毕行一的"海域"闭锁,普通勒克斯无法进入。他们需要秦戈的协助。秦戈回到危机办,听完刑侦科科长的说明,眼皮又开始蹦个不停。他掐指一算,最近遇到了太多"海域"闭锁的人,谢子京,毕凡,还有现在的毕行一。

"我去试试。"秦戈虽然有些累,但这是不能拒绝的工作。他和刑侦科科长一起向高天月汇报。意外的是,高天月驳回了刑侦科提出的协助要求。

"秦戈太累了。"他摆摆手,"毕行一的事情我已经了解,我来寻找别的调剂师。"

秦戈心中一动:"谁?"

高天月:"卢青来。"

秦戈和刑侦科科长几乎同时出声："不行。"

高天月一怔："为什么？"

刑侦科科长先开口了："根据现有的调查情况，我们怀疑在毕凡和毕行一精神异常的过程中，可能有卢青来的参与。"

他所说的事情与秦戈了解的差不多，但只有一件事，是连秦戈也不知道的。

毕凡是新希望尖端人才管理学院的毕业生。每一个新希望尖端人才管理学院的毕业生在离校之前都需要经过一次"海域"检测，以确定这个离校的学生没有任何精神异常。

毕凡毕业时的"海域"检测，是由卢青来做的。

"卢青来本身就是学院的老师，学院所有诺塔、勒克斯毕业生的'海域'检测一直都是他来完成的。"刑侦科科长压低了声音，忧心忡忡，"如果这个人在做检测的时候，真的如秦戈所说，添加了种种暗示，那我们所面临的情况就十分可怕了。"

"我明白了。这件事暂时只在我们三人之间讨论，对外坚决保密。"高天月告诫二人，"我需要更确切的证据，证明卢青来确实做过不良的'海域'暗示。目前我们手头的证据，只能证明他没有发现毕行一和毕凡的精神异常，算是渎职，不能指控他教唆犯罪。"

秦戈知道，高天月向来谨慎。他点了点头。

"……辛苦你了，秦戈。"高天月低声说，"章晓现在不在国内，秦双双又已经离开危机办去了别的单位，我们不能再让她参与危机办的保密侦查。只能靠你了。"

秦戈心想，章晓之后不是应该还有一个调剂师吗？他比秦双双更早地考取了资格证，但在秦戈印象中，从来没有任何人提起过第二位调剂师的名字和来历。

"挑选好潜伴了吗？"高天月忽然又问，"进入调剂科之后工作任务加重，你得保护自己啊。"

秦戈不知他是真心劝诫，还是假意提醒。不过好在，他确实有了心仪的潜伴人选。

"我已经挑选好了。"他说，"谢子京。"

在说出谢子京名字的瞬间，秦戈看到高天月的神情里冒出了一丝诧异。

秦戈还未弄清楚高天月的惊奇来自何处，眼前的秃头中年人很欣慰地笑了。

"很好啊。"他笑眯眯地抚弄自己稀疏的头发，"你俩都很好，要好好合作啊。"

八

毕行一的"海域"检测安排在周末。

得知自己被秦戈选定为潜伴之后，谢子京乐得几天都坐不住，天天在办公室里背诵潜伴守则，听得白小园和唐错耳朵起了三层茧。

选择谢子京为潜伴，对秦戈来说是一件大事。

他跟谢子京分享过一个巨大的秘密，因此才愿意继续和他分担这样的大事。在谢子京登记为自己"潜伴"的申请书上郑重签名时，秦戈莫名其妙地有一种自己正在签署伴侣申请的感觉。

在"海域"检测的前一天，谢子京的潜伴申请通过了。他从此可以光明正大地陪伴秦戈出现在任何秦戈工作的地方。本来还想开秦戈几句玩笑，但秦戈神情严峻认真，谢子京默默把话吞回肚中，罕见地庄重起来。

白小园对唐错叹气："看，他又在默背潜伴守则了。"

谢子京听见了，决定不与他们一般见识。

周末，刑侦科里坐满了人。毕行一被关在刑侦科的审讯室里，门外站着两个高大的诺塔，正在警戒。审讯室的监控连接上科室的投影仪，秦戈得知这一屋子人居然要看自己工作的现场直播，差点没晕过去。

"我没听过这种安排。"他低声对刑侦科科长说。

科长："这是高主任的意思。我们科室和你们科室还会有很多合作，多沟通，多交流，是吧？"

他笑眯眯的，秦戈有一肚子郁气也发不出来了，只能放过他。

能进入审讯室的只有调剂师和他的潜伴。推开门的瞬间，秦戈感到谢子京悄悄拍了拍自己的肩膀。

昨天谢子京在秦戈家里留宿，秦戈跟他详细解释潜伴制度的意义和注意事项。秦戈最近的工作强度实在太大，给谢子京上完课，又挑灯查资料和文献，凌晨三点多时趴在书桌前睡着了，早晨醒来是躺在床上的。秦戈不知道有没有人跟谢子京说过，他非常温柔。是那种不明显的，有时候会令人无法察觉和领受的温柔,比如现在。冲谢子京微微点头,秦戈示意他不必担心。

与其说毕行一坐在椅子上,不如说他被捆缚在椅子上。除了手铐之外,他的双足、腿部、背脊和脖子全都被拘束具束缚,动弹不得。除了束缚他的工具之外,还有几台医疗器械连接着毕行一的躯体,随时监测他的各种生理反应。见秦戈和谢子京进来,他只是翻了翻眼皮,对上秦戈的目光,但不说一句话。

在镇静剂的作用下,毕行一昏昏沉沉睡了半天。见他神情倦怠冷漠,秦戈知道他还没有完全彻底地清醒。谢子京释放了巴巴里狮。狮子落地的时候,毕行一的身体忽然一颤,原本毫无神采的眼睛盯着巴巴里狮,随着它的移动而转动。

狮子走到毕行一的背后,蹲坐下来。毕行一的血压瞬间上升,心率变快,呼吸加速。秦戈站在他背后,发现他浑身肌肉都绷紧了。

他在紧张。这是毕行一被捕之后第一次出现应激反应。在应激反应状态下,他的精神防御会空前强大,"堤坝"增强,秦戈无法进入他的"海域"。

"你讨厌它,对吧?"秦戈走到毕行一身后,站在狮子身旁,抚摸着毕行一的头发,低头悄声说,"你允许我'巡弋'你的'海域',我就让它离开。"

"……不。"毕行一咬牙道。

"我不会伤害你,但是它会。"秦戈说,"你答应我的要求,我立刻让它离开。你知道我是精神调剂师,我没有能力伤害你。"

说完这句话之后,毕行一的心率和呼吸再次加快了。他害怕了。秦戈在瞬间有些茫然,但很快明白:秦戈是精神调剂师,毕行一害怕的是这件事。他不信任精神调剂师,因为他曾经经历过某些事情。

秦戈想起谢子京说过,除了卢青来,他不允许任何人进入自己的"海域"。

"我认识卢教授。你知道的,他是我的工作伙伴。我们很熟悉。他跟我提起过你,你很善良,很勤奋,只是心里有一些问题解决不了。你很爱你的妹妹毕凡,我们都知道的。"他说了一些似是而非的话,"如果你想尽快解决这件事,我是值得信任的。"

急促呼吸几次之后,毕行一的心跳终于稍稍平缓。

"……我知道我有问题。"他低声说,"但不是大问题。我很爱毕凡,我要保护她。"

"嗯。"秦戈温柔地拍了拍他的肩膀。

毕行一终于答应他的要求，允许他进入自己的"海域"。秦戈示意谢子京收走巴巴里狮，闭目低头。

世界上没有两处相同的"海域"，哪怕是两个同样罹患妄想型精神分裂症的人，他们的"海域"也必定是在原有基础上才生出无穷变化。每一个出现妄想症状的精神障碍患者的"海域"，都充满了各种强烈且毫无逻辑的情绪性标记，如同秦戈之前巡弋过的毕凡的"海域"一样，除了恐惧之外，没有任何真实的细节。

但毕行一的"海域"不一样。

秦戈落入了一个城市。街道狭窄，两边全是高耸入云的房子，天顶阳光炽烈，所有东西的影子都直挺挺地落在地面。周围的房子风格并不入时，秦戈手搭凉棚看了半天，心中一凛：所有的房子都是一模一样的自建房，门牌号无一例外都是603号。

他看不到任何生物，无论是鸟还是人。空气中回荡着古怪的嗡嗡声，像是人说话的声音，又像是穿过屋隙的风声。

秦戈推开身边的一扇门，踏入屋内又立刻退出，转身走向另一扇门，再次打开。

连续开启了十几扇门之后，秦戈停手了。

每一扇门里都没有任何内容，全是深不见底的黑暗。黑暗中仿佛藏匿了什么东西，它吸走了所有光线，门里门外是两个截然不同的世界。

秦戈不敢贸然踏入，沿街道往前。走了一会儿，耳边的嗡嗡声忽然消失。突如其来的静谧让秦戈一时感觉不习惯，不由得抬起头。

一只巨大的眼球悬浮在楼房上空，正盯视着他。

秦戈顿时想起毕凡"海域"里那些圆睁的眼珠子。

很快，眼珠子越升越高。一张人脸出现在高空。那是毕行一的脸。秦戈心中一震：这是毕行一在"海域"中的自我意识！可它的形态太大了。

巨大的毕行一抬起腿，朝着楼房踩了下来。所有的楼房瞬间像纸片一样碎了。碎片穿过秦戈的身体，化为细细的雾气，消散在空气里。秦戈连忙转身跟在大步离去的毕行一身后。

随着行走，毕行一的身影越来越小，渐渐与秦戈一般高矮。所有的碎片与雾气化为无数斑驳的影子，这是一座有水声的森林。毕行一仍在不断往前走,秦戈又听到了那种嗡嗡声。

这回他听清楚了,那是一个男人的声音。他在问"找到了吗"。

毕行一站定了。

"没有。"他回答。

森林再一次碎了,纸片一样的碎屑纷纷四散。秦戈只来得及看到黑色的溪水里翻滚着无数细小的章鱼腕足。

毕行一的声音在发抖:"我还在找。"

他继续往前走,碎片和雾气又一次凝聚起来。这回秦戈经过的是一片沼泽。

再这样跟下去毫无意义,这些全都是无逻辑的片段。秦戈决定侵入毕行一的深层"海域"。他疾走几步抓住毕行一,把手按在毕行一的胸膛上,强行压了进去。

强行入侵"海域"极其危险。深层"海域"里是曾被反复咀嚼过的记忆和重要事件,往往也全都是诺塔和勒克斯最隐秘的过去。如果未获得允许,调剂师很可能会困在其中无法离开。

但秦戈巡弋的时间有限,他不敢耽搁。将手掌压入这个"毕行一"的胸膛,像压入一片黏稠冰凉的固液混合物。秦戈闭紧了眼睛,他穿过这片固液混合物,摇摇晃晃地站在风里。

睁开眼时,眼前是一个不大的房间。他躺在一张舒适的躺椅上,一个男人坐在他身边,但秦戈看不清他的脸。

"找到了吗?"男人又问。

秦戈听见自己用毕行一的声音回答:"没有,我找不到。"

"你到底想找什么?"

"……家人。"毕行一说,"我很想念我的奶奶。我没有家人。"

他低声抽泣起来。

"真可怜。"男人声音低沉而富有磁性,每一字每一句都像是充满了节律感的轻诵,"除了奶奶呢?你还想不想要别的家人?"

毕行一哭着:"老师,帮帮我。"

"妹妹呢?"男人问,"想要一个妹妹吗?"

毕行一的哭声止住了:"我……没有妹妹。"

"你会拥有一个的。"男人伸出手,在毕行一手背上拍了拍,"你会爱她,保护她。我上次巡弋你的'海域'时说过什么,还记得吗?"

"……你说我很好,懂得照顾人。"毕行一怔怔回答,"你还说我一定能拥有忠诚的家人。"

"对。"男人低声说,"我会告诉你她在哪里。你能承诺好好照顾她吗?"

"我能!"毕行一立刻说。

秦戈感觉身体一震。下一刻,他站在了屋内的阳台上。章鱼的腕足从他身后伸展出来,带着他攀爬楼房外墙,进入了上层的另一个阳台。接下来便是开门、进屋。毕行一坐在毕凡的床边,伸手去拍瑟瑟发抖的被褥。他自顾自地说了几句话之后,起身离开房间。而在离开房间之前,他稍微挪动了桌上的摄像头,好让摄像头径直对着毕凡的床。

这是监视和控制。秦戈瞬间明白毕凡"海域"中无数眼球从何而来:它们都是毕凡的恐惧,而恐惧来自毕行一。

地面又碎了,他继续往下跌落,坐在一张饭桌前。饭桌旁还有另外两个人,看身形是一男一女。秦戈不知道如何形容他们——或它们——的长相,那是两头面容模糊狰狞的怪物,但它们正用温柔的语气跟毕行一说话:行行,来吃饭。行行,考试成绩很好,爸爸为你骄傲。行行,妈妈给你买了游乐园的票……

毕行一始终低头,不敢直视怪物。秦戈看到他双手颤抖,悄悄在桌下攥成拳头,强烈的恐惧几乎要把他淹没。

地面再次破碎。

秦戈不停随着毕行一下落。占据毕行一深层记忆里数量最多的记忆,一是他和奶奶共同度过的日子,二便是他被两头怪物照顾的记忆。怪物会带来更多的怪物,它们声称自己是毕行一的表哥表姐、堂弟堂妹,或者各种远近亲戚,但无一例外都顶着个模糊狰狞的怪物头颅。

妄想在毕行一脑内以一种特别具体的方式呈现出来。秦戈每次见到怪物凑近,几乎立时就从心中涌出惊恐。他能理解毕行一的害怕和绝望,在毕行一眼里,身边的亲人全都变了模样。

为了寻找可靠的、可信赖的亲人,他听从了卢青来的建议,去制造一个"妹妹"。

时间不多了,秦戈试图离开毕行一的"海域",但发现自己双足被章鱼的细小腕足紧紧缠住,动弹不得。

幼年的毕行一、少年时代的毕行一和如今的毕行一团团围住他，所有人的双足都浸没在一汪黑色的浅水里，只有无数章鱼腕足在黏稠的水中翻滚。

"妹妹……"他们去牵拉秦戈的手，"妹妹陪我，别走。"

秦戈发现自己没办法离开了。他太深入毕行一的深层"海域"，已经陷入其中。奋力打开那些冰凉黏腻的手，他大吼："谢子京！！！"

再次被释放出来的巴巴里狮忽然动了动耳朵，抬头看秦戈。

谢子京慢慢把秦戈的手从毕行一身上拉开。巴巴里狮接到了指令，亮出牙齿，深深刺入毕行一的腿。

疼痛顿时将毕行一唤醒，他大叫一声，浑身发抖，痛呼很快变成了呜咽。

秦戈大汗淋漓地睁开双眼。他掌心湿冷，鬓角的汗一滴滴往下淌，嘴唇是青白的，指尖虚软无力。狠力咬唇让自己稳定。他示意谢子京把他搀扶出去。出门前他抹了一把额上的汗，挺直腰杆，推开了门。

刑侦科科长跟了上来，带他进入旁边的另一间审讯室。一进门，秦戈立刻卸下了所有的强装镇定。

毕行一的深层"海域"擒获了他，这让他在防御最弱的时刻受到"海域"的攻击。秦戈几乎动弹不得，他控制不住自己的心跳和颤抖，眼前似乎仍有无数眼球环绕。毕行一的恐惧和毕凡的恐惧都被勾了起来，在他脑袋里大叫大嚷。

"你看起来很不妙。"科长忧心忡忡道。

"对。"秦戈看着他，"所以你得到了我的一个秘密。"

科长尴尬一笑："我知道为什么高天月不允许你巡弋了。"

秦戈无心和他说客套话："毕凡的毕业检测是卢青来做的，报告上有毕凡的地址吗？"

"有。在毕业之前毕凡已经搬出了新希望的学生宿舍。她是做自由设计的，有一定的经济来源，所以能支持她在外租房。毕业体检的报告可以选择自取或邮寄，毕凡的家离学校较远，所以她选择了邮寄，在登记表上写着她当时的住址。"

卢青来告诉毕行一"你会拥有一个妹妹"，是他把毕凡的地址透露给了毕行一。

秦戈把毕行一"海域"里的事情，全都告诉了刑侦科科长。

"卢青来我们确实关注到了,但没想到他……"科长思索片刻,"这也不算教唆犯罪。他只是给了个提示,没有任何具体的方式。他这样做的目的是什么?"

秦戈无法回答他的问题。

"我会把我看到的事情全都写进报告里。"秦戈说,"你们可以根据我的鉴定报告去调查。"

"不行啊,秦戈。"科长为难地蹙起眉头,"你巡弋的是毕行一的'海域',你的鉴定报告只能证明毕行一的情况,不能作为指控别人的证据。"

"……那怎么办?!"秦戈有些控制不住自己的情绪了,他嘶哑地喊,"卢青来确实有问题啊!"

谢子京连忙拍拍他的肩膀,提醒他平静下来。

"我们会继续关注卢青来。"科长起身道,"你放心,既然存在这样一个人,我们就不可能放过他。"

秦戈头痛欲裂,反胃呕吐的感觉越来越强烈。他推开谢子京冲进办公室里的卫生间,但干呕了半天,什么都吐不出来。喝下大量温开水之后,秦戈强撑着写完了毕行一的鉴定报告,直到将报告交给刑侦科,他才稍稍安心。

"我已经联系过高主任了。"科长放下电话告诉他,"他还是那句话,在没有确切证据和调查结果之前,不能打草惊蛇。但他已经决定把卢青来剔除出高考'海域'检测的队伍,具体的理由他来想,你先回去休息。放心吧,我们会盯着卢青来的。"

这一次巡弋对秦戈的影响远比之前几次更强烈。他每每闭上眼睛,就能在黑暗之中看到无数圆睁着的、盯视着自己的眼球。那些眼球颜色各异,但无一例外都充满恶意。

秦戈不敢闭眼了,他靠着车窗,看窗外飞快掠过的街景。出租车司机不时从后视镜瞥他一眼:"脸都青了,小伙子真不去医院吗?"谢子京没有问他任何事,只是默默陪着。

倒在家里的床上,秦戈松懈下来,顿时连牙关都打战。他非常害怕,但不知道自己在害怕什么。来自他人的恐惧像冬季的寒意,钻入他的身体,无孔不入地吞噬着身体原本的温度。

谢子京在厨房里烧水忙碌,秦戈躺了几分钟,冷得受不了,干脆开了空调。

巴巴里狮在他床边走来走去，他第一次从这威风凛凛的巨兽眼中看到忧虑。

秦戈在浴缸里泡了十几分钟，把自己完全浸没在热水里，只在水面露出一个脑袋。热水缓解了他的冷，但不能让他彻底平静。他的小兔子出不来，手心只有微薄的、不成样子的雾气。

回到卧室倒在床上，他看到床头放着一杯温开水，里面泡了两片新鲜的柠檬切片，细细的水泡从水果切片里一个个浮上水面。

谢子京听到动静，在外面探头探脑："秦戈？"

"嗯？"

"好点儿了吗？"

秦戈想说好点儿了，但他撒不出谎。"不好……"他抓住被子，蜷缩在床上，"很糟糕……"

谢子京打算给他擦头发："这样睡会头疼。"

"疼就疼吧。"秦戈的声音闷闷地从被下传出，"好想死……"

"为什么？"

"不知道……"秦戈顿了顿，又说，"因为我没用，我是废物……"

这句话在忽然之间激起了他无穷无尽的伤心。他蜷在被子里流眼泪，失去父母、失去精神体的痛苦和恐惧在他的"海域"里沸腾。天地都烧红了，他感到自己一时在安全的人间，一时落入"海域"，被烈火包围炙烤。

另一种同样炽烈的气息也在靠近他。巴巴里狮的鼻子贴着秦戈的手背，轻轻地、谨慎地呼吸着。干燥的气息像手一样抚摸着秦戈的皮肤和头发。他在这一刻觉得自己的行为模式退行了，他成了十四五岁的少年人，在惊惧和悲伤中，期待抚慰。

谢子京悄悄走开。秦戈像孩子一样哭着，模糊不清地跟狮子说话。巴巴里狮听不懂，它也无法跟谢子京传达具体的内容，但它只是这样静静地陪伴、倾听，就足以让秦戈宣泄痛苦。他不知道自己说了多久，说了什么，零零碎碎只记得和十几岁的经历有关。他原来从未长大。有一部分的他，永远停留在那个日头灿烂的午后，余生每逢痛苦与打击，就要从记忆里钻出来，慢慢煎熬他。

狮子始终静静地听着，卧室里是它浓烈的气息，来自某片干燥少雨的大陆，能蒸发所有阴雨的潮湿。直到秦戈睡去，狮子的爪子仍固执地放在他的手背上，不曾移动过。

177

秦戈在"海域"里找到了兔子。兔子瑟缩在树洞中,仿佛被大雨淋湿,小小的一团。秦戈把它抱在手掌里,亲吻它发抖的耳朵。"没事的,我没事的。"他低声说,"我能够振作起来。"

"海域"中烧遍山林的火渐渐熄灭了,闪光的余烬在热气中飘上了天,绿色的草地与树林正飞速恢复,风浩荡地从极远极远之处,越过火焰,抵达秦戈身边。天空晴朗,坠落大地燃烧起火的陨石一颗接一颗地,从地上回到苍穹。这是秦戈第一次在自己"海域"中见到如此壮烈的毁灭与新生。

"……我能坚持的,"他喃喃说,"我还有必须做的事情。"

醒来时天已经大亮。野外生存大师在厨房捣鼓早餐,隔着卧室门能隐隐听见煎炒的声音。床头放了一杯水,秦戈的手靠近水杯,杯子是烫的,水也是烫的。他看着杯子,像看着自己。冰凉的水杯因热的液体而改变了温度,他心里也盛满了清净的水,正腾腾地冒着热气。

九

恰好第一批次的"海域"检测结束,秦戈请了两天病假。谢子京每天下班后拎着外卖溜来看他,白小园则带着工作,唐错啥都不带,进门就释放熊猫。

三人七嘴八舌,都说自己是调剂科最有价值的科员,最能帮助秦戈。秦戈抓抓耳朵,坐在一旁看刑侦科科长发来的案件报告。

毕凡的父母已经从外地赶来,但毕凡不愿意回家,他们打算陪她几天。毕行一被拘捕了,具体的案情还在调查,刑侦科在他的电脑和手机里发现了大量的监控视频,他在毕凡家中的各个角落都安装了摄像头,无时无刻不在监视毕凡的生活。但偶尔,毕行一会允许她短暂地出门。毕凡即便出门也不敢走远。她认为周围的人都是毕行一的同伙,都是来监视她的。她偶然遇上了唐错,一个全然陌生的人。在那一刻才冒出一丝求救的勇气,抓住唐错不放。

在案件报告之外,刑侦科科长单独给他看了一段资料。

毕凡毕业时是卢青来做的"海域"检测,这是去年六月份的事情。毕行一入职时也是卢青来做的"海域"检测,这是今年一月份的事情。

两者一前一后相隔半年多,卢青来怎么可能猜到毕凡以后会碰上毕行一这样的人?

唯一有可能的推测是——卢青来埋设了一个炸弹，但不知道谁可能将他引爆。而在他遇到毕行一之后，他发现这是绝佳的引线，因此把毕凡的地址给了毕行一，制造了两人相遇的机会。

但这又会引出另一个问题：为什么卢青来选定毕凡埋设"炸弹"？

寒意攀上了秦戈的脊背。

他不敢想象，但这是最有可能的方向：在巡弋"海域"的时候，卢青来会不分对象地埋设"炸弹"，只要这个人接受了他的暗示，他就有可能在对方"海域"里留下某种隐患。毕凡患有精神障碍，她的"海域"因此充满了可以攻击的漏洞，卢青来轻易就种下了暗示。

"谢子京。"秦戈忍不住喊了一声。想到谢子京的"海域"曾被卢青来深入过，秦戈止不住恐惧。他实在很想再尝试进入，毕竟现在两人已有足够信任，但他精神尚未完全恢复，还不是最好的时机。

正跟唐错抢最后一只芥末鸭掌的谢子京闻声立刻放下筷子，移动到他身边："什么事？"

"……"秦戈其实也不知道说什么好。毕行一是非血统幻想与血统幻想，谢子京是亲密幻想，两个人的"海域"问题，其实是有一定相通之处的：臆造不存在的亲缘或亲密关系，弥补儿童时期的缺失。

秦戈摆摆手。谢子京回到饭桌时，唐错已经开始啃芥末鸭掌了。谢子京决定戳他痛处："唐错，你这几天怎么不去健身了？你就去了一次。"

唐错顿时被芥末酱呛了，咳个不停。沙猫和熊猫不知是打还是闹，在桌下滚成一团，唐错装模作样地去劝架："哎，不要打了，猫猫会受伤……"

"伤痕就是我家小猫的勋章，它不怕。"白小园把他按在位置上，目光炯炯有神，"你先回答谢子京的问题。"

唐错恨不得捂着脸："不想去就不去了啊。"

谢子京和白小园饭都不吃了，等待着他的下文。唐错抬头想跟秦戈求救，谁料秦戈居然也饶有兴味地盯着这边。

三面受敌，唐错败退。"……不好意思去了。"他声音紧张极了，"我好丢脸。"

事情就发生在唐错去健身房的头一晚。高术演示了几个练肩背肌肉的器械，唐错则盯着力量区看个不停。面前数排杠铃大小不一，唐错看得眼花，满心茫然。他面对镜子站着，正好身边就是高术，对比之下顿时自惭形秽：

他太瘦了，高术身材健壮，肌肉线条流畅又漂亮。

唐错羡慕极了，生出一股狠练的力气。高术让他试试哑铃，他直接伸手去抓高术刚放下来的三十千克哑铃。一举不成，再举仍不成，唐错面红耳赤，高术贴心地提醒："不如我们先从十千克开始。"

唐错手上劲头没消，抓起十千克狠力一甩。高术还没说完发力要点，哑铃便朝他脑袋直冲而来。在一片惊呼声中，高术后仰躲过了这个哑铃，唐错惊慌中脱手，哑铃"咚"地砸在了高术脚上。

唐错："……教练！"

高术脚趾骨折，当即被送去了医院。唐错跟着跑上跑下，怕得几乎要哭出来。高术安慰他，强调不必他负责。唐错越发愧疚，问个不停。"你喜欢鱼吧？"高术只是笑着，"正好，我也很喜欢，就当交个朋友吧，唐先生。"

唐错低头捂眼："……叫我唐错就行。"

他自此再也不敢去健身房，隔三岔五地给高术发信息问候，来来回回都是"多休息""多喝热水"和"对不起"。高术的回复总是客气又有礼貌，看得唐错越发愧疚，上下班路上总是远远绕开健身房。

他讲完，周围鸦雀无声，正捂着脸哀号"不要笑我"，白小园郑重拍他肩膀："忘了吧，唐错。"

唐错："忘什么？"

白小园："社会性死亡没什么可怕的。忘记了，十八年后又是一条好汉。"

唐错："……我谢谢你。"

谢子京和白小园哪里会放过这个奚落唐错的机会，从此逮到机会就要提一嘴"十千克"。唐错听多了，渐渐麻木。这一天早上，唐错吸溜着咖啡一路小跑，刚冲进危机办大门，便在楼前看到了高术。

高术一身便服，正满脸不耐烦地跟高天月说话。高天月怒气冲冲，高术把手揣进裤兜，扭头打了一个做作的哈欠。

然后他看到了唐错。

唐错整个人都僵了。高术对他挥手打招呼，眼看就要走过来。他连忙用咖啡杯挡着自己的脸，跑入侧门里的调剂科办公室，"砰"地关上了门。

白小园吓了一跳："蔡易又来打架了？"

"高术！"唐错喘着气，"他看到我了！"

"又不会吃了你。"谢子京坐在秦戈的位置上啃包子，"你不用怕，脸皮厚一点,他跟你要赔偿,你就放熊猫凶他。……不对呀,高术不是说过,你不用负责吗?"

谢子京和他桌上的沙猫互看一眼,齐齐叹气。唐错垂头丧气地坐着,振作不起精神。白小园已经告诉他高术就是高天月的儿子,他现在越发不敢见高术。白小园撺掇他勇敢点儿去面对社会性死亡的对象,话没说完,她忽然打了个喷嚏。

此时车棚里,雷迟截住了秦戈:"秦科长,有个问题想请教你。"

"雷组长请说。"秦戈客客气气。

雷迟:"我从上周开始,忽然能看到精神体了。"

秦戈:"哦?"

在二六七医院截击毕行一开始,雷迟非常清晰地看到了毕行一的章鱼和外勤组原组长等人的精神体,这在之前是从未有过的事情。

以往其他特殊人类也曾有过见到诺塔或勒克斯精神体的报告,秦戈倒不认为这是什么特别的事情。"你是先天狼人,属于染色体变异的特殊人类。染色体变异可能会影响眼球结构和视神经,在特定的条件下,看到精神体并不稀奇。"秦戈想了想,"不过一般都有一个前置条件,就是在某个阶段,你具有强烈的、想要看见精神体的主观愿望,在心理暗示和生理作用下最终才能达成。"

雷迟愣了,秦戈觉得在他的脸上看到这种表情,实在很新鲜。

"你强烈地想要见到谁的精神体吗?"他随口一问。

雷迟迟疑片刻,坦率开口:"有,一只小猫。"

秦戈:"……"

人生头一回,他觉得自己被白小园的灵魂附身,从内到外燃起了熊熊的八卦之心。

"是我们科的白……"秦戈一面忍着笑,一面正儿八经地问。但雷迟显然不想跟他深入探讨小猫的问题,立刻打断秦戈的问话,重起一个话题:"听我们科长说,你打算去新希望见卢青来?"

"嗯。"秦戈点头,"今天下班之后就去。"

秦戈决定直接面对卢青来。毕凡和毕行一这件事带给他的震撼太大了。他从未想过与自己同一个职业身份的精神调剂师居然会做出这种可怕的事情。

雷迟皱起眉头:"安全吗？需要我们安排人陪你去吗？"

"谢子京和我一起去。"秦戈说，"你们科长叮嘱我不要再想这件事情，毕竟已经移交到刑侦科，我们不能插手。但'海域'方面的活儿，我还是得研究清楚。放心吧，我不会打草惊蛇，我和他本来就有工作上的来往，拜访的借口很容易找到。"

雷迟点点头:"只要不让卢青来巡弋你的'海域'，他应该没法伤害你。"

"我的'海域'没有漏洞可以供他入侵。"秦戈笑道，"人的精神世界是很结实的，即便调剂师也绝对不能随意入侵。像毕凡和毕行一这样的情况只是少数。"

雷迟不置可否。他看了看表，跟秦戈挥手道别，走向办公楼。

"雷迟，等等！"秦戈心里头冒出个怪念头，让他不由自主地喊停了雷迟。

雷迟面露疑惑。

"不是帮你，也不是打算给白小园说好话。"秦戈笑道，"只是觉得你应该了解。"

雷迟踟蹰片刻，站定了:"什么？"

"虽然白小园说她有男朋友，但是我们从来都没有见过。"秦戈说，"不仅是我们科室的人，甚至可以说危机办里的所有人都没见过。她说男朋友在国家图书馆工作，可姓甚名谁、什么岗位，她从不提。"

雷迟动了动眉毛:"什么意思？"

秦戈:"你觉得是什么意思就是什么意思。"

雷迟:"……我就是想看小猫。"

秦戈:"小猫好啊。小猫特别可爱，危机办里没有谁的精神体比小猫更可爱，尾巴这么长，耳朵这么大，眼睛圆溜溜……"

雷迟歪了歪脑袋，一脸想笑又不太敢笑出来的古怪模样。他"哦"了一声，在包里掏半天，掏出两个棒棒糖。

"给你一根，谢谢你的情报。"雷迟说，"给小猫一根，谢谢它这么可爱。"

秦戈拿着两个棒棒糖回到办公室，敲了半天门唐错才敢小心地打开。白小园一听这是雷迟给的糖，顿时觉得异常烫手，立刻塞进唐错手里:"小唐同志您吃。"

唐错哪里敢接，立刻又甩回去给她:"小白同志您吃。"

糖在两张办公桌间蹦来蹦去。秦戈打开电脑和打印机准备资料，抬头对谢子京说:"下班之后陪我去新希望找一找卢青来。"

谢子京顿时呆了,手上一紧,纸盒装的牛奶被他挤出大半,差点溅在沙猫身上。

秦戈和谢子京结束工作后从酒店出发,来到新希望学院已经是晚上六点,校门内外十分热闹,全是来来往往的学生。

谢子京不太想见卢青来,但秦戈说来,他自然也会陪他来。

不想见的原因,一是以前曾与秦戈说过的,怕卢青来问起他的近况觉得他没用,二是近来发现卢青来身上的诸多秘密,令他胆怯了。

他敬畏卢青来,是因为觉得自己没能成为足够好的诺塔,不敢和恩师见面;但如今得知恩师可能另有一番面目,谢子京内心尽是说不清的感受。"我很感激卢老师。"在车上时谢子京就跟秦戈说,"虽然我说我怕他……但也并不是真的怕。"

秦戈理解他。卢青来是给他考试的考官。在此之前,他也一直将卢青来当作前辈来尊敬。

"你一会儿要和我一起进去吗?"

"我在外面等你。"谢子京想了想,又问,"他知道我要去吗?"

"他不知道。"秦戈沉声说,"今天下午他有一个讲座,六点结束,我没有告诉过他我和你会来拜访。"

讲座在大礼堂举行,此时竟然还没有散场。由于讲座之后的学生提问太过热烈,他们不得不延后了半个小时。两人在礼堂外徘徊等待,谢子京说谈完了带他去吃食堂。秦戈心想,不知道谈完了还有没有心情再去吃饭。

秦戈许久没有在学校活动,虽然新希望的景色与人才规划局大不一样,但所有礼堂外似乎都会有一个布告栏,布告栏上贴满了将要在礼堂举行的讲座与活动安排。

种族偏见:地底人与半僵化人类冲突溯源;讲师:梁星(公共管理学院副院长、教授);

书籍修复技法中的时代秘密;讲师:袁悦(国家博物馆高级研究员);

消失的艺术史:狼人艺术的特殊表现形式;讲师:徐笑天(国际狼人协会中国区理事长);

从无到有,从零到一:特殊人类法律史大讲堂;讲师:我校法律科普团队；

挣它一个亿：白噪声商业模式探讨；**讲师**：胡朔（白噪声商用领域知名企业家）

……

秦戈看到了自己感兴趣的内容，回头打算跟谢子京分享。谢子京则盯着校道上跑步的学生呆看。

"这条路我常常夜跑。"他告诉秦戈，"往前两百多米有一片小树林，我晚上特别喜欢跑里面去，嘿嘿嘿。"

秦戈："……你无不无聊。"

谢子京："小树林里好热闹，晚上再带你去看。"

秦戈："我没兴趣。"

谢子京："看年轻人谈恋爱可有趣了，形式很丰富。"

秦戈："我自己也是年轻人。"

谢子京："你跟谁谈过恋爱吗？"

秦戈并不正面回答："我的生死之交，你居然不知道？"

谢子京摸摸下巴，笑着不说话。秦戈敏锐地察觉到，谢子京不反驳这样的问题了。他不再时时刻刻强调自己与秦戈是经历过生死的朋友。他醒悟了吗？他知道自己被虚像困扰吗？秦戈的心激烈地跳了起来：打破亲密幻想之后，"海域"很可能会崩溃。但，如果打破这一切的是"海域"所有者本人呢？

"十几岁时的恋爱,和现在的恋爱，会有什么不同？"谢子京岔开了话题。

秦戈不知道他是否真的打算和自己讨论这个没有边际的问题。他并不知道答案。但也许紧张的心跳、欢喜的言语，和悄悄对上时不舍得转开的眼神，无论什么年岁都不会变。喜欢就是喜欢，没有累赘旁物，它是直指核心的箭矢，击中了，总会带来持久不消的震动。

"问这个做什么？"秦戈不答。

"……你说我十几岁的时候是什么样的？"谢子京看着星空问，"分分秒秒都想记住，真想全都回忆起来。"

卢青来结束讲座从侧门离开时，秦戈正在夜色中等他。

卢青来一脸了然："想打听谢子京的'海域'？不过我只能给你半小时。"

秦戈只是笑，不回答。卢青来应该还不知道毕行一已经被捕，刑侦科把消息压得很严实。因此,卢青来也不知道秦戈已经巡弋过毕凡和毕行一的"海域"。秦戈装作讨论谢子京的事情,态度越发恳切:"有些问题想跟您讨论。"

"谢子京没和你一起来?"

"他还不敢见您。"秦戈说。

卢青来的办公室就在教学楼里,秦戈瞥了一眼门牌,603。这是在毕行一"海域"中多次出现的门牌号。

办公室足有一个教室这么大,分成两个部分:进门右侧是办公桌书架、电脑等物;左侧则有一面帘子,只拉了半边,是一个简单的调剂工作室。十平方米见方的空间,配色雅致简洁,有躺椅与几张普通椅子,桌上放着带微弱香气的香薰花和一份文件夹。这也是毕行一"海域"中曾出现过的场景。

秦戈佯作好奇,掀开帘子走进去:"我们科室太小,危机办的办公室也不够,不能单独给我们一个调剂工作室。卢教授,您平时就在这儿接待来访者?"

卢青来也走了进来:"是的。你躺上去感受感受?"

"估计躺下我就困了,这儿不错啊,很舒服。"秦戈看了几眼,并没发现什么可疑之处。

卢青来笑着问:"不是来找我讨论问题?"

秦戈立刻打起十二分精神。"关于谢子京'海域'异常狭窄的问题,我查了不少资料。但所有的资料都说这种情况绝对是'海域'受损,绝对会导致精神异常,没有例外。"秦戈问,"我认为谢子京就是那个例外,您对他的'海域'有过研究,您觉得呢?"

卢青来给他倒了一杯水,里面放了一块柠檬切片。秦戈默默推到一旁,并不打算喝。

"我以为你是来打听谢子京以前的事情。"卢青来的笑容有些散了,"结果是来搞学术研究的?"

秦戈已经决定不会向外人打听谢子京的往事,因此即便是来试探卢青来,他也没有以此为借口。卢青来沉吟片刻,笑了笑,谈起了自己方才的讲座。

在讲座上,他给学生们讲的内容是人格的塑造与"海域"的构成。这是基础课程的延伸,来听课的大部分是新生,对他崇拜得不得了,问题一个接着一个。

"如果你听了这个讲座,你就不会再问我这些问题了。"卢青来靠在皮椅上，十指相交，看着墙上的钟，"'海域'是我们的精神世界，'海域'稳定的时候我们的精神和人格是没有问题的。它动摇或者受损的时候，我们的精神和人格会随之发生变化。"

秦戈听得很认真。

卢青来这几年一直在研究人格与"海域"的关系。他拓宽了海域学和心理学之间的关联性。他认为，"海域"形成的过程，其实就是每一个人人格塑造的过程，"海域"之中的所有景象都指向了诺塔或勒克斯人格之中的各个部分。那被称为"自我意识"的"海域"守卫者，实际上就是诺塔和勒克斯人格的化身。

"人格，personality。这个单词源于拉丁语中的'面具'，persona，也就是古罗马演员在舞台上演出希腊戏剧时佩戴的伪装品。"卢青来问，"秦戈，你认为幼儿有人格吗？"

秦戈想了想："精神分析学派认为，幼儿有人格。他们的人格就是最纯粹的本我，也就是人类的生存欲望。"

卢青来盯着他，片刻之后才笑道："你不想在我面前暴露自己的想法？我问的是你怎么认为。好吧，无所谓。我认为幼儿没有人格，那段时期的他们表现的是原始欲望，是真实的脸。人格是社会化和教育的产物，在幼儿开始学习社会规则和接受教导之后，他们才可能逐渐塑造出一个全新的、和欲望相违抗的人格。"

他做出了佩戴面具的动作。秦戈不得不承认，卢青来在讲课的时候确实是充满魅力的。他能理解学生们为什么疯狂地敬重和喜爱他。

"被塑造出来的人格就是面具，是persona。它是一个伪装品。"卢青来指了指自己的脑袋，"诺塔和勒克斯的'海域'并不是生来就存在的，它会逐渐完善，逐渐定型，在岁月里会随着各种成就与挫折，爱和恨，不断增改其中的内容。"

秦戈的呼吸渐渐急促了。

"我们的'海域'是随着人格的完善而得到成长的。它是人格的另一种外化形式。"卢青来顿了顿，"秦戈，'海域'就是面具，它是根植在我们大脑里的，永远都不可能被我们丢弃的伪装品。"

伪装品，面具——卢青来是这样定义人格的。秦戈忽然之间明白了为什么第一次和卢青来谈论谢子京"海域"的时候，卢青来会说"有些人的不寻常是自我保护"。小房间是谢子京人格的一部分,是他的伪装品,他只能向秦戈展示伪装品,因为伪装品之后,是令谢子京自己都无法接受的残酷回忆。

可是卢青来说的是真的吗?秦戈又禁不住怀疑。

卢青来看了看表,抬头笑道:"时间到了,我得走了。"

秦戈只好起身。这一趟他似乎得到了某些东西,但仍旧无法摸清楚卢青来到底在做什么。

"我当你是我的学生,我最后问你几个问题。"卢青来忽然说,"你可以不必立刻回答我,慢慢想。"

秦戈恭恭敬敬:"卢老师您说。"

"既然人格是被社会塑造的,那人格可以被摧毁吗?"卢青来说得很慢,很轻快。

秦戈紧紧盯着他,在这刹那间竟然怀疑起自己的听力。

"第二个问题,如果人格被摧毁了,那它还可以被重塑吗?"卢青来脸上的笑意渐渐浓了,但那不是令人愉悦的笑。秦戈有些气闷,这个空间忽然充满了紧张的空气。卢青来这两个问题令今夜的拜访无端染上了凶险的暗色。

"最后一个问题。"

卢青来的声音渐低,秦戈不得不聚精会神,异常认真地倾听。

"最能毁灭一个人人格的是什么?"

话音刚落,卢青来立刻击掌站起。秦戈如梦方醒,发现自己手心不知何时沁出了冷汗。

"完毕。"卢青来抓起椅背上的外套,"慢慢想吧,答案很有趣。"

他拍了拍秦戈的肩,秦戈脊背无端泛起一阵恶寒。

离开卢青来的办公室后,秦戈慢慢走向礼堂,谢子京说他正在附近游荡。教学楼里走出一个高大男人,他脚步匆匆,差点儿和秦戈撞上。两人都低头道歉,秦戈忽然觉得这人的声音很熟悉,抬头发现面前的人是蔡易。

蔡易一身黑衣,全没了之前的精神劲头。他手上拿着几张表,秦戈瞥了一眼,是精神调剂的申请表。

"你想申请精神调剂?"秦戈吓了一跳,"你还好吧?蜥蜴恢复了吗?"

蔡易倒没有冲他发怒,只是垂着眼把表格全塞进了挎包里:"什么蜥蜴……它是科莫多龙。我们都没事。"

秦戈渐觉不妙:"你要找谁给你做精神调剂?卢青来?"

蔡易点头："现在只有他有时间，我问过高天月了，你和秦双双都在忙高考'海域'检测的事情。"

这可不妙。秦戈根本没多想，立刻拉住了蔡易："你别找卢青来了。我给你做。"

蔡易愣了半晌，似乎在心里权衡，最后慢吞吞说："不好吧？"

"有什么不好的？你找别人给你调剂，说不定还得把……"秦戈顿了顿，还是说了出来，"把你妈妈的事情再说一遍。你现在的情况应该也跟那件事有关系。这事压得很紧，除了我们这些接触过事件的人之外，基本上谁都不知道。你真的愿意又多一个知情人吗？"

蔡易冷笑："你说得有道理。我现在对你们精神调剂师的保密原则完全信不过。"

蔡易和秦戈坐在教学楼的花圃边上。他从口袋里抽出一根烟，看了眼秦戈。秦戈摇摇头，蔡易又把烟收了回去。"你别紧张。"蔡易从方才偶遇秦戈的惊愕中回过神来，神情语调已经恢复成了危机办的副秘书长，"我想通了，不怪你们。"

刑侦科在调查事件的过程中，多次找到蔡易向他询问蔡明月的事情，也会将一部分可以透露的信息透露给蔡易。蔡易起先只是知道母亲在医院工作的时候手上死过几个孩子，却完全不晓得那些孩子都是被蔡明月亲手弄死的。

"忽然觉得她很陌生。"蔡易低声说，"如果我就是那些孩子其中之一呢？如果我生出来的时候，父母亲不喜欢我，或者是因为我身有残缺而不愿意要我，或者更直接点儿，不管我是好或不好，他们就是不接受我。我是不是也会死在她手里？"

秦戈："别想了。"

蔡易摇摇头："我和她朝夕相对几十年。不是恨也不是怕，我是不理解。为什么可以这样做？"

他扶着自己的额头，长长叹了一声。

"孩子不是父母的私有品，是独立的人。就算是父母，也不能凭着自己的意愿去决定孩子的生死。我不理解的是，她为什么会忘记这个最基础的底线。"蔡易的声音微微发颤，"我一静下来，一睡觉，就会梦见她。我问她为什么这样做，她总是不回答我。我问她，你也会放弃我吗，如果发现我不能令你满意，如果发现我没法令你骄傲？我是你的孩子，还是你用于展示的勋章？可我一直没听到答案。"

"总是在开口的前一瞬间，我就大汗淋漓地从梦中醒来。"

"……其实我是怕听到答案。"蔡易说。

秦戈不知如何安慰他，只能再次告诉他："有空的话到危机办来找我吧。我帮你做精神调剂。"

蔡易抬头看他："不如你来我们特管委吧。我可以给你更大的办公室，更好的发展机会。"

秦戈："……"

蔡易："我虽然不喜欢你科室其他人，但你如果一定要带过来，也行。我手底下有几个挺能干的人，你一起管，能做的事情比高考检测多得多。"

秦戈简直要凌乱了："高主任不是拒绝你了吗？"

蔡易："只要你答应，我想办法说服他。"

"不不不。"秦戈连忙摆手，"我很喜欢现在的工作。"

他仍未从档案室的绝密架中找到想要的信息，不可能答应蔡易。蔡易也没显得十分失落，点点头，又呆坐了一会儿才起身告别，说自己下个月再去找秦戈。

"别找卢青来。"秦戈再次提醒道。

蔡易点点头，离去时冲他扬了扬手，姿态很潇洒。

谢子京在桥上快抽完一支烟时，秦戈才出现。

新希望这条最美校道，花圃里栽满了各种各样的花，碗口大的月季重得枝条也托不住，沉甸甸地在夜风里晃。白玉兰和紫玉兰香气扑鼻，迎春与木茱萸一色的金黄。小树林里不少手牵手脸贴脸的情侣，但是桥附近除了谢子京，一个人也没有。秦戈走上桥才看到，巴巴里狮正端坐桥上打哈欠。

谢子京熄了烟："我学校的夜景还可以吧？"

"你占这座桥干什么？"

"清场。"谢子京手臂一挥，"这么好的景色，专供科长观赏。"

秦戈靠在桥栏上看底下缓缓流过的河水。巴巴里狮在身后用尾巴拍打地面。由它镇场子，没有一个学生敢走上桥。他告诉谢子京，和卢青来谈的这一场十分莫名其妙。他现在仍然摸不清楚卢青来的用意，仿佛这个人正在不断地暴露自己的用意和野心，生怕秦戈不知道似的。"那三个问题肯定不简单。"秦戈茫茫然地说,"我想不通。"

谢子京笑道:"那就别想了,雷迟他们不是说这事情已经归他们管了吗?"

"怎么能不想?"秦戈说,"你的'海域'我还没琢磨透。"

谢子京扭头看他,像看一个自己捉摸不透的谜团。"你是好人,就是活得太累。"

秦戈没有接话。他问过言泓和舍友,也问过秦双双一家人,没人听过谢子京的名字,秦戈过去也不曾跟任何人提起。所有人都确定地告诉他:你的朋友数量一只手就能数清楚,最铁的就是言泓。

没有什么"生死之交",没有交集,没有往事。

"我跟雷迟聊过毕行一。"谢子京说,"非血统幻想,血统幻想,这是常见的病吗?"

秦戈忙答:"当然不是。"

"幻想一段关系,幻想自己有家人……或者朋友,"谢子京加重语气,"或者恋人,或者……什么别的。好熟悉的症状。"

他声音渐低,摘下桥栏边几朵开得拥挤的木茱萸,在手里揉着。

"别乱想。"秦戈说,"我是专业人士,你听我的。"

谢子京扭头看他:"在你看来,我总是不正常的。"

这句话让秦戈惭愧,还有点儿伤心。他想起自己过去对谢子京的误解,开口想道歉时,谢子京忽然握住了桥栏上的花簇。

"秦戈,你怕我吗?"他问。

"……当然不。"秦戈很坚定,"以后也不会,永远不会。"

谢子京点点头,朝秦戈笑了。仿佛这个答案已经足够满意。他不再折磨那些可怜的脆弱花枝。在松开手的瞬间,被揉皱的金色花瓣飘摇地落到桥下。

亲爱的仇人

楔子

天边划过一道电光,远远近近的雷声震得头顶铁皮嗡嗡作响。

雨势磅礴,杂物堵塞了本就不宽的排水口,污水"咕噜咕噜"地冒。站在铁皮顶屋檐底下的女人骂了一句,掏出手机拨号,湿漉漉的灯光铺在她的腿上。因为裙子太短,她冷得连连跺脚。

"你还要多久啊?"她冲着电话大喊,"说十分钟回来,这都半小时了!"

回话声音很模糊,雷声越来越大。她不敢再碰手机,干脆关了。路灯在雨帘里闪动,焦躁让她心火旺盛,低低咒骂时一直向着路口张望。

一个穿雨衣的人从路口小步跑过来。黑色的兜帽几乎罩住他整个脑袋,待他跑近时,女人发现这人还戴着口罩和一副大眼镜。她下意识退后几步,靠在墙边。

那人走进铁皮底下,小心地摘下眼镜,抖落镜片上的水滴。借着灯光,女人看到他的手指皮肤似乎不对劲——全都干得皱巴巴的。

那人转过头,戴上眼镜,看了女人一眼。

女人下意识捂着口鼻,往墙上贴,但她已经没有地方可退了。运气太差:她居然遇上了一个半僵化人类!在躲避和懊恼的瞬间,她仿佛已经看到周围空气里遍布着生命力旺盛的僵化病毒,正一齐朝她涌过来,张牙舞爪。

"派出所怎么走?"那人忽然问道。

他的声音嘶哑难听,像是在黑板上写粉笔字的时候忽然擦出的尖锐噪声。

女人根本不敢说话,抬手胡乱指着一个方向。

"你……住在这里吗?"那人又问,"你见没见到两个老人从这里经过,大概这么高,男的穿灰色……"

"没见过!"女人尖叫,"我什么都不知道!"

雨声又密集起来了。她吼完已经后悔：万一惹恼这个人，他袭击自己怎么办？但良久没听到任何动静，女人小心地扭头看，铁皮屋顶下已经没有人了。

路灯在雷电肆虐时灭了一盏，街面便忽然间像是断了一截似的，黑得瘆人。她盯着那人消失的方向，低声啐一句"晦气"。

一

转眼已经进入五月。年中将近,危机办各个部门全都紧张地为年中的审核和汇报做准备。唯一例外的是刑侦科。无论年中、年初或年末,他们的忙碌没有任何不同。

这天一早,雷迟匆匆赶到办公室,第一件事就是召集自己的组员开会。

他们小组负责在蔡明月弑婴事件里调查各类关系人物,昨夜从其他省市传来消息,死于蔡明月手中的婴孩的家人都被各处危机办分部找到了。

这是整个事件最复杂也最难的一个环节。三十余年过去,有的人死了,有的人迁徙远走,有的人则隐姓埋名躲避债主。好在特殊人类一直处于严密的监管之中,虽然难度极大,但他们还是全都被找了出来。

完整的统计结果远比他们从病历中找到的更多:死婴共计一百五十四个,除了染色体变异人,也就是诺塔、勒克斯之外,还有少数在母体中已经被感染的半僵化人类和地底人,以及几个茶姥。

"茶姥?!茶姥不是罕见的人类吗?和泉奴、海童是同一等级的。"有组员翻看资料,"全国登记在册的茶姥现在不足一百个,居然……"

"估计是因为长相吧。爹妈、亲人觉得可怕,干脆就不要了。"

雷迟看着手里的资料,一言不发。情况比他原先想的更严重。一百五十四个孩子中,三十五人身有残疾,其余都是完全健康的婴儿,其中包括六十七个女婴。他们全被自己的亲人和蔡明月杀死了。

仅仅因为"不想要"。

"茶姥是那种一生出来就很老很老的特殊人类吗?"去年刚进组的年轻人问,"她们一生都是老人形态,对吧?"

雷迟点点头:"茶姥都是女性,出生的时候外表已经是七八十岁的老态,古时候常被人当作妖物处理。"

她们诞生于东南一带,从小就在山地里打滚,以往只存在于各地的各种志怪传说里。志怪传说中记载怪婴降生,若有"天生老妪"等形容,八九不离十,说的就是茶姥。茶姥生来就是侍茶高手:经茶姥侍弄的茶园与植物园,永远都比其他人照顾的园子更好、更旺盛。她们似乎天生就懂得与天地沟通,通晓如何让植物适应不同的物候节气。最近几十年茶姥越来越受重视,出名的茶姥常常全国各地跑,指导不同的茶园如何生产经营。

"……这么珍贵,真可惜。"年轻的组员喃喃道。

雷迟看他一眼:"不是因为这样才可惜。"

年轻人连忙点头,顿了顿之后,翻找着自己面前的资料:"对了组长,有一个人没找着。"

"谁?"

"蔡明月最后没杀死的那个孩子。"

当日死而复生的孩子没有在资料中留下任何信息。他们只能通过当时蔡明月所说的话和医院留下来的检测信息得知,他是一个勒克斯。"籍贯和父母亲登记的住址都很详细,但那房子三十年前就卖掉了,一家人后来搬去了哪里,邻居和买主都不知道。房子卖得匆忙,价格也不高。"年轻人报告情况说。

资料显示,这一对夫妻并没有办理过婚姻登记。父亲名为周雪峰。他的最后一个信息是十几年前的死亡证明。

"当地办事处也算仔细。周雪峰和他的同居人确实生育过一个男婴,没有上户口。一家三口搬回了周雪峰的老家。那村子人不多,老人都还记得周雪峰和他老婆、儿子。"

周雪峰对妻儿并不好。孩子三四岁年纪就被他拎着出门帮忙干农活,家中常常传出打骂声和女人的哭叫声,孩子成日鼻青脸肿,见到人也不喜欢说话,常蹲在家门口和自家的小狗玩儿。那狗也会被孩子揍,或用藤条抽,抽完打完又带着它去找吃的,给它仔细梳毛清洁,亲昵地抱着。村里人只记得这孩子古怪得很,不跟同龄人玩,一个人和狗待在一块儿,对着空地喃喃自语。

村里还流传着几个故事,大都和那母子相关。故事里的两人都是怪物,能驱使鬼魂,还能跟人看不到的孤魂野鬼聊天谈笑,令人见之生畏。

"小孩大概七八岁的时候,周雪峰老婆失踪了。村里人都说是周雪峰打得太凶,女人受不了,走了。不过他们也说不清楚是什么时候不见的。那女人常常卧床,十天半月不见人也是常事。村里人平日里都叫她阿芳,但具体叫什么,谁都不知道。村里支书和老人骂周雪峰打老婆太狠,周雪峰说他老婆精神不正常，不打就要出门杀人。后来渐渐也就没人劝了。"

雷迟："女人在二六七医院住院时登记过名字和身份证。不要大意，继续往下查。他们这一家人可能是蔡明月事件的重要证人。"

"可是周雪峰死了，小孩也失踪了。"年轻人显得有些为难，"那孩子没上户口，完全没登记过人口信息，怎么查？"

雷迟手上的资料里有一张一家三口的合影。那是一张气氛不协调的照片：三个人全都面色阴沉；周雪峰高大健壮，皮肤黝黑；站在他身旁的女人显得十分瘦弱，抬头时肩膀畏缩，一头凌乱长发，目光落在地上；孩子不过三四岁年纪，被女人抱在怀中，看镜头的眼神异常冷漠。

这是村里给他们家翻修房子的时候拍的，似乎也是这个家庭留下来的唯一一张照片。之后不久，周雪峰妻子失踪了。六年后，周雪峰被山顶落石砸中脑袋，不治身亡。

"这个孩子一定要追查。"雷迟下达命令，"他是一个勒克斯，现在应该有三十多岁了。如果他还活着，他必须工作挣钱，必须登记自己的身份。一个特殊人类没有身份凭据是不可能在这个社会生存下去的。"

刑侦科忙得脚不沾地之时，调剂科终于在连续一个月的疯狂加班后，结束了今年的高考"海域"检测。

但结束了也仍然得继续加班：几千份资料亟待分类整理，调剂科只有四个人，根本不够用。

秦戈去找高天月要人手。高天月却告诉他，现在是五月份了，许多项目都要赶在年中考核之前拿出进度，所以各个科室同样忙得脚不沾地。"你们科都是年轻人，好好努力啊。"高天月笑眯眯地拨弄自己的头发。

秦戈一面腹诽，一面给科室的几个人争取到了一笔奖金。临走时高天月说他狡猾了，秦戈听不出他是赞是贬，总之称一句"还是高主任英明"那是绝对没有错的。

白小园现在连妆都不化了，唐错好奇她为什么变得不修边幅。白小园曾说过男友很喜欢自己化妆，她也因此养成了出入随时都要观察自己妆容的习惯。近日如此潦草，实在不寻常。

谢子京："分手了？还是变懒了？"

白小园："我爱化就化，不想化就不化，关你什么事。咱们科里最懒的就是你了。你做了什么？你身为整个危机办都赫赫有名的诺塔，你除了叫号、买饭还做过什么？"

沙猫端坐在白小园桌面高高垒起的资料上，奶声奶气地冲谢子京嗷嗷一吼。谢子京不敢与暴怒的白小园硬杠，连忙搜索"一分钟学会 excel 表格"之类的关键词，扑进面前的表格里。

秦戈从高天月办公室回来，勉强打起精神："算了。这些可都是保密资料，我们自己干吧。干完有奖金，我会给大家调补休。"

在沙猫的怒吼和唐错的哀号里，秦戈重新给他们分配了任务。他和白小园写总结，唐错提供报告里的各类数据分析。谢子京声称自己不懂行政工作，秦戈让他根据检测出的不同问题将所有学生的表格分门别类整理好，和白小园一起配合制作成符合规范的表格，方便之后报送特管委。

任务最重的白小园按着小猫脑袋揉个没完："饿死了，秦戈，我要吃夜宵。"

秦戈不敢不遵从，一个个盯着他们点单之后，亲自跑到危机办门口等待外卖。

吃完烤串后，调剂科众人继续伏案工作。夜已经很深了，谢子京这几天想的事情太多，睡眠不佳，此时看着电脑上一行行的字符，不断地打哈欠。"我去抽根烟。"他拿着打火机和烟盒窜出了办公楼。

四周都很安静，只有一楼调剂科和楼上的刑侦科仍然亮着灯。走入大院，谢子京立刻被扑面而来的杨絮糊了一脸。他在脸上揉了揉，摸下一片白毛，忍不住连打几个喷嚏。

他不适应春季时大街小巷飘满的杨絮，鼻腔喉咙仿佛塞满了一团团的絮絮。杨絮刚起那一周，他完全无法工作，即便回到家中也不断打喷嚏，涕泪横流，头昏脑涨。是秦戈给的抗过敏药和口罩、眼镜救了他。

幸好进入五月，杨絮少了一些，谢子京不戴口罩、眼镜也敢在外面晃荡了。他走到背风处点烟，抬头看到雷迟从车棚走出来。

"值班？"谢子京问。

"嗯，工作太忙了，特管委给的时限就是这几天，不做不行。"雷迟拒绝了谢子京的烟，指指自己的鼻子，"我的嗅觉比较敏感发达，抽烟会损伤这部分能力。"

谢子京对他的钦佩又多了几分："有毅力，真帅。我得跟你学习。"

他大大咧咧赞扬起雷迟,雷迟的神情古怪极了,半晌才笑起来:"你们科室的人都这么有趣吗?"

谢子京吃惊了:"雷迟,你要多笑啊,你笑起来太好看了。"

雷迟立刻收起笑意:"别了,干我们这一行的要好看有什么用?"

谢子京神神秘秘:"你有什么要给我,或者给白小园的吗?"

看着谢子京冲自己伸出来的手,雷迟十分认真地在包里掏了半天:"今天没带,不过我办公室里有。"

"你快去拿,拿了就过来。"谢子京压低声音,"你不是想看白小园的猫吗?今晚就在她桌上坐着,凶得不行,白小园说一句它就"喵"一声,正在扮老虎。"

雷迟顿时来了精神,爽朗地答应一声:"就到。"

谢子京抽完烟回到办公室,发现沙猫不见了。"你的小猫呢?"

"跟唐错的熊猫打架打输。"白小园头也不抬,凝神盯着电脑啪啪敲字,"不肯出来了。"

谢子京:"……"

数分钟后雷迟果然带着糖来了。白小园压根儿没理他,嘴里絮絮叨叨地埋怨谢子京不干活。雷迟扫视一圈办公室,凉凉地瞥了谢子京一眼。

将近十一点才结束工作,秦戈打算送白小园和唐错回家,但两人都以方向不同为由拒绝了:"你也累啊,快回去休息吧,我们打个车就行了。"

谢子京蹭上了秦戈的车,数分钟后白小园也成功等到网约车,只有唐错因为家的方向实在有点儿偏,十分钟过去,无人接单。

他倒是不着急,刚刚在办公室里喝了两杯咖啡,现在仍然很精神。在附近找个酒店开钟点房,等到明天早上六点起也就差不多了。唐错一面往十字路口走一面掏出手机,发现高术又给他发来了信息。

自从他不敢再去健身房之后,高术隔三岔五就给他发一个信息,内容除了催促他来健身之外,偶尔还会推荐一些在家里自行锻炼的方法。唐错只要回复"谢谢",换来的总是高术越发热情洋溢的问候。

"工作很辛苦吗?适当的锻炼可以增强你的体力和精力,你什么时候方便可以过来,我帮你跟健身房预约时间。"

唐错往上一翻,自己已经连续十条没回复了。出于礼貌,他决定给予一些回应。"谢谢教练。我刚刚结束加班,准备回家。"

高术的信息回复得很快："工作这么久？腰和肩膀疼不疼？我还在健身房，你方便过来吗？"

唐错心说不方便啊，太不方便了。他一想起当天发生的事情就后怕。

"挺累的，谢谢你，我还是回家吧。"

唐错攥着手机，买完一杯星巴克还没收到高术回复。外面下起了雨，雨势越来越大，唐错喝着咖啡，感觉自己的心跳似乎在加快。他看到黑漆漆的天空和被灯光照亮的雨丝之中，出现了某种庞大的物体。

抓起咖啡冲出门外，唐错顾不得大雨倾盆，拼命在路面上奔跑。

他曾见过一面的巨大鲨鱼，正摇曳着沉重的尾巴，在漫天雨线中缓慢游移。

一道闪电刺破夜空。

巨鲨面目丑陋，但看在唐错眼里，却优雅庄严，如同天顶神祇。

唐错手忙脚乱，拍了一段视频发给高术。他只跟高术说过这鲨鱼的事情，也只能发给高术。

"我又看到它了！它太漂亮了！"

他追着鲨鱼一路紧赶慢赶，直到鲨鱼在大雨之中彻底消失。手机屏幕闪动，高术给他回了一个笑脸。

二

"最近总打雷。"办公室角落里传来翻身的声音，"还让不让人睡觉了……我这三天就睡了七个小时啊……"

"你睡吧。"雷迟在一旁说，"两小时后我叫醒你。"

片刻后鼾声响起，雷迟翻着手头的调查资料，那位失踪的勒克斯令他不安。

办公室电话响起，他立刻在第一响还未消失前接听："刑侦科。"电话是传达室大爷打来的，说有人来找刑侦科，声称要报案："怪得很，你下来瞅瞅？"

雷迟撑着雨伞下楼，远远便看到传达室门口有个高瘦人影。那人穿着黑色雨衣，宽大的兜帽罩紧了脸面，脸上口罩、眼镜一应俱全，一丝空隙也不留。

"我是刑侦科的人，你有什么事？"

那人立刻抬起头。雨水从帽檐滚滚落下。他有一双暗红色的眼睛。察觉雷迟盯着自己,他立刻低下头,紧张地搓手指,半响才发出声音:"我报案。"

"危机办不接警。"雷迟说,"你从这儿往西走六百米,有一个派出……"

"我知道,但他们不肯让我报案。"那人抬起手抹了抹镜片上的雨水,"他们让我来危机办。"

他的手部皮肤尽是干枯的褶皱,说话声音粗糙嘶哑。雷迟明白了:一个半僵化人类,所以普通人类的警局不敢接收。

"你遇上了什么事?"雷迟问。

"不是我,是我爸妈。"那人狠狠咽了口唾沫,哑声道,"他们不见了。"

这个半僵化人类名为王铮,二十六岁,本地人,未婚,无业,两年前因感染病毒后阻断无效成为半僵化人类,目前正定期到医院和疾控中心复查,控制病毒感染的进程。

雷迟给他所在辖区的派出所去了电话,但派出所那边也十分无奈:他们不是不肯接这个警,而是不能接。

"今年的经费太紧张了,所里不少民警正常的加班费都发不出去,原本每年都要批量购买的僵化病毒疫苗今年只有五十支。"派出所的人也足够坦诚,"这五十支疫苗,我们所里规定要在大型的半僵化人类群体事件中才可以使用。王铮那天报案,说的是人口失踪,这不是群体事件,我们没办法使用疫苗。没有疫苗,我们所里让哪个警察去办理他这个案子都不可能啊,这是送命。"

雷迟不得不再次解释:"王铮和其他接受家庭监管的半僵化人类一样,是定期到疾控中心去注射药物的。他现在体内的病毒活性很低,感染性几乎为零。只要一直吃药打针控制,他跟其他人完全一样。"

对方陷入了短暂的沉默。

"雷组长,我们真的不能接。没有疫苗,哪怕只有百分之零点一的感染可能我们也不能接。"民警说,"我们只有在受到足够防护的情况下才会接受半僵化人类和地底人的案子,希望你能理解。"

雷迟放下了电话。王铮坐在办公室一角,正远远看着雷迟。发现雷迟目光移动到自己身上,他立刻低头,下意识地扯了扯自己的雨衣兜帽。即便在室内,他也没有放下帽子。

思索片刻,雷迟再次联系了派出所的人。

翌日，刑侦科科长接到雷迟报告后，又是长叹又是无奈。

"这不符合程序。"他感觉自己常常要跟雷迟说这样的话，"我们没有接警的权力，所有特殊人类的案件都必须由派出所移交，我们才能办理。"

雷迟："已经立案移交了。"

科长："混账！他们就给了张立案通知，这就完事了？那初步的调查走访，都是我们来做？"

雷迟："我们做也不是不可以。"

科长不停挠头："可以你个头！一个人口失踪案，我们哪里还能抽出人手去调查？他们这是敷衍塞责！"

雷迟闷不吭声地站着。

"难道就因为当事人里面有一个特殊人类，这案子就属于我们了？这是个半僵化人类是吧，他们的父母都是普通人啊。他现在报的是父母的失踪案，两个普通人的失踪案！这和我们有什么关系！"

雷迟立得笔直，一脸平静。

"上个月也是这样。两个诺塔互相辱骂对方，这是家庭矛盾嘛。那个妇女同志去找妇联帮忙，妇联又推到我们这里。我们刑侦科管这个吗？不能因为当事人是特殊人类，就什么事情都推给我们吧！这合理吗？那个妇女同志确实是诺塔，但是这种矛盾和她的诺塔身份一点关系都没有！"

科长看了一眼雷迟，见雷迟目光直盯着自己背后墙上那幅"平心静气"的字，就知道这人状似认真听训，实则正在神游太虚。

"……行吧，反正你都接了。"科长狠狠喝了一口茶，烫得他直咧嘴，呸呸吐出口中茶渣，"你接的你们组去查，我可没有多余人手安排给你。"

雷迟总算给了他一个回应："好。"

"雷迟啊，你怎么总这么乱来。"科长瞪着他，"我太知道你了，你这性子……狼人是不是都是这种性格，啊？意见接受，态度照旧？"

雷迟又给一个回应："是。"

离开科长办公室的时候，他还能听到科长在身后叨叨"退休吧""不干了"。

和同事前往王铮家，雷迟在车上整理昨晚问到的事情。

王铮大学毕业之后在一家净水器公司担任销售员，两年前在一次走访客户的途中，他被客户家中的半僵化人类袭击，就此感染了僵化病毒。公司拒绝支付赔偿,只给了王铮两万元医疗费用,将他辞退。虽有医保,感染僵化病毒初期的阻断治疗仍旧昂贵,两万元很快用完,但王铮最后还是成了半僵化人类。

他不再求职就业,一直和父母共同生活。

三天前,王铮发现父母不在家并且彻夜未归。父母年事已高,王铮出门四处寻找,但并未找到。父母的手机无法拨通,所有王铮能找到的亲朋都没见过两个老人,也没有接到两个老人的电话。王铮选择报警,最后来到危机办。

"这人住的地方还挺远的。"开车的小刘说,"福兴三村是挺有名的外来务工人员聚居地,他们本地人怎么也住那儿?"

"为了治病,连房子都卖了。"雷迟看着昨夜的笔记说,"而且他说,搬家是父母决定的,就是想远离原先王铮活动的区域,免得让王铮伤心。"

"那他跟以前的朋友、同事也没了联系?"小刘问。

雷迟想了想:"不清楚,他没说。"

小刘叹了一声:"特殊人类呀……"

"特殊"本来就是一道分界线,是人为设定的鸿沟。雷迟没让自己继续深想,这可不是他能想明白或者想明白了就能解决的问题。

王铮住在福兴三村的一个旧小区里,看建筑结构和风格,至少也有五六十年了。他家门外涂写着不少字,"怪物""去死",等等。看字迹和涂写的位置,应该都是孩子的手笔。墙面有明显的涂抹粉刷痕迹,但字迹全是新写的。仿佛屋主一开始还极力阻止这些话出现,后来渐渐没有理会的心力了。楼道还算干净,因此更显得王铮这一家突兀。

王铮开门把雷迟和小刘请了进去。

房子大约七十平方米,两室一厅,杂物较多,但摆放得很有条理。天气渐渐热了,但在这个不通风的家中,他也一样穿着长袖衣裤。上衣带帽子,他就像昨天一样,把帽子拉到头顶,盖住自己的脸。

雷迟坐在客厅,小刘打开了手上的记事本。雷迟下意识看了一眼玄关的鞋架,地面上放着两双大号拖鞋。

"我爸妈的行李箱和一些衣服都不见了,身份证我也没找到。"王铮顺着雷迟的目光看过去,"……他们的鞋也不在。"

鞋、衣物、行李箱、身份证都不在。雷迟心想,王铮为什么要报案称父母失踪?最大的可能分明是,父母离开了,但没有告诉他——或者不打算告诉他。

小刘问出了雷迟心里的这个问题，但王铮的反应很激烈："不可能！我父母不可能出门也不告诉我的。"

一家人从市中心搬到福兴三村之后，王铮基本上没再出过门。两个老人都已退休，平时就买菜做饭，偶尔出门跟老伙伴喝茶吃饭遛弯儿。但不管怎么样，他们总会为家中的儿子准备好饭菜，并且从来没有彻夜不归的情况。除了家里亲戚之外，王铮并不知道两个老人在福兴三村这里都有什么新的朋友。

结束探访后，雷迟给小刘下达了任务："先查手机信号，如果两人真的出门远行，不可能不使用手机。明天开始你跟组里其他几个手头没有急活儿的人过来走访附近的街坊邻居，多问一些事情。"

临上车时，他看到了安设在街道上的摄像头。

"调监控记录，三天前的。"雷迟说，"再去附近辖区的派出所问问，最近有没有无名老人受伤昏迷送医，或者无名尸体待认领的。"

小刘："雷组。"

雷迟："嗯？"

小刘："你看外面。"

车子停在王铮家楼下。此时树荫底下站着几个人，有男有女，年纪都颇大，似乎是这儿的居民。他们打量着这辆明显与普通警察不一样的车子，正小声议论着上面危机办的涂装字样。几个人掩着口鼻，目光朝着二楼王铮家的阳台飘去，神情中隐含紧张。

"哎，完了。"小刘说，"我今天不应该开这辆车的。这下他们以为王铮犯了事，以后更难在这儿活动了。"

"走吧。"雷迟心想，不需要任何别的东西添加证明，王铮这个"半僵化人类"的身份，就足够他永远被钉在耻辱柱上了。

和忙忙碌碌的刑侦科相比，精神调剂科的人终于在可怕的连轴加班之后，结束了高考"海域"检测的所有工作。

"小园姐今天真漂亮。"谢子京甜滋滋地夸她，"那烈焰红唇，跟吃了人没抹嘴似的。"

白小园一挥手，沙猫从她桌面奔过去，扑在谢子京身上狂挠。谢子京一把抓住这个小东西,抱在怀里用脸蹭个没完。白小园浑身一阵恶寒:"谢子京,你用我的猫擦脸?!"

她今天终于有了化妆的余裕,穿了新裙子,浑身香喷喷的,唐错一直问她是不是要去跟男朋友约会。忙完工作的秦戈心情极好,见唐错挑起了话头,连忙趁热打铁问她:"你男朋友是国家图书馆做什么的?图书管理员?"

"不是,是做数据维护的。"白小园夺回了沙猫,心疼地抱在怀里哄,"国家图书馆不是有个馆存图书的数据库吗,他就是管那个的。"

秦戈诧异了。白小园说得有板有眼,倒也不像是骗人。

"IT?程序员?"谢子京蹙眉惊叹,"白小园,他以后会秃,不能选。"

白小园完全当他在放屁,转头跟秦戈和唐错说:"国家图书馆最近有一个项目,是关于建立西原地区历史藏书库的。据说有几本和极物寺有关。"

秦戈和唐错都是一愣。

沙猫的尾巴缠着白小园的手指,细细地"呜"了一声。白小园神情平淡:"这件事我是通过我自己的方式知道的。你们都不晓得?"

唐错很茫然:"知道什么?"

秦戈思索片刻,终于明白:"……我们三个,都是当年鹿泉事件的遗孤。"

办公室里一下就静了。谢子京头一回在唐错脸上看到这样惊诧的神情。唐错没有缩肩膀,也没有转移目光,他直直地盯着秦戈,半晌才慢慢说:"白小园是白繁叔叔的孩子,我爸爸是唐毅然。可是……鹰隼支队里没有姓秦的人。"

"我父亲是杨川,母亲是温弦。"秦戈说,"他们走了之后我被秦双双收养,为了避免麻烦,所以改了名字。"

唐错沉默了。

"高天月把我们三个都放在同一个科室,是不是有什么目的?"白小园看着秦戈。

秦戈只能坦白:"抱歉,我晓得你是白繁叔叔的孩子,姓白的很少见。但唐错……我是今天才知道的。"

唐错:"秦戈,我猜我们两个进档案室的目的都是一样的。绝密架上应该存放着当年鹿泉事件的档案。"

三人面面相觑,再次陷入沉默。秦戈看了一眼谢子京,谢子京脸上倒是没有被他们的话题排斥在外的模样,反而像是在想着什么事情。

"你们三个人都觉得当年的鹿泉事件不对劲?"谢子京拖着椅子来到秦戈身边问。

"当然不对劲。"白小园立刻答,"有什么灾难能够立刻杀死一整个支队十几个人?而且那是当年危机办外勤组最好的一个支队。……我从进危机办就在查,所谓掌握了危机办所有人的八卦,也是一种说辞而已。但我怎么都找不到当年负责调查鹿泉事件的人。谁去查的,查出了什么,我完全不知道。"

无形的旋涡渐渐增大了,它力道强劲,似乎要将所有人都卷进去。

但就在这一刻,秦戈忽然意识到,他拥有了一个同盟。因为共同的秘密、共同的往事,他们在得知彼此身份的瞬间,立刻就结成了同盟。

"继续查。"他果断地说,"不能放弃。鹿泉事件被掩盖得这样严密,背后肯定有问题。"

唐错从呆愣中回过神,接上了他的话:"这个科室是高主任主持成立的,我和白小园都是高主任面谈的。高主任知道我们几个都是鹰隼的孩子。他把我们聚集起来,肯定有目的。"

一个秦戈从未想过的答案,电光一般在他脑中炸开。

"绝密架里没有鹿泉的档案!"他几乎要喊出声来,"高天月也想调查鹿泉事件,所以才把我们三个人凑在一起。他有最高权限,可以看绝密架里的东西。但他仍然把我们聚在一块儿……因为鹿泉的资料,就连高天月也接触不到。"

谢子京:"特管委。"

"对。"秦戈艰难地冷静了下来,"鹿泉事件的资料归特管委,所以危机办的主任也无法查看。"

意想不到的阻力出现,三人又都沉默了。秦戈开始后悔,蔡易挖墙脚时他拒绝得太坚决了。

谢子京开口:"如果不直接看资料,而是找当年的经手人呢?"

白小园只能再次重复:"我找过了,找不到。"

"你自己找当然找不到。"谢子京笑道,"鹰隼归外勤组管,外勤组归刑侦科管。如果从刑侦科的人入手呢?"

白小园:"刑侦科的人容易相处,但很难深入问,尤其是管理核心资料的,嘴巴特别紧,而且我接触不到管理级别的人。"

谢子京："谁说你接触不到？天天给我们发糖的雷迟啊。"

白小园："……不好吧？！"

谢子京和秦戈同时出声："很好啊。"

这一天下午，秦戈和谢子京出发去特管委去送高考检测的材料，唐错跟秦戈请了半天的假，说要去散散心。

和秦戈、白小园相比，唐错似乎是受到冲击最大的。秦戈知道他向来心事很多，这时候想起以前的事情，或许相当难过。他慷慨地给了唐错一天假，让他明天下午再来上班。

"你去哪儿？我送你？"秦戈说。

"我也不知道去哪儿。"唐错想了想，不知为何忽然想起了那条在夜空里游来游去的大鱼，"……去健身房吧。"

他突然之间，很想跟高术聊一聊那条鱼。

下午的健身房，人并不太多。唐错一时兴起，也没有跟高术联络，到了健身房才得知高术正在给别的学员上课。好不容易鼓足的勇气顿时消散了。他在前台徘徊几秒钟，转头离开。夏天来得准时，他在日头下走了一会儿已经觉得热。地铁站倒是凉快，唐错在站台上呆坐，很久之后才拿起手机，给姐姐拨了电话。

三

谢子京第一次到特管委来办事，一进门就小声说："真有派头。"

特管委的办事大厅宽敞明亮，光面积就是危机办的三倍多，人来人往，十分繁忙。

资料需要在一楼盖核验章，两人拿到排号纸条后坐下闲聊。电视上播放的宣传片吸引了谢子京的注意。

"……众所周知，我国目前数量最多、占比最大的特殊人类就是诺塔和勒克斯……"

"五月是诺塔和勒克斯的宣传月。"秦戈说，"各大相关单位的办事大厅里都要放这样的宣传片，连续放一个月。当然不会重复，有几个还挺好看的，会说到诺塔、勒克斯的爱情、婚姻或者晚年生活。"

谢子京："还有这玩意儿。"

秦戈："六月是狼人，七月是地底人，八月是半僵化人类，后面几个月则是其他数量没那么多的特殊人类综合宣传。想看的话可以在危机办看啊，一样的。"

"……是不是能看到精神体的就是诺塔、勒克斯呢？并不是这样的。普通人类可以看到的可见光波段在三百八至七百八之间，会根据不同的人出现一定的波动。也就是小于三百八或者大于七百八波段的东西，普通人是看不到的。但是诺塔、勒克斯由于染色体变异，视神经与眼球结构和普通人不同，他们可以看到大于七百八波段的某些东西，比如精神体……"

谢子京得出结论："这是给小学生看的吧？说的怎么都是口语，不像正经宣传。"

秦戈忍着笑："差不多，目的就是通俗易懂。"

"某些特殊设计的摄像装置是可以拍摄下精神体的。精神体的可见光波段在一千左右，偶尔会有部分低于一千。除了诺塔、勒克斯之外，部分特殊人类由于染色体变异，同样有可能得到这个波段的物体。这种情况一般发生在先天性的染色体变异……"

谢子京打了个哈欠。他的注意力被办事大厅里一个金色的脑袋吸引了。

那是一个西装革履的外国人。他和谢子京眼神一对上，立刻满脸欢笑，挥着手里的公文包大步跑来。

谢子京吓了一跳："弗朗西斯科！你不是回国了吗？"

金发碧眼的年轻人热情地冲上来，先给了谢子京一个拥抱，转身又给了秦戈一个拥抱。抱完他还觉得不够，说着"来个西式见面礼"，要往秦戈脸上亲。

谢子京捏着他后颈："你停一停。"

青年热情万分地跟秦戈介绍自己："你好，我是弗朗西斯科，谢的大学同学。"

谢子京把他从秦戈面前拉开，上下打量："你怎么还长痘了？"

"吃错东西了。"弗朗西斯科顿时懊丧，"前两天吸了三个人的血，没喝凉茶，上火了。"

秦戈一听，立刻警惕起来："你是血族？活体吸血？"

谢子京踹了弗朗西斯科一脚，转头对秦戈笑："别管他，他在胡说。"

秦戈很严肃地说："我们国家是禁止血族活体吸血的。你们只要在危机办登记，就可以每月领取足够分量的人工血浆。"

弗朗西斯科知道自己说错话了，连忙笑着岔开话题："你们也是来办事的吗？我来好几天了，一直没碰到那个领导。"

他冲两人亮出背包里藏着的两瓶酒和两条烟。

谢子京："……你从哪里学来这一套？"

弗朗西斯科："听别人说的。"

谢子京："要送谁啊？现在可不敢乱收陌生人东西。"

秦戈仍旧疑窦重重，谢子京把他拉到一边，解释给他听。

根据全世界一百二十六个国家联合签署的"黎明协定"，血族在这些国家活动或者通行时，可以通过网络、电话登记和书面申请的方式，定期获得该国为其提供的人工血浆。但人工血浆的味道和品质都无法让口味挑剔的血族满意，渐渐地，非法血浆市场开始蓬勃，不少血族会冒险寻找愿意为自己提供血液的人类。

"弗朗西斯科的嘴巴特别刁。"谢子京说，"他是欧洲来的留学生，大一的时候因为适应不了中国的人工血浆，曾经瘦到不足四十公斤。他虽然瘦，却死不了，越瘦食欲越强，最后通过软件约了几个……"

秦戈目瞪口呆。

谢子京："弗朗西斯科的理想是尝遍中国各种美食。"

秦戈满头冷汗，低声道："这可是犯法的事情！"

谢子京也小声说："我们国家没有血族的相关法律，只是规定不能活体取血，被发现了也就罚款拘留。只要不弄出人命，没人能管得了他。"

两人正小声说着话，弗朗西斯科忽然站起，拎着背包朝刚从电梯出来的人奔去。

"蔡副秘书长。"他笑容可掬，冲上去先跟蔡易握了个手。

蔡易面色沉静，上下打量他："你是？"

弗朗西斯科："小小意思……"

他拉开背包拉链，蔡易身边的秘书立刻跨前一步，半个身子挡在了弗朗西斯科和蔡易之间，笑眯眯地阻止弗朗西斯科的动作，并迅速把拉链归位。

"要办事先到排号机取号排队。"秘书说，"按顺序和规矩来。"

蔡副绕过两人，继续往外走。弗朗西斯科动作灵活，迅速跑到他身前，再次拦住他："蔡副，我们见过的。"

蔡易不得不停下来："我想起来了……你是那个吸血鬼。"

"血族，血族。"弗朗西斯科操着一口流利至极的普通话，"吸血鬼不好听。"

他满脸是笑，迅速从背包夹层里掏出一份文件，往蔡易手里塞。那是国际血族联合同盟申请在这里成立分盟的报告书，足足有一百多页。

"不用给我了。"弗朗西斯科正要开口解释报告书各章节的内容时，蔡易直接把报告塞回他手里，"你放弃吧，我们国内不可能成立分盟。"

弗朗西斯科不忿地大叫："为什么！"

蔡易："因为吸血……血族在国内没有源头。我国的特殊人类管理宗旨之一是不参与任何非本国源头的特殊人类管理活动。目前国内登记过的血族不到十人，没有一个是本国人。我们没有必要成立这样的分盟，给你们政治地位和权力。你们可以在国内行动，但不要以为随便乱来也不会被抓，活体取血的事情我们已经密切关注，你最好提醒你的同伴，好好喝你们的人工血浆，别把手伸得太长。"

蔡易演讲一般说完长长的一段，扭头大步离开，姿态潇洒。他的秘书紧跟在后面，临走时还看了弗朗西斯科身后的秦戈和谢子京一眼。双方曾在医院里有过一面之缘，各自略略颔首当作打招呼。

弗朗西斯科脸上一阵红一阵白，气呼呼转头冲谢子京大吼："我恨这个人！他剥夺了我们血族自治管理的权利！"

谢子京："我也是。他要抢我的朋友。"

秦戈办完事情回来，看到谢子京和弗朗西斯科在办事大厅门外聊天。两人不知道说了什么，谢子京拍着弗朗西斯科的肩膀笑个不停。看这两个人的相处，秦戈忽然有一种新鲜感。

谢子京来到危机办之后，他的交际圈窄得出奇，除了跟调剂科的几个人混在一起之外，没见他找过旧日的同学、朋友，在危机办里也是成日追着别人的精神体摸毛。但他也是有朋友的，在秦戈过往没能参与的时间里，谢子京不是一个透明的人。

谢子京的快活也感染了秦戈。他对弗朗西斯科并不算好的第一印象稍稍有些改变。"走吧。"秦戈说，"材料已经交给窗口的人了，我们不用自己送。"

谢子京知道他一点儿也不喜欢在工作中跟人打官腔，能迅速完事再好不过，便点点头。

"你们在聊什么？"秦戈问。

"刚聊到老师。"弗朗西斯科笑道,"我和谢不是同一个学院的,也不是同一个导师。但我知道他的导师卢非常喜欢他。"

秦戈看着谢子京:"嗯,我也知道。"

谢子京似是不想多谈卢青来的事情,推了弗朗西斯科一把:"走,请你吃饭,帮你看看你的报告书。"

弗朗西斯科高兴起来:"好!火锅!"

谢子京:"……您已经上火了,朋友。"

刑侦科的会议上,科长传达了一个调查请求:"特管委转来的,是关于吸血鬼在国内活动和进行活体取血的事情。"

科长看了雷迟一眼,雷迟顿时绷紧了脸:"我们事多。"

科长:"你们是多事!"

活儿最后没落在雷迟身上。会后科长问他半僵化人类那件事办得怎么样了,毕竟已经过去了一周,应该有些眉目了。

雷迟摇摇头:"还没找到。"

他只能在工作间隙分派人手去调查,进展并不快。向辖区派出所发出的协查请求也没能被接受,对方仍然以没有僵化病毒疫苗为由拒绝。

王铮的父母离家那日,是五月的第一场雷雨。福兴三村的监控摄像头大多比较老旧,被雷击坏了好几个,且当日雨势太大,监控录像的画面断断续续,有的甚至无法看清人影。

在暴雨中,摄像头拍下的只有两个蹒跚身影提着行李箱走出小区的场景。经过王铮辨认,这两人就是他的父母。

附近几个辖区都没有收到无名老人送医或是无名尸体待认领的报告,各个车站、机场也没有调查到身份证购票的信息,手机更是没有开启过。两人像是彻底藏匿起来一般,踪迹全无。

回到办公室的雷迟坐在位置上,慢慢地伸了个懒腰。桌面放着一罐糖果,他顺手抓起一颗吃,抄了几颗装进背包,以备不时之需。

小刘从外面匆匆跑进来,满头是汗:"车里的空调又坏了,组长,什么时候修啊?"

雷迟舌尖顶着糖,在牙齿之间转来转去,"咯咯"地响:"你歇一歇,我跟上面报告。"

小刘却没走，站在他桌前，神情古怪："雷组，我们发现了一些怪事。"

持续一周的走访中，小刘等人拜访了王铮家附近的邻居和街道沿路的商铺，试图发现两个老人的活动轨迹。意外的是，他们反倒问出了别的事情。

"王铮的父母对王铮意见很大。"小刘言简意赅，"他们不止跟一个邻居说过，宁可撇下王铮，两个人一起过。"

王铮的父母为了在感染前期尽最大努力给王铮治疗，连原本在中心城区里的房子都给卖了，现在反倒厌恶起他？雷迟心生疑窦，忙打开记事本。

矛盾的源头，是王铮感染僵化病毒的原因。

客户家中的半僵化人类因僵化病毒入侵脑部而发狂，王铮当时正好上门为客户修理净水器，不幸被袭击。这件事成为新闻，个别报道里提及了这位"客户"的特殊职业。

王铮的客户是一个性工作者。她有一个十六岁的女儿，感染僵化病毒后一直待在家中，没再去上学读书。她从王铮手中购买过净水器，因为所住的地方是老式小区，净水器的安装似乎并不顺利，勉强装好后也常常出问题，隔三岔五就要找王铮去修理。王铮去的次数多了，怜悯母女情况，偶尔给打个折，带些水果过去。

流言就是这样起来的。起先只是几句闲言碎语：有人猜测王铮上门这么多次，目的肯定不单纯，要么是对方，要么是王铮，总之里面总要有些说不得的事情掺杂着。茶余饭后，树下街边，几个男人女人凑在一起，无话可说的时候就拎出来取笑几句，似乎也没什么别的意思。

但随后，流言渐渐变了味：不知是谁说了一句："他这病，是跟那个僵化人类搞完才染上的吧？"

这个猜测立刻点燃了乏味无趣的闲谈，风一般卷过福兴三村。一夜之间，人人都知道王铮有个不得了的兴趣，他因这兴趣染上了病，完全不值得同情。

王铮一家人远远搬走，本想离开那些围绕着自己的闲话和各种情绪：无论是鄙夷还是同情，他们全都不需要。谁料流言却反倒在福兴三村这儿爆炸般升了级。

两个老人竭力解释，但无人在意。和一桩纯然的惨事相比，一桩不道德的惨事更能诱发人谈笑和议论的乐趣。

王铮本来就不大出门，在一次莫名其妙的争吵中才知道外面的风言风语。父母暴怒不已，互相指责，最后所有的责备都落到了王铮身上：你为什么不自爱?你为什么不保护自己?你为什么不警惕一点?你为什么要到那个公司工作?你为什么不想想父母?你为什么……

据邻居说,那场争吵非常可怕,楼上楼下,左邻右里,全都听到了王铮家里各种叫骂和摔东西的声音。翌日两夫妻出门,面对旁人问候,越发抬不起头。

"哎呀,我们知道的。这种人哪,就是会慢慢变成丧尸,他脑袋也不清醒,肯定会打人。"邻居跟小刘说,"我们都安慰他们,不要怕,实在不行就把王铮送到那个什么特殊人类医院。脑子不正常的人都去那里的,我们知道的。"

王铮和父母的矛盾渐渐多了。在老人跟邻居的闲话中众人了解到,王铮现在连话也不愿意跟父母讲。大吵那天摔东西的不是王铮,王铮只是哭。可他顶着一张枯皱的脸,再怎么哭都很恶心——人们在想象中补足了他们看不见的场景,纷纷议论:"鳄鱼的眼泪。"

雷迟:"这种状况持续了多久?"

小刘:"最少也有半年了。最近三个月,两个老人跟邻居说过想把王铮送到二六七医院。"

"王铮的情况不是控制得很好吗?"雷迟揉了揉太阳穴。当日到王铮家里拜访时他才知道,王铮一直在工作挣钱,只是不再主动出门。他跟朋友一起经营网店,生意还不错,能支持他每月的药费和生活费。

小刘耸耸肩:"王铮的自理能力是很糟糕的,他连饭都不会做。他爸妈一旦离开,他肯定过不下去。"

雷迟想了想:"不要这么快定性。下午你有活儿吗?我跟你去找找王铮那个朋友。"

出乎雷迟意料,王铮的朋友谢绍谦也在福兴三村居住。谢绍谦开了一家销售电子配件的实体店,生意尚可。他还注册了一个网店,平时由王铮帮忙打理。

谢绍谦是一个胖子,戴着圆框眼镜,跟雷迟简单说了自己和王铮的关系。"王铮搬到这边之后我才认识他的。这人实在,说话也不绕弯。我虽然做生意,但都是小本经营,实实在在的伙伴比较可靠。"

"王铮父母你认识吗?"

"认识啊。"谢绍谦说,"阿姨和叔叔都到我这儿来取药。"

雷迟一愣:"取药?"

谢绍谦:"咱们这儿离市区太远。我每个月都要回几趟市区,顺道去医院或者疾控中心给王铮拿药,叔叔阿姨再到我这儿来取。"

这信息倒是让雷迟和小刘有些诧异。两人对了个眼色:"你取药取了多久?"

谢绍谦:"快一年了吧?我也记不住了,都是举手之劳。"

雷迟点点头,小刘询问谢绍谦一些基本信息,雷迟开始打量他的店面。店外有一个摄像头,朝着门口和门前的人行道。雷迟心中一动:这是从王铮家小区离开后两个老人前进的方向。路面摄像头不是坏了就是因路灯爆炸而发生故障,什么都没拍下。

"谢绍谦,你店门口的这个摄像头能用吗?"雷迟问,"能拍到多远的距离?清晰吗?"

"能用。"谢绍谦立刻换上一副生意人的面孔,跟雷迟介绍起自己的这个摄像头来。

雷迟听了一会儿,点点头:"那好,你把十天前的监控调出来我看看。就是雨特别大那一天。"

谢绍谦一愣。

雷迟:"你说这摄像头不错,我看看效果。"

谢绍谦"嘿"地哂笑了一下:"真不巧,我这儿的监控只保留七天。你再早一些过来就好了。"

雷迟"嗯"了一声,没有追问。

与小刘离开谢绍谦的店铺之后,小刘脸上一副欲言又止的表情。

雷迟:"想说什么就说。"

小刘:"谢绍谦答非所问,很奇怪。我问他对王铮父母的印象,他反倒跟我说自己和他们一家人关系都不错,还说了一堆王铮和他父母如何相处的事情。"

雷迟:"好事还是坏事?"

小刘:"好事啊。要是光听他说的,王铮和他父母关系好得不得了,他也和王铮一家人关系好得不得了。"

雷迟沉吟片刻,抬头看便利店。便利店门口的摄像头和谢绍谦门前那个一模一样。他走进便利店,问正闲着的店员:"这个摄像头是哪个公司装的?监控视频能保存多久?"

店员告诉他，监控系统是统一采购安装的，能保存一个月。

小刘立刻查那家公司的名称，法人代表是谢绍谦。

"我问得太急了，他一时间没有想到别的借口，所以撒了不高明的谎。"雷迟对小刘说，"立刻调查谢绍谦。"

危机办开始评选季度优秀工作人员，评分表下发到各人手中。调剂科闲了几天，总算找到一桩事情做，顿时热热闹闹讨论起来。

每人只能填写一个，而且可以填自己的名字。白小园想都没想，写上了"秦戈"。她探头去看唐错的表格，也写着"秦戈"。

"我去给秦戈拉票，让我小姐妹都投你。"白小园嘻嘻地笑，"这个季度奖奖金两千块，可以吃一顿了。"

秦戈正捧着一本《海域研究新说》，随意点点头。

白小园又去看谢子京的表格。"……谢子京，你怎么不写秦戈？"白小园讶异极了，"为什么写雷迟啊！"

谢子京："雷组长很优秀。"

白小园："秦戈不优秀吗？我们科室人少，本来就很难跟其他科室的人竞争，你不写秦戈，他现在就只有三票啊！"

秦戈从书里抬起头："两票。我也写了雷迟。雷迟拿到了奖金再请我们吃饭也一样。"

白小园："……"

唐错："那我也改……"

白小园怒道："不行！写秦戈！"

唐错只好放下笔。

还没下班，谢子京的手机一直响个不停，全是语音信息。谢子京点开后，里面传出了一串听不清楚的外文。"弗朗西斯科要去我家住。"他跟秦戈说，"他原本住别人家里，因为上火长痘的事情跟人吵起来，被赶出门了。"

秦戈想起那个满脸痘的英俊吸血鬼。

"我去你家借住几天行吗？"谢子京招招手，"兔子呢？"

秦戈释放长毛兔，兔子刚落地，就立刻跳进谢子京怀里。谢子京摸摸兔子，似有话要说。秦戈等他下文，谢子京只是揪着兔子的耳朵，眉头微蹙。

"你可以进入我的'海域'。"谢子京终于看向秦戈，"秦戈，我想告诉你一个秘密。"

秦戈："秘密？"

谢子京的呼吸渐渐急促，他无法面对秦戈的眼睛，不得不看向空空的办公室。白小园和唐错到楼上交表格，热闹气氛就如同精神体的消失，已经全然不见。他按了按自己的胸口，心脏跳得厉害，骤然让他慌乱。

前天晚上，弗朗西斯科到谢子京家中做客，两人一边喝酒一边谈了许多往事。谢子京聊到了秦戈，说他和秦戈的久别重逢。弗朗西斯科却满脸讶异："你什么时候有秦这个朋友？"

谢子京从未认真想——或者不让自己认真想的事实，不得不摊开了，摆在面前。

弗朗西斯科是谢子京最好的朋友，谢子京人际关系简单，但连他都不知道谢子京有过一个堪称生死之交的挚友，甚至从未听谢子京提过。"你和秦那么好，为什么你从来不讲？"弗朗西斯科边吃边问，"你们经历过什么？'生死之交'，这个成语我懂，它不寻常。"

谢子京读大学的时候，秦戈还在上高中；秦戈进入人才规划局的时候，谢子京去了西原办事处。他和秦戈的生活是完全割裂的。

谢子京告诉弗朗西斯科："肯定有的，只是我记不起来了。"

他现在还记得弗朗西斯科的神情。金发的吸血鬼带着年长者的怜悯，温柔地拍了拍谢子京的手："谢，你得清醒。"

秦戈的声音拉回了谢子京的注意力："你要跟我说什么秘密？"

"我的过去。"谢子京发觉自己的手指正在微微颤抖，兔子在他掌中，担忧地回头看他，"但它和你，和白小园、唐错都有关系。"

秦戈站直了，显然也被这意料之外的发展震惊："什么？"

陌生的情绪像蛇一样在谢子京心里盘踞着。它占据了他此刻所有的意识，让他满脑子都是凄凉的悲哀。

"我们以前真的见过，秦戈。"谢子京像是要证明什么似的，一字字强调，"你给了我一束花。"

四

"楼下怎么搭棚子了？"谢子京在阳台上张望，"我上次来还没看到。"

秦戈在厨房里切水果，伸出个脑袋应他："儿童节快到了，小区里孩子多，要搞个义卖集市。"

谢子京心里只想一件事：看来自己是很久没到秦戈这儿来了。他掐指一算，足足有五天。五天！他想，五天哪，要是种小葱，葱都该长出来了。

"你要说的秘密是什么？"秦戈拿了一碗剥了皮的白玉枇杷走到阳台上，"问你一路都不愿讲。"

谢子京笑了笑，拿起一颗枇杷放进嘴里。

秦戈："吐核。"

谢子京一口吃下一半，双肘撑在栏杆上，舌头卷着口中的两颗枇杷核，在想事情。

既然是秘密，必定难以开口。秦戈也不催他。他对谢子京说的往事感兴趣，也知道谢子京说的那束花是什么东西——在谢子京"海域"里，在最后一个缩着的抽屉中，那束至今仍然鲜活的花，向日葵与黄玫瑰、绿康乃馨。

一口气吃了半碗枇杷，谢子京露出满足的表情并揉了揉肚子。

入夏了，昼渐长夜渐短，杨絮消失，满城都是喜人的绿。两只互相追逐的雀儿钻进了树梢里，叶片不住地抖动着。夕阳余晖从楼和楼之间、从每一片新生的叶子间隙里透出来，遥遥地照亮了秦戈的脸。

"我见你第一面，是在特殊人类技能大赛上。"谢子京靠在玻璃推门上，挠了挠头，"我高三，是高中组的参赛选手。你初二吧？我不清楚，只知道你是勒克斯，叫杨戈。"

秦戈："……"

这么久之前的事情！秦戈一时间说不出半句话：谢子京的"海域"里有自己的照片，就放在桌上。那确实是自己初中时参加技能大赛的装束，连金牌正面背面刻的图案他都记得一清二楚。

那是秦戈第一次代表地区出赛，他非常激动，许多细节现在都还记得。比如体育场里不受控制乱跑的偶蹄目精神体，比如场内维持秩序的某个脾气暴躁的诺塔和他的灰色肥狼。那是他生活遭遇巨大变故之前最后的肆意和快乐，他曾无数次在独处时反复回忆，可里面从没出现过谢子京这样的人。

谢子京看他呆呆回忆半响，一句话不应，便知道他想不起来。

"你把我忘了。"他装作生气，伸手去捏秦戈的脸，但被秦戈躲开了，"你明明给过我一束花。"

"我知道那束花。"秦戈见他眼神一亮,连忙解释,"我在你的'海域'里看到过的。那束花没什么特别的,那届大赛不是每个上台领奖的人都有吗?"

谢子京:"我没有。"

秦戈:"怎么可能……"

他突然止住了话音,脸上渐渐浮起一种古怪的表情。

满是人的体育场。响彻全场的欢呼声和掌声。解说和音乐交替播放。危机办的人在会场中来回巡逻,天上没有一丝云,蓝得像公园里栽种的无尽夏。彩色的纸屑和缎带在领奖台上飘扬,一个诺塔从领奖台最高处跳下来,胸前的金牌反射了一抹刺眼的阳光。

"……是你。"秦戈不敢确信,"你是那个没有花的师兄!"

谢子京脑袋靠在玻璃门上,点点头。暮色照亮了他的半张脸,闪动的眼睛里像藏了喟叹,也像藏了感激。怕自己的情绪被秦戈识穿,他很快转开了目光:"对啊……是我。"

如果没有任何提示,秦戈几乎不可能想起谢子京。

在他的回忆中,谢子京就如同赛后采访的记者,如同万千在观众席上观战的人,自己只是从他身边经过,但没有留下任何可供日后打捞的印象。

当时秦戈和自己的同学结束了记者采访,正穿过领奖台前方的空隙走回自己的队伍之中。阳光太猛烈了,他的眼睛被什么东西闪了一下:是一个刚从领奖台上跳下来的诺塔,他晃动着自己的金牌。

"杨戈,是他!"伙伴拉了拉他,"刷新高中组诺塔成绩纪录的师兄!"

实际上秦戈他们和这个诺塔并不是同一个学校的,除了"师兄"他们并不晓得应该如何称呼眼前的少年,只知道他是高中组诺塔的冠军。秦戈一心想着立刻回到队伍里跟父母打电话报喜,他"嗯嗯"了两声,继续往前走。这时前方突然冲来两个扛着相机的老师。

"别动别动!先拍个单人照。"

"师兄"正瞥向秦戈这边,老师已经朝他按下了快门。拍完后老师一愣,抬起头来:"你的花呢?没花上镜不好看啊。"

"刚给别人了。"那年轻的诺塔挠挠鼻子说。

老师:"……你……唉!那花是特地为今年的比赛设计的,花色跟金牌、制服和比赛标志都配套,没花不完美。"

通道狭窄,被两人挡着的秦戈和同学根本走不过去。秦戈手里还拿着一束花,他刚刚得到一块勒克斯组的金牌。听到那老师的话之后,秦戈直接把那束花递给了诺塔。

"我这里有。"他说,"你拿着吧,师兄。"

那束花就这样,从他的手,转移到了诺塔的手里。

"谢谢。"诺塔拿着花,一直盯着他,"你叫什么?"

秦戈食指和中指合并,在额角轻触后一扬,自以为帅气地撇嘴一笑:"杨戈。"

诺塔和老师都笑了。秦戈立刻被狂喊着"好丢脸"的同学拉走,他们跑回自己的队伍,一路上并没有回头。

这只是微不足道的小事,这一次举手之劳并不能在他记忆里留下什么深刻痕迹。但秦戈现在想起来了——谢子京桌上的相框里放着自己的照片。那实际上不是相片,而是秦戈拿着那束花递给谢子京的时候,谢子京眼中的印象。

他忘记了的事情,成为谢子京弥足珍贵的宝物,珍而重之地封存在那处小小的、艰难维系的"海域"之中。

"你忘记了。"谢子京说,"你从没记得我。"

秦戈心想,这可怎么记得住?对于他来说,当日的谢子京只是一位路人。

"对不起。"秦戈低声说,"我以后都会记住的。"

谢子京忽然激动起来。他眼眶发红,在秦戈的肩上埋头,不住地深呼吸。秦戈下意识拥抱他,轻拍他的背脊。

"……技能大赛之后是暑假。"谢子京喑哑的嗓音里带着被他努力掩藏的鼻音,"我接到了新希望的录取通知书。我爸很高兴,他计划带我们去旅行,我妈有朋友在西原工作,我们很快决定出发。"

秦戈愣住了。

那一年的暑假对他来说是最黑暗和不堪回首的日子。

"我们的行程里,有极物寺。"谢子京不敢抬头。

秦戈松了手:"谢子京……什么意思?你说清楚一点。你看着我!"

谢子京没有注视秦戈的勇气。他单手捂着脸,靠在栏杆上,良久才低声开口。

"知道你的父母是在极物寺附近的鹿泉出事之后,我就一直在犹豫。直觉告诉我,我可能知道些什么。我对'鹿泉'有印象……但我想不起来。"他的声音在发颤,"秦戈,我很害怕。我是个懦夫……我害怕你会要求我袒露'海域'里的秘密。我不喜欢这样……所以我什么都没说。"

秦戈强硬地拉开他的手,直视谢子京:"现在为什么愿意说出来?是因为你知道白小园跟唐错也和鹿泉事件有关系吗?"

谢子京点了点头。

"对不起。"他握着秦戈的手,因始终没有直面秦戈的勇气。他不得不牵着秦戈的手挡住自己的眼睛,"对不起……我……我一定是知道一些事情的,那些回忆说不定就在房间外面。但我真的很害怕……我的'海域'太可怕、太恶心了,对不起……我想告诉你,可我又不敢。我每一天都睡不着,我一直在想这些事情。"

直到他那天得知,鹿泉事件与白小园和唐错也有关系。他们从未放弃过调查真相。

"真相可能就在我脑子里。"

秦戈的手心是湿润的。谢子京流泪了。

"对不起。"他不断地道歉。

"谢子京,你看着我。"秦戈说,"如果你不看我,我再也不会跟你说话。"

谢子京松了手,他先低头擦了擦脸,之后才敢抬头。秦戈靠近他,拼命控制心中的惊愕,让自己不畏惧、不逃避地注视着谢子京。

"……我错了。"谢子京艰难地说。

"你没做错任何事。"秦戈的声音如同呼吸一样急促,"是谁说你的'海域'恶心?卢青来?"

谢子京终于不再回避。他点了点头。

"卢老师是对的。没有人的'海域'跟我一样……它很不正常。"

"不正常的人是卢青来。"秦戈捧着谢子京的脸,恨不得撬开他的脑袋,把卢青来给他灌输的东西一股脑儿揪出来扔掉。他看着谢子京,斩钉截铁地说,"你的'海域'不恶心,你也不恶心。一定有人喜欢你的,比如我,比如白小园和唐错。谢子京,你知道我不喜欢高天月。但我唯一感激他的一件事,就是他让你来到了调剂科,让我认识了你。"

秦戈的声音也在发抖。他已经很多年不这样直接地表露自己了。

"如果你真的看到了一些什么,所有人都会感谢你。"秦戈看着谢子京泛红的眼眶,"尤其是我,你记住了。我永远感激你,为过去和现在的所有事。"

谢子京紧紧地拥抱了他。

"我知道你曾经可怜我。"他喃喃低语,"我不需要可怜,也不想要感激。"

秦戈等待着他的下一句话,但谢子京狠狠深呼吸之后,把立刻就要说出来的那句话吞了回去。

"你进来吧,秦戈。"他低声说,"但如果你被我的'海域'吓到了,我可能会恨你。"

秦戈闭上了眼睛。温暖的力量从他身上涌起,柔软厚实,把两个人都包裹在内。长毛兔细细的毛发摩挲着谢子京冰凉的手臂和脸庞,他眼泪落了下来,不安让他除了紧抱秦戈之外,什么都做不了。

谢子京的"海域"一如往常,秦戈没有看到任何明显的变化。

他拉开了第三个抽屉,花束仍旧放在里面。但这次再看,秦戈心里多了许多复杂的情绪。第二个抽屉里还有谢子京的荣誉证书和当日的照片。谢子京的眼神盯着镜头之外的某个人,嘴角含笑。

秦戈自己从未意识到的往事轰然落在面前,他把谢子京的照片和台面上自己的照片摆在一块儿,良久后才说了句"傻子"。

身后的衣柜"嘎"的一声,开了一道缝。秦戈立刻冲到衣柜面前,一下把柜门打开。

衣柜里坐着一个人。猝然涌入的光线映亮他的脸,秦戈看着那人,心脏怦怦乱跳:那是年轻的谢子京。与照片中的少年留着一模一样的发型,穿着一模一样的运动服。衣柜里的谢子京看着秦戈,冲他张开了手臂。秦戈抱住了他,像拥抱一个久别的兄弟。

衣柜角落里有风灌进来,吹动了他和谢子京的头发。柜门随即猛地关上,两个人倒在房间的地板上。

天花板上没有灯,但房内永远明亮。十八岁的谢子京坐起身,抓抓头发,回头看着秦戈。

"你长大了。"他的声音和现在的谢子京很不一样,还没有被烟草侵蚀,仍旧带着少年时代的一点点稚气,"我一直很想和你说说话。"

秦戈:"……从什么时候开始的?"

谢子京："第一次见你的时候。"

秦戈："技能大赛？"

谢子京年轻的脸上挂着笑容："是啊，我想认识你。"

这不正常。一个声音提醒秦戈：这很不正常。眼前的少年显然是谢子京"海域"里的自我意识。但他却仍然是十八岁时的样子——每一个人的自我意识都会随着年龄和阅历的增长而发生变化，不可能永远是一副相貌，除非诺塔或勒克斯的精神世界永远停滞在某一个岁数之中。

"极物寺到底发生了什么？"秦戈问他。

"说了之后我会哭的。"少年抬手指着天花板，"他也会难过。"

"我会安慰你。"秦戈说，"我永远都会陪着你。"

眼前的少年笑了一下，眼圈一点点红起来："我喜欢这句话，不管你说的是真是假。"

他沉默片刻，终于开口。

"很多记忆都已经消失了，或者没办法串联起来。但是那部分特别深刻的还残留着。"他指着自己的脑袋。

在西原落地之后，一家三口去拜访了谢子京母亲的同学，受到了主人热情的接待。

策划具体行程的时候，父亲执意要去看一看极物寺。数日后三人开着租来的车启程。一路边走边停，玩得自在开心。抵达极物寺的前一夜，他们在附近的一个民宿里过夜。

民宿的老板知道他们要去极物寺之后，强烈建议晚上多停留一会儿：最近天象异常，人们都说干涸已久的鹿泉说不定会重新涌出甘甜的地下水。谢子京对此大感兴趣。为满足他的愿望，翌日启程时，三个人都做好了在鹿泉周围扎营的准备。

第二天傍晚，离开极物寺的一家三口开始按照地图和向导的指示，徒步前往鹿泉。

"到此为止。"谢子京说，"之后发生的事情我完全记不清楚了。"

他恢复意识的时候发现自己躺在医院里，父母不在身边。几个诺塔和勒克斯在病房里活动，见他苏醒，立刻凑上来询问。

谢子京此时才知道，父母失踪了。无论是鹿泉还是极物寺，都找不到两个人的下落。

"你记得那天的日期吗?"秦戈问。

"八月七日。"

秦戈沉默了。

"是同一天吗?"谢子京问,"和鹿泉?"

"是。"秦戈点头。

很奇怪,他心里没有悲戚也没有愤怒,取而代之的是更加沉重的忧虑。

当年的鹿泉事件不仅让鹰隼支队全体人员丧生,还导致了两个局外人的失踪。高天月这样的职位都查不到的内容……他们真的可以查得出来吗?但一想到高天月,秦戈忽然间意识到一件事——谢子京是高天月强行塞进调剂科,塞到秦戈身边来的。高天月甚至直白地告诉谢子京:秦戈能够帮你。

秦戈能帮他什么?答案实在太明显了:秦戈是危机办唯一一个精神调剂师。既能深潜入"海域"挖掘记忆,又能被高天月调动的,只有他一个。

"谢子京,房间之外是什么?"秦戈握住谢子京的手,"你自己肯定知道的,对不对?你骗我说只有这个房间,这是不可能的。明明连卢青来都晓得你……"

谢子京牵着他的手,让他跟随自己站起来。即便是在"海域"之中,谢子京的自我意识居然还在微微颤抖。这是强烈的恐惧。秦戈不知道让他恐惧的,到底是房间之外的内容,还是要探索房间外部的自己。

卢青来反复告诫他,谢子京用这个房间来维系自己的"正常",房间之外是谢子京本人都无法面对的残酷"海域"。秦戈心中忐忑,有那么一瞬间,他甚至萌生了怯意:别进去了,别探索了,这会让谢子京陷入痛苦。

但少年紧紧牵着他的手,即便恐惧,也仍旧一步步带着他,走入了衣柜。秦戈如同穿过一片冰凉的水。无孔不入的寒意裹挟着他的全部意识。他离开水,踏入了房间外部。

"海域"因人而异,不同的精神世界所呈现出来的"海域"也是截然不同的:有的人丰富,有的人贫瘠。秦戈见过山地,见过海洋,见过雪山脚下安静的城镇,也见过密密麻麻的城市楼群里一只缓慢飘过的红色气球。

但他从来没有想过,自己会在谢子京的"海域"中踏入一片废墟。

目之所及尽是烈火燃烧之后的残骸。枯黑的颓垣上攀爬着血红色的藤蔓,朦胧不清的天顶上,腥臭的雨水一滴滴落下来,穿过秦戈的身体,在地面的水潭里溅起浅薄的涟漪。涟漪像肋骨一样,一节节推出去,被冷清的月光照着,从秦戈脚底下一直往远处蔓延。

这是一片一眼看不到边际的废墟,在极遥远的地方蒙蒙地跃动着一片冰凉的银光。废墟泡在浅浅的水里,秦戈朝前迈出一步,水中似有无数细小手掌紧紧黏着他的鞋子,让他举步维艰。

就像此处曾经存在着一个极其庞大的城市一般,它本该热闹非凡。但如今充斥这片"海域"的,只有沉寂无声的死亡。

秦戈走不了了。被烧得炭化的横梁挡在他的面前。他想从横梁底下爬过去,但水里尽是锋利的石头。

这废墟之中,突兀地立着一间小小的房子,方方正正,平平整整。房子的四面墙都刷成了白色,是有点吓人的惨白。谢子京站在房子面前,他身上似乎也笼罩着一层白色的光,这令他的神情变得模糊不清。

"你走不到那里。"看到秦戈攀跃上倒塌的墙壁,朝着远处的银光匍匐而去,谢子京开口喊,"白费功夫!连我都走不到。"

秦戈不相信。他咬紧牙关,朝着光亮处缓慢爬行。在废墟中活动的不是真正的身体,他为此庆幸:废墟之中有太多摸不到的陷阱,但每一处都无法伤害他。他憋着一口气,一直往前爬,直到隐隐察觉到巡弋"海域"的时间就要到极限了,才肯停下来。

银光仍然在远处浮动,距离从未改变。秦戈回头看去,谢子京和那间白色的小房子已经在身后很远了。就像是在一片黑色的、凹凸不平的残骸之中,有人放置了一个白色的立方体,又在立方体里放置了一个小人。

只要一想到谢子京每一日都在这样的废墟之中穿行,让人喘不过气的痛楚瞬间就攥紧了秦戈的心。

他往回爬,谢子京朝着他走出来几步,大声喊:"我警告过你了!"

秦戈的脑袋嗡嗡作响,他知道自己即将离开这个"海域",下一次是否还能有勇气进来,连他自己都不敢肯定。

"你一直都待在这里吗?"秦戈大喊,"谢子京!回答我!"

冷风把少年的运动服吹得鼓胀起来,冷雨穿过他的身体,击打地面。秦戈听见谢子京扬起带着稚气的声音回答自己:"放弃吧,这里没有路。"

秦戈脚下一空,猝然坠落。

强烈的失重感和眩晕感让他胃部不断抽搐,有什么从腹部往喉咙上顶。

"秦戈?"

他听见谢子京呼唤自己的名字。这是他听惯了的声音，带有一点点沙哑，是被尼古丁和烟草侵蚀了的嗓音。

秦戈推开他，冲向卫生间。他趴在马桶边上呕吐，把胃里所有的东西都吐得干干净净。眼泪不停往下流，秦戈分不清这是因为"海域"里所看到的一切，还是因为呕吐而产生的，他伸手去拿纸巾，手指虚软无力，连抓握这个动作都能令他肌肉颤抖。冷汗浸透了他的衣服，秦戈头晕目眩，耳朵里嗡嗡作响。

但最让他害怕的，是脑袋里找不到一点儿让他振作的念头。

死气沉沉的抑郁情绪占据了他的脑袋，他跪在卫生间的地面上，甚至打算把脑袋伸进马桶里，按下冲水键。

办不到的，太难了。那是废墟。

放弃吧，连谢子京都这样说。放弃他吧，秦戈。

那是曾经被彻底摧毁过的废墟，他不可能修复，他的能力不足以让它重新建立。他甚至开始后悔自己为什么要进入谢子京的"海域"。卢青来说得对，那是被刻意掩藏起来的东西，谁都不能碰，谁都无能为力。

听到身后传来的声音，秦戈转过头。谢子京站在卫生间门口看他，但没有走过来。

秦戈眼前一片朦胧，他用纸巾擦了擦眼睛，吸了吸鼻子。他头一回在谢子京脸上看到了畏怯的表情，像是想询问又不敢开口。

秦戈抬手扇了自己一巴掌，疼痛让他得到了片刻清醒。要是在平时，看到自己这副样子，谢子京肯定已经冲进来搀扶自己了。但这次没有。秦戈又气又难过，他扯纸巾擦嘴擦脸擦鼻涕，什么都擦完了，才慢慢起身走向谢子京。

"冷……"秦戈用谢子京的衣服擦眼泪，模模糊糊地说，"我快死了。"

他伸出微微发抖的手，一团混沌雾气在他手心翻滚，片刻后竟然散了。秦戈仍不死心，死死盯着自己掌心。这回连雾气都没出现，只有一丝虚弱的气息从手臂攀爬而上，在他手里打了个转，立刻消失了。

"没用的兔子……"秦戈说，"它出不来。"

"不必勉强。"谢子京低头说，"我懂了。"

秦戈听到他低沉的叹息，像是安心，也像是解脱。

你的"海域"一点儿也不恶心，并没有任何不正常，我不讨厌它。秦戈打算仔仔细细地告诉他，好让他彻底放心，但他连说话都觉得困难。

"这里没有路"——十八岁的谢子京是这样说的。可是秦戈不信。若是曾经没有路,他愿意为谢子京开辟出一条新的,能让他脱离废墟的通道。方才的后悔和沮丧缓慢消失了,像退潮的海水,回到了深深的海洋里。秦戈听着谢子京的心跳,在一阵比一阵更强烈的眩晕感里,产生了新的念头。

他还不知道自己的能力的极限在哪里。但从此刻开始,他愿意为谢子京去摸索。

"海域"里的城市若毁灭了,他要为谢子京重造一座。

泡了热水澡之后的秦戈感觉舒服了一些,至少手脚的温度恢复了。今天晚上肯定不可能入睡,他有点儿后悔没跟言泓拿几颗安眠药。走出浴室的秦戈吓了一跳:谢子京坐在浴室门口的地板上,正在等自己。

"我要柠檬水。"秦戈说,"多加柠檬,要酸的。"

谢子京立刻爬起来,冲进厨房。

柠檬水清洗了喉咙和胃部,秦戈舒服了很多。他和谢子京一起坐在阳台上,谢子京欲言又止,嚅嗫半天开口:"不休息吗?"

"睡不着的。"秦戈回答,"躺下去容易做噩梦。"他说完之后意识到不对,连忙解释,"不是因为你的'海域'而做噩梦,我巡弋不正常的'海域'都会……"

"我知道。"谢子京看着他。

秦戈觉得自己说的每一句话都踩中了谢子京的雷:"我也不是说你的'海域'不正常。"

"确实不正常。"谢子京很快接话,"不用在意,不正常我也不怕了。"

秦戈觉得此时的谢子京更像自己的兔子,要从他人身上汲取安全感。

两人一时都没有说话,阳台外头的凉风吹动了一棵高大的杨树,树叶发出沙沙声响。秦戈把手盖在谢子京的手背上,轻轻拍动。他忽然在无话的这一刻,懂得了谢子京的恐惧。

谢子京仿佛一个没有过去的人。从茫然中清醒,发现自己以往的所有记忆都仿似碎片,他连自己是谁都说不清楚。之后他便开始被卢青来添加种种暗示,这些负面的暗示让谢子京对自己的判断产生了偏差:他畏惧别人的探索,甚至默认自己的"海域"是不可示于人前的。

"你当时在医院醒来的时候,没有人探索你的'海域'吗?"秦戈忽然想起了一件事。

"有。"谢子京说,"卢青来。"

秦戈一下坐直了:"他怎么会在那里?"

"当时西原办事处邀请新希望的毕业生去做调研,卢青来恰好是其中一个带队老师。"谢子京告诉秦戈,"我醒来发现父母失踪,他们才察觉事有蹊跷,正好卢青来是精神调剂师,所以就让他过来巡弋我的'海域'。"

谢子京舔了舔嘴巴,艰难地说:"我骗了你。虽然我不记得自己以前的'海域'是什么样的,但是卢青来他告诉我,我的'海域'被摧毁过,这可能就是我记忆混乱的原因。"

卢青来与谢子京的渊源,终于显出了端倪。

秦戈怀疑,卢青来巡弋的时候发现谢子京的"海域"是绝好的研究材料。他致力于研究人格与"海域"的关系,而自己面前正好有一个"海域"被摧毁的诺塔,谢子京成了最佳的研究对象:卢青来可以通过不断巡弋来添加暗示,逐渐把谢子京支离破碎的人格塑造成他想要的那一种。

"……那天晚上,极物寺附近,还有鹿泉那边,果然发生过什么不同寻常的事情。"秦戈告诉谢子京,"'海域'是很难在短时间内被摧毁的。"

"秦戈,"谢子京没有半分犹豫,"我把我的'海域'交给你。"

他告诉秦戈,卢青来巡弋过自己的"海域"之后,声称他因为遭受巨大打击而记忆退行,当天发生了什么事情已经完全想不起来。新希望的队伍离开西原办事处的时候,也把谢子京一同带了回去。得知谢子京已经拿到新希望的录取通知书后,卢青来显得十分热切,甚至主动提出照顾谢子京的日常生活。

谢子京的父亲是勒克斯,母亲是普通人,两人因为在这边工作,才在此处安家,这儿并没有其他亲人。谢子京很依赖卢青来。卢青来以老师的身份出面帮他处理一切事宜。他父母的失踪案件被西原办事处接手,但直到现在也没有任何线索。

秦戈不忍心提醒谢子京,卢青来极有可能在第一次巡弋时已经对他施加暗示。他让谢子京对他产生了无条件的信任。秦戈认为卢青来在控制谢子京,但这又无法解释为什么卢青来会在毕业之后建议谢子京去西原办事处工作。

"他身上有太多谜团了。"秦戈叹气,"我要再去找高天月,谈一谈卢青来,还有我们科室里四个人的事情。"

"其实我自己也渐渐觉得不对劲。"谢子京看着外头的夜色与灯火，慢慢地讲起许多往事。

进入大学之后，卢青来和他的来往更加密切了，周围人都知道他家人不在，但这个卢老师却相当于他的半个父亲，对待谢子京十分用心。卢青来告诉谢子京，因为他的"海域"存在问题，所以必须每周进行一次巡弋。

"他会探索完整的'海域'，就是你刚刚看到的那片……"谢子京深吸一口气，"'海域'里有我的自我意识，卢青来会对那个意识说很多话。"

秦戈："……比如，你的'海域'很恶心？不会有人能接受你的'海域'？"

"更直接一些。"谢子京注视着秦戈的眼睛，剖白自己对他来说也是一件艰难的事情，"他会告诉我的意识，我很恶心，我很不正常。没有人像我这样，我还能正常地活着必须感激他，他是我的恩人，我要信任他。"

秦戈难过极了。他不知道是不是因为脆弱的精神让自己易于被感染。听到谢子京的这些话，他鼻子发酸，眼睛里涌起了潮湿的雾气："他说的全都不对。"

精神调剂师可以深入"海域"接触自我意识，可以提出请求，可以询问，但绝对不能用情绪化的言语来影响诺塔和勒克斯的自我意识。卢青来已经踩过线了，但谢子京当时无法抗拒这种影响。

"我也会怀疑的，可是每一次怀疑，都会在下一次巡弋里被他发现，紧接着就是下一轮的劝导。我一直认为他是对的，我的'海域'异于常人，我跟别的人全都不一样。成为异类……真的很可怕。新希望里都是诺塔和勒克斯，像弗朗西斯科这样的吸血鬼或者泉奴，偶尔有几个，都是西方的留学生。我不敢跟诺塔和勒克斯来往，我怕他们发现我的异常。所以在学校里，我最好的朋友是弗朗西斯科。"

"现在还有我。"秦戈说。

狮子和秦戈在他的身边，他们都有了温暖的气息。谢子京只觉得眼眶太热，他低下头掩饰面上的表情，久违地感到一种稀薄的幸福。

五

即便是周末，刑侦科里仍旧十分热闹。雷迟整个小组都放弃了茶，改用咖啡续命。咖啡香气浓烈，与茶香互相抗衡，形成了一种异常奇怪的气味。

秦戈来找他时，他正在翻看蔡明月弑婴案件的资料。

那个最后没有死在蔡明月手里的孩子，因为找不到任何资料信息，他们决定称他为 X。周雪峰和妻子先后去世，X 失去了踪迹。村中老人大都离世或随孩子定居在外，有人还记得 X 的一些事情，但怎么都想不起他的名字。

周雪峰也不会喊他的名字，张口闭口都是"怪胎"。

X 是一个勒克斯，平时只要不表露出自己的能力，办一个假身份证就可以顺利伪装成普通人。雷迟转念一想，又觉得 X 成年之后应该很难找到正常稳定的工作。他总得体检，总得上医院，只要验血，立刻就可以知道他的勒克斯身份。而一个没被特殊人类人口数据管理系统录入过的勒克斯，只要半个小时，就会被当地的危机办分部注意到。

或许他已经死了。雷迟心想，一个孩子，没有任何依靠，没有任何能力，独自离开家乡，从山里走向城市。这一路上可能发生的坏事实在太多太多。

虽然科长和共同调查的其他小组都认为不应该再纠缠 X 的信息，但雷迟总是无法放心。他很依赖自己的直觉，而狼人敏锐的直觉正在不断提醒他：不要放过这个疑点。

"你加班多久了？"秦戈坐在他面前问。

雷迟揉了揉眼睛："四天没回家了。"

王铮父母失踪的案子也正在调查。他的朋友谢绍谦不是特殊人类，对他的调查需要通过当地的辖区派出所来完成。仅仅在沟通上，他们就已经花了好几天。

秦戈左右看看，雷迟的位置周围没人。他略略压低了声音开口。

"谢子京告诉我，西原办事处和危机办刑侦科的联系非常紧密，主要是跟外勤组有很多工作上的合作往来。不少西原办事处无法处理的事件，尤其是绝密事件，都会上报危机办，危机办再派外勤组去处理。"

雷迟想了想："对，我们都把去西原办事处出差叫作'探险'。这倒不是什么保密的规定，怎么了？你们科室有西原办事处的个案？"

秦戈得到这个答案之后，心中稍定。雷迟是必须争取的，他决定先找雷迟，随后去找高天月，于是继续问："你知道鹿泉事件吗？"

雷迟的神情一凛，身姿立刻坐直："鹿泉事件怎么了？"

秦戈正要开口，小刘从门口匆匆跑进来："雷组，快过来！我们查到了 X 的一些新信息！"

雷迟立即与秦戈道别。会议室里烟雾缭绕，雷迟不由皱眉。有人丢给他几张纸，是周雪峰所在地办事处刚刚发来的调查报告。狼人刑侦员凭借灵敏的嗅觉，在周雪峰家的院子里发现了一具已经白骨化的尸体。

"女性，年约三十，是不是周雪峰的妻子，我们正在比对她在人口数据管理系统里的DNA记录。由于降解严重，需要一定时间才能出结果。"

有人在烟雾中狠狠骂了一声："还需要比对吗？看尸体的受损程度就知道，这人肯定是他老婆。"

骸骨的手臂、十指和小腿上有多处骨折的痕迹，致命伤应该是颅骨上的击伤。击打她的人力气极大，在敲碎了她的头骨之后仍旧没有停手，颅骨呈现粉碎性的创伤痕迹。

雷迟的目光落在其中一行字上，久久不能移开。

尸体旁发现一把小型铁铲，铁铲中未检验出血液反应，但铁铲前段有大量碰击痕迹，疑为埋尸工具。

"铁铲有多小？"

"后面有照片。"

雷迟盯着那照片，半晌才说出话："这么小的铲子，成年人能用吗？"

"这是小孩用的铲子。"有人回答，"铲子上检验出了小孩的指纹。"

雷迟僵立在原地，一种可怖的猜想令他短暂地失去了说话的能力。

"周雪峰杀了他老婆。"烟雾之中，同事代替他开口，"埋尸体的是那个没名字的小孩。"

离开危机办的秦戈，直接开车前往高天月的家。他只记得以前秦双双带自己来过。每次进高天月的家门，高天月总会跟妻子在门边等着，非常热情。高天月老把"高叔叔是看着你长大的"这句话挂在嘴边上，当然也没说错。他不仅认识秦双双，还认识秦戈的父亲杨川和母亲温弦。

把车停稳之后，秦戈理了理一会儿要跟高天月谈的问题。高天月是他们这边的，他也想查出鹿泉事件的真相——这只是秦戈等人的猜测，他不敢肯定。秦戈没办法轻易地相信高天月。

循着记忆来到一栋小楼前，秦戈给高天月打了电话，但无人接听。按了半天门铃，是高天月妻子来开的门。她许久不见秦戈，亲热地问了几句近况，脸上却始终挂着没能掩藏的忧虑，不时回头看向二楼。

才踏入玄关，秦戈立刻听见楼上传来高天月愤怒至极的吼声："那你现在就滚出去！"

随后便是重重的闭门声，有人正快步下楼。秦戈和高天月妻子面面相觑，两人脸上都有些尴尬。

"你要去哪儿！高术！站住！"高夫人拉住怒气冲冲的高术，"你爸爸说的都是气话，你听听就算了，怎么还放在心里呢？"

"我听了十几年了。"高术挣开她的手，"他让我走，我就走呗。"

"你又要伤妈妈的心吗？"高夫人气急，"擅自在外面释放精神体本来就是你的不对，你也知道你的精神体很吓人。那可是晚上啊，还在危机办附近。你是生怕别人看不到那东西是吗？还是生怕别人不知道你是危机办主任的儿子，故意去丢他的脸？你以前不是这样的，现在怎么连认个错都不肯了？"

"我哪儿错了？"高术转头看着自己母亲，"诺塔和勒克斯的精神体普通人看不到，看得到的人自然也知道那是什么，谁会在意？刑侦科值班的人发现了，也就那么随口跟他一说，是他自己要上纲上线的！"

高夫人终于也生气了："你本来就不应该把它放出来吓人！"

"……我知道你也不喜欢它。"高术甩开了她的手，"不用再说了，没有意义。"

他离开了。

高天月站在楼梯上，冲正要追出去的妻子大吼："不许追！让他走！"

秦戈从未见过高天月生这么大的气，一时间只能在原地站着，连跟高天月打招呼的时机都没找到。高天月甚至没看到他，转身又走回二楼，片刻后才"噔噔噔"跑下来："秦戈？"

"高主任。"秦戈尬笑一声。

高天月的脸色阴晴不定，似是因为被秦戈看到了真正丢脸的瞬间，显得有些不快。他邀请秦戈上楼，打开书房的门："让你看了笑话。"

"家家有本难念的经。"秦戈程式化地回复道。

高天月被他的回应弄得笑出声来："行了，知道你不会说场面话。坐吧。"

他走向书桌，在桌下摆弄了一阵子。秦戈听见唯一的窗户上传来轻微的嗡嗡声。

"可以说了。"高天月坐在他面前，拨了拨稀疏的头发，"现在这个书房是隔音的，谁都听不见我们交谈。"

秦戈愣住了："……你被监听？"

"你跟秦双双生活这么久，你不知道？"高天月冷笑了一下，"凡是特殊人类管理机构的高层人员，全都被严密监控着。能飞来飞去的小东西可太多了，我总要提防的。在单位还好，到处都是人，来路不明的精神体很容易被发现。但在这儿，人少，树多，有什么鸟儿雀儿虫啊蝇啊，在你窗子外头一趴，你根本发现不了。"

秦戈心中沉沉一坠：高天月能帮的忙很有限。

或许正因为这样，高天月才要想方设法把他们四个人凑在一起。

听完秦戈的汇报，高天月喝了一口茶："我很信任卢青来，否则不会把他选为高考检测的人选。但说到底，我信任的不是卢青来本人，而是曾经给卢青来'海域'做过检测的章晓。章晓说卢青来的'海域'没有问题，那当时就必定没有问题。"

……当时。秦戈立刻捕捉到了他说的这个词。

"卢青来如果真的试图做摧毁和重塑人格的实验，这个念头和他所做的事情一定发生在章晓巡弋之后，也就是他考取精神调剂师之后。"高天月沉声道，"你回去之后好好再查一查他接触过什么人，发生过什么事。"

秦戈点点头："谢子京呢？你把他调到危机办来的时候，知道他的'海域'曾被摧毁吗？"

"我不知道。"高天月很坦诚，"我所知道的，就是西原办事处那个曾经强行进入谢子京'海域'的勒克斯所说的话。他说谢子京的'海域'不正常。"

"那……"

高天月深吸一口气，眉头微微蹙起，谈起了往事。

"秦戈，我知道我当上危机办的主任，你们全都不高兴。你们认为我是特管委空降下来的人，是过来钳制你们的。"他的手指不断轻轻敲打茶杯，"事实上，我是被突然调离特管委的。"

当年鹿泉事件发生的时候，高天月仍在特管委工作。被列为高度保密项的鹿泉事件，他拜访朋友时才得知详情。在悲痛与愤怒之后，高天月试图接触特管委内部的鹿泉事件资料。他多次在会议上提出反对意见，认为鹿泉事件造成的死亡人数太多，至少在特管委高层内部必须有一个正式的调查通报。

秦双双引咎辞职的时候，高天月是持反对意见的。他在当日的会议上发表了一通自己的想法，赞扬了秦双双这么多年的工作，坚决支持秦双双继续担任危机办主任。始料未及,会议的最后一项议程,公布的竟然是他下调到危机办去当主任的安排。

"这么多年我确实没有放弃过调查鹿泉事件,但我也不能太明目张胆。特管委要藏这件事,肯定有重要内幕,我不敢乱来。"高天月沉默片刻后笑了笑,"唯一比别人多调查到的一点儿事情,就是谢子京一家人的意外事故。"

昏迷的谢子京是在极物寺外被发现的,那里距离鹿泉有十几公里。发现谢子京的是西原办事处的另外一批人,而不是去搜寻鹰隼支队的。鹰隼支队的尸体发现后,事件立刻上报危机办,并紧急列为高度保密项,因此两批人之间信息并不相通。找到谢子京的人根本没想过,这个男孩会跟另外一桩绝密事件有联系。

事有凑巧。去年,一批从西原办事处送过来的资料抵达危机办,高天月心里始终记挂着当年的鹿泉事件,因此每年拿到西原办事处的资料,他都会认真翻看。其中有一份事件报告引起了他的注意。那是一份度过了十年的搜寻期,直到去年才降级为普通事项的搜寻案件总结。

"说的就是当年谢子京父母在极物寺附近失踪的事件。"高天月解释,"按照特殊人类的管理规定,十年找不到,失踪者才能按死亡论处。我当时才知道,那年八月七日的晚上,在鹿泉附近竟然还失踪了两个人,并且有一个孩子明显受到了伤害,导致记忆混乱,甚至部分记忆消失。"

高天月不能不激动:这几乎是这么多年以来,他唯一找到的,可能与鹿泉事件有关系的线索。

于是借着到西原办事处公干的机会,他接触了谢子京,并且意外得知谢子京的"海域"有问题。

"……所以你想尽办法把他带回来。"秦戈心想,把他带到我身边。

"我跟他谈过好几次,谈话内容从来不涉及鹿泉事件,只是问他想不想让'海域'恢复正常。总部那边有个厉害得不得了的调剂师,他什么都能做到。"

秦戈:"……"

高天月:"有趣的是,他原本是不答应的。我以为他不信任你,所以给他看了你的调剂师证书。他立刻就来了兴趣。"

秦戈想起来了,去年年底,高天月确实曾急匆匆给他打电话,催他把调剂师的证书发过去。证书上有照片,秦戈现在才明白,谢子京是因为看到了照片,才察觉高天月所谓"厉害得不得了"的调剂师就是自己。

所以他过来了，带着被虚构出来的期待。

秦戈没有把谢子京亲密幻想的真相告诉高天月——但他几乎能确定，这种幻想应该就是别人放进去的，很可能就是卢青来。

就像卢青来不断地在每一次巡弋的途中告诉谢子京：放下父母失踪的事情，别让它再影响你；冷漠一些，对这种无用的感情放淡一些，人会过得更轻松；那些令人痛苦的事情记不起来也就罢了，就这样活着也没什么不好。谢子京全都听进去了，他不得不接受卢青来所说的话。

就像卢青来在毕行一的"海域"里施加暗示，让他以为自己有一个至亲的妹妹。

可是秦戈仍旧不解：他不明白卢青来为什么要让谢子京多一个自己这样的"生死之交"。

"说开了就好。"高天月脸上浮现了一丝温和的笑容，"如果能让谢子京的'海域'恢复，说不定我们就能得知当夜鹿泉到底发生了什么。"

一个巨大的困惑在秦戈心里头滚动，让他不吐不快。

"高主任，你怎么就一定能确认谢子京目睹了鹿泉事件？"秦戈问，"万一一切都只是巧合呢？万一他是因为别的意外而使'海域'受损，记忆混乱，他的父母也是因为别的意外而失踪的，根本和鹿泉事件无关呢？"

"谁都不能确定。"高天月坦然道，"所以我们才要抓住谢子京这个可能性，不是吗？"

秦戈终于捕捉到了那团困惑的端倪：在他和高天月的对谈之中，高天月始终对卢青来和父母失踪给谢子京带来的伤害无动于衷，他只顾着琢磨鹿泉事件。

"……就算我能恢复谢子京的'海域'，但恢复之后，他想忘记的可怕回忆也全都会复苏，谢子京可能会崩溃。"秦戈盯着高天月，"即便这样，我们还是要修复他的'海域'吗？"

高天月毫不犹豫："当然。"

秦戈："他可能会因此……你没有想过这个最坏的情况吗？"

他说不下去了，这个可能性太恐怖，秦戈甚至不敢告诉谢子京。

高天月仍旧平静："我没有考虑过。对我来说，最坏的情况不是谢子京发疯，而是我直到死也没能找出当年的真相。"

他看了秦戈一眼，皱眉道："你很关心他，但你要清楚，什么更重要。"

秦戈闭上了嘴。他很想信任高天月，但他实在做不到。

面对沉默的秦戈，高天月开始谈起高术的忤逆和自己的无奈。

六

高术的健身房在一栋四层的小楼里，一、二楼是火锅店，三、四楼则被他全都租了下来，一层做健身房，一层自己住，连接着天台。

周末健身房的人并不多。拖家带口的父母和年轻人不是约会，就是在家里待着，这时候到健身房是最容易抢占器械的。高术从大学开始就习惯外宿，相当自由自在。但想到和高天月的一顿争吵，他仍旧心中发堵。这气一路上已经散得差不多了，仍旧困扰着他的不是愤怒，而是别的东西。

他"噔噔噔"踏上铁质楼梯，上了天台。天台是他自己的地盘，一个随时可以接待宾客的地方。琴叶榕绿得令人心折，宽大叶片在微风和阳光里抖动。今天是罕见的好天气，高术在天台待了一会儿，决定到楼下活动活动身体散散心。

他打了半小时沙袋。高术发现老有人走来走去，一会儿溜到窗边的跑步机那儿，一会儿又嘻嘻哈哈往回走。"今天还能看熊猫吗？"他听到姑娘们相互询问。

高术眉毛一跳，立刻扶着沙袋让它停止晃动。

窗边是一排跑步机和椭圆仪，正对着视野最好的地方。唐错在跑步机上慢吞吞跑步。不时有人过去问他，能不能看熊猫。唐错不擅长拒绝人，结结巴巴，抓耳挠腮。熊猫最终还是被他释放出来，趴在机器边上，被一群人围着又抱又摸。它才是这个健身房里最受欢迎的东西。

"唐先生，你来啦？"高术运动面部肌肉，挂起营业笑容，朝着唐错走去。

唐错被吓了一跳，差点从跑步机上摔下来。他迅速按停跑步机，尴尬地看向高术："教练，你好。"

高术："我最近给你发信息，你怎么不回？"

唐错答非所问："手机放更衣室了。"

高术笑笑："很久不见你过来了，工作很忙？"

唐错紧张："忙啊，特别忙。教练，你……你的脚……"

高术："早好了，只是小问题。"

唐错："那就好，那就好。"

高术点点头，笑了。唐错也随着他点点头，干巴巴地笑了。

忙都是借口，唐错在躲高术，高术也知道唐错在躲他。但既然身为教练，他总要做些教练该做的事情："热身完毕，我们上课吧？我今天没有私教课。"他随手一指，看向器械区。

唐错哪里还敢走进器械区："不了不了。"今天他是被白小园拖来健身房的，来的时候高术不在，唐错紧绷的神经当即放松。白小园转了一圈便走了，留唐错一人锻炼。他没想到居然会碰上高术，顿时口舌木讷，结结巴巴。

已经傍晚了，高术见他情绪不高，知道他因为砸伤自己的事情而紧张，于是也不好继续逗他玩儿，便问他要不要上天台透透气。

"透气对你的状态有好处。"高术用公事公办的口吻说，"适当的放松，能让人心情平静。"

"不用了。我……我还是回去吧。"唐错揉揉鼻子，片刻后转过身，鼓足勇气问，"教练，能退钱吗？我不上课了。"

高术心想，当然不行！

但他脸上仍旧带笑："我是老板，这个可以商量的。方便聊聊吗？天台就在楼上，视野很开阔，很漂亮。"

唐错一听他说可以退钱，防备心立刻就松懈了，糊里糊涂跟着高术上了楼。

"你住这里？"唐错大吃一惊，"你不是高主任的儿子吗？我听说高主任家是豪华别墅，你怎么不回去住？"

高术脸色忽然一沉："你知道我是高天月的儿子？"

唐错正在看墙上挂的条幅，没注意高术话里的阴沉之意："一开始不知道，但我同事后来告诉我了。"

高术："……所以你不来上课？"

唐错一滞，尴笑两声："也不完全因为这个。我毛手毛脚的，不协调，我又弄伤你……"

高术的脸色缓和了，低声说："我是我，他是他。"

唐错没听清楚高术的话，高术冲他笑笑，显然心情松快了许多。唐错心想，教练的情绪也很善变，跟白小园似的。

"这儿都是我自己布置的。"高术带着他走上铁质楼梯，推开了门，"天台是我最喜欢的地方。"

暮色四合，偌大的城市被苍黄、橘红色的晚霞笼罩。一群归家的鸽子在天边飞掠而过，轻巧地转了个弯，擦着杨树高高的树梢往远处飞去。树梢上原本搭着个鸟窝，此时它已经被绿色的枝叶护拥起来，彻底看不见了。人声与车声远远传来，不知谁家孩子在看动画片，乐声很大。一个彩色的风车插在对面楼的窗户上，随着晚风一圈圈转动着。

唐错趴在栏杆上，年轻的脸庞被夕晖照亮，笑吟吟的眼睛里闪动着金色的亮光："这儿比跑步机的视野好太多了。"

能得到他的赞赏，高术不自觉地笑了笑。

"我跟我爸关系很恶劣。"高术忽然说，"他不喜欢我出来住，也不同意我做这个生意。不过归根结底，最大的原因是他非常讨厌我的精神体。"

还在看风景的唐错一愣，心想我上来不是为了散心吗？怎么突然谈起了这么沉重的话题？但谈话的人是高术，唐错很有兴致接话和探问："为什么？"

"你有一个人人都喜欢的精神体，真让人羡慕。"高术笑了一声，将手肘撑在栏杆上，"我的小鱼很丑。我很少听人赞美它，就连我的妈妈也不喜欢它。"

你的小鱼……你的小鱼到底是什么东西？唐错自从见识过毕行一那头变异的章鱼之后，觉得世界上所有正常的精神体都好看得不得了。他想起了那条巡弋夜空的巨鲨。

"我见过一个精神体。"唐错很热情地跟高术说，"长得确实不算好看，它的鼻子特别长……那个是鼻子吧？脸也是皱巴巴的，但它是一条很大很威武的鲨鱼。我跟你说过吗？"

他抬手在布满晚霞的天空里比画着。

"我觉得它非常漂亮，它是一条大鱼，或者你也见过的。"唐错看着天空，落日沉入了楼群之中，夜色从东方爬入天幕，"它游动的时候很美，很优雅，像统领天空和海洋的王者。"

高术侧头看他，唐错一时间分不清他是笑还是怀疑。

"我对它的主人很好奇，它总是在晚上像巡游城市一样出现，晃荡一阵就消失了。"唐错不得不竭力解释，他恨自己的表达能力太拙劣，无法跟高术传达自己内心震撼之万分之一，"它救过我，我一点儿都不觉得它难看。"

高术:"看来你很喜欢那条大鱼。"

唐错抿了抿嘴,充满遗憾:"但是见它需要运气。"

"所以,你想见的是它吗?"高术指着自己头顶问道。

唐错一愣,立刻抬头。

充沛的雾气从高术身上腾跃而起,似兽,也似一条大鱼。雾气被落日光辉照成了灿亮的金色,那团蓬勃的金色最后在天台上方的天空中,凝聚成为一条唐错曾见过两次的巨大鲨鱼。

它被一个透明的水性膜笼罩着,小眼睛看向唐错,冲他轻巧地甩了甩尾巴。

唐错惊得立刻后退两步,半晌才在震愕中回过神:"它是你的?!"

他后退的动作被高术捕捉到了,高术眸色一沉:"是我的,怎么样,不喜欢?"

唐错只觉得高术这个人又奇怪又烦,同样一句话不知要自己反复说几遍他才能记住。"喜欢啊。"他看着头顶正在水性保护罩里转圈的鲨鱼,"它真漂亮。"

无意识地绷紧了全身肌肉的高术,在唐错的这句话里忽然松了劲。他走到天台角落,坐在琴叶榕边上,双手捂住了脸。

唐错:"你哭了?"

高术立刻否认:"当然没有。"

他心里堆满了轻快的气体,像这一天傍晚的晚霞一样色彩瑰丽。这当然是不值得哭的,他只是有些激动,为自己,为自己遇到的唐错,还有第一次被人称赞的小鱼。

"……它是剑吻鲨。"高术说,"如你所见,它的长相确实比较可怕。"

唐错看看他,又看看隔着透明水膜盯着自己的鲨鱼:"不可怕啊。"

高术:"……"

他怀疑唐错可能是个弱视。

"它的吻部,它的长相……你是不是在睁眼说瞎话?"高术心想,因为我是高天月的儿子,或者因为我长得帅你要闭眼吹怕捧?他在脑子里过了很多种理由,每一种无疑都能让他生气。

唐错根本没注意他在想什么,只顾着盯着头顶的巨鲨。

剑吻鲨的体形很少超过四米,但这条巨鲨可能有三十多米长。唐错知道

237

这不是高术精神体原本的样子，它倍化了。而正因为倍化，剑吻鲨过分突出的吻部和口中锐利的锥形牙齿，带来了强烈压迫感。它只是悬停在空中就已经足够震慑人心。在唐错见过的鲨鱼之中，论长相它显然是最称不上"好看"的那一类。剑吻鲨突起的吻部破坏了鱼身整体的线条流畅性，让它看上去仿佛一个生活在深海之中的古怪异形，很不讨人喜欢。

唐错所说的"好看"，并不是指长相上的漂亮或者舒服。

这条剑吻鲨通体泛出柔和的色泽，因为它的皮肤是特殊的半透明形态，皮肤之下流淌的血液让它呈现出新奇的粉红色。当日在夜里见到它，灯光与星光在水性保护膜和鲨鱼皮肤上的反光让唐错无法分辨它的色泽。此时在夕阳之中，剑吻鲨正晃动着它狰狞的面孔，用一种美丽且富有节律感的方式，在浑圆的水性保护罩里自得其乐地打转。

唐错是真心觉得它好看。无论是当日驱赶毕行一的章鱼时缓慢游移在城市楼群之中的巨鲨，还是在疲累的时候出现在他眼里的、如同星夜王者一般的巨鲨。它本就是这样的长相：安然且庄重，仿佛对人世间的所有评语全都不屑一顾。

……当然这些都是自己的脑补。唐错很快提醒自己：剑吻鲨之所以安然且庄重，完全是因为高术的精神世界也同样安然且庄重。

"造物真奇妙。"唐错对着高术笑，"美和丑都是人类的标准，自然界不会用外表筛选自己的子民。《特殊人类通识》课本里最后一章的结语，我很喜欢这句话。"

高术："……书呆子。"

唐错冲他咧嘴一笑。

理解了唐错的意思后，高术心里那一点儿无端生出的郁气消失得无影无踪。他甚至兴起了要跟唐错仔细聊聊自己这条剑吻鲨的念头。

"它还可以变小。"高术控制着内心的雀跃，冷静地说。他知道这一定能让唐错激动："可以微化的精神比可以倍化的精神体少，而同时两者兼备的，更是罕见。"

唐错睁圆了眼睛，先是诧异，随即狂喜："可以倍化也可以微化的精神体？我只在书上看过，从来没真的碰到过！"

"好吧，既然你这么想看。"高术绷紧了脸皮，忍住笑意。

朝着剑吻鲨招招手，巨鲨轻巧地打了个转，朝着高术靠近。唐错为了更近一点儿地观察剑吻鲨的模样,连忙跑到高术的身边。

"哇。"他毫不掩饰自己的兴奋,"它的牙齿太漂亮了!"

高术认为唐错这人的缺点里可能要加上一项"眼神不行"。

他举起手,冲着剑吻鲨亮出自己的手心。巨鲨缓慢靠近,尖长的吻部轻轻触碰了高术的指尖。

烈风瞬间从天台顶上卷起,吹得人摇摇晃晃。剑吻鲨迅速缩小到二十厘米长短,唐错双掌掬成碗状,让剑吻鲨正正落在自己手心。鲨鱼不能贴紧他的皮肤,但冰凉的水性保护膜触到了唐错的手心。小小的剑吻鲨就在他手心里打转,偶尔张开嘴,装作正在吐泡泡或者捕食猎物。

高术小时候一直不能让精神体定型,每次释放精神体,出来的都是一团朦胧的雾气。据说是因为他的压力太大了,或还没有触碰过自己喜欢的动物。于是高天月和妻子带着高术,跑到大洋洲旅行散心。

目的地选择大洋洲是高术母亲的建议。她想让高术摸一摸、看一看树袋熊。

高天月提醒她,与其摸树袋熊,更适合自家小诺塔的明明是可爱的肉食性动物袋獾。高术当时对父母的计划完全一无所知,他摸了袋鼠,摸了树袋熊,摸了袋獾,还摸了鳞片冰凉的蛇。

但临回国的前一天,释放精神体时仍然是一团没有形状的雾气。母亲失落至极,唉声叹气,愧疚的高术不敢和父母说话,沉默地跟着两人在海滩边行走。

"摸鱼吧?"高天月提议,"我的精神体也是水生动物,水生动物没什么不好。对不对,儿子?"

高术点点头,但母亲却没有同意。她不喜欢冰凉的水性保护膜,想要一个能够时刻抱在怀里的小东西。

码头上有渔船靠岸,船后还拖着一张大渔网,网里有东西在翻腾。高天月抱着高术走近,一条粉红色的剑吻鲨被渔网困住了,正在奋力挣扎。

"爸爸,它受伤了。"高术看着那条比自己还大的鲨鱼说,"流了好多血,我们救它吗?"

高天月询问过渔人之后告诉高术,那是因为剑吻鲨只在深海活动,一旦被捞上浅海,因为气压和水压的变化,内部的血管和肌肉都会爆裂。母亲捂着嘴巴后退,高术根本听不懂这些话,只是看着那鱼在网中翻腾,觉得它很可怜。

"放了它吧?"高术冲着渔人喊,"叔叔,把它放回海里好不好?"

没人听得懂他说的话。码头上聚集的人渐渐多了,有人出钱买下了这条剑吻鲨让渔人直接拉上来,他和朋友要亲眼验证这鱼是不是离开水面就真的会自己爆开。人们推推搡搡,高天月把高术放在岸边,叮嘱他不要乱跑,自己则钻入人群去拉妻子。

惊叹声和欢呼声从人群深处传来,同时响起的还有激动的拍掌声。高术人太矮了,他看不到,但是却闻到了一股极为浓烈的腥臭味,是混杂了鱼腥与血腥的怪味。

有人拖动渔网从码头走上岸。高术乖乖站在一旁,他听见父亲在喊自己的名字,但他的注意力完全被渔网里的一团模糊血肉吸引。

那条鲨鱼死了。

高术从大人们的腿和腿之间穿过,他靠近了那条皮肤破碎的鲨鱼,伸手去碰了碰它仍旧坚硬的长吻。

被母亲抱起的时候高术正在哭。旁人以为他害怕,实际上他是伤心:鲨鱼离水的时候彻底爆裂断气,高术宁可自己碰不到它,也不愿意看它变成陆地上一堆没有知觉的肉团。他抱着母亲的脖子,听见母亲正在和父亲吵架。死去的剑吻鲨让母亲感到恶心,她埋怨高天月为什么要选择到这个码头来散步。

当天晚上,洗完澡的高术站在浴缸里,再一次尝试释放自己的精神体。这是他每一天都要做的功课。但是和之前不一样的是,最近几天他练习释放精神体的时候,父母已经不再关注他的成果了。

高术心里一直想着那条剑吻鲨。他在科普读物里看过这种鲨鱼的照片。鲨鱼的血似乎还留在他的手里,那种触感让高术有些害怕。但很快,他从眼角的余光看见,一团圆乎乎的雾气在自己面前打转。雾气不断翻滚着,渐渐往中心缩,最后凝聚成了一条摆动尾巴的鱼。

它是粉红色的,快乐而活泼,被水性保护膜包裹着,冲高术甩动了第一下尾巴。

"那种感觉……"即便是回忆起第一次见到自己的精神体,高术仍旧感到兴奋,"太神奇,太让人激动了。"

唐错连连点头,他完全理解这种奇妙的感受。世上有一样东西完全是因自己而生的,它会永远伴随自己,直到死去的那天。他在看到自己的熊猫的那一刻瞬间了解了这个只有诺塔和勒克斯才能与精神体共同享有的秘密。

对一个小孩子来说,其世界极大又极小,世界上没有什么东西是因其而来,是完全属于其自身的。玩具和食物是父母赐予的,被褥和枕头是家人准备的。饲养的小猫小狗则是自由的小猫小狗,它们会爬到其够不着的高处,或者跑出其跟不上的速度。而第一次在孩子面前凝聚成形的精神体,是孩子在人世间第一次体会到生命的奇妙和瑰丽——它由自己创造,完全属于自己,并将与自己的灵魂紧密相依,同生同死。

小高术从浴缸里爬出来,衣服都顾不得穿上,披着浴巾就往外跑。剑吻鲨在他身后游动着,紧紧跟随着他。他欢天喜地地冲进父母的房间,指着肩膀上晃动的小鱼咧嘴大笑:小鱼又活了!

母亲当时的尖叫高术现在都还记得。

"她说只要一想到我的精神体,她就会做噩梦,梦见那天爆裂的鲨鱼和码头上的血。"高术耸了耸肩,"说起来你可能不信,她一直孜孜不倦地寻找能人异士,到处问江湖神棍,一个孩子的精神体定型了之后还能不能改。"

唐错瞠目结舌。他连忙安慰高术:"也是会有这种情况发生的……甚至有时候,有的孩子自己都不喜欢自己的精神体。"

"那怎么能一样呢?"高术看着唐错,心想你也是个不懂安慰别人的人,"每一个孩子在成长的过程里都会和精神体相互依赖,但父母不一样。他们不喜欢它,就是永远不喜欢。我知道他们爱我,但是他们不喜欢我的精神体,那跟不喜欢我……其实又有什么区别?"

高天月本身拥有水生生物精神体,他排斥的不是剑吻鲨,而是剑吻鲨带来的不快回忆。因为妻子固执地厌憎着儿子的精神体,为了让两个人都得到平静,高天月便常常劝说高术:别把小鱼放出来行不行?它太吓人了。

年纪尚小的高术尚未懂得,世间的美和丑原来有一个冥冥中的无形标准。他无法理解为什么母亲和父亲都不喜欢自己的小鱼,高天月的劝说只能让他更清楚、直接地意识到:他没弄错,确实连父母都不能接受他的精神体。

"我们跟其他普通的小孩一起在普通的学校里上学,学校里偶尔也会有特殊人类学生。我二年级的时候,听说高年级有个哥哥是勒克斯,而且精神体是水生生物。"高术立起手掌摆动,"一条非常漂亮的红色蝶尾金鱼。"

高术喜欢那条鱼。他看着金鱼在透明水泡里摆动轻盈闪耀的尾巴,于是举起手好让对方注意自己,并乐颠颠地告诉对方:我的精神体也是小鱼,不过它有一点点丑。一同围观的小诺塔和小勒克斯起哄着让他也释放出来看看,太过高兴的高术忘记了父亲的叮嘱,显摆似的亮出了自己的剑吻鲨。

"差点被记过。"说起往事,高术忍不住笑了,"造成了一场小小的混乱,每个人都被吓得乱跑乱叫,有人摔倒了,现场全都是各种跑来跑去的精神体。"

唐错不觉得这好笑。那时候的高术太小了,他的世界只有三个部分,一个是他依赖的家人,一个是他信任的伙伴,一个是他敬畏的师长。三个世界同时否定了高术和他的小鱼,唐错简直无法想象这对高术是怎样的打击。

"上大学之后情况应该好很多吧?尤其我们学了精神体的相关知识之后,不会有人这么……"唐错小心地斟酌用词,"这么没眼色,说你的小鱼不好看。"

高术笑了。"都这么大的人了,还有谁老是夸别人的精神体。"高术顿了顿,小声说,"除了你。"

天台上涌起了陌生的精神体气息,高术的胳膊有点儿痒,他低头,看到一只小体形的熊猫站起身,两只爪子搭在自己的手臂上,鼻子往自己脸上凑。

他的精神体不受欢迎,但高术知道,唐错的精神体完全不同,它是太受欢迎了。

高术把熊猫抱起来,心里有点儿明白母亲为什么执意想要让他拥有一个毛茸茸的灵魂伙伴。它给人的感觉太温暖、太可靠了。

"你真好啊。"高术揉了揉熊猫半圆形的耳朵,看着它说,"我的小鱼就没人喜欢。"

唐错愤愤不平:"那是他们有眼无珠。"

熊猫在高术怀里翻滚,伸爪想碰小小的剑吻鲨。唐错忽然又说:"其实我不喜欢把熊猫亮出来。"

"为什么?"

"别人只是喜欢我的熊猫,"唐错挠头,"他们对我这种平凡普通的人没有兴趣。"

高术其实没有期待唐错怎么安慰自己,但怀里的熊猫很令他开心,笨嘴拙舌的唐错也是。他遇到了一个太容易看穿心思的勒克斯,而恰好对方又对他的小鱼表现出超越高术理解的喜欢。这么凑巧,这么幸运。他告诉唐错,心里很烦的时候他会在天台上喝酒,趁着夜色释放剑吻鲨,任由它在深夜的天空中缓慢巡游。它不能离开自己太远,但这片刻巡游的时光就足以令他的小鱼轻松快乐。而这种轻松快乐最后也会感染高术,令他平静。"只要我在店里,你随时可以上天台发呆。"高术说,"这跟你的熊猫没关系,我邀请的是你。"

唐错想了想:"那天我跟你说我刚刚加班结束,准备回家。你是故意把小鱼放出去,让它去找我的?"

他也把剑吻鲨喊作"小鱼"。高术心头一烫:"是。"

"……你真好。"唐错笑着说。

高术:"……"

这句话不是对高术说的。唐错把脸贴在手心的水性保护膜上蹭来蹭去:"小鱼你真好。"

熊猫在高术怀里拱了半天,找到一个舒服位置停下不动,呼地叹了口气。高术捏捏它的耳朵,注视着熊猫天真的黑眼睛,低声说:"你也很好。"

"剑吻鲨?"白小园从《如何提高塔罗占卜技术——青眉子的独门秘技》中抬起头,"我知道啊,很丑的一种鲨鱼。"

"根本不丑!"唐错看了一眼她的书,"这套书我姐也买了,她最近在看第六本,《百战百胜恋爱方术》。"

白小园兴趣不大:"第六本卖得很贵,幸好我不需要。"

谢子京:"多贵?"

白小园:"原价是五十三块,因为绝版了,青眉子的亲笔签名本被网上炒到六千块。"

唐错:"……"

他姐买的似乎就是签名本。

白小园:"没用的,青眉子自己都没有谈过恋爱,写出来的恋爱技法怎么可能奏效。"

谢子京:"你怎么知道他没谈过?"

白小园:"他这样的神仙怎么可能跟俗世凡人谈恋爱。"

谢子京和唐错交换了一个眼神,憋着笑,翻动手里的《特殊人类人格理论》,这是秦戈交给他的功课。秦戈去刑侦科找雷迟,谢子京无聊至极,只能看书。

正处于业务淡季的调剂科，除了整理日常资料之外，每个人都不忙。白小园看完青眉子的秘技，起身伸懒腰，瞥见唐错正在网上搜索剑吻鲨的照片。她忽然对一件事产生了强烈好奇："大鱼救过你，四舍五入，不就等于高术救过你？你要怎么报答他？"

唐错从没想过这一点，开始苦思。谢子京嘀咕："四舍五入……"

白小园抓起桌面一张纸："你们慢慢聊，我找秦戈签个假条。"

"秦戈在刑侦科。"谢子京连忙提醒，"记得拿点儿糖回来！"

白小园来到刑侦科，吃惊地发现刑侦科里一片忙乱，雷迟身边站着几个面色严峻的人，正跟雷迟汇报情况。她走进来的时候雷迟扫了她一眼，很快又把注意力放回了面前的工作上。

"秦戈，麻烦签个假条。"白小园把纸递给他，"明天请假。"

秦戈唰唰唰给白小园签好了字。他在刑侦科等了半小时，打算问问雷迟鹿泉的事情，雷迟似乎也有问题要问他，但手头的案子有了出乎意料的大进展，他抽不出空。

"根据谢绍谦的供述，申请搜查令。"雷迟起身抓起外套，"作案现场是谢绍谦的家？"

"对。"小刘跟在他身后匆匆汇报，"我们去找谢绍谦是打算再跟他确认一遍上周自驾离开本市的事，但是他见我们开着警车上门，又看见小王和小张整理手铐、枪支，转身就跑。我们追了半条街才逮住他，不等我们问，他自己就吓得什么都说了。现在被羁押在辖区派出所，他是普通人，不能进我们刑侦科审讯，雷组，我跟你一起去？"

雷迟穿上外套点点头，经过秦戈身边时对他说："我出门一趟，下午回来再找你。"他顺便对白小园也点头致意，"我桌上有糖。"说完头也不回，大步走了。

谢绍谦在王铮父母失踪之后的第二天曾自驾前往附近的沿海某座小城。他只待了一晚上，第二日立刻回来了。雷迟手下的人通过检查监控发现了这个情况，本想跟谢绍谦确认离开办的什么事，结果反倒引出了意想不到的进展。

"谢绍谦说他只负责抛尸。"上车之后，小刘压低了声音，"杀人和分尸都是王铮做的。"

组里众人和雷迟重看雨夜当日的监控录像时，曾和雷迟一起到王铮家中探访过的小刘发现了一个古怪之处：两个离开小区的老人，是各自提着一个大行李箱的。

当日两人曾在王铮父母的卧室中简单检查过，两个老人"离家"时确实带走了一些衣服和鞋袜，但这些行李绝对不需要两个行李箱。经过画面比对判断，两个行李箱每个都足有三十寸，仅仅一个都已经足够装下他们消失的衣物了。

这个疑点可供发散思维的地方很多。雷迟制止了小刘等人的想象，让他们兵分两路，一队人再去找王铮了解情况，问他行李箱的事情，一队人则到谢绍谦的店铺里，去询问谢绍谦上周离开是因为什么事。

只是没料到事态急转直下，从人口失踪案直接升级为谋杀事件。

据谢绍谦初步供述，王铮在家中制服两个老人后将其装进行李箱，随后与谢绍谦乔装，一起转移到谢绍谦的住所。谢绍谦虽然住在店铺里，但他还有另一个在郊区的住所，附近不少住户都已经搬走，是适合藏匿的好地方。谢绍谦称自己当时并不知道王铮已经起意杀人，曾经劝过王铮不要动手，但王铮不听，谢绍谦怕牵连自己，把两个老人带到住所后立刻离开，后来接到王铮电话才知道他已经杀人分尸，威胁谢绍谦帮他处理后续的事情。

雷迟心里一直不断有各种想法打转。他总是想起雨夜当日在危机办门口等待自己的青年，胆怯、畏缩、自卑。现在想来，那些畏怯的举止，或者并不完全出于对自己半僵化人类身份的自卑。

报案称父母失踪，雷迟认为王铮这个行动至少证明，他是非常冷静的。王铮长期宅在家中，但他的父母不是。按照福兴三村左邻右里的态度，若是王铮父母多日不见，必定有许多流言蜚语，这是王铮绝对应付不了的。而本来他父母就已经有离开他的念头，王铮便干脆顺势而为，让父母离家成为符合逻辑的事情。

这个人很聪明，很自负——雷迟心想，同时也非常残忍。

谢绍谦在初步的供述里提到了"分尸"。王铮当日来到危机办时，按时间推算，应该已经处理了父母的尸体。在犯罪之后立刻面对侦查人员，王铮既恐惧又镇定，他的矛盾之处很让雷迟困惑。

福兴三村已经一片轰动，围观者众。王铮被危机办的人带走，联合办案的辖区派出所这时候也不得不出动，一起搜查王铮的房子。王铮的房间里堆着不少电子配件，派出所刑侦支队的队长拿起了王铮放在床头的耳机，皱眉看了半天。

"雷组长。"他朝着雷迟打招呼,"你来看看……不是,你闻一闻。"

这是一个白色的头戴式耳机,造型漂亮流畅,整副耳机上只有两道接缝。雷迟看到了接缝里的黑色残迹,他动动鼻子闻了闻:"是血。"

支队长脸色一沉:"谢绍谦说分尸地点在他家里,王铮这儿怎么连耳机也沾了血?"

众人不敢耽搁,立刻从市局请来现场鉴证人员,测试房子里的鲁米诺反应[1]。但出人意料的是,除了这副耳机之外,现场并没有任何大面积残留的血液。

耳机被装入了证物袋,队长自言自语:"用这个耳机制服了两个人?这能砸晕人吗?"

雷迟耸耸肩,没有说话。王铮的电脑也被带走了。他站在青年的卧室中环顾四周,心情异常沉重。半僵化人类的形象在社会上本来已经很糟糕了,必定会因为这件案子而遭到一次毁灭性的打击。

小刘接了个电话,告诉雷迟:"谢绍谦自驾到外地果然是为了弃尸。他那辆车是面包车,平时用来送货进货,也没人起疑。尸块就在行李箱里,他们还往里面灌了一些水泥,以确保行李箱入水之后会沉底。"

车上的另一个同事困惑道:"这两人还分尸?不怕被人闻到吗?胆子可真大。"

雷迟:"那几天都是暴风雨,很少有人出门,气味都被风和雨水冲散了。"

小刘欲言又止,吞吐半天才小声说:"其实不止分尸,为了避免尸体找到后验出 DNA,谢绍谦说王铮还把尸块给煮了。派出所那边的人正赶往谢绍谦的家,现场……应该挺那啥的。"

车内顿时一片沉默,良久,雷迟身边的同事才恶狠狠啐了一声:"那可是他爸妈。"

雷迟抵达辖区派出所时,所里挺热闹的。不少人听闻危机办这位有名的年轻人是个狼人,走过路过都忍不住多看两眼。雷迟已经习惯了这些目光,并不在意,直接跟着支队长往审讯室里走。

"谢绍谦供述得很快,基本上我们问什么他就答什么,希望王铮也配合。"

---

1 鲁米诺反应:在法医学上,此反应又叫氨基苯二酰–肼反应,可以鉴别经过擦洗很长时间以前的血痕。

支队长告诉雷迟,"雷组长,不好意思,你不能参与审讯,目前都得我们来做。"

小刘小声在旁发牢骚:"本来就该你们来做。"

雷迟瞥他一眼,他连忙噤声。"我明白。杨队,能帮我问个问题吗?"雷迟说。

支队长:"你说。"

雷迟:"问一问那副耳机的事。"

支队长:"耳机?耳机怎么了?"

雷迟:"那耳机我总觉得有点儿熟悉,但一下想不起来在哪儿见过。"

和谢绍谦竹筒倒豆一般的供述速度相比,王铮一直保持沉默。他被带回危机办之后一直闷不吭声,直到雷迟和小刘进入审讯室。王铮看了雷迟一眼,迅速低下头。他现在不需要伪装了。雷迟确认这应该是他的习惯性动作,他害怕和别人对视。

半僵化人类在外貌上十分显眼:红色的眼球,皱皱的皮肤,发白的脸庞与头发,还有逐渐僵硬的关节。随着病毒的入侵和病况的恶化,半僵化人类的大脑会慢慢产生空洞,这会让他们逐月逐年丧失说话、行走和思考的能力,最后只剩下原始的生存欲望:食物成为他们的唯一追求。

但现在控制僵化病毒的药物种类很多,效果也非常好。只要严格遵照医生叮嘱去服药和复检,病症可以得到严格控制。在危机办内部设置的半僵化人类办事处、半僵化人类就业指导中心和国家博物馆里的半僵化人类分馆等单位里,不少和王铮一样的特殊人类也仍旧在正常工作。

雷迟看着正接受小刘问询的王铮,半晌都没有说话。

刑侦科里也有三个半僵化人类,他们身处不同的工作岗位。或许是因为雷迟自己也是特殊人类,他平日接触的人之中,大部分不是诺塔、勒克斯,就是狼人和半僵化人类,从某种意义上来说,他们均是同类。同类与同类相处甚欢,除了地底人和半僵化人类之间存在渊源已久的积怨之外,大部分特殊人类都很乐意和特殊人类沟通。彼此之间没有隔阂,说话也不需要时刻斟酌。

但雷迟此时却忍不住思考,这会不会让他们自以为已经处在一个安全平等的空间里,而忽视了圈子之外人数更庞大的普通人?

"我们这样的人能正常活着已经很难。"王铮嘶哑着声音说。

雷迟知道自己不能完全理解王铮的痛苦。他只是在想,和自己那三位同事相比，王铮会更难吗？封闭的环境是闭塞的，但也是相对安全的。

又或许，痛苦是根本不可以比量的。旁人看来再小的疼，落在自己身上也是撕裂心肺的疼，是只能自己咬牙忍着的疼，不经受的人不可能明白。

"父母和子女的关系太难了，我真的不懂，也不知道怎么处理。"王铮低声说，"这就像是永远不会停的相互折磨。我没办法永远当他们炫耀和骄傲的资本，他们也没办法给我我想要的支持和理解。"

小刘："这就是你杀了他们的原因？"

王铮："……不完全是。"

今年年后，谢绍谦的店里资金没能及时回笼，他和王铮想尽办法，一个找地下钱庄借钱，一个在网上用身份证贷款，总算暂时渡过了难关。但店里的生意一直没有起色，两人实在维持不下去了，眼看还款期就要到了，但手上连一半的货款都凑不起来。在谢绍谦的提醒下，王铮想起父母卖了中心城区的房子给自己治病后，似乎还剩下一点儿钱。谢绍谦打起了这些钱的主意，还提醒王铮：两个老人都有退休金，退休金现在还不都是用在你身上？

但得知王铮的打算后，父母几乎在瞬间就暴怒起来。

"很多很难听的话。"王铮呆呆看着雷迟手里的笔，"我没用，我不要脸，我是他们的拖累。明明完全是他们的寄生虫，还有脸向他们要钱。"

他忽然缩了缩脖子，像是想到了什么让自己难受的事情。

"……我妈说了一句话。"王铮皱巴巴的脸抖动着，像是想笑，但另一边嘴角却耷拉下来，狠狠咬着牙，"我跟她说，我自食其力挺好的，也不要很多，就五万块钱，一个月后就能还，我让他们信我一次。她就看着我说，你都不算是人了，我凭什么信你？"

王铮想抬手挠脸，但双手被铐住了，抬不起来。他在凳上晃了晃，看着小刘和雷迟："她说我不是人，那我到底是什么呀？"

小刘看了看雷迟，雷迟一直没说话，他只能接着问下去。

"是从这件事开始起了杀心？"小刘问，"谢绍谦说他劝过你。"

"他没劝过。"王铮冷静地说，"是他告诉我他有一个适合处理麻烦的地方，还叮嘱我在动手之前，记得先问退休金账户的密码。"

除了那笔卖房所剩的钱之外，王铮和谢绍谦还需要退休金。因此两个老人不能死，只能失踪，只能把他们伪装成丢弃儿子暂时失去联系。行李箱是王铮买的，他跟父母说谢绍谦打算搬家，父母并没有怀疑行李箱的用途。连烹煮尸块的提议也是谢绍谦提出来的，为了更完美地把这一切伪装成失踪，他甚至主动提出载着行李箱到别的城市去抛尸。

"他让我把所有钱都拿出来，我和他五五分。"王铮说，"我答应了。聊这些事情的时候我都录了音，你们可以在我电脑放资料的盘里找到这些语音记录。"

小刘把他的话全记了下来。

"……所以从年后不久，你就已经有了动手的打算？"雷迟接口问。

"想过很久了。"王铮很平静，像是在叙述故事，"他们总是对我不满，从我高考失利的时候开始。感染了僵化病毒之后我是不想搬家的。但是他们觉得丢脸。我是受害人，我有什么可丢脸的？但他们不是这样想的。搬到福兴三村之后我跟朋友没了来往，那边也没有适合我们这种人工作的地方，除了待在家里，我还能去哪儿？"

他越发愤怒。

"在原来的地儿，别人好歹还知道我是怎么感染的，福兴三村里全都是流言蜚语，说什么的都有。他们不辩解，回来就骂我，说是我不检点，说要不是我没考上好大学，找不到好的工作，何必要去做上门推销的骗子，自然也不可能碰上这种事情，拖累全家……"

说得太急，他连连咳嗽。逐渐纤维化的声带和喉咙会让他发声困难，吞咽功能下降，王铮喘了几口气，闭上了嘴。

"你是怎么动手的？"雷迟又问。

雨连续下了几天，起初断断续续，后来渐渐大了。王铮和谢绍谦约定好动手之后，他把安眠药混在家中的茶水里，让两个老人喝了下去。等两人昏睡之后，王铮便把两人分别装进了大行李箱里，等待谢绍谦接应。谢绍谦把车停在监控死角，来的路上借着越来越大的雨势，用石块击坏了几处监控摄像头。王铮和谢绍谦穿上老人的衣服，为了让自己瘦削的身材看上去更像母亲，王铮在身上连连套了好几件。

两人撑着伞，戴着帽子，慢吞吞推着行李箱走出小区。小区的保安亭形同虚设，路上也几乎没有人。一切顺利得出乎他们的想象，两人很快把行李箱转移到谢绍谦的家中。

在等待老人苏醒的过程里，谢绍谦和王铮准备好了电饭煲和锅。

父母醒来之后立刻知道不妙，连忙向王铮和谢绍谦求饶。王铮当着谢绍谦的面，从两人口中问出了退休金账户和家里定期储蓄账户的密码。

"我跟他们说，只要把退休金和存款的密码告诉我，我就放了他们。"

小刘："你的父母信吗？"

王铮忽然静了片刻。

他的脸在灯光下显出一瞬间古怪的扭动。

"……我爸不信，但我妈信了。"他抽搐了一下，声音有些变了，"我妈说铮铮，妈妈信你，你不要害妈妈。"

雷迟和小刘飞快对视一眼：王铮在动摇。

"她还哭了。"王铮又开始喘气，"我……我原本很少见她哭。可她后来常常哭，尤其在知道我感染了病毒之后。"

小刘又问："你最后还是动了手，谢绍谦做了什么？"

"谢绍谦就在屋子里，他催我快一点。"王铮低下头，大口大口地喘气。他的泪腺已经遭到病毒的侵蚀，流泪哭泣对他来说是一件十分艰难的事情。

为了让王铮更方便下手，谢绍谦举起电饭煲，砸晕了两个老人。

分尸整整花了一天的时间。王铮的耳机就是那时候沾上血的。

雷迟直起腰："为什么要戴着耳机？"

王铮："……我要冷静。它能让我冷静。"

雷迟："你妈求你的时候你是不是已经不想杀人了？"

王铮："我不知道……还是想的，就是……就是不太敢了。"

回忆起当天的事情，他终于显得慌乱不安。

雷迟："所以你戴上耳机是为了可以更冷静地下手？"

王铮："不做不行。如果把我爸妈放走，他们不会放过我的。"

在清理现场和往行李箱里灌水泥的时候，谢绍谦跟他说应当装作去寻找父母，最好去派出所报案，好让失踪显得更真实些。泼天的大雨当时仍未停，王铮换了衣服，扮成别人回到小区。卸下伪装之后，他套着黑色雨衣出门，在福兴三村附近转了好几圈，还问了几个人派出所应该怎么走。没人给他好脸色看，王铮最后只好来到危机办，见到了雷迟。

"你动手的时候，没有后悔过吗？"小刘忍不住问。

王铮呆了片刻，脸上又开始抽动。他的声音极低极低，几乎听不见。

"割我妈喉咙的时候她疼醒了……她已经不能说话，但我知道她讲了什么……她说铮铮，妈妈疼……"王铮剧烈地发起抖来，"……我也不想的……

我也很难过……"

雷迟抓了抓脑袋,冷漠地盯着颤抖的王铮,起身离开审讯室,让另一个人来接替他。

办公室里烟雾缭绕。他拨开雾气,走出了危机办的办公大楼。在院子里透气的时候,他看到了办公楼侧门边上钻出了一个毛茸茸的小脑袋。

几乎就在瞬间,雷迟一下来了精神。

那是一只小猫,大耳朵大眼睛,正盯着他看个不停。

"……嘘。"雷迟不懂应该怎么招呼那只小猫,嘘了半天,小心地蹲下来,冲它招招手,"喵?"

他喵得粗犷,小猫汗毛直竖,转身跑进了侧门。侧门里只有一个办公室,办公室里只有一个人拥有小猫。雷迟起身往调剂科走去,途中还抻了抻自己的衣服。他的衣服上沾满了烟草的臭气,他不确定白小园是否适应这种味道。

沙猫窝在白小园的办公桌上,看到雷迟走进来,紧张得尾巴都竖了起来,中气不足地朝他"喵"地吼了一声。

雷迟:"……"

真好玩,他心想。

唐错和白小园都在伏案工作,白小园抬头看他一眼,对他点点头打招呼,继续琢磨手头的资料。

"秦戈呢?"雷迟问。他确实有事情要找秦戈问,秦戈似乎也要找他沟通什么难题,他对自己说:我可不是专门为小猫而来的。

"和谢子京到楼上开会了。"唐错扬扬手里的资料,"又有工作安排。"

雷迟:"最近并没有大型活动。"

"不太大型。"唐错笑道,"不过今年高主任打算给机关部门和高校的诺塔、勒克斯都做一次'海域'筛查。"

雷迟了然:"因为毕行一那件事?"

唐错点点头,似是欲言又止:"……总之就是这样了。我和小园拿到一些资料,正在研究。"

雷迟终于逮住了机会,转头去看白小园和她的猫。他忽然发现白小园的桌面上放着一副十分眼熟的白色头戴式耳机。他顿时想起自己为何对王铮的耳机感到熟悉了:他确实曾在白小园的桌面上看过不止一次。

"你也喜欢听音乐?"他问白小园。

白小园一脸不耐烦地抬头，看看雷迟又看看他指着的耳机："这不是听音乐的耳机，是我们诺塔专用的白噪声耳机。"

雷迟顿时一愣，说声"不好意思"，拿起了白小园的耳机。这副耳机与王铮那副一模一样，机身上涂装着一个颇大的 H 字样。

"这是高端白噪声耳机。"白小园把因为雷迟的靠近而显得越发紧张的小猫抱在怀中，"不适合你，三万多块一个。"

雷迟："为什么不合适我？"

白小园："这个耳机只能听专用的白噪声，是给没有办法在日常生活中维持平静心态的诺塔用的。简单来说，这个耳机里的白噪声，只有诺塔和勒克斯能听得清楚，你是狼人。那些声音对你来说只是杂音。它不能听音乐，你买也没有用。"

白小园一脸"不要打算跟我用同款，你没这个机会"的坚定表情。

雷迟想问白小园因为什么不能保持平静，但脱口而出的却是另一个问题："那半僵化人类能听吗？"

"肯定听不了。"白小园认为雷迟的理解能力显然很低弱。

雷迟："谢谢，有机会请你吃饭。"

白小园："……"

雷迟一溜烟走了，唐错莫名其妙地鼓起了掌。

拿到已经被登记为证物的白噪声耳机之后，雷迟自己先戴上听了一会儿。

这个耳机机身上只有一个数据接入口，且形状与平时的数据接线口完全不一样。雷迟听了片刻，确认白小园没有骗自己：他确实只能听到极细微的声音，像是街市之中来来往往的人声，离自己极远极远似的。

"小刘，你来一下。"

小刘跑到他身边，雷迟把耳机交给了他。

"……嗯，这是卖早点的吆喝声。"他皱眉听了几分钟，"还有水声，河边吧？还有……汽车经过的声音。雷组，这个白噪声好像是在街边录制的。"

"你能听得这么清楚？"雷迟有些讶异。

"能啊。"小刘摘了耳机，翻来覆去地看，"这机子可贵了，去年刚出的 M 系列版本，我想买来着，可是钱不够。"

雷迟把耳机拿回来，随口问："每个诺塔喜欢的白噪声都不同，你喜欢什么？"

"我喜欢风声。"小刘笑道，"我的精神体是鹰嘛。"

"这跟精神体有关？"

"不一定的，准确点儿说，跟诺塔的精神世界有点关系。"小刘解释，"诺塔喜欢和渴望什么，他就会倾向于选择什么样的白噪声。"

雷迟拿着耳机，拐了几个弯，来到刑侦科的行政办公室。

"谢亮，有空吗？帮我个忙。"雷迟对办公室里的一个男孩说。

那男孩的一双眼睛是暗红色的，脸部和手部都有发皱的皮肤。他起身走过来，好奇道："什么忙？"

"你戴上这耳机听听里面是什么声音。"

半僵化人类的听觉和视觉都会因病毒的原因而遭到损坏，谢亮听了几分钟，皱眉摇头："听不清。"

雷迟："好的，谢谢你。有空请你吃饭。"

谢亮笑骂道："请吃饭是不是你的口头禅？听你说几百遍了从没见你真的请过。"

雷迟抓着耳机走了，又溜到证物室去找另一个同事。刑侦科里的三个半僵化人类他都找了一遍，每个人的答案都是一样的：听不清楚。

王铮说耳机能让他平静，雷迟非常好奇他到底从耳机里听到了什么。是隔绝了外界声音的寂静，还是这些遥远的、嘈杂的人声？

想再去找王铮询问，小刘却告诉他王铮刚刚晕倒，现在已经送往二六七医院了。

"好几天没正经吃过饭了。"小刘说，"他连做饭都不会，想叫外卖但又没有钱。"

雷迟："……好吧，先停一停，把我们手头得到的信息整合一下。对了，这耳机是哪个公司出的？"

"胡氏。"小刘指着机身上那个硕大的H字样涂装，"它的创始人叫胡朔，很有名，全国各地搞巡回演讲，推广他的白噪声商业模式，叫什么……挣一个亿？这个H就是他的姓氏首字母嘛。"

秦戈从门外走进来，正好听见这句话："谁要挣一个亿？雷迟你啊？"

见他来到，雷迟十分高兴，几乎直接从椅子上蹦了起来："我要是挣了一个亿肯定分你一半。秦科长，有些事情我想请教你。"

他拉着秦戈来到了走廊，面色渐渐平静。雷迟一旦平静，莫名其妙地显得十分严肃，就连秦戈也不得不严肃起来。"鹿泉事件发生之后，确实是刑侦科的外勤组去处理的，但是档案不在我们这儿。"他指了指上方，"科长没明说，但我查到鹿泉的调查档案全都转移到了特管委，我们这儿一点儿也没有留下。"

秦戈对此并没有太大的期望，便点点头，问出了真正想要细询的问题："当时去调查鹿泉事件的外勤支队，你知道是哪一支吗？"

雷迟犹豫片刻，低声告知："是狼牙。"

秦戈"嗯"了一声，面上并未显出太多波澜。两人闲扯了一会儿狼牙支队队长的精神体究竟是什么品种的狼。雷迟逮到空隙，岔开了话题："秦戈，我这儿有一个故事想告诉你。"

秦戈好奇道："故事？你说。"

雷迟告诉秦戈的是 X 的故事。

从蔡明月手中逃生并被父亲和母亲带回家中的小孩，从城里回到了山村。周雪峰没有给过母子俩什么爱意。孱弱的母亲也不能保护他，甚至最后死了，还是自己孩子挖坑埋下去的。

"他母亲死后几年，周雪峰也没了。"雷迟回忆着报告上写的内容，"周雪峰是因为山顶落石砸中脑袋，意外去世的。之后 X 就失踪了，到目前为止，我们都还没有找到他。"

"X？这个代号不太吉利。"秦戈笑了笑，正色道，"你想问的是什么？"

"秦戈，你是研究'海域'和精神的，你认为 X 的'海域'会是什么样的？在这样的生活环境里生长，X 的心智和人格可能正常吗？"

秦戈看着雷迟："正常和不正常的界限在哪里？"

雷迟没有吭声。

秦戈："你是不是怀疑，周雪峰的死并不是意外。"

雷迟很快给了他答案："对。你知道我是因为什么案子而来到危机办总部的吗？"

秦戈："当年水泥藏尸案。"

那件案子的主犯是一个二十来岁的青年，无父无母，先后被转手拐卖十二次，在他并不长的人生中，凌辱和痛苦的记忆占据了绝大部分岁月。"一个具有特别明显的反社会人格，典型得可以成为教科书案例的愉快犯。"雷迟说，"X的经历让我想到那个人。他应该很怨恨周雪峰。"

秦戈想了很久。

"精神调剂师也不是万能的。如果想对一个'海域'做出判断，至少先决条件就是，我们必须跟当事人面对面，谈一谈，看一看。你这样描述，我没有办法回答你。"他告诉雷迟，"如果有调剂师能够光凭你的描述就做出判断，千万别信他，他是骗子，而且是极其自负的骗子。"

雷迟肩膀一塌："连你也不能回答……"

"但我觉得你的怀疑很有意思。"秦戈用上课一般的口吻说，"你为什么认为周雪峰是X杀的？因为X可能会恨自己的父亲？"

雷迟一脸悉心听教的模样："对。"

秦戈："因为周雪峰殴打妻子和儿子，所以你认为X会怨恨施暴者？"

雷迟："……难道不是吗？"

秦戈："你能给我的信息太少了，我只能说，其实有例外。"

雷迟一下来了精神。

秦戈接下来说的话大大出乎他的意料。

一个从幼儿时期就开始承受父亲施暴的孩子，其人格和心智发育过程与平常的婴孩是不一样的。他学会的最深刻事情，不是抚慰和爱，而是笼罩在这个家庭和亲子关系中的权力有多么强势。

周雪峰在这个畸形的家庭中，是权力的绝对代表。他控制着自己的妻儿，包括他们的行动、衣食，还有生死。而孩子会天然地依赖母亲。当他遭受伤害的时候，母亲成为他本能的选择：他会向母亲靠拢，祈求母亲的庇护和爱。

但X的母亲没有给他想要的回应。当日在医院里，她在孩子和丈夫之间选择了周雪峰，秦戈并不认为她会给予忍受暴力的X以庇护。

X从未学习过怀疑和反抗周雪峰，但母亲和他是同一阵营的——两人都是弱者。

X不敢怨恨周雪峰，但他会怨恨不保护自己的母亲。

"无论是成人还是孩子，在面对艰难选择的时候，其实都会下意识地倾向更容易、更好接受的选项。"秦戈告诉雷迟，"恨母亲是轻松的，但X不能恨自己的父亲，这会完全背离他一直以来受控的状态，会让他怀疑权力。他也害怕暴力和疼痛，所以连质疑自己的父亲都做不到。这其实是一种近似于斯德哥尔摩的症状，常常会出现在遭受长期家暴的孩子身上：他们会责备弱者，比如家庭里的女性，责备她为什么不反抗，为什么不离开，反而牵连了自己，让自己承受更大的痛苦。

"周雪峰让 X 知道了权力的好和痛，他从周雪峰这里学到的也是权力的好和痛。你问我他的人格和心智会怎样，我不知道，周雪峰是不是他杀的，我也不知道。但是周雪峰教给他的事情，一定会非常深远地影响他的一生。"

说到这儿，秦戈忽然愣了一下："等等……X 和卢青来……"

"不是同一个人。"雷迟立刻说，"查过当年出生的病历记录了，和卢青来的医疗档案比对过，两个人的血型和年龄都不符。"

秦戈松了一口气："也对，X 应该不会舍弃自己的姓氏。"

雷迟："什么？"

秦戈："如果——我说的是如果，刚刚那些话全都是推测——如果 X 真的崇敬周雪峰，那他不会舍弃'周'这个姓氏。它是 X 和自己最初遇到的权力支配者之间最明显的联系，他不舍得。"

雷迟靠在墙边，久久都说不出一句话。

翌日，小刘告诉雷迟，他们已经查到生产 M 系列白噪声耳机公司的地址，恰好此时他们的创始人胡朔正在办公，可以前往拜访。

雷迟："胡朔是不是你们偶像啊？"

小刘一惊："雷组你咋知道的？"

雷迟："他好像很出名。"

小刘"嘿嘿"笑了："特别厉害。他自己就是一个诺塔，跟我们年纪差不多大，白手起家，去年已经登上中国富豪排行榜了。"

雷迟："所有的白手起家都是鸡汤。"

小刘："我爱喝鸡汤。"

谈到胡朔，雷迟带着的几个年轻人果然都有很多话可说。雷迟一路都在假寐，有一搭没一搭地听着其他人聊天。抵达胡朔公司时将近中午，胡朔正好结束会议，满面春风地大步走向雷迟，与他热情握手："雷组长！久仰大名！"

雷迟："久仰我什么大名？"

胡朔："狼人协会会长雷迟啊！我们公司最近在制作一个以狼人狩猎为主题的 VR（虚拟现实）游戏，到时候还需要雷会长多多关照……"

雷迟听不明白，沉着脸跟在胡朔身后走向他的办公室。开放办公区里不少年轻人正围着一台电脑叽叽喳喳讨论事情。雷迟简单告知胡朔，自己是来调查M系列白噪声耳机的。

"M系列？"胡朔满脸堆笑，"那正巧了，这是我们公司另一个合伙人主持研制的白噪声耳机，他今天正好也在这儿。"

胡朔转身往回走了几步，大声朝着办公区招呼："周游！"

一个三十来岁的青年在人群中直起身，皱眉看向胡朔和雷迟这边："嗯？"

周游对身边的年轻人叮嘱几句后走了过来。他精神饱满，笑意盈盈，英气勃勃的脸上满是热情："你好。"

雷迟见过周雪峰的照片，也见过周雪峰一家三口在老房子门前拍的合影。他记忆力很好，始终牢牢记得周雪峰和那妇人的模样。周游的五官和脸部轮廓，与他们俩有一种奇特的相似感。

但与周游握手时，手里接触到的人体温度是正常的，手心干燥，没有因为紧张而沁出汗水。雷迟在心中暗笑自己过分敏感。

"危机办的人，来问M型机的事情。"胡朔对周游说着，把几个人引入了会议室，"把M型样机拿过来。"

样机与王铮拥有的那副耳机一模一样。周游向雷迟等人介绍手里的机器。

胡氏是专门研究白噪声和白噪声播放器械的企业，这款M系列去年推出，是针对高端人群的机器，售价三万余元，销量可观。机身流畅完美，系统封闭，整体只有一个特殊接口，专用于耳机充电。耳机内置蓝牙及Wi-Fi接收设备，无须连接任何主机，只要在电脑或手机上识别出耳机代码，就可以进行数据传输。

雷迟和小刘等人面面相觑：他们暂时并未听出这耳机的特殊之处。

"M系列的耳机有一个专属的音频库，也就是我们的VIP库。这是我们的会员专属音频库，购买了M型机就会自动成为我们的会员。"周游解释，"这个音频库里有六千多种白噪声可供选择。或者如果音频库里的白噪声也不能满足消费者的要求，那么只要他提出需求，我们可以为他找到和设计出专供这个人自己使用的白噪声。"

市面上的廉价白噪声耳机一般匹配一个雷同度相当高的白噪声库，M系列主打定制白噪声，在高消费人群和追求品质的诺塔中很有名气。

"一个M系列耳机只能安装一种白噪声。"周游说，"除了白噪声是我们专门定制的之外，耳机也是完全个性化定制的。每个诺塔的情况不一样，听力强弱程度也会有细微的差别。他们购买耳机的时候会写下自己想要的白噪声类型。"

周游打开电脑,调出了一份调查表,雷迟瞥了一眼,足有一百二十道题。

"这一百二十道题能让我们充分了解诺塔的需求。比如有的人喜欢水声,但他不喜欢雨声,不喜欢过大的风声,也不喜欢水里的岩石阻碍水流时发出的细微声响,甚至不想要虫鸣,他只能接受水中鱼儿吐泡泡或者跃出水面的声音。"周游调出一份调查表,"我们会为他专门定制一个绝对满意的白噪声,然后根据白噪声的特性去调整耳机的属性。由于每个人需求的白噪声都会有这样那样的不同,基本上 M 系列耳机的设置也是独一无二的,没有完全相同的两个产品。"

"既然所有的白噪声都是你们设计和制作的,那麻烦帮我查一查这个耳机里的白噪声是否有别的杂质声?"雷迟说,"这是我们经手案子里的耳机……不经过你们设计的杂质声是可以查出来的吧?"

周游和胡朔接过耳机时,两人都默默对视了一眼,似是在无声沟通。耳机夹缝上的黑色血迹很显眼,胡朔很快放开了手。周游使用电脑与耳机相连,片刻后忽然拧起了眉头。

"耳机里的白噪声不是我们公司制作的。"

雷迟一愣:"什么?"

"这是个盗版白噪声。"周游把电脑屏幕转给雷迟看。在播放白噪声的界面上,醒目地显示着"无法识别来源"六个字。

"盗版白噪声是怎么回事?"

"M 系列耳机去年推出,大概年底我们就发现有部分产品出现在二手的高价市场上。不少人抢购,但自己用不了这么多,很快会转手卖掉。问题在于,购买耳机的时候耳机内置的白噪声是跟购买者的喜好相匹配的,当它转移到别的诺塔手里,它就用不了了。一个喜好听水声的诺塔不可能接受风的白噪声。"

"耳机里的白噪声不能改?"

"可以,但我们要收钱。"周游笑道,"生意嘛。"

胡朔在一旁补充:"很多购买了二手耳机的人并不愿意再花一笔钱到我们这里来修改耳机的内置白噪声,他们会在网上寻找教程,破解系统后下载网友自己制作的盗版白噪声。这些白噪声不是我们的产品,所以我们不能判断里面什么是杂音。毕竟粗制滥造的东西,一切声响都有可能是杂音。"

来的路上小刘戴着耳机听了一路的街边噪声,听得他心烦气躁。但很遗憾,这长达一个小时的白噪声里,他没有听见任何有指向性的人声。

"另外,耳机里这个白噪声的更新时间是四天前。"周游说。

四天前,那就不是王铮犯案的时候了。

"之前的白噪声还能复原吗?"

"不能了,耳机里只能安装一种白噪声,下载了新的必定会覆盖旧的。"周游异常耐心,"雷组长,你是狼人,你可能不太了解。诺塔需要的白噪声是具有排他性的。他睡觉或者需要安静的时候,只能听自己最能接受的那一种声音;如果播放了别的,可能会产生相反的效果。因此白噪声耳机即便设计成可以安装多种声音实际上也没有意义。更何况我们的耳机在设计时就只针对购买者一人,所以重点放在它的声效配置上,不是存储空间。"

雷迟扭头看小刘,小刘点点头:"我现在用的白噪声耳机也只能安装一个声音。"

周游和胡朔都看着雷迟,恭敬又得体:"雷组长,还有别的事情吗?"

雷迟看着耳机,又看看周游。"你是诺塔?"

"我是勒克斯。"周游回答。

"周先生是在哪里读的大学?"

周游笑了:"这问题跟案子有联系吗?"

雷迟也笑笑,转而问另一个问题:"您说这耳机的设置都是独一无二的,仅针对购买者一人?"

周游:"对。"

雷迟:"你们的购买者都在购买的时候填写了详细的调查表,你们是根据调查表里的内容来调整耳机的?"

周游:"是的。"

雷迟:"那只要弄清楚这个耳机的设置,就等于找到了当初购买耳机的那个人,对不对?"

周游这回没有回答,只是微微点头。

"麻烦您帮我再查一查,这副耳机是谁购买的。"雷迟说。

周游低头看着耳机,脸上仍然是平静得体的笑容。

"雷组长,很遗憾我们没办法帮您这个忙。"周游看着雷迟,"VIP 资料是我们公司的客户隐私,没有正规的手续,我们不能透露给任何人。刚刚您只是想让我们帮您答疑,我们很支持危机办的工作,所以帮了这个忙。但客户资料确实不行,请雷组长谅解。"

雷迟直起腰,把桌面上的耳机抓在手里。耳机装在证物袋里,袋子被他抓得沙沙作响。

"雷组长要是能拿来协查的通知,我们一定配合。"胡朔笑眉笑眼,"警民合作嘛……危机办是警察吧?"

他看向小刘问道,小刘没有回答。

在胡氏公司的调查收获不大,回程的路上雷迟一直很沉默。小刘以为他在想耳机的事情,便开解他:"雷组,回去跟科长弄个协查通知呗,这有什么难的。"

雷迟想的倒不是这件事,而是周游。

……也不能冒出个姓周的就一定跟周雪峰有关系。雷迟心想,也许X已经死了呢?

退一万步来说,就算X还活着,就算他恰好是周游,他现在事业有成,状态不错,说明离开了那座山村和地狱般的家庭之后,他过得很好。

自己怀疑X下手杀了周雪峰,这只是一个臆测,全无根据。雷迟一会儿认为自己魔怔了,一会儿又认为自己的直觉从未出过错,这回也一定是对的。

下车之后,他还是没忍住,拉着小刘叮嘱:"回去之后,给我查查刚刚那个周游的身份。"

小刘一愣:"为什么查?依据呢?"

雷迟:"……我们科里能登录特殊人类人口数据管理系统的人除了科长就是你这个管理员,只有你能查。"

小刘:"雷组,我是想问,依据呢?没依据我怎么查,这分分钟都是要通报处分的事儿。"

雷迟:"……"

小刘:"上次帮你查卢青来的个人信息我已经被通报批评了一次啊。这才五月份,今年要是被通报三次我年终绩效就飞了。组织严密,纪律严明。这是您教我的。"

雷迟捶了他一拳。

刑侦科科长听完了雷迟的汇报之后，一张笑脸渐渐严肃，最后甚至变得僵硬了。

"雷迟啊……你啊……"

雷迟挺直腰站了十分钟，听科长训完之后才问："骂也骂了，所以协查通知能出吗？顺便，我认为周游极有可能就是蔡明月案中下落不明的X。他可以为我们解答周雪峰院中女尸和周雪峰之死的疑惑。"

科长看着他："雷迟，你在查什么案？"

雷迟闭嘴不言。

"你的方向出岔子了。蔡明月案里你负责调查关系人员，要找到的是当年提出弑婴请求的父母，现在周雪峰夫妻都已经死了，他的儿子即便活着，又能在蔡明月案件上给我们什么帮助呢？还有王铮这个案子，你一定要接，我没法儿拦你。但是现在已经查出犯罪的就是王铮自己。他的供述和谢绍谦的供述、案发现场一切都吻合，凶手就是他。你再纠结一副耳机有什么意义呢？"

雷迟正要开口，科长迅速打断："不要跟我说直觉。我知道你的直觉很准，但我们查案子不能凭直觉。"

等科长开始喝茶，雷迟才趁隙说话："科长，蔡明月案我可以放弃调查周游，但是王铮这案子里，很有可能是有人通过白噪声耳机暗示甚至教唆他犯罪。就像诺塔和勒克斯可以看到特定波长的精神体，僵化病毒影响半僵化人类的大脑，是否也会影响他们的听觉神经，让某些半僵化人类能听到白噪声？如果我的猜测是真的，这将是一个重要的突破口。"

"就算你说的是真的，原始的白噪声已经被盗版声音覆盖，还怎么查？不要浪费时间，雷迟，教唆王铮犯罪的是那个姓谢的！"科长瞪了雷迟一眼，深吸一口气后态度稍缓，"雷迟，你知道王铮这个案子现在社会舆论是什么样的吗？"

近日实在太忙，雷迟没有仔细关注舆论和新闻。

"半僵化人类权益保护协会的会长和高主任今天一起来找我，情况已经很严重。王铮这件事情传播得太快了，现在无论是网络上还是社会上，对半僵化人类的敌意可以说达到了最大限度。全国各地这两天里都发生了不少袭击半僵化人类的事情。施暴者认为若是不先除去半僵化人类，死的就是自己。"

科长告诉雷迟，"最糟糕的是，不少原本在家中监管和治疗的半僵化人类，开始遭到遗弃。"

雷迟一愣："遗弃？"

科长："是真正的遗弃。光是今天一个白天，全国就有将近百位半僵化人类被丢弃在福利院门口，大部分是不到十八岁的未成年人。"

雷迟的神色愈加凝重。

"还有相当一部分老年人。他们在遭受敌意和伤害的时候，是几乎没有自保能力的。"科长无奈道，"雷迟，我知道你热心，也知道你重视和热爱这份工作。但不要走偏，尤其在这个时候，该结案就结案，送检察院去吧，尽快排期开庭，好平息这次风波。"

雷迟："科长，真正引起风波的不是我们。"

科长点点头："对。但我们现在是不是有让这场风波暂时平息的能力？"

雷迟咬紧牙关，没有再接话。

七

精神调剂科里，翻看报纸的谢子京忽然抬头，朝白小园大声念报上的报道："白小园，你的雷迟又办完了一个案子。……负责调查该起半僵化人类谋杀案的危机办刑侦科雷迟组长告知记者，在案件侦破过程中，王铮……"

白小园瞪他一眼："谁的雷迟？谁想要谁要，关我什么事。"

谢子京放下了报纸："猫猫好冷漠。"

白小园瞥了一眼他的狮子，闭嘴不语。

巴巴里狮释放出来之后占据了办公室中央的最佳地段，懒洋洋地趴着假寐，脑袋上蹲了一只长毛兔。兔子的毛发几乎遮住了自己的眼睛，它从毛发的间隙里盯着白小园。

白小园的沙猫和唐错的熊猫都没有被放出来。它俩都很害怕这头狮子。唯有长毛兔，不仅不怕，还敢抓着狮子鬃毛打晃，白毛与金毛缠在一起。白小园常常需要帮它们俩解开。

长毛兔不怕狮子，反倒怕白小园。白小园一走近，兔子立刻往狮子怀里缩，瑟瑟发抖。但等到白小园走开了，兔子又会像现在这样，目不转睛地盯着她。

"秦戈，你这兔子怪怪的。"白小园扭头看秦戈，"另外能不能提醒谢子京让他别把这么大的野兽弄出来啊！别的科室的人都不敢上门来了。"

秦戈轻咳一声，放下手里的文件。"周五有个研讨会，是关于特殊人类'海域'研究的，文件在我这儿。所有科室都要派代表参加，我肯定会去，有谁要一起吗？"

谢子京这段时间光是看秦戈给他的教材和书籍都已经看得双眼发晕，一听又是和"海域"有关的，即便同去对象是秦戈，他也不愿意跟着。唐错目光游移，半天没吭声。周五晚上他约了高术上课，高术又约他上完课到天台吃饭、看鲨鱼，唐错兴奋得不得了，只想当天一下班立刻冲到健身房。

白小园看其他两个人都没反应，开口应道："我陪你去吧，正好我也想多了解了解'海域'的知识。"

秦戈点点头，把自己和白小园名字发给办公室后继续低头做事，好一会儿之后才随口道："对了，研讨会在国家图书馆开，你是自己直接去还是我接你？"

他话音刚落，谢子京和唐错同时举手："等等！我也去！"

白小园的脸色却变了，半晌才扭头对秦戈说："那我不去。"

秦戈："那不行，我已经把你的名字发过去了。"

谢子京好奇："你男朋友不是在国家图书馆吗？怎么又不去了？"

白小园没再吭声。

周五，国家图书馆的停车场里满是各式各样的车子，都是来开会的。秦戈把车停好，谢子京在副驾驶座上问："白小园的男朋友叫什么？"

秦戈："你们能不能别这么八卦。"

他话音刚落，后座的唐错忽然抬手指着对面刚停下的一辆车子："雷迟？"

雷迟朝他们走过来，抬手打招呼。他是刑侦科派来开会的代表。

王铮的案件迫于压力不得不匆匆结案，但那副白噪声耳机却一直是雷迟心里的结。他没想过放弃。看到本次研讨会上会讨论外部声音对"海域"的影响，他立刻报了名，打算会后跟泰斗们再聊聊。

雷迟扫众人一眼，谢子京回答了他没问出口的问题："白小园自己过来的，已经进去了。"

"嗯。"雷迟问，"你们吃糖吗？"

三人各拿了一颗薄荷糖，唐错边撕开包装边问："所以到底有没有人知道白小园男朋友到底叫什么呀?国家图书馆这么多人,我们怎么找?"

谢子京:"嘘!"

雷迟脚步一滞,片刻后又跟上了他们:"白小园男朋友在国家图书馆工作?"

秦戈只能点头:"对,她自己说的。"

之后雷迟没再吭声,直到和三人走到国家图书馆音乐厅入口。看到正在签到席等候的白小园,他掏出一小袋巧克力递给她:"人人有份。"

白小园将信将疑,看着科室里的其他三个人:"你们也有这个?"

三人已经把薄荷糖吃完了,盯着雷迟手里明显比薄荷糖高出数个档次的巧克力,点点头。

白小园这才接下雷迟的礼物。

谢子京和雷迟走在一起,见白小园往会场里去了,扭头问雷迟:"你还送啊?"

"带身上好几天了,没机会见她,所以现在才能送。"雷迟说,"我就是想给她点儿糖吃吃,没什么别的意思。"

谢子京:"……"

他有点儿想学雷迟身上这股天崩地裂也岿然不动的帅劲儿。

谢子京对会议兴趣不大,坐下后立刻掏出手机看新闻。唐错碰到了自己的同学,释放熊猫跟他们打招呼。这个圆滚滚的精神体顿时把半个会场的人吸引了过去。白小园和秦戈坐在一起,正小声讨论工作。雷迟偶尔转头看她两眼,大部分时间目光都在会场的男性脸上打转。白小园的男朋友应该不在这个会场里,但他还是忍不住盯着每一个面目英俊的男人,用凛冽的目光打量着对方。

吓走了几个人之后,雷迟察觉身边的谢子京递来了手机。

网络上关于王铮事件的讨论并未止息,但渐渐转向了特殊人类威胁性、特殊人类的普遍人权等问题,半僵化的人类到底还算不算人也成了热议话题。雷迟看了两眼,耸耸肩,没有接话。谢子京感觉到他的复杂心情,拍了拍他肩膀:"我懂。"

雷迟也不知道他懂什么。走道上又经过一个高大英俊的青年,雷迟再度盯着对方死瞧不放。

上午的会议结束,秦戈带第一次到这儿的谢子京去总馆参观。谢子京却一心只想尽快吃饭。匆匆溜达完之后，两人搭乘电梯下楼。谢子京问秦戈："白小园说她男朋友在国家图书馆管理数据，管理数据是哪个办公室？咱们要不要去看看？"

秦戈立刻制止："别这样，小园不喜欢。"

电梯里另一个拎着公文包的男人转头看着他俩。

秦戈压低了声音："她既然不说，你就消停一点儿，别问。"

谢子京："她男朋友会比雷迟更好？我不信。"

秦戈："雷迟是你偶像吗？你要做媒吗？"

谢子京："是。"

两人走出电梯，被人从身后叫停。"你们好。"是电梯里那个男人，"你们是危机办的？"

男人自称张泠，是国家图书馆的工作人员，负责数据库管理。谢子京和秦戈对视一眼，心中都是一动。

"我刚刚听你们说到白小园，请问是危机办的诺塔白小园吗？她的精神体是沙猫。"张泠问。

谢子京立刻笑了："小园的男朋友原来就是你啊？这也太巧了。"

张泠没有笑，他的脸色严肃又隐隐含怒。

"我不是她男朋友。"张泠说，"去年年初我们就已经分手了。"

张泠的话让秦戈和谢子京都是一惊。两人连忙追问，张泠问："你们不知道白小园妈妈的事情？"

他一副要跟两人说秘密的态度，秦戈和谢子京互看一眼，都觉不妥。

白小园现在不在这儿，他们并不认为她乐意让别人在背后谈论自己。调剂科的几个人相处愉快，他们彼此大都知道对方家庭的状况。白小园尚未说出的内容，一定是她不愿意告知他人的秘密。他们只知道白小园是单亲家庭。父亲白繁在鹿泉事件中离世之后，白小园便一个人生活。母亲的事情白小园从来不提。各自即便多么亲密，也仍应保有隐私，秦戈和谢子京对张泠一副打算用秘密来让他们重新认识白小园的姿态很是不快。

"不管我们是否知道，你都不应该跟我们提。"秦戈制止道，"即便分手了，你也要尊重白……"

"那她也得先尊重我呀！"张泠一张脸气得涨红，"她是不是还没告诉你们我和她已经分手了？她这人怎么老这样……这不是我们第一次分手了，她总是不承认我和她已经没有任何可能。这有意义吗?她脑子有病吧!"

秦戈皱了皱眉,不悦的心情让他说的话颇有些不客气:"难道她还缠着你吗?"

"这倒是没有。可我都准备结婚了,她还做什么梦啊?"张泠挥舞着手里的公文包,"她太难相处了,成日里就抱着她的猫说话,跟我交流特别少。这恋爱能谈吗?她还动不动就追问我的行踪,问我去了哪儿,做什么,这完全就是监视啊!我是做过一些不对的事情,但我已经改了!她真的很让人窒息。"

他说得口沫横飞,谢子京不得不把秦戈往后拉了几步。幸好此处人少,他们没有被围观。

"我知道她缺乏安全感,可她也不能这么不讲道理吧?"张泠连珠炮似的说,"爱不爱这种事情很私人,我也要自由,我也要喘气的。再说,成年人分分合合很正常。她这样骗你们也骗自己,就是为了让我心里对她多一些罪恶感。总不能因为她没了爹,妈又不要她,她就要把我困死在她的那个小世界里吧?"

看到秦戈和谢子京脸色惊诧,张泠忽然笑了一声。

"原来你们不知道?"他嘶哑地笑道,"白小园是弃婴啊。她是别人从二六七医院的垃圾桶里捡回来的。"

谢子京这回是彻底怒了:"别说了!"

秦戈知道他向来十分讨厌别人在背后打听自己的事情,连忙阻止谢子京:"冷静点儿,注意场合。"

张泠被谢子京吓得退了一步,但满腔怒气还是让他继续说了下去:"她向来没人要,所以心理变态。我怎么可能跟这样的人生活在一起?她来路不明,哪个家庭会接……"

谢子京甩开秦戈,朝张泠的脸挥去一拳。

似是知道她心情不好,沙猫趴在白小园的手臂上蹭来蹭去地撒娇,尾巴软软地缠着白小园的手腕。

唐错的熊猫深受欢迎,上午的会议明明结束了,他仍被许多人围着要求看熊猫。熊猫受到了这样的瞩目,十分害羞,抱着唐错的腿不肯放,反倒方便了诺塔和勒克斯们上手摸它的毛发。在众人的包围中,向来紧张窘迫的唐错开始结巴。

白小园看着紧紧贴着自己的沙猫。

"你什么时候能长大呀?"白小园叹气,"你看熊猫,都能给唐错拉人气了。"

沙猫忽然毛发一耸,一跃而起跳进了白小园的怀里。雷迟此时刚刚靠近,看到沙猫避走顿时无语:"它怕我?"

白小园听秦戈说过他已经能看到精神体,倒也不觉得诧异:"你是狗嘛。"

雷迟:"我是狼人。"

白小园:"差不多。"

雷迟:"巧克力好吃吗?"

白小园:"不知道,刚刚给别人了。"

雷迟:"……"

他决定单刀直入:"听说你男朋友在国家图书馆,有机会介绍给我认识认识。"

白小园把下巴搭在沙猫头顶蹭了蹭,脸上浮现复杂的微笑。

"前男友。"她低声说,"我和他去年就分手了。"

雷迟:"……"

雷迟如果有耳朵和尾巴,现在一定已经全都噌噌竖起来了。

"哦?"但他脸上还是如山一般镇定,"很久了吗?"

"快一年了。"白小园笑道,"不好意思啊,我还骗你们说我有男朋友。"

她是笑着的,怀里的沙猫却耷拉着耳朵和爪子,轻轻"喵"了一声。这可不是快乐的意思。雷迟盯着白小园看了一会儿。他察觉到白小园并不是不想聊这个话题。虽然周围人声嘈杂,白小园的声音又太小,可他能听得清楚。是这个地方让她产生动摇?还是方才讲座上讲师强调"痛苦需要宣泄,'海域'才能健康"?又或者,她早就清楚,伪装的亲密关系根本毫无意义?

"为什么?"雷迟问,"为什么分手?为什么要骗我们?"

"……很丢脸。"白小园盯着不远处被层层人墙围裹的唐错,"他跟自己带的实习生好上了,我发现之后开始追问他的行踪。他受不了,要跟我分手。这不是我们第一次分手了,不过谈恋爱嘛,分分合合很正常。可是这一次他说,我和他以后都没可能,因为他家里人不喜欢我。"

雷迟:"他家里人有眼无珠。"

白小园头一回从他口里听到这样不客气的话，又诧异又好笑，看了雷迟一眼继续说："可是我不信啊，我见过他妈妈的。我去找了那个阿姨。真的很丢脸。他说的是对的，他们全都不喜欢我。他总说我不够漂亮，要我多化妆，又说我不够温柔，不够体贴……"

她说得很急，越来越小声。雷迟紧紧盯着她，不放过她说的每一个字。

"其实只是因为我是个弃婴，他们觉得我来历不明，背景有问题。"白小园平静地说，"你应该知道白繁，他是刑侦科的人，在鹿泉出了事，回不来了。他在二六七医院的垃圾桶里发现了我，把我扒拉出来，花了很多钱把我救活，然后收养了我。"

雷迟当然知道白繁。刑侦科里的不少大佬级精英都是震慑新人的传说，白繁常常被人提起。

"我爸一辈子都没结婚，除了工作就是照顾我。"白小园很娴熟地控制着自己的声线。若不是雷迟的听觉敏锐，他根本不会发现她声音里几乎不可察觉的颤抖，"他还利用自己的人脉关系，把我的母亲找了出来。我母亲嫁了人，去了国外。她说自己不会再回来了，后来又说自己根本没生过孩子，让他千万别乱讲。她现在过得很幸福，有一对双胞胎，已经十几岁了。"

从未谋面的母亲当时生下她时只有二十岁，她不知道让自己怀孕的是哪一个男人。她的父母一面责骂，一面悄悄把襁褓中的女婴带走，但最终没舍得下手，把她扔进了垃圾桶，换来一个"让她自生自灭"的安慰。

"我理解她的。"白小园低头抚摸小猫的耳朵，"我就是不甘心……为什么被丢下的总是我。"

雷迟意识到，十年前的鹿泉事件发生之时，危机办的人应该联系过白小园的母亲。她的母亲当时有两个孩子，最终还是拒绝了白小园。白小园怕的不是背叛，是被遗弃——总是在她毫无察觉的时候，至亲的人便丢下了她，去往别处。

小猫在她怀中蹭了又蹭，伸舌头去舔白小园的手指。

雷迟不知道白小园为什么会突然对自己坦白，他很愿意同白小园分享秘密，哪怕是伤心的秘密。他也不觉得白小园的过去可以冠以"来历不明"的标签。我的家人一定很欢迎你，雷迟在心里闷闷地想。不知道为什么，能够变形的狼人总是羡慕拥有独立精神体的诺塔和勒克斯。

他小心翼翼地伸出手，牵住了沙猫的爪子。

"白繁是个厉害的人。"雷迟说,"也是个好人。"

刚出生的白小园是一个不受欢迎、不被期待的孩子。是否曾有那么一瞬,她可能会成为蔡明月案子里,百余位被谋杀的婴儿的其中一个?雷迟在这一刻忽然感觉浑身发冷,恶寒令他汗毛直竖。音乐厅外阳光猛烈,初夏的一切无限蓬勃。他张了张口,说不出更多安慰的话。

"还用你说?"白小园迎接他的目光,"我爸当然是好人,世界上最好的人。"

你能活下来,太好了。你能被白繁发现,太好了。即便送去的糖你都不喜欢,也没有关系。雷迟静静看着她,目光很温柔:"嗯。"

活着的机会,活着的瞬间,活着的人。除了白繁之外,雷迟一时间不知道应该感谢谁才能报偿这一切。他垂着眼,目光落在白小园额前乱飞的头发上。

白小园眼里滚动着朦胧的水雾,半响后她笑了。她忽然想不起自己什么时候开始,不再执着于打扮镜中的自己,或变成张泠喜欢的模样。那些不分场合、理由古怪但充分的糖,总在意想不到的时候落到她手中。

"……你这个怪人。"她说,"不明白谢子京为什么那么崇拜你。"

雷迟并不在意谢子京是否崇拜自己。"我还有一袋巧克力,抹茶味的。"他始终牵着小猫的爪子不放,"你吃不吃?"

白小园看着他,神情一凛:"我可没有喜欢你。"

"我知道。"雷迟没有被她的直截了当戳伤,"就想请你尝一尝。"

怀里的小猫停止了发抖。它被雷迟轻轻地抓住爪子,能感觉到面前高大的青年身上散发出来的强大气息。它本该害怕的,但此时此刻没有。雷迟轻柔而谨慎地牵握着小猫的爪子,小猫圆溜溜的眼睛终于敢直视他。

"那就尝尝吧。"白小园慢吞吞地说。

秦戈和谢子京从总馆走回来,谢子京的手受了伤,扭动的时候龇牙咧嘴,但又似乎不是因为疼。

"要不是他用电脑挡着,我还能再砸两拳。"谢子京跟秦戈说,"第一下打中了,感觉不错。"

白小园看看谢子京又看看秦戈,大叫起来:"你和人打架了?!"

"没有。"谢子京正色道,"是我单方面对他实施殴打。但是就打中了一下,后来他用包里的电脑挡着了,我反而手疼。"他把手举到白小园面前,"看,伤得很厉害。"

"去你的吧!"白小园气得直瞪着秦戈,"秦戈,你也不拦着他!为什么无端端要打人!"

谢子京甩甩手:"没什么,看他特别不顺眼。"

白小园:"你们也为我考虑考虑吧。你打人,我要帮你写事件经过和报告啊!我手头上的工作已经够多了,科室里所有的行政文书都是我在做,你们动手的时候想想我好吧?"

谢子京"嗯嗯"地点头,张开双臂要抱她。白小园躲开了,谢子京眼疾手快地从她怀中抱起沙猫,贴脸亲了亲:"不怕,我们保护你。"

雷迟还牵着沙猫的手,软乎乎的小兽莫名其妙被谢子京夺走,他脸色顿时一沉。谢子京突如其来的亲吻让沙猫吓了一大跳,"啪"的一声消失得无影无踪。

这一天的谢子京学到了两个经验:发怒的白小园很可怕,以及发怒的狼人更可怕。

下午四点多钟,一天的会议终于全部结束。唐错抓起背包冲出音乐厅,把还想看熊猫的人们撇在身后,一溜烟地跑出了图书馆。

"熊猫去约会了。"谢子京热情地跟别人解释,"要看狮子吗?野外灭绝的巴巴里狮?"

雷迟下午和唐错换了个位置,坐在白小园身边,和她讨论关于诺塔"海域"的事情。他姿态正直,神情严肃。白小园无法分辨他是什么意思,眼见众人各自散去,连忙起身准备离开。

雷迟喊住了她:"我欠你一顿饭。"

白小园:"忘了吧。"

雷迟:"不行,我要请你吃,你可以随便讹我。"

白小园摇摇头:"要吃大家一起吃,我不跟你单独吃。"

她拎着小包站起来,雷迟眼尖,看到了小挎包上的挂饰。挂饰上是一片乌青色纹样,雷迟觉得有些眼熟,想起自己曾在一个人的脑门上见过。

他连忙跟着白小园:"白小园,你喜欢青眉子?"

白小园:"怎么?你欠我一个青眉子?"

雷迟:"我认识青眉子和他女朋友。"

白小园一下站定了。出门的人很多，雷迟这句话一出，周围好几个男人、女人都齐齐转头望向他，神情惊讶。白小园把他拉到一旁，气急败坏："青眉子不可能有女朋友！"

雷迟觉得她实在很有意思，忍不住笑了一下："有的。我当年还没来总部的时候，处理过青眉子的纠纷。有人在百林区附近卖青眉子的签名，六百块一张，被青眉子的粉丝抓到办事处。青眉子亲自来解释说，那姑娘是他女朋友，签名都是真的。"

白小园目瞪口呆。

"我还有一张照片，是跟他们俩的合影。"

白小园立刻揪着他："他女朋友什么样？"

雷迟："我得吃点儿东西，慢慢回忆。"

白小园服气了："真的假的，你不要骗我，否则我真的放小猫挠死你。"

雷迟一脸认真："你如果允许我请你吃饭，我就告诉你青眉子的事情。"

半晌，白小园才咬牙道："走。"

两人离开音乐厅，远远看见秦戈和谢子京站在路旁，盯着不远处的卢青来。卢青来正与方才在研讨会上露面的几个大咖聊天。

"怎么了？"白小园凑上去问，"卢青来又出什么事了？"

秦戈低声道："卢青来的左手无名指戴着戒指，他结婚了吗？"

雷迟在一旁听见后，接口道："卢青来没有伴侣，我查过他的人口档案。"

谢子京："但那枚戒指不是装饰品。"他做了个把戒指脱下来的动作，"他给我做'海域'巡弋的时候摘过一次。戒指的内部刻着字母，应该是为了纪念某个人吧。"

但谢子京没看清楚那是什么字母。白小园拍拍他和秦戈的肩膀："雷迟请吃饭，去不去？"

秦戈："……不去，你们吃吧。"

谢子京："那我去！难得跟我的偶像一起吃个饭。"

"你也别去。"秦戈拉住了谢子京，对雷迟与白小园挥手，"下周见。"

谢子京也反应过来了，与秦戈以同样的频率挥手："拜拜。"

雷迟和白小园走远了，谢子京才忍着笑："有进展，有进展！"

见他如此开心，秦戈笑得无奈："走吧，带你去看日落。"

市中心有座矮山，旧日帝王在山上自缢，多年后反倒成了出名的景点。

谢子京虽然在新希望读了四年书,但却从来没去过。两人登上山顶时,恰逢金乌垂坠,暮色四合,整座城市被落日余晖扫成一片金黄,旧日城楼的琉璃瓦闪动着金光,惶惶然如同一片发光的梦境。

谢子京第一次从这个角度俯瞰整座城市,顿觉神清气爽,张开双臂吼了一声。

"每次站在这里都有穿越时空的感觉。"秦戈笑道,"好像随时能听到里面的人声、马蹄声,还有敲更的锣声。"

"你以前常来吗?"

"和同学常常来。"秦戈笑道,"你记得言泓吧?他很喜欢到这里看展,找不到人陪就拉着我一起来,看完了就去胡同里吃点儿又贵又不好吃的东西。"

胡同里有人们的说话声,有自行车哐哐经过碾碎落叶的声音,王爷和文士们的故居大敞着门,堂前的王谢之燕早不知飞到哪儿去了。

"我想带你看看我喜欢的地方。"秦戈看着天空之下广阔的城楼,"地方很多,咱们慢慢看过去,能看很多年。"

"……你早就想带我来了,对吧?"谢子京笑着,"我也想带你去看我生活过的地方。可是你不喜欢吃煎饼馃子。"

秦戈:"除了煎饼馃子没别的了?"

谢子京:"有,很多,但早餐我就爱煎饼馃子,实在不行,一碗豆腐脑也可以。"

秦戈问他:"你以前住哪儿?还记得住吗?"

"记不清楚了,但还有一些街道的印象。"谢子京眯起眼睛回忆,"我爸妈常带我出门散步,走不远就是公园。春天时整个公园都是月季花,特别好看。我还记得那边有个瓷房子,外墙全都是瓷片。很多人说丑,但我觉得很有趣。"

秦戈没去过,听他说了半天,渐渐也生出了好奇。他想探索谢子京的过去。他想找到一个能够帮谢子京恢复混乱记忆,但又不至于让谢子京崩溃的方法。这很难,没有人做过,他忐忑,但知道自己必须去试。

他们在胡同里吃了一些贵且不好吃的吃食,坐地铁回谢子京的家。地铁上年轻的情侣牵着手,下班的人仰头打瞌睡,学生戴着耳机,随音乐用脚轻轻在地板上打拍子。谢子京低头刷手机,秦戈看着窗外掠过的地底隧道,心里有难得的平静安和。

"这个人你记得吗?"谢子京把手机递给他,"是你的兔子特别喜欢的半僵化人类演员。"

"记得,他以前老演被人类爆头的半僵化人类,最近几年开始主演半僵化人类的故事片,还挺卖座的。"

"在网络上被抵制了。"谢子京点开评论让秦戈看,"好多人问他为什么不直接去死,为什么还要出来吓人和传播病毒。"

秦戈轻声叹气。

视频上的演员面对记者的提问,不断地解释他们没有传播病毒,一直都在牢牢控制着病程发展。

"对,感染僵化病毒就是患上了绝症……我当年才十九岁,医生告诉我这是一生都不可能治愈的绝症,而距离我彻底死去至少还有三十年的时间。"年轻的半僵化人类演员对着镜头说,"难道我这三十年里什么都不做,就这样混吃等死吗?我们也是要生活的。"

"雷迟说刑侦科的谢亮,就那个结了婚才感染的半僵化人类,儿子都上幼儿园了。"谢子京说,"挺好的啊,生活嘛。"

从他这里听到正儿八经的话,秦戈觉得十分有趣,忍不住笑了,重复道:"是啊,生活嘛。"

隧道的灯光一道道掠过他的双眼,谢子京盯着秦戈的侧脸。

"今晚巡弋我的'海域'吗?"他很轻地问。

城市万顷华灯,在蒙蒙的雨里化作接连不断的千亿颗星辰。雨水被灯光照亮,灯光又被雨水氤氲,在高层俯瞰,城市褪去白日里的灰尘,成了晶莹的世界。

"所以可以给我看青眉子的照片了吗?"白小园对窗外景色没兴趣,落座立刻开门见山。

雷迟点点头:"等两分钟,我先点菜。你有什么不喜欢吃的吗?"

白小园:"什么都吃,除了猫肉。你点吧,我没来过这儿。"

雷迟:"……这里也没有猫肉。"

他一口气点了七八道菜,白小园眼睛都瞪圆了:"我吃不了,太浪费了。"

雷迟笑笑:"我胃口大。"

白小园："也对，狼人。"

服务生眼睛一转，盯着雷迟。雷迟没理他，还是看着白小园："你不说我是狗吗？"

白小园："随便吧，都行。现在可以把青眉子照片给我了吧？"

雷迟拿出手机，装模作样地翻了半天，眉毛挑高，厚着脸皮笑道："弄错了，不在这个手机上。"

白小园："……"

"下次吃饭我一定带旧手机出门。"雷迟说，"我先给你描述下青眉子女朋友的模样。"

菜上得很快，雷迟几乎使出了浑身解数，一顿饭吃下来不仅约定了下次共餐的时间地点，连白小园的沙猫也被释放了出来，乖乖趴在桌上任由雷迟摸尾巴。沙猫看着他，仍有些怯怯似的，但偶尔会回应雷迟的动作，抬爪在他手背上拍一拍。

这是喜欢的意思吧？雷迟心想。

"按照你的说法，现在狼人已经可以比较完美地控制体形变化，不会出现月圆之夜吃人的事情了吧？"白小园说。

雷迟在套白小园的话，他想知道白小园喜欢什么，讨厌什么；白小园也在套雷迟的话，她对青眉子和狼人的事情十分感兴趣。雷迟倒是很乐意告诉她这些事情，但又不能一下全说完，得留着一些更有意思的，等下一次见面时继续勾起白小园的兴趣。

"月圆之夜会变身的传说，其实跟天文大潮有关系。潮汐涨落会影响我们的血液，月圆的时候很容易兴奋，有的狼人会控制不住自己的变形能力……"他一边摸着小猫的耳朵一边说，"但我不会。除了药物控制之外，这么多年的社会驯化已经大大改变了狼人的习性。我家里的情况跟大部分狼人家庭差不多，我父亲是狼人，母亲是普通人，我的姐姐和弟弟也都是普通人。这是个概率问题。身为狼人，我们要学习很多普通人不用学的技能，所谓能力越大责任越大……"

白小园："你是蜘蛛侠吗？再说我也没问你家里是什么情况，介绍你家人做啥？"

雷迟坦然一笑："让你多了解了解我。"

白小园："没兴趣。"

雷迟："那你知道狼人墓地的传说吗？"

白小园憋了半分钟，败下阵来："不知道，是什么？"

一顿饭吃得还算愉快，白小园得知了青眉子混乱的社交关系后，不仅没有幻灭，反而对他越发憧憬，走出门时还跟朋友发语音聊了一会儿八卦。

雨还没停，淅淅沥沥的，不大不小。雷迟和她站在店门口观察雨势："我送你回家。"

白小园："不必，我搭地铁去姐妹家里玩儿。"

地铁站就在路口，雷迟的四轮车没法发挥作用。他改口道："雨挺大的，我送你到地铁站吧。"

白小园从包里掏出雨伞："我有雨伞。"

雷迟："……"

两人礼貌地道别了。白小园走出几步时，心中一动，回头去看。雷迟的车子放在相反方向，这人是淋着雨往那边走的。她吃了一惊，连忙撑伞奔过去："你的伞呢？"

雷迟："我没有伞。"

白小园："……那你还说送我去地铁站？！"

雷迟："你答应让我送的话，我立刻买一把伞。"

白小园哭笑不得："你真的很奇怪。算了算了，我送你去停车的地方吧。"

雷迟扬起嘴角一笑："也行。"

白小园看着他，心里觉得好笑。这么帅的一个人，脑子里不知想的什么，有点儿傻。两人在被雨淋透的路面上走了一会儿，眼角余光同时瞥见伞沿闪动，有什么庞然巨物从楼群之间掠过。但把伞移开之后，天上却又什么都没有。

白小园想起了唐错喜欢的那条大鱼，无声地笑了。雷迟看着她笑，心里有微小但持续的雀跃，令他对下一次相约充满了期待。

健身房的天台上，唐错拿着叉子兴奋地挥舞："我当时就是在这样的夜里碰见它的！太帅了！太漂亮了！"

巨大的剑吻鲨被高术释放出来，正在楼群之中缓慢游弋。它像是知道唐错喜欢自己，故意要显摆似的，穿梭的时候还不断利用城市灯光营造的暗角隐藏行迹，庞大鱼身便在这夜色与雨水之中时隐时现。

唐错说不出话了。他连叉子都忘了放下来，呆呆站在天台上看。

高术为了招待他,不仅认真带着他上了一堂器械课,还斥巨资买了顶级牛排,亲自下厨煎给唐错吃。但唐错的全部注意力都放在剑吻鲨上,对他精心烹调的食物没多大兴趣。

"牛排和鸡蛋富含蛋白质,你刚刚练完器械,赶快吃吧。"高术忍不住出声催促。

唐错:"嗯嗯,好的。"

但他没转身。

高术轻咳一声:"你坐好,我把鱼叫回来。"

唐错:"不用不用,让它继续游吧,它高兴。"

剑吻鲨还是应高术的召唤回到了天台。它吻了吻高术的指尖后迅速变小,最后落在餐桌上,抖落一堆雨水。在桌边玩球的熊猫很快被拳头大的小鱼吸引。它很少见水生生物精神体,哪里知道眼前这亮晶晶的一团球体怎么玩,呆了好一会儿才抬爪,在剑吻鲨的水性保护罩上戳了一下。

保护罩瞬间被戳破,熊猫大受惊吓,立刻窜到唐错身边抱紧他大腿。但破损的水性保护罩瞬间又恢复了原样,剑吻鲨在圆球里打滚,小尾巴甩得异常欢快。

"……很少有精神体跟它玩,它没事,跟你开个玩笑而已。"高术扶额,"我这小鱼其实有点儿调皮。"

熊猫又鼓起了勇气,慢慢接近剑吻鲨,张嘴冲它"嗷呜"吼了一声。剑吻鲨装作被它吼走,从屋檐下游了出去。熊猫顿时震惊。一直以来,它不是被人摸毛就是被狮子、沙猫欺负,许久不曾见过能被自己吼跑的小东西,顿时来了极大兴致,跑动几步,也奔进了天台的雨里。

高术终于松了一口气。熊猫和剑吻鲨玩得高兴,唐错的注意力终于稍稍拉了回来:"教练,你做饭不错啊。"

"你不懂下厨?"

"懂一点儿,但不多。"唐错说,"就对付着随便吃呗,但我姐做菜很棒。不过也正因为她做菜厉害,所以我在家里很少有机会下厨。她不让我接近她的厨具,怕我弄坏。"

这是唐错第一次跟高术提起自己的家庭,高术忍不住问:"你家里还有别的兄弟姐妹吗?"

他对唐错除了审美、熊猫和健身之外的事情,全都很好奇。

"只有我姐。"唐错把溏心蛋切开,蛋液流了出来。他叉起西蓝花蘸着蛋液,把它们放进嘴里,所说的事情凝重,但他很平静,"我爸妈都走了。"

高术不由得闭上嘴,一脸凝重。

"我爸是在西原办事处执行任务时走的。"唐错没有提起鹿泉事件,只是含糊带过,"高中时候我妈生病,没撑多久也走了。家里就剩我跟我姐。"

他仿佛在讲述一件再普通不过的事情。

高术默默盯着他,心里清楚,唐错是在跟他交换秘密。他把剑吻鲨和自己的事情告诉了唐错,于是相对地,唐错也向他袒露了自己的家庭。这是有来有往,但……至少也代表信任。

"你姐一定也很温柔。"高术喃喃道。

"温柔谈不上,她是个很坚决的人。"唐错咽下口中牛肉,笑道,"高中时候就剩我和她,她当时在读大学。我说姐,要不我不读了吧,家里也困难,我去打工供你读书,你可以一直往上读。她真的很优秀。不过我最后被臭骂一顿,不得不放弃这个念头。"

唐错的姐姐之后便一边读书,一边打几份工,好让唐错安心读书学习。

"是有点儿苦,但我姐跟她的精神体一样,看上去很弱小,实则很厉害。"

"你姐的精神体是什么?"

"鹦鹉。"唐错说着还比画了一下鹦鹉的体形大小,"太平洋鹦鹉。小小一个,没什么威胁性,但是凶起来啄人特别疼,一啄一口血。"

高术沉默了。他不知道自己此时是应该安慰唐错,还是应该对唐错的姐姐表示钦佩,或者两者兼而有之才最合理。他身边的朋友并不多,况且也从未有人让他产生过这样手足无措的感觉,一时间只有刀叉磕在碟上的声音。

两人吃完了晚餐兼夜宵,熊猫和剑吻鲨还在天台上不知疲倦地玩儿你追我赶的游戏。唐错帮他洗了碗,觉得肩膀有点儿酸疼,高术让他坐下,给他做按摩。

雨声细密,空调呼呼地吹着,枇杷和切好的蜜瓜摆放在桌上,冒着凉飕飕的气体。一切都太舒服了,若不是肩膀被人按得有些疼,唐错怀疑自己可能会打哈欠。

"对了,六月危机办循例要搞活动,听说今年会到山里聚餐团建。你是高主任的儿子,要不你也一起来吧?"唐错说,"可以带家属的。"

高术:"……我是家属?"

唐错笑道："你是朋友。朋友和家属都能带。"

高术手上的力气重了点儿，唐错龇牙咧嘴，但又感觉到高术并没有生气。

谢子京站在窗边眺望远景。秦戈巡弋他的"海域"，在废墟里走了一遍又一遍。他的恐惧逐渐消失，像积水被阳光蒸发。只要这样一次又一次地积累、继续，他心想，自己也许不会再害怕睡眠，而得到真相的秦戈也能获得一场好梦。快乐和幸福好像就是由这些简单的愿望堆积而成的。它们细小，但重要。

秦戈始终没能穿过废墟，抵达发光的远处。就连谢子京也不知道远处有什么，他从不曾细细检阅过那片浩大的废墟，不敢面对自己支离破碎的记忆。

他害怕秦戈会失望，没有结果的巡弋，自然也没有任何意义。但秦戈没有。无法抵达远方，秦戈就坐在废墟上，和十八岁的谢子京聊天。

谢子京曾以为，秦戈一次次说"你的'海域'不恶心"，是场面话。他为自己曾经的误解而羞愧。秦戈和他过去认识的所有人都不一样，像清水，烧热后放凉了的，有着舒适的温度。

"喝酒吗？"秦戈在冰箱前问，"你这冰箱里酒也太多了，改天叫上白小园和唐错，帮你消耗一点儿。"

巴巴里狮的尾巴在地板上狂甩着，谢子京高高兴兴应他："现在就喝！"

雨夜中灯火氤氲。每一盏灯后都是一户静谧人家，满城绿树在雨水里沙沙作响。这是一场无风相伴的夜雨，洗涤日间灰尘，挟带余烬，渗入大地。

有人生来就被幸福拥抱。有人生来就被长夜围绕。

八

由于危机办的人数太多，团建活动只能各个科室互相搭配进行。白小园从办公室手里拿到安排表之后立刻挑了挑眉毛："我的姐妹，为什么咱们调剂科要跟刑侦科一起团建？"

"刑侦科人最多，调剂科人最少，加起来刚刚好。"她的小姐妹笑道，"跟刑侦科团建特别棒，每年他们抽中的山庄都是特别特别好的那种，而且你知道，刑侦科帅哥、美女多，就算有男朋友，也可以养养眼。"

白小园看到了她桌上的一盒棒棒糖。

"我分手啦！"她顺手抓了几根，"假公济私。"

姐妹："我？我哪儿假公济私了？"

白小园："没说你，说送你糖的那位。"

姐妹顿时不说话，只是托腮"嘿嘿"地笑。

团建的时间安排在周六，极为珍视假日的谢子京当即不高兴："不去。"

"不去不行。"白小园看了下安排表，"高主任跟着我们这两组人。我问过办公室的人了，文件上虽然没说，但高主任要求所有人必须到位。"

危机办每年团建两次，白小园、唐错和秦戈都已经经历了几回，很熟悉套路。唯有谢子京从未参与过这样的集体活动，他十分厌烦："高主任又怎么样？不想去就是不想去。"

唐错则埋头给高术发短信："你爸也跟我们一起团建，你去不去？"

高术的备注被他改成了一条鲨鱼的图标，很快鲨鱼回复他："去。"

团建当日，高天月站在门口，直接拦住高术不让他进入危机办。"你怎么来了？"他气哼哼看自己儿子，"我可没请你。"

高术："别人请的我，怎么？不能来？"

危机办里停着几辆大巴，人都快坐满了，纷纷从车窗探出脑袋看戏。高术知道自己的父亲很爱面子，于是就这样跟他对峙着。高天月最终放下手，阴沉着一张脸上车。

团建的地方在郊外，附近有密林、深湖。唐错开始遐想庞大的剑吻鲨在树林里穿行是什么样子，想得完全入了神，差点把咖啡泼到旁座的谢子京身上。

摇摇晃晃几个小时，终于抵达团建地点。秦戈和雷迟坐在一起，两个人全程聊天，从天上聊到地下，从狼人的渊源聊到白小园沙猫的小爪子。车子停下的时候，两人已经建立了深厚的革命友谊。

"我会帮你的。"秦戈说。

"我也会尽量在不违反规定的情况下适度地帮你。"雷迟说。

秦戈："……你至于加这么多定语吗？"

雷迟："不好意思，我这个人比较严谨。"

秦戈："那你刚刚还说白小园的沙猫是整个危机办最可爱的精神体？"

雷迟："是最可爱的，我很严谨。"

呸。秦戈半个字都不信。自从知道白小园单身，雷迟明显攻势加强。之前以为白小园有男朋友，他只敢流露一点点好感，克制又精明的狼人成功俘获了谢子京的心,连唐错也明里暗里帮着他,但秦戈现在认为雷迟本质上不过是个猫奴。

下车集结,他和谢子京会合,把雷迟的行为告诉了谢子京。

谢子京:"有魄力有担当,不愧是我的偶像。"

秦戈:"他是猫奴啊。"

谢子京:"没差别,我是兔子奴啊。"

大巴周围俨然成了动物园,狮子、老虎、鳄鱼、长颈鹿……天上飞的地上爬的,精神体们热热闹闹地跑来跑去。地底人和半僵化人类戴着口罩,他们已经习惯看诺塔和勒克斯对着空气说话,人事科的狼人热得满头是汗,长发束在脑后,徒劳地喊:"分组了!来抽签选房间了!"

秦戈把兔子放了出来,谢子京冲它张开手,兔子立刻一蹬后腿跃入谢子京怀中。"啊,兔兔……"谢子京抓紧兔子,循惯例用它擦脸。

一直在旁观察的唐错轻轻靠近秦戈:"我刚刚可能看错了……但这兔子的后腿咋这么长。"

秦戈:"兔子本来就是大长腿,而且腿还特别有力,蹬人很疼。不过不用担心,我这兔子除了我和谢子京之外,谁都不敢蹬。"

兔子用小爪拨开面前长长的毛发,两只圆得异常纯真的兔子眼睛看着秦戈。

唐错大吃一惊:"它瞪你!"

兔子自从和谢子京、巴巴里狮混熟,胆子明显变大——主要体现在,终于来到了逆反期,敢冲秦戈吹胡子瞪眼了。

秦戈和谢子京、唐错抽到了一个三人间。放好行李后,谢子京掏出尤克里里,要给他俩弹琴。秦戈和唐错都没兴趣,挥挥他出门溜达。唐错边走边提醒谢子京:"不许对我的熊猫乱来。"

高天月正好提着自己的钓鱼工具走来,听见唐错的半截话后,顿时吹胡子瞪眼:"乱来?谁乱来?是不是高术?"

跟在后面的高术:"……又和我有关?!什么祸事儿都和我有关是吧!"

高天月对其余三人说:"你们可千万别去他那健身房,收费太贵,简直就是骗钱!"

唐错想起自己一万三买的近百节课,小声说:"没有哇……"

高术阴沉着一张脸,唐错回头想安慰他,但高天月一把抓住唐错的胳膊:

"小唐，去钓鱼吗？"

唐错一听就想往后缩："不了不了。"

高天月拽着他不放手："帮个忙吧，小唐。"

余下人一头雾水，跟着高天月和唐错往附近的湖走去。唐错一脸认命的表情，来到湖边就释放出了自己的精神体。高天月怜爱地摸了摸熊猫。熊猫和他似是很熟悉，乖乖趴在高天月身边，不错眼地盯着他抛到湖里的鱼钩。

这个湖很大，被周围几座山夹在当中，葱绿山林倒映在湖水里。熊猫探头去看，泛起涟漪的湖面映照出它黑白相间的脸。

"我也不知道为什么，但是我的熊猫很容易吸引鱼的注意力。"唐错说，"在档案室工作时，科长周末总爱找我一起去钓鱼，有时候高主任也会过来。自从他们发现我的熊猫是天然的诱鱼工具，我的周末基本就耗在鱼塘边上了。"

高术怒道："这是犯罪！他在谋杀你的自由假期时间！"

唐错："不过我什么都不需要做，只要把熊猫给他们就行了。而且我能分到不少鱼。"

他没脾气地笑了，努力缓和高术的怪脾气。高术救过他，他是真心想报答他。如果能让这父子俩关系改善，他再去高术家里看"小鱼"，也就越发心安理得了。

"……什么鱼都能吸引？"高术忽然想到了自己的精神体。

"大鱼不行。"唐错说，"小鱼是可以的。"

高术一时也不知道自己那条算大鱼还是小鱼。

秦戈用高天月的备用鱼竿钓了一会儿，谢子京看得无聊，去找雷迟说话。湖里的鱼疯狂往熊猫所在之处游来，在浅水里不停扑腾。连高天月也觉得索然无味了："这湖的鱼太稠，没啥意思。"

高术："那您就别钓了。还用职位身份限制唐错的行动自由,什么主任？"

高天月："听你说话真的特别难受。你以前不是这么没家教的。"

高术："如果我没家教，那应该是您的错。"

两父子又你一句我一句地吵了起来。唐错想劝架，秦戈冲他摇摇头，示意他别管。湖边没什么意思，秦戈决定回山庄休息。刑侦科的其他人也三三两两地出来了，在偌大的山地里结伴而行。一只足有脸盆大的黎明闪蝶在林子里飞舞，身后跟着一堆秦戈压根儿认不清的蝴蝶，色彩斑斓地舞动着翅膀。

两个女孩正跟在蝴蝶后面吵架,一个指责黎明闪蝶太过招摇;一个反唇相讥:你的不招摇,那你放出来啊。

一头威风凛凛的老虎落地,顿时让周围的人全都吓了一跳,林子里顿时一片混乱。秦戈远远避走,看到从小路追过来的谢子京。

谢子京穿着白 T 恤戴着黑帽子,一边走一边挠脸上最新的蚊子包。他用手顶了顶帽檐,递给秦戈一个紫红色的李子。

"雷迟给的。"谢子京笑道,"专门给我的,连白小园都没有。"他摘了帽子,向秦戈炫耀帽子上的狼头剪影,这当然也是雷迟给他的。谢子京坚持认为这是两个人友谊的证明,秦戈却怀疑是他太烦,妨碍了雷迟和白小园唠嗑,才被雷迟用帽子打发的。

蝴蝶飞近谢子京,被他用帽子赶走。它扑打着漂亮的翅膀一直飞到湖边,落在唐错的肩膀上。

"嚯。"唐错被它吓了一跳,"我被蝴蝶抓住了。"

高术蹲在他身边摸熊猫,暂时没再跟高天月拌嘴。唐错伸出手,黎明闪蝶停在他手里,细细长长的腿抓住他的手指。

"这蝴蝶有毒吗?"高术问。

"现在没毒,需要攻击的时候它身上的鳞粉是有腐蚀性的。"高天月插嘴道。

我问你了吗?高术懒得理会他。这时唐错抬起头,兴奋地看向高术:"教练,把你的大鱼放出来吧?它在森林里玩儿过吗?"

"……没有。"高术说,"但是这里,不合适吧?"

高天月闻言也转过头来,盯着唐错:"他那鱼……"

"很惊人。"唐错立刻打断了高天月的话,"非常漂亮的剑吻鲨,我见过。它巡游城市的时候特别威风。"

高天月和高术都静了。高术揪着熊猫的小耳朵,脑袋有些眩晕。

唐错看着高天月:"高主任,那条鱼不丑。"

高天月转头盯着自己的钓竿:"……我知道。哼。"

他提起钓竿,一条鱼顺利上钩。溅起的水花惊动了唐错手里的蝴蝶,蝴蝶应声而起,扑打翅膀腾空。在它下方,一条三米多长的鲨鱼从白色雾气中跃出。在一片惊叹声中,熊猫从湖边奔来,尝试跳起触碰剑吻鲨。

蝴蝶继续往前飞,穿过密林与林中的道路,与一辆小车擦肩而过。在山道上方,秦戈和谢子京正在尝试攀登峰顶。

山并不高,但日头太猛烈了,照得人眼睛发花。谢子京的帽子已经盖在秦戈的脑袋上,两人沿着平缓的山道慢慢往上走。这是被充分开发过的山林,柏油路面平整宽敞,蒸腾的热浪扭曲了接近地平线的景物,一切仿佛虚像。

谢子京左右看看,压低声音:"你知道雷迟有狼耳朵吗?"

秦戈大惊:"不知道!"

谢子京在自己的耳朵上比画:"他把狼耳朵亮出来了,有点可爱。"

秦戈:"然后呢?"

谢子京:"然后被白小园骂了,说他装嫩。"

秦戈:"……这就是雷迟给你果子和帽子封口的原因吧?"

谢子京:"嘘,你别跟人说。"

但他显然很为这件事高兴,不断跟秦戈形容雷迟的人类耳朵变化成狼耳朵的过程。"他被白小园骂,我也觉得很好玩。"谢子京笑着说,"这就是对偶像的爱意吧。"

秦戈心想,你对你偶像的爱意怎么有点儿扭曲。

走了大约半小时,两人都开始蔫乎。眼看山顶就在前方,两人齐齐选择先在林子里歇一会儿。林中树荫浓密,清风舒适,黎明闪蝶在树与树之间拍打翅膀飞来飞去,招蜂引蝶。

"这蝴蝶能离开勒克斯这么远?"谢子京诧异了,"真神奇。"

他释放了自己的巴巴里狮,狮子落地后注意到蝴蝶,立刻做好了扑蝶的准备。但秦戈的长毛兔钻出来之后,狮子的注意力就转移了。它跪趴在地上,弯下被金色鬃毛围绕的头颅,好让长毛兔抓住自己的鬃毛爬到头顶。

秦戈和谢子京看着兔子往上爬,心里都是同一个想法:腿真长。

兔子成功登顶,松了一口气,趴在狮子双耳之间梳理自己的长毛。

林间阳光被切割成光斑,错落地洒在地面,兔子趴在狮子头顶晒太阳,偶尔用爪子抓抓狮子的耳朵和额头。狮子又开始打哈欠,兔子紧紧抓住它的毛发以免被甩下来,很快也以同样的频率打起了哈欠。

"……你的狮子为什么总爱打哈欠?"秦戈问,"最近睡得不好吗?"

谢子京倒是没仔细思考过这个问题:"不,睡得挺好的。我也不知道原因。"

秦戈心里隐约有个答案。精神体是精神世界的具象化,狮子的哈欠应该也说明了谢子京"海域"的不稳定。他想到了那片废墟。

还是要再进去多看几次。秦戈想，废墟里应当还有别的秘密。他总是记着在废墟尽头的那片柔和的银光。那个与废墟格格不入的地方，或者就隐藏着谢子京"海域"被摧毁、记忆变混乱的线索。

谢子京拿着尤克里里，慢吞吞地给狮子和兔子唱歌。

"什么歌？"秦戈跟着哼了两句。

"情歌。"谢子京摇头晃脑地笑，"西原办事处的人教我的。"

歌是用异族语言唱的，缱绻悠长。骑马的少年在草原上邂逅了心爱的姑娘，他跟姑娘许下诺言：羊群去到哪儿，他就跟着她去哪儿。雪山为证，草原为凭，他的一颗真心像永远长寿的太阳，也像永远纯洁的月亮。

黎明闪蝶开始往回飞，它的主人在呼唤它。为了抄近路回去，它径直从林中穿过，越过了一片簇新的别墅区。方才与它擦肩而过的小车正停在一栋别墅门前。

它掠过别墅顶部飞走了。

别墅的阁楼敞开一扇小窗户，风把树叶从窗户吹进来，顺着楼梯落下。

卢青来坐在宽大的客厅窗边发呆，听见楼梯上传来的脚步声，下意识坐直。

"居然暴露了自己，没想到你这么蠢。"楼梯上传来轻笑声。

"我给秦戈的提示太多了。"卢青来低低一笑，"原本以为他会尝试用我提示的办法强行侵入谢子京'海域'，但他实在太过谨慎。"

周游抓了抓头发，没有应声。他三十来岁，但长相看起来很年轻。慢吞吞地走到厨房后，他花半个小时做好了自己的午餐。在他做午餐的过程中，卢青来没说一句话，只是盯着他的背影。

"有什么要说的吗？"周游在餐桌坐下，开始吃午餐，"比如那个半僵化人类的事儿？"

听他的语气，卢青来有一丝颤抖。"这次是我鲁莽了。"

"半僵化人类对我没有价值，我不需要你去研究他们，更不需要你教唆他们犯下麻烦事。你连累的是我。"周游吃得很快。"危机办甚至查到了我和胡朔身上，你究竟在那个半僵化人类的耳机里放了什么东西？"

遇见王铮只是偶然。卢青来和学生在福兴三村调研时，听到了王铮的故事，甚至结识了王铮的家人。他拜访过王铮的家，以新希望学院继续教育负责人的名义，与王铮进行一番长谈。离开时，他给王铮留下了那副白噪声耳机。

"我只是想知道，我的能力能不能用在别的特殊人类身上。现在证明了只要把白噪声调到合适的频率，半僵化人类也能听见我的暗示。我们可以做得……"

他热烈地说着，抬头时忽然噤声。周游正静静地看着他，一言不发。卢青来瞬间塌下了肩膀，熟悉的恐惧束缚了他的身体。

周游没再说话，低头大口咀嚼食物。别墅虽然大，东西却很少。这是因为周游很少在一楼活动。但和几乎空荡荡的一楼相比，他的厨房又显得太大、东西太多。周游小时候没吃过什么好东西，甚至很少吃饱。他喜欢做饭，也喜欢吃饭。或许小时候严重的营养不良落下了病根，他怎么吃都不会胖，永远是高瘦的样子。

等他吃完了，卢青来才起身走过去。

"今年的'海域'检测没有找到合适的勒克斯。"他对周游说起另一个话题，试图平息对方的愤怒，"像秦戈那样的人，太少了。"

周游用纸巾轻按嘴角，笑道："我当然知道很少，所以才需要你帮我找。"

"你还能坚持吗？就选择秦戈吧？"卢青来说，"即使再过十年也不会出现他这样的勒克斯。能在'海域'进行深潜的人我能找到，但在深潜同时还能吸收负面影响清理'海域'杂质的，只有秦戈。"

"他还不够成熟。"周游断然道，"你真的认为他可以帮谢子京重建'海域'？"

卢青来沉默片刻："我不肯定。"

周游又笑了："既然不肯定，那就再确认。如果他不能重建'海域'，对我来说没有任何意义。我和你只懂得摧毁，如何重建，只能依靠别人。"他擦干净手，温柔地看向卢青来，"好啦，卢老师，让我看看你的'海域'吧？"

卢青来下意识地缩了一下："现在？"

周游："你不乐意？"

卢青来："不，不是的……但是，请你别唤醒那些记忆，它们真的让我很痛苦。"

周游脸上的温柔表情渐渐消失了。"你不喜欢痛苦？"他拉着卢青来的手，指尖落在无名指的指环上，"可是我很喜欢，尤其是别人的痛苦。不听话的人就要接受惩罚，你很清楚我的规则。"

他口吻之中的冷漠与方才的温和判若两人。

卢青来："周游，我是完全服从你的，你把我从崩溃边缘拉回来过，我绝对不会背叛你。我以后不会再碰其他的特殊人类，我……"

"谁知道呢……谁都别想骗我。"周游弯下腰，抵着他的额头笑道，"你说了什么谎，我一会儿全都能看到。"

细微的雾气从他身上腾空而起，几乎笼罩了卢青来的全身。卢青来咬紧牙关，闭目忍受，但片刻之后，还是开始剧烈颤抖，喉中挤出如同断气之人一般的可怕痛吟。

[上册·完]

图书在版编目（CIP）数据

非正常海域／凉蝉著．－－北京：国文出版社有限责任公司，2024．－－ ISBN 978-7-5125-1634-2

Ⅰ．I247.5

中国国家版本馆 CIP 数据核字第 20240PT307 号

非正常海域

作　　者	凉　蝉
责任编辑	于慧晶
责任校对	邓　运
策　　划	力潮文创－白鲸工作室　　唐婷
出版发行	国文出版社
经　　销	全国新华书店
印　　刷	北京盛通印刷股份有限公司
开　　本	880 毫米 ×1230 毫米　　32 开
	9.25 印张　　　　　　　274 千字
版　　次	2025 年 1 月第 1 版
	2025 年 1 月第 1 次印刷
书　　号	ISBN 978-7-5125-1634-2
定　　价	46.80 元

国文出版社
北京市朝阳区东土城路乙 9 号　　邮编：100013
总编室：（010）64270995　　传真：（010）64270995
销售热线：（010）64271187
传　真：（010）64271187-800
E-mail：icpc@95777.sina.net